情動の力

文学/文化批評の可能性

武田悠一　武田美保子 編著

日高真帆　梶原克教　亀田真澄　鵜殿えりか

小鳥遊書房

Edited by

Yuichi Takeda + Mihoko Takeda

POSSIBILITIES OF LITERARY / CULTURAL CRITICISM

THE POWER OF AFFECT

目次

第2章　情動的体験としての映画
――『ロスト・ハイウェイ』における物語の歪曲、クロースアップ、音楽性――

武田悠一

第3章　触発し／触発される身体　梶原克教

第4章　苦しみのトリアージ
——トレチャコフとライト作品の情動表象から考える——　亀田真澄

第5章　恥という情動――『白衣の女』における触発の構図――

武田美保子

第6章　触発としての「受動的抵抗」――「書記バートルビー」をめぐって――

武田悠一

第7章　アドリエンヌ・ケネディの一幕劇における記憶、情動

鴨殿えりか

第8章　『誓願』における〈怒り〉の倫理
――歴史を書くということ――

武田美保子

終章　情動論の批評的展開

武田悠一・武田美保子

凡例

・引用した外国語文献のうち、邦訳のあるものは可能な限りこれを参照した。ただし、文脈によって訳を変更したり、表記を変えた場合もある。
・文献からの引用ページ数は、文中の（　）内に、外国語文献の場合は著者名の後にアラビア数字で、日本語文献の場合は著者名の後に漢数字で示したが、文脈から判断して文献名が明らかな場合はページ数のみを示した。なお、外国語文献からの引用を和訳文献によって記した場合は、（Jameson 1; 二頁）のように原文と訳文のページ数を併記した。また、同一著者の引用文献が複数ある場合は、著者名の後に作品名を記した。
・引用文中の強調（傍点）は、断りのない限り、原文によるものである。
・引用文中の〔　〕は訳者による補足、［　］は引用者による補足である。
・引用文中の……は原文の省略、（……）は引用者による省略を示す。
・【引用文献】に挙げた和訳文献の後に［　］付きで記した年号は、原文文献の出版年を示す。
・頻出する「イヴ・コソフスキー・セジウィック」のミドルネームは「コゾフスキー」と訳出されることも多いが、ネイティヴの発音に近いという理由で『タッチング・フィーリング』では「コソフスキー」と訳出されていることから、その表記に統一してある。

序章

情動論の可能性

武田悠一
武田美保子

1 はじめに

わたしたちは、ときに不安を感じたり、恐怖に取り憑かれたり、怒りに駈られたり、絶望したり、寂しくなったり、またときには、喜びに満たされたり、誇らしく思ったり、有頂天になったり、興奮したり、安らぎを感じたりして生きている。こうした情動は、理性的な思考や判断と対比的に捉えられ、わたしたちの理性的な判断を狂わせ、望ましくない結果を招くと考えられてきた。

しかし、最近の神経科学が推し進めてきた情動研究は、情動をめぐる従来の見方に革命的な変化をもたらした。二〇二二年に出版された本のなかで、理論物理学者で作家のレナード・ムロディナウは次のように言っている――「かつては情動は効果的な思考や判断を脅かすものと信じられていたが、いまでは、情動の影響を受けないで決断することも、さらには思考をすることもできないと分かっている。(……)情動は望ましくない効果をもたらすこともあるが、それよりも正しい方向へ導いてくれる場合のほうがはるかに多い。それどころか、もしも情動がなかったらどの方向にも容易には進めないだろう」(ムロディナウ 八頁)。

文学研究や文化研究の領域においても、情動の働きに注意が向けられるようになり、一九九〇年代の後半に「情動論的転回」が起こった。本書は、この「情動論的転回」に促されて生じた批評の可能性を探り、それを実践的に示す試みである。本書の目的は、文化研究と文学批評において情動理論《アフェクト・セオリー》が果たす役割とはどのようなものなのかという基本的な問いを提起し、それに対する回答の見取り図を呈示することである。問われるのは、次のような問いだ。すなわち、文化研究に情動理論が導入されることによってどんな「転回」が起こったのか、また、〈情動〉という分析概念が文化研究や文学研究にとって有効であるとするなら、その有効性とは何なのか、そして、そもそも〈情動〉とは何か、である。

本書が目指しているのは、文学をはじめとするさまざまな文化領域で作動している〈情動の力〉を明らかにすることだ。情動《アフェクト》とは、触発し、触発される力の働きである。情動は力である。あるいは、ジル・ドゥルーズにならって言えば、力の働きそのものが、情動としてあらわれる。「力は、それ自体、他の様々な力に影響を及ぼし（力はそれらと関係する）、他の様々な力から影響を受ける能力によって定義される。（……）扇動し、喚起し、生産することは（……）様々な能動的情動を構成する。そして、扇動されること、喚起されること、「有用な」効果を生産し、獲得するように強いられることは、反動的情動を構成する」（ドゥルーズ『フーコー』一一三頁）。

情動の力は、扇動し、感染し、伝播する。情動の力は、感情の表出となって現れるだけでなく、人を思考に向かわせ、倫理的、あるいは政治的な行動に駆り立てることもある。メディア・スタディーズを専門とする社会学者の伊藤守によれば、「情動は暴力の根源でも、祝祭や祭りの根源でもある」（伊藤 一八七頁）。

情動について論じるために、まず「情動 affect」という言葉を定義しておく必要があるだろう。といっても、わたしたちが目指しているのは、「情動」を固定的に定義することではなく、むしろ、その多義性と流動性を示すことだ。「情動」という語が指し示すのは、感情（emotion, feeling, sentiment）や感性（sensibility）にかかわる概念だといえるが、だからといって、それは理性、悟性、精神などと二項対立的に捉えられるべきものではなく、むしろ〈理性／感情〉、〈悟性／感性〉、〈精神／身体〉〈論理／センチメント〉といった二項対立そのものを脱構築するような何かである。すなわち、「情動」という言葉によって指し示されるのは、理性と感情、悟性と感性、精神と身体、論理とセンチメントが互いに影響（アフェクト）し合うことによって生じる何かだろう。

身体と精神は互いに影響し合っているので、それぞれを独立した実体として切り離して考えることはできない。わたしたちが見なければならないのは、身体と精神が触発し合うシステム、身体と精神の関係性である。〈情動〉の働きを明らかにすること、それは身体と精神がどのように影響し合っているかを明らかにすることだ。

〈情動〉という概念に関しても、「ある関係において生じる何か、あるいは関係性そのもの」という、とりあえずの緩やかな定義をしておくことにしたい。たとえば、ジル・ドゥルーズが「情動とは生成変化のことである」（『千のプラトー』）と言うとき、あるいはイヴ・コソフスキー・セジウィックが〈恥〉という情動について語るとき、問題にされているのは「関係性」であり、ある情動がある文脈——心理的、倫理的、宗教的、政治的、経済的——においてどのように価値づけられ、意味づけられているかということだ。

情動を意味するドイツ語の Affekt という語は、その近縁の語との関係において、さまざまな意味を帯びる。感染という医学的な意味、愛情という日常的な感情の意味、情熱とか激情といった心理学的な意味など。「情動」という語がもつこうした意味の広がりは、さまざまな分野に及ぶ情動研究の広がりに対応している。情動理論には、認知科学や神経科学、サイバネティックス、心理学や精神分析をはじめとするさまざまな系統がある。本書が企図しているのは、一九九〇年代後半以降に起こった「情動論的転回」のなかで、文化研究と文学研究の領域で展開されてきた情動をめぐる理論的議論とその批評的実践をたどることによって、情動理論が文化研究と文学批評にもたらした効果を明らかにすると同時に、それに触発されて生み出されたわたしたち自身の批評的実践を呈示することである。

この序章は、文化研究と文学批評における情動理論にとってもっとも重要だとわたしたちが考える二人の仕事――ジル・ドゥルーズの情動をめぐる哲学的考察と、イヴ・コソフスキー・セジウィックの情動をめぐる批評理論――を中心にして、「情動論的転回」以降に展開されてきた情動論を概観し、それが今のわたしたちにとってどのような可能性をもつのか、そしてその効果と意義は何かを明らかにする試みである。

2 情動論的転回

二〇世紀の文学批評は、もっぱら「意味」に注意を向けてきた。批評家は、ある一つの詩あるいは小説の一節を精読し、そこで意味がどのように生み出されるか、あるいは意味がどこに見出されるかをめぐる理論を作り上げた。新批評は、文学テクストを部分と部分が有機的に結びついた全体として捉え、各部分が複雑に作用しあって意味を生み出す過程を明らかにし、それによって生み出された「隠れた意味」を探り当てようとした。脱構築は、あるテクストにおける支配的な意味作用がそれに抵抗する別の意味作用によって転覆させられるさまに注意を向けた。テクスト内の意味作用、とりわけ文字通りの意味と比喩的な意味が互いに相手を否定しあうさまを示すことによって、どちらの意味が「正しい」のか決定できないということ、すなわち、意味の決定不能性を明るみに出そうとした。それに対して新歴史主義とポストコロニアル批評は、あるテクストの意味は、テクスト外のより大きな政治的、あるいは社会的緊張のうちに位置づけられるとして、そのありようを分析した。

ところが過去二五年の間に、今までとは違う批評理論が登場し、「情動理論」と名乗るようになった。いわゆる「情動論的転回」と呼ばれるようになったこの流れのなかで、批評家たちは、「情動《アフェクト》」の効果《エフェクト》に注意を向けるようになった。彼らは、わたしたちの世界は物語や言説によってだけでなく、非言語的な効果、すなわちムード、雰囲気、感情によっても形づくられているということを強調するようになったのだ。

文化研究に情動理論が導入されるきっかけとなった二つの重要な論文が発表されたのは一九九五年である。イヴ・コソフスキー・セジウィックとアダム・フランクの「サイバネティックな襞《ひだ》のなかの恥――シルヴァン・トムキンズを読む」が『クリティカル・インクワイアリー』誌に、ブライアン・マッスミの「情動の自律性」が『カルチュラル・クリティーク』誌に掲載された。[1] この二つの論文を契機として、情動理論をめぐる考察が次々に刊行されるようになり、二〇〇七年にはパトリシア・クラフとジーン・ハリーが編集した『情動論的転回』が、二〇一〇年にはメリッサ・グレッグとグレゴリー・J・サイワース編集の『情動理論読本』が出版された。文学批評の領域でも、情動理論は、批評理論に新たな「転回」をもたらし、批評のパラダイムのひとつとなった。

＊

セジウィックとフランクの論考は、その副題が示すように、テクストの「読み」によって構成されている。その読みが対象とするのは、シルヴァン・トムキンズの情動をめぐる心理学的／精神分析的な言説だ。とはいえ、この論考が目指しているのは、「意味」――情動という概念の意味――を解読することではない。そうではなく、読むということそれ自体が情動的なものであり、対象とのあいだで触発し／触発される間主観的な行為であるということを示すことなのだ。

この論考は、文学理論、というよりは当時のアメリカではたんに「理論《セオリー》」と呼ばれていたもの――「いまや人文科学全般をおおいつくし歴史学や人類学に及ぶ広範なプロジェクトとしての、理論。たとえば、フーコーやグリーンブラットに連なる、フロイトやラカンに連なる、レヴィ゠ストロースに連なる、デリダに連なる、フェミニズムに連なる、そんな理論」(Sedgwick, *Touching Feeling* 93; 一五六頁)——に対する批判的な言及から始まる。ここで批判されているのは、こうした理論が「生物学的基盤」から離れてしまっているということだ。情動をめぐるトムキンズの著作は、そのような理論の習慣的思考に挑戦しているように見える。これが、セジウィックとフランクをトムキンズの「読み」へと向かわせる理由だ。

セジウィックとフランクは、トムキンズの四巻からなる『情動、心象、意識』(一九六二—九二年)の分析的な読みを呈示する。彼らの情動をめぐる読みの錯綜した記述をここでたどることはできないので、論考のタイトルにある〈恥〉という情動の記述に焦点を当ててみたい。トムキンズは、情動の基本的な集合として、関心(interest-excitement)、驚き(startle-surprise)、喜び(joy-enjoyment)、怒り(anger-rage)、恐怖(fear-terror)、苦悩(distress-anguish)、嫌悪(disgust)、軽蔑(dissmell-contempt)とともに恥(shame-humiliation)を挙げ、そのなかでとりわけ恥を重視している。

外部からの刺激は末梢神経を経由して脳中枢に伝達され、感覚へとフィードバックされるが、その際その刺激はは何らかのイメージに転換されて伝えられ、情動として身体的に表出される。情動はさまざまな形をとるが、その際その刺激ズによれば、情動は与えられた刺激に対する「ニューロン発火の密度」をx軸とし、時間をy軸とする座標上の点として表わされる(Sedgwick, *Touching Feeling* 102-03; 一七〇—七二頁[トムキンズからの引用は、すべて『タッチング・フィーリング』による])。つまり、情動は、刺激に対する反応の密度(強度)と時間(持続性)に応じてさまざまな形をとるというのだ。

トムキンズは、恥をそれ以外の情動とは別格のものとして扱っている。彼は、彼が挙げた九つの情動の両極〈恥—関心〉の一方に恥を位置づける。恥の備給は、何よりもまず、世界に関心を向けることができるという、きわめて基本的な能力として機能できるかどうかにかかっているからだ。トムキンズ自身の記述によれば、「嫌悪感と同様に〔恥は〕関心あるいは喜びが活性化してはじめて作用し、そのどちらかあるいはどちらをも抑制する。恥の生得的な活性化装置は、関心あるいは喜びの不完全な抑えこみだ。それゆえ関心を部分的に抑えるようなさらなる探究にたいする障壁はいかなるものであれ……恥のあまり頭と目をふせるという動作を発動し、さらなる探究や自己露出を抑えるのである……。こうした障壁が生じるのは、突如として見知らぬ《ストレンジ》人に見つめられるからかもしれないし、あるいは誰かを見つめたい、または心を通わせたいと思うのに相手がよそよそしいので突如それができないから、あるいは親しい人だろうと思っていた相手が突如知らない人に見えるから、あるいはまた、微笑みかけたところで自分が見知らぬ《ストレンジャー》人に微笑んでいることに気づくからかもしれないからである」（*Touching Feeling* 97; 一六三頁）。

セジウィックとフランクは、恥という情動がどのようにして生まれるのかを記述する際に、トムキンズが「抑圧されたもの」ではなく、「strange なもの」を強調していることに注目し、たとえばセクシュアリティの抑圧が性に対する恥の感覚をもたらすといったように、フーコー的な「抑圧の仮説」にしたがって恥を捉えることが「ほとんど避けがたい思考の習慣」になってしまっているように見えるけれども、トムキンズが呈示する恥の概念はそうした思考習慣を「ショートさせる新たな方法を提示してくれるのではないか」と言う（*Touching Feeling* 97-98; 一六三頁）。その「方法」が具体的にどのようなものになるのか、ここでは述べられていない。しかし、セジウィックは別の場所では次のように述べている。

> 原情動としての恥は、禁止によって（そして、その結果としての抑圧によって）規定されているわけではない。恥がどっと押し寄せるようにして生じる瞬間とは、アイデンティティ／自己同一性を作りだすための同一化コミュニケーション回路内に起きる瞬間、それもそれを破壊する瞬間だ。実際、恥辱《スティグマ》と同様に、恥はそれ自体コミュニケーションの一形態である。恥の紋章《ブラゾン》、すなわち目をふせ、頭をそむけ——そしてそこまではないものの、頬を赤らめて——「うなだれる顔」は、トラブルの、そして同時に人間関係の繋がりを修復したいという欲望の手旗信号なのだ。
>
> （……）恥とアイデンティティはじつに、おたがいを解体しあいながらもおたがいの基盤をなすような、きわ

めてダイナミックな関係にありつづける。それは恥がとりわけ強い感染力をもつと同時に、とりわけひとを個別化するものでもあるからだ。恥のもっとも奇妙《ストレンジ》な特徴のひとつであり、けれどたぶん政治的なプロジェクトにたいしていちばんおおきな概念的な影響力をもつ特徴というのは、ほかのだれかのひどい扱いが、ほかのだれかによるひどい扱いが、ほかのだれかのいたたまれなさが、不名誉が、身体の衰弱が、悪臭が、奇妙《ストレンジ》な行動が、自分とは全然関係ないはずなのにいともたやすくわたしに押し寄せてくるということである。(*Touching Feeling* 36-37; 六八頁)。

恥という情動をめぐるこうした記述は、セジウィックの関心事である教育(pedagogy)[2]と、そしてとりわけ(あとで詳しく述べるように)「読むこと」それ自体と深くかかわっている。「サイバネティックな襞のなかの恥――シルヴァン・トムキンズを読む」という論考で展開される「読み」は、セジウィックとフランクが理解したトムキンズの情動理論の記述と、それによって触発された二人の情動的な反応――「[二人が]トムキンズを読むことにすっかりはまって《アディクテッド》いく途上で経験したこと」(*Touching Feeling* 95; 一五八頁)――の記述からなっている。これは、トムキンズの情動理論についての彼らの「読み」(=理解)が、それに対する彼らの情動的反応と切り離せないということ、言い換えれば、「読む」ということそれ自体が、認識と情動の相互作用にほかならないということを示している。そして、「トムキンズを読む」という副題のついたこの論考は、主体と客体、意識と情動のあいだの相互作用としての「読み」の批評的実践そのものなのだ。

*

ブライアン・マッスミが強調しているのは「意味作用とコード化以前のプロセス」(*Parables for the Virtual* 7)であり、彼が「情動」と呼ぶのは、言説によって意味づけられ構造化される前の心的・身体的状態のことである。マッスミによれば、「情動」は言説によって「感情」として意味づけられることによって、たとえば「歓喜」あるいは「落胆」として、「喜び」あるいは「悲しみ」として分類されるのだ。

これまでの文化理論において、文化研究の対象は解読すべきテクストとして措定されていた。文学作品であれ、絵画であれ、映像であれ、音楽であれ、舞踏であれ、それが意味作用をもつ記号の体系として文化的に創り出されたものであるかぎりで、「テクスト」とみなされた。そのテクストの意味を読み、解読すること。文化研究とは、そうした「〈読み（reading）〉あるいは〈解読（decoding）〉の実践だった」（*Parables for the Virtual* 2）とマッスミは言う。

このように、対象の「意味」だけに焦点が当てられてしまうと、その対象と主体との関係、とりわけ対象と直《じか》に接触する身体との関係、触発し触発されるという直接的で動的な運動作用が見逃されてしまう。伊藤守が言うように、「つねに運動状態にある（……）対象と身体との関係、さらにその両者の動的な関係のただなかに生じる「情動」といった契機は、意味という回路を経由した媒介作用にのみ注目する従来の文化研究にとっては、余剰なもの、もっと悪く言えば、文化を記述する際に破壊的な要素をもたらすものとして排除されてきた」のだ（一〇頁）。マッスミが強調するのは、まさにこの排除されてきたもの、すなわち、対象と身体との動的な関係、そしてその関係において生じる「運動」としての「情動」だ。

映像や音楽の受容、スポーツの観戦といった文化的経験には、いくつかのレベル――少なくとも二つのレベル――があるとマッスミは考える。一つは、その経験の内容と意味にかかわるレベルであり、これまでの文化研究が重視してきたものである。だが、それとは別の、内容や意味から自律した「情動」のレベルがある。それは、意味論的あるいは記号論的に秩序づけられていないもの、ある特定の感情として差異化され分類される以前の――分割不可能な――何かである。文化的体験という「出来事」に出会ったとき、身体がいち早く反応するのは、脳神経学的あるいは生理学的に言えば、この情動のレベルにおいてだ。それを特徴づけるのは「強度」だ、とマッスミは言い、文化体験における「情動的なものの優位」を強調する（*Parables for the Virtual* 24）。

一例としてサッカーの観戦という出来事をあげれば、試合の展開や選手の動きだけでなく、選手の国籍や人種、さらには、それが喚起するナショナリズムをめぐって、さまざまな言説が形成されるだろう。だが、それ以前にサッカーという出来事に対する情動的な反応がある。たとえば、見事なゴールが決められたとき、観客は情動のレベルで強く反応する。思わず立ち上がって叫ぶといった反応は、「歓喜」や「落胆」、「喜び」や「怒り」として社会言語学的に分類される以前の身体的状態である。

しかし、情動のレベルと言説のレベルは相互に排他的なものとみなされているわけではない。経験の強度と質は、両者の相互干渉によって形づくられる、というのがマッスミの情動理論の要だ。ただ、注意しておくべきことは、相互干渉に先立って「情動」なるものが存在しているわけではない、ということだ。情動とは、「非意識的（nonconscious）」なもの、言説によって意識化できない「自律的な残余」（*Parables for the Virtual* 25）である。それは、言説との関係において、言説によって意識化できないもの、言説以前のものとして姿を現わすのだ[3]。

情動（affect）が感情（emotion）と区別されなければならないのは、この点においてだ。「情動 affect」という語は、しばしば「感情 emotion」と同義的に使われている。しかし、マッスミによれば、両者は「異なった論理に従い、異なった秩序に属している」。

感情は自覚的に意識されたものであり、ある経験の質が社会言語学的に固定され、その時点から個人的なものとして規定されるのだ。感情は、性格づけられた強度であり、慣習と同意によって強度が意味論的・記号論的に形成された形態へ、物語化可能な作用—反作用の回路へ、機能と意味へと差し入れられるのだ。それは、所有され、認識された強度である。情動と感情の差異を理論化することは決定的に重要である。情動が消えてしまったという印象を受けたとしたら、それは情動が性格づけられていないからである。情動は、それ自体として、所有可能でも認識可能でもない。（*Parables for the Virtual* 27-28）

3　スピノザの情動論

それでは、情動とはそもそも何か？　ドゥルーズの英訳者としても知られるマッスミは、彼が翻訳した『千のプラトー』につけた「翻訳についてのノート」のなかで、ドゥルーズにおける「情動」という概念を、スピノザにそくして次のように定義している。

〈情動《アフェクト》〉／〈変様《アフェクション》＝感情〉 情動《アフェクト》（スピノザのアフェクトゥス *affectus*）は、触発《アフェクト》する、そして触発《アフェクテッド》される能力である。それは、身体が経験する一つの状態から別の状態への移行に対応し、その身体が行動を起こす能力を増大させたり減少させたりする、前‐個人的《プリパーソナル》な強度である。変様《アフェクション》＝感情（スピノザのアフェクチオ *affectio*）は、触発された身体と、第二の、触発する身体（「心的」あるいは観念的身体を含む、可能なかぎり広い意味での身体）との遭遇と考えられる、そうした状態の一つ一つである。（"Notes on the Translation," xvi）

ドゥルーズの『スピノザ――実践の哲学』（一九八一年）における解説によれば、スピノザの言う「アフェクチオ（変様）」とは、「像、すなわち物体的・身体的な痕跡」であり、その変様を触発した外部の身体と、変様を触発された内部の身体を含む「像の観念」によって捉えられるのに対して、「アフェクトゥス（情動）」は動的な概念であり、「ひとつの状態から他へ、ひとつの像または観念から他へ」という「推移」あるいは「持続的継起」の過程と、「その身体や精神のもつ活動能力の増大または減少を含んでいる」（『スピノザ――実践の哲学』一六五―六六頁）。

そして、もともとのスピノザ自身の定義（『エチカ』第三部の定義三）によれば、「情動（affectus）」とは、「それによって身体自身の活動力能が増大もしくは減少し、促進もしくは抑制されるような身体の変様（affectio）、また同時にそうした変様の観念のこと[4]」である（『スピノザ全集Ⅲ』一一九頁）。

スピノザ倫理学の基礎をなすのは、〈コナトゥス〉という概念だ。スピノザにとって、すべてのものは、神が存在し活動しているということを表現するものである。それゆえ、それぞれのものは、自らを滅ぼすようなものを、自らのうちにもたない。「いかなる事物も、外部の原因によってでなくては破壊されえない」（『エチカ』第三部定理四）のだ。「おのおのの事物はできるかぎりそれ自身としてあり続けようと努め」（定理六）、「おのおのの事物がそれ自身としてあり続けようとする努力は、その事物の現実的な本質にほかならない」（定理七、『スピノザ全集Ⅲ』一二六―一二七頁）。個々のものが、自らを存続させようとするこの「努力」がラテン語で「コナトゥス conatus」と呼ばれているのだ。

　スピノザにとっては、人間の生への努力であるコナトゥスが根本にある。彼はこの努力が「精神のみに関係づけられるとき」はそれを「意志」と呼び、「精神と身体とに同時に関係づけられるとき」はそれを「欲求 appetitus」と呼ぶ。言い換えれば、スピノザは意志を欲求の精神的側面と見ているのだ。そして彼は「欲求」に人間の本質を見る――「欲求は人間の本質そのもの、すなわちその本性からそれ自身の維持に役立つ一切が必然的に出てくる人間の本質そのもの」にほかならない。そのうえで、人がその欲求を意識しているときに限りそれを「欲望」と呼ぶ。要するに、コナトゥスとは「欲求」であり、その身体的側面を無視すると「意志」に見え、それを無視しない場合には「欲望」として意識される。そして、「意志」あるいは「欲望」としてあらわれる自己存続の「欲求」、すなわちコナトゥスの対象となるものが「善」と判断されるのだ――「われわれはそれがよいと判断するがゆえに努め、意志し、欲求し、欲するのではない。反対に、努め、意志し、欲するがゆえにそれをよいと判断するのである」（『エチカ』第三部定理九備考、『スピノザ全集Ⅲ』一二八頁）。

　しかしコナトゥスは、出会う対象に応じてさまざまに異なる行動にわたしたちを駆り立てるので、そのありようは、対象がわたしたちに引き起こす変様（アフェクチオ）によってそのつど決定される（『エチカ』第三部「情動の定義一、『スピノザ全集Ⅲ』一七六頁）。ドゥルーズによれば、スピノザの「情動」という概念は「触発=変様《アフェクチオ》の理論」に根ざしている。「一個の個体は、まずはひとつの個的・特異的な本質、すなわちひとつの力能の度〔強度〕である。この本質にはその個体特有の一定の構成関係が対応し、この力能の度にはその個体が取りうる一定の変様能力が対応している。この構成関係は〔外延的〕諸部分を包摂し、この変様能力はその個体が触発に応じてとるもろもろの変様《アフェクチオ》によって必然的に満たされる」（『スピノザ――実践の哲学』四四頁）のだ。

　こうした変様は、その出会いの相手が私たちとひとつに組み合わさるか、それとも反対にこの私たちを分解してしまうようなものであるかに応じて、より大きなあるいは小さな完全性へと私たちを移行させる動き（喜びや悲しみ）と不可分に結びついているために、意識は、そうした〔完全性の〕より大きな状態から小さな状態への、より小さな状態から大きな状態への推移の、連続的な感情の起伏として現れてくる。意識は、他の身体や観念との交渉のなかで私たちのコナトゥスが受けるさまざまな変動や決定をものがたっているのである。私の本性と合う対象は、それ自身と私をともに含む高次の全体をかたちづくるよう、私を決定する。私に合わない対象は、この私自身の結合を危うくさせ、私という集合体を部分へと解体してしまうおそれがあり、極端な場合には、それらの部分がもはや私の構成関係とは相容れない構成関係のもとに入ってしまうこと（死）もありうる。意識は、力能のより小さな全体からより大きな全体への、またその逆の、そうした推移というか推移の感情として現れてくるのであり、どこまでも過渡的なものなのだ。（『スピノザ――実践の哲学』三四―三五頁）

この「触発＝変様の理論」にそくして、スピノザは「喜び」と「悲しみ」を次のように定義する。

こうして、精神は大きな変化をこうむることができ、あるときはより大きな完全性へと移行し、あるときはより小さな完全性へと移行することがわかる。そしてまさにそうした受動が喜びと悲しみの感情をわれわれに説明してくれるのである。（……）私は「喜び」を、精神がそれによってより大きな完全性へと移行する受動と解し、反対に「悲しみ」を、精神がそれによってより小さな完全性へと移行する受動と解することにする。（『エチカ』第三部定理一一備考、『スピノザ全集Ⅲ』一二九頁）。

スピノザにおいて、「喜び」と「悲しみ」は基本的な情動であり、「喜び」はコナトゥスのより完全な作動、「悲しみ」はコナトゥスのより不完全な作動に対応しているのだ。

スピノザは、哲学に「〈身体〉という新しいモデル」を提案した、とドゥルーズは言う。「私たちは意識やそれがくだす決定について、意志やそれがもたらす結果について語り、身体を動かす方法や、身体や情念〔受動的情動〕を制する方法については無数の議論をかさねながら――そのじつ身体が何をなしうるかは知りもしていない。（……）身体というモデルは、スピノザによれば、なんら延長〔私たちの物質としてのありよう〕に対して思惟をおとしめるものではない。はるかに重要なことは、それによって意識が思惟に対してもつ価値が切り下げられる〔意識本位が崩される〕ことだ。無意識というものが、身体のもつ未知の部分と同じくらい深い思惟のもつ無意識の部分が、ここに発見されるのである」（『スピノザ――実践の哲学』二八―三〇頁）。

スピノザの情動論は、デカルトに対する哲学的批判である。デカルトは思考を身体から完全に分離したものとして見ていた。心、すなわち「考えるもの」（レス・コギタンス）」と、思考しない身体、すなわち延長としての機械的部品（レス・エクステンサ）を分離し、心を身体から切り離すデカルトの二元論的な考え方を、スピノザは批判したのだ。

デカルトにとって、純粋な意識は、対象をもたない思考（コギト）であり、世界に対するどのような特定の関心も持たない。そのような関心をすべて削ぎ落としたところにこそ、純粋な意識があるからだ。したがって、デカルトの純粋意識は、何らかの情動によって染め上げられることはない。ところが、実際には、心は身体との繋がりを残さざるをえず、対象との出会いに触発されて情動が引き起こされる。デカルトによれば、心は、情動から自由になればなるほど、意識としての本質に迫ることができるとされる。

わたしたちが情動にとらわれたとき、デカルトはその情動を理性と意志によって克服しようとする。だが、スピノザは、理性や意志によって情動を克服することはできない、と言うのだ。ただ、悲しみにとらわれたり、怒りにかられたとき、わたしたちはなぜ自分は悲しんでいるのか、なぜ自分は怒っているのかを考えることはできる。ただ、その悲しみや怒りの原因を突き止めたとしても、悲しみや怒りから自由になるわけではない。情動を超えられないということは、人間は自然（身体）の条件を超えられないということだ。デカルトにとって、心（精神）は身体から自立したものだが、スピノザにとって、それもまた身体という自然の一部なのである。

4　情動の脳科学

脳神経学者アントニオ・ダマシオは、『デカルトの誤り――情動、理性、人間の脳』（一九九四年）と『感じる脳――情動と感情の脳科学　よみがえるスピノザ』（二〇〇三年）において、スピノザ的な観点から情動の脳科学を展開している。ダマシオの基本的な着想は、情動と意識は不可分であり、意識とは情動的な反応にほかならないという論点にあるのだが、この論点があきらかになるのは、デカルト的な心身二元論との対比によってだ。

ダマシオによれば、『デカルトの誤り』のテーマは「情動と理性の関係」である。「意志決定障害と情動障害を有する神経疾患患者に対する私自身の研究にもとづき、情動は理性のループの中にあり、また情動は通常想定されているように推論のプロセスを必然的に阻害するのではなく、そのプロセスを助けることができるという仮説（ソマティック・マーカー仮説として知られている）を提唱した」（『デカルトの誤り』一三頁）。ここでダマシオは、脳の一部を損傷した患者を対象にした実験研究の知見にもとづき、情動に深くかかわる脳部位および情動のシステムそのものが欠落した場合に何が起こるかを体系的に考察し、情動が日常生活におけるプランニングや意志決定に不可欠な役割を果たしている可能性について具体例にそくして説得的に述べている。ダマシオが提唱している「ソマティック・マーカー仮説」とは、情動を身体に刻印された一種の記憶と見る考え方で（ソマティック somatic とは、「身体の」という意味である）、これがダマシオの名を一躍有名にした。

ダマシオは、スピノザと同様に、〈身体〉を重要視する。有機体にとってもっとも重要なことは、生命（生きている身体）の維持である。そしてその生命維持のためのさまざまな種類の働き――「エネルギー源の発見、エネルギーの取り込みと変換、命のプロセスに見合った体内の科学的バランスの維持、損傷部の回復による有機体の構造の維持、外部病原菌や身体損傷に対する防御、など」（『感じる脳』五四頁）――が「ホメオスタシス（生体恒常性）調節」と呼ばれているものだ。ダマシオによれば、情動と感情は、このホメオスタンスという有機体のもっとも重要で、もっとも基本的なプロセスのなかで因果的に繋がっており、「情動は身体という劇場で演じられ、感情は心という劇場で演じられる」(『感じる脳』五一頁)。たとえば、わたしたちが何か恐ろしいものを目にして、恐れの「感情」を経験するとき、体が硬直するとか、心臓がドキドキするといった特有の身体的変化が生じるが、こうした身体的変化として表出したホメオスタシスのプロセスが、ダマシオの言う「情動」である。一方、脳には、いま身体がどういう状態にあるかが刻一刻詳細に報告され、脳のしかるべき部分に、対応する「身体マップ」が形成される。わたしたちが、その身体マップをもとに、ある限度を超えて身体的変化が生じたことを知るとき、わたしたちは恐れの「感情」を経験する。

ここで重要なポイントは、情動に先立って感情があるわけではない、ということだ。普通わたしたちは、恐ろしいと感じるから、その結果、身体が硬直したり心臓がドキドキしたりすると考えている。しかし、ダマシオによれば、恐ろしいものを見て特有の身体的変化(「情動」)が生じるから、その後に恐ろしいという「感情」を意識するのだ。

有機体が外的な対象と出会ったとき、その出会いによって、有機体のホメオスタシスに撹乱が生ずる。ダマシオによれば、その撹乱によって情動と感情が生じるのだが、この場合、撹乱に先立って意識が存在していて、その対象との出会いを待ちうけているわけではない。意識は、まさにその撹乱を通じて創出されるのだ。意識は、撹乱に対処する活動そのものと独立には存在していないのだ。意識は、対象との遭遇によるホメオスタシスの撹乱に対する情動的反応の後に生じる。撹乱それ自体は意識以前のものであり、それが情動的反応を引き起こし、非言語的な表象に、すなわち感情に写されることで意識となるのだ。

＊

ここで次のことを注釈として述べておかなければならない。ダマシオの著作で「情動」と訳されている語は'emotion'である、ということだ。すでに見てきたように、スピノザ、ドゥルーズ、セジウィック、マッスミにおいて「情動」と訳されているのは'affect (affectus)'という用語である。ダマシオは、'emotion'を'affect'とほぼ同義的に使っているように見える。一般的に文学系・社会学系の情動研究ではその概念用語として affect が使われているのに対して、自然科学系・心理学系の情動研究では、ダマシオの場合と同様に、emotion が使われているようだ。本書が議論の対象としている〈情動〉は、主として'affect'であるが、だからといって、'emotion'という用語法を排除するものではない。とはいえ、自然科学、社会科学、人文科学に及ぶ情動研究の広がりのなかで概念用語の不一致が生じているのは重大な問題である。

さらに言えば、スピノザの『エチカ』の邦訳において、'affectus'が「感情」と訳されているという問題がある（岩波文庫版の畠中尚志訳でも、二〇二二年に出た岩波の『スピノザ全集Ⅲ』の上野修訳でも'affectus'は「感情」と訳されている）。ダマシオは「情動（emotion）」と「感情（feeling）」を差異化して定義しているが、(5)その定義における「感情」と、「感情」として訳出されたスピノザのaffectusは相容れない。

＊

ダマシオの『感じる脳』（原題は *Looking for Spinoza*）は、スピノザ的な情動の概念を脳科学に導入しようとする試みだ。彼の情動論にとって決定的な重要性をもつホメオスタシス（生命の維持・管理のためのシステム）という考え方は、スピノザが〈コナトゥス〉という概念によって「直観した」ものだ、とダマシオは言う。スピノザは、「自分自身を保存しようとする持続的な努力」としての〈コナトゥス〉を説いた。「今日の後知恵によってスピノザの概念を解釈すれば、生ける有機体は、命を脅かす数多くの困難からその構造と機能の一貫性を維持するように構築されている、ということだ」。〈コナトゥス〉という概念には、「危険や好機を前にしたときの自己保存の衝動だけでなく、身体の全部位を保持するための無数の自己保存作用」、すなわちホメオスタシスの努力が含意されているのだ（『感じる脳』六一頁）。喜びや悲しみ、愛や罪悪感といった情動は、生命を維持・管理しようとするホメオスタシスの努力の身体的・心的なあらわれであり、それはまた、スピノザが「コナトゥス」という言葉で言い表そうとした努力でもある。

ダマシオによれば、スピノザの〈コナトゥス〉とは、現代生物学的に言うと「ひとたび内的あるいは外的状況により活性化されるや、生存と幸福の双方を求めようとする〈脳回路中に書き留められている一連の傾性〉」である（『感じる脳』六二頁）。『感じる脳』という著作は、コナトゥスの作用が、どのようにして化学的、神経的に脳に伝達され、特定の脳部位に位置する神経細胞の回路でつくられた多数のマップのなかに表象され、特定の情動や感情を生み出すかを詳述している。

５　情動の映画論

情動《アフェクト》とは生成変化のことである。（『千のプラトー』二九六頁）

情動《アフェクト》はまさしく、人間の非人間的な〔人間ではないものへの〕生成である。（『哲学とは何か』二八五頁）

どのような芸術に関しても、こう言わねばなるまい――芸術家とは、彼がわたしたちに与えてくれるもろもろの知覚表象《ペルセプト》あるいはもろもろの視《ヴィジオン》と関連した、情動《アフェクト》の遣い手、情動《アフェクト》の考案者、情動《アフェクト》の創造者である、と。芸術家は、彼の作品のなかだけで情動《アフェクト》を創造しているのではない。彼は、わたしたちに情動《アフェクト》を与えるのであり、わたしたちを情動《アフェクト》とともに生成させるのであり、わたしたちを〔諸感覚の〕合成態のなかに取り込むのである。（『哲学とは何か』二九六頁）

書くことは、（……）生成変化に関わる事柄であり、（……）それはひとつのプロセス、つまり、生き得るものと生きられたものを横断する〈生〉の移行なのである。エクリチュールは生成変化と分かち得ない。書くことによって、人は女に―なり、動物あるいは植物に―なり、分子に―なり、知覚し得ぬものに―なる。（『批評と臨床』一二頁）

わたしたちがドゥルーズを介して理解する〈情動〉とは、ひとつの動的な概念である。それは、「ひとつの状態から他へ、ひとつの像または観念から他へ」という「推移」あるいは「持続的継起」の過程と、「その身体や精神のもつ活動能力の増大または減少」をともなう「運動」だ。変化を孕んだ運動としての情動。ドゥルーズはさらにこれを

「生成変化（becoming）」と言い換える。しかもそれは、人間ではないもの、人間を超えたものへの生成変化だと言う。

『千のプラトー』では、フロイトにおけるハンス少年の馬への生成変化、『モービィ・ディック』におけるエイハブ船長の鯨への生成変化をはじめとして、動物への生成変化にかんする多くの考察がなされている。しかし、人間を超えたものへの生成変化は、動物への生成変化にとどまらない。それは、性を超え、種を超え、さらに人間という存在の様態そのものを超えた生成変化だ。

注目すべきなのは、ドゥルーズが、人間を超えたものへの生成変化という運動、すなわち〈情動〉に深くかかわるものとして、芸術一般、そして文学を語っていることだ。ドゥルーズによれば、ゴッホの向日葵《ひまわり》が生成するのは、そしてエイハブが鯨に生成変化するのは、〈情動〉という運動によってなのだ――「感覚的生成とは或る行為《アクト》である。すなわち、これによって、何かがもしくは誰かが、たとえば向日葵《ひまわり》が、あるいはエイハブが、（それ本来のものでありつづけながらも）絶えず〈他に－生成する〉といった行為である」（『哲学とは何か』二九九頁）。

生成変化、すなわち「ひとつの状態から他へ」という推移（運動）と持続的継起（時間）をともなうものとしての〈情動〉が芸術と深くかかわるとしたら、それはとりわけ映画、「動く映像《イメージ》」である映画において重要な役割を果たしているはずだ。実際、「運動イメージ」と「時間イメージ」という副題をもつ二巻の本として出版されたドゥルーズの『シネマ』は、そうした〈情動〉の映画論として読むことが可能だ。すでに見たように、ドゥルーズはスピノザにそくして、情動の概念を「触発＝変様《アフェクチオ》」と「情動《アフェクトゥス》」という二つの像（観念）の関係としてとらえたが、これは、映画が投射する映像《イメージ》の連鎖と類比的に見ることができる動的な概念だ。〈情動〉は、連続的に推移する像としての身体的な痕跡であり、テクストや記号によって把握される対象ではなく、知覚・感覚的に体験され、身体の基層に働きかけるものであるからだ。

『シネマ』は、クリスチャン・メッツの映画論に代表されるように、映画を言語との類比で捉えるのではなく、「動くイメージ」である映画の独自性に目を向ける。ドゥルーズは、アンリ・ベルクソンの『物質と記憶』（一八九六年）にもとづいて映画を「運動イメージ」としてとらえ直し、チャールズ・サンダース・パースの記号論を参照して、運動イメージとしての映画にあらわれるイメージ、つまり記号の分類を試みている。その際、映画をほかの諸芸術と峻別して、次のように言う――「他の諸芸術は、世界を通してむしろ非現実的なものを狙うのだが、映画は、世界そのものを、非現実的なものあるいは話《レシ》に仕立てあげる……つまり、映画によって、世界がみずからのイメージへと生成するのであって、イメージが世界へと生成するのではない」(『シネマ1』一〇三頁)。そのうえで、映画における「情動イメージ(image-affection)」[6]として分類されたものについて、「それはクロースアップであり、クロースアップ、それは顔である」(一五四頁)と言い、さらに、映画における情動イメージ、すなわち顔のクロースアップという映像は、運動イメージを形成する情動《アフェクト》にほかならない、と言う(一五六頁)。

映画において、情動はクロースアップで拡大された「顔」の映像としてあらわれる。ここでドゥルーズが強調するのは、情動が顔のクロースアップという情動イメージとしてあらわれるとき、それが個体性を失って、歴史的な時空間から引き離されるということだ。クロースアップは、「表現されるかぎりでの純粋な情動を出現させるためにイメージを時空座標から引き離すという能力」をもっており、それによって「背景のなかにも、また現前している場所ですらおのれの座標を失い、そして「任意空間」へと生成する」(一七一頁)からだ。ドゥルーズが引用しているベラ・バラージュの言葉で言えば、クロースアップによって拡大された顔の情動イメージは「それ自体で理解されるひとつの全体」であり、「たったいま群衆のただなかに見えていた顔が、その周囲から切り離されて浮き彫りにされるとき、わたしたちは、あたかも突然その顔と向かい合っているかのようになる」。あるいは、ドゥルーズがジャン・エプスタンに倣って言うように、「逃げていくひとりの臆病者のあの顔を、わたしたちがクロースアップで見るやいなや、わたしたちは、臆病さそのもの(……)を見る」のだ(一七〇頁)。

顔のクロースアップが示すように、情動は「非人称的なものであり、個体化された事物状態から区別されるものである」。と同時に、「情動は特異なものであり、他の諸情動との特異な組み合わせもしくは特異な接続に入ることができるものである」。情動は「いかなる一定の規定された時空からも独立しているが、それでもなお或る歴史のなかで創造されるのであって、この歴史は、情動を、表現されたものとして生産しながら、同時に、ひとつの空間あるいはひとつの時間の、つまりひとつの時代もしくはひとつの環境の表現としても生産する」のだ（一七五頁）。
顔のクロースアップをめぐって展開されるドゥルーズの情動論において、情動は以下のような二重性をもつものとして論じられている。

わたしたちは、（……）情動の二つの状態を、それらが互いにどれほど折り込みあっていようと区別する。一方は、情動が、個別化されたひとつの事物状態において、かつそれに対応する現実的連結のなかで（しかじかの時空つまり、「いま・ここ」との、しかじかの役割との、しかじかの物との現実的連結のなかで）現動化される場合であり、他方は、情動が、それに固有の特異性およびそれの潜在的接続とともに、時空座標の外で、それ自身のために表現される場合である。（一八二頁）

もろもろの情動は、人物や事物を個別化しないが、だからといって空虚という未分化なもののなかで混同されるわけではない。情動は、潜在的に接続されるもろもろの特異性を有しており、これらの特異性がひとつの複合的な実質存在を構成するのである。（一八三頁）

情動は、個別の身体が他の身体や物と接触することによって生起するが、それが像（観念）として表出されると、個別性を失って、ある種の類似性をおびる。その類似性を媒介にして、情動は「感染《アフェクト》」する。しかも、情動が伝播するのは、意識や言語を介したコミュニケーションによってではなく、身体的な触発によるものであるため、より強い伝播力と影響力をもちうる。情動が集団的に伝染し、人を群集行動に駆り立てる可能性があるのはこのためだ。

ドゥルーズによる「情動の映画論」は、テレビをはじめとする多くのメディアで、さまざまな出来事が映像によって表象される環境にあって、情動がどのような役割を果たしているかについて考えるヒントを与えてくれる。

たとえば小林直毅は、テレビニュースで流される北朝鮮による「日本人拉致事件」の被害者家族のクロースアップ映像を取り上げて、そこに見られる悲しみの情動の表象は、理不尽に家族を拉致された被害者の情動という特異性にのみ焦点をあて、「被害者が家族の解放と無事な帰還を訴え、その実現に向けて、加害国である北朝鮮にたいするさまざまなアクションを求める会見の場面や、それらを描き、語る現実的連結のなかで現動化されている」が、しかしそれは、「「今、ここ」の時間、空間の外で、かつての日本による拉致事件なども含めた、他国による拉致の被害者の悲痛な情動それ自体のために表現される」(小林 一六九頁)可能性もある、と言っている。小林によれば、「日本人拉致事件」の被害者家族のクロースアップ映像にあらわれる情動には、「人物や事物を個別化しないが」、「空虚という未分化なもののなかで混同されるわけではない」、「潜在的に接続されるもろもろの特異性」が孕まれているのだが、映画と違って、テレビという日常的なメディアにおいて、ドゥルーズが映画におけるクロースアップに見出したような可能性は、「潜在的」なままに留まっているのだ。

6 情動の政治学

情動が政治的な効果をもちうるということ。さまざまな「情動イメージ」が、テレビやネットを通じて言語的にというよりはむしろ身体的に——視覚的、聴覚的に——不特定多数の人たちのあいだで共有される現代のメディア社会では、情動が果たす政治的役割を無視することはできない。

「メディアと共振する身体」というサブタイトルの付いた『情動の権力』(二〇一三年)という本のなかで、伊藤守は次のように言う。

ある映像をながめ、その映像に触発され、流動的とはいえ、一時的なものとはいえ、「共感の共同体」が形成されていく様は、そしてさらに触発されたアフェクションをただちに現動化可能なものとするメディアが触媒となって、匿名性の高い「いかなる統制」も無力化したかに見える空間のなかで文字を「打ち」、無数の情動と感情を披歴する情報が飛び交う様は、結晶化の度合いの高い集合意識の位相ではなく、むしろ流動的・没構造的な集合的感情の流れとしての集合的沸騰の生成として把握すべきことがらのように思える。（伊藤 一八四―八五頁）

伊藤が言うように、「情動は暴力の根源でも、祝祭や祭りの根源でもある」。そして、「「祭り」が「祀り」であり、かつ「政」でもあるならば、そして「政」の核心に「祭り」があるならば、（……）情動とメディア、情動と政治という親和性に満ちた三項の〈いま〉を考える」（一八七頁）試みが要請される。

そうした「情動の政治学」を実践しているのが、伊藤が『情動の権力』の主な参照軸としているブライアン・マッスミだ。たとえばマッスミは、伊藤が詳しく紹介しているように、アメリカ合衆国第四〇代大統領ロナルド・レーガンの政治的パフォーマンスを具体例にして、情動を喚起する政治家の身体運動について考察している。

レーガンは、ハリウッド俳優としての経歴をもっていたが、彼自身も認めていたように二流の役者であった。政治家としてのパフォーマンスにかんしても、論理的な一貫性のないスピーチや滑稽なほどぎこちない身振りが取り沙汰された。それにもかかわらず、彼が「偉大なコミュニケーター」といわれ、二度の大統領選挙で勝利したのはなぜか。マッスミによれば、「唯一の結論は、レーガンが二重の機能障害をもっていたにもかかわらず、というより、むしろそのことによって、強い印象を与えるリーダーだったということである。彼は、非イデオロギー的手段によって、イデオロギー的効果を生み出すことができた（……）。彼の手段は情動的《アフェクティヴ》なものであった」（Massumi, *Parables for the Virtual* 40）。

テレビカメラを前にしたレーガンのパフォーマンスが、テレビ映像を通じてそれを見る人たちに訴え、強い情動を喚起したのは、「政治家らしさ」を演じる二流役者の演技ではなく、むしろ彼の「演技を超えた振る舞い」だった、とマッスミは言う。ビブラートのきいた彼の声、「強いアメリカ」のイメージを体現した彼の身体、意表を突くジョークが、テレビを通じて視聴者の身体を触発＝変様させたのだ。

マッスミによる情動の政治学の実践例をもうひとつ挙げておきたい。メリッサ・グレッグとグレゴリー・J・サイワースが編集した『情動理論読本』（二〇一〇年）に収められた論考「未来に誕生する情動的な事実――脅威の政治的存在論」だ。ここでマッスミは、イラク開戦というブッシュ政権の政治的決断において、「恐怖という情動的な事実」（"The Future Birth of the Affective Fact" 54）が果たした役割について論じている。

一九九一年の湾岸戦争以後、武装解除を命じられたイラクが依然として大量破壊兵器（ＷＭＤ）を保持しているという疑惑があり、二〇〇三年三月一九日に米英連合軍がイラク侵攻を開始した。開戦から半年後にフセイン政権は崩壊したが、肝心のＷＭＤは結局発見されなかった。この戦争で、少なくとも一〇万人以上のイラク国民が殺害された。

このイラク戦争を始めるというブッシュの政治的決断は、そもそもどのようにしてなされたのか。マッスミによれば、ブッシュに決断を迫ったのは、ＷＭＤが存在するという客観的な事実ではなく、あるかもしれないという恐怖、「恐怖という情動的な事実」だった。

ＷＭＤが実際に存在するかどうかに関しては膨大な情報が集められたが、そのなかには存在を認めるものも認めないものもあった。ブッシュは、上げられてきた情報からそれが「絶対にある」とも「絶対にない」とも確信できなかった。にもかかわらず、ＷＭＤが「ある」として開戦に踏み切ったのは、もし「ない」と判断して開戦しなければ、「あるかもしれない」ＷＭＤが実際に使われるという危険があるからだ。「ない」と判断して開戦せず、後になって実は存在したＷＭＤによって大量の犠牲者が出るというリスクを冒すよりは、「ある」と判断してあえて開戦するほうがアメリカの大統領として「正しい」決断だというわけだ。そして、その判断を迫ったのは、恐怖という情動であった、とマッスミは言うのだ。

未来に起こるかもしれない出来事への不安や恐怖は増殖する。それは起こるかもしれないし、起こらないかもしれないが、起こると予測するにせよ、起こらないと予測するにせよ、不安や恐怖は消えない。起こると予測しても実際には起こらないかもしれないが、いつか起こるのではないかという不安・恐怖はむしろ高まるのだ。「われわれが脅威を感じるとしたら、脅威は存在するのだ。脅威は情動的に自己増殖する」（"The Future Birth of the Affective Fact" 54）。

「「希望」とは、われわれがその結末に疑念をもつ未来ないし過去の事物の像から生じる不安定な喜びにほかならない。反対に「恐怖」とは、同じく不確実な事物の像から生じる不安定な悲しみである」とスピノザは定義した（『エチカ』第三部定理一八備考二、『スピノザ全集Ⅲ』一三六頁）。マッスミは、これを次のように読み換える――「恐怖とは、不気味な未来に対する、現在の予測的な現実である。それは、実在しないけれども感じられる現実であり、事物の情動的な事実としてのしかかる現在である」（"The Future Birth of the Affective Fact"54）。

アメリカという国は、得体のしれない不気味な他者への恐怖に取り憑かれてきた。得体のしれない不気味な他者が及ぼすかもしれない暴力への強迫観念と、そうした暴力的な他者によって傷つくことへの恐怖が、その建国時からアメリカという国家をめぐる言説を特徴づけてきたというだけでなく、そうした言説こそがアメリカという国民国家のアイデンティティを形成してきたと言っていいだろう。

自由を求めて新天地に移住してきた人たちは、自分たちの居場所を確保するための闘いのなかで、自分たちが求めている自由が脅かされるのではないかという恐怖をつねに感じていたはずだ。そしてそれは、何よりもまず彼らが肌で感じた身体的な恐怖、すなわち情動的な恐怖だった。

国民国家としてのアメリカのアイデンティティをめぐる言説は、この情動、恐怖という情動を克服しようとして、それに具体的な名前と顔を与え、人々の恐怖を煽ってきた。それを、アメリカを脅かす〈外部〉として排除し、そうすることによって〈内部〉のアイデンティティを確保しようとしてきた。そのようにして名指された不気味な他者たちのなかには、先住民インディアンという人種的他者、魔女という人種的・宗教的・ジェンダー的他者、黒人奴隷という人種的・階級的他者、共産主義者という政治的他者、同性愛者という性的他者、あるいはテロリストという政治的・宗教的他者……がいる。

こうした言説は、植民地時代にまで遡って見ることができるが、注目すべきは、それが政治的な戦略として繰り返し利用されてきたことだ。しかも、それは過去のアメリカの話ではない。「恐怖の政治学」と名づけることができるこの戦略は、今も実践されている。

第四五代アメリカ大統領のドナルド・トランプは、就任以来——というより、大統領選挙中から——この「恐怖の政治学」を露骨に行使してきた。国民の不安と恐怖を煽り、アメリカを脅かす「不気味な他者」を排除することによって、「偉大なアメリカ」を回復しようと訴えるトランプの政治戦略を、政治学者のマイケル・ユアは「ゴシック・ポピュリズム」と呼んだ。トランプは、現実の、あるいは潜在的な敵を名指し、それをあからさまに排除することによって、「わたしたち」のアイデンティティを確保しようとした、というのだ。アメリカの統一と安全を脅かす危険な「他者」として、たとえば不法移民やイスラム過激派をやり玉に挙げ、彼らに対する恐怖を煽ることによって「わたしたち」の結束を図ろうとしたのだ。ユアがトランプ大統領のポピュリスト的な政治姿勢を「ゴシック」と呼ぶのは、それが、エドガー・アラン・ポーの煽情的な物語のように、「目に見える、あるいは目に見えない脅威を喚起して、恐怖と不安を生み出す」（Ure）からだ。

7　情動に触れる批評

これまで見てきたように、今日の情動論の大本には、スピノザによるデカルト批判がある。デカルトは、身体（情動）を精神（理性／意志）によって管理すべきものと考えた。それに対してスピノザは、心（精神）は身体から自立しているわけではなく、それもまた身体の一部であり、その限りにおいて、身体という自然の条件を超えることはできないと考えた。精神と身体、意識と情動は、どちらかがどちらかを支配し管理するという関係にあるのではなく、たがいに干渉し合い、影響し合っている。スピノザの〈アフェクトゥス（情動）〉という概念は、たがいに影響《アフェクト》し／影響《アフェクト》され、触発《アフェクト》し／触発《アフェクト》される、そういう動的な関係を指し示しているのだ。

思考を身体から切り離し、精神と身体、心と体を二項対立的に捉えるデカルト主義は、自然科学だけでなく人文科学においても、いまだに根強い。そうしたなかで、デカルト的な心身二元論を解きほぐし、〈情動〉という、精神と身体の動的な関係に目を向けるきっかけを与えてくれたのがスピノザの情動論だ。だからこそ、情動の哲学（ドゥルーズ）、情動の社会学（マッスミ）、情動の脳科学（ダマシオ）はつねにスピノザを参照しているのだ。そして、わたしたちのこの序章が、スピノザの情動論を中心にすえて重要視している理由もまた、そこにある。

セジウィックがスピノザに言及することはないし、彼女の文学批評とスピノザの情動論のあいだに何らかの直接的な繋がりがあるという痕跡もない。とはいえ、デカルト的な心身二元論を解きほぐし、身体に目を向け、身体が情動として発する声に耳を傾けるという姿勢において、セジウィックの批評はスピノザの哲学倫理を共有している、と言っていいだろう。そして、そうした姿勢は、セジウィックの最後の著作である『タッチング・フィーリング』にとりわけ顕著に見られる。

この姿勢はまた、癌に侵された身体と対話しながらこの著作に収められている論考の執筆を続けたセジウィックの姿勢とも重なるだろう。そう考えれば、『タッチング・フィーリング』というタイトルは、触れること《タッチング》、さわって感じること《フィーリング》によって身体が発する情動の声に身を傾ける、という意味をおびているように思えてくる。それはセジウィックの批評の姿勢であると同時に、執筆しながら闘病を続けた晩年の彼女の姿勢でもあったのではないか。

『タッチング・フィーリング』の第四章は、「パラノイア的読解と修復的読解、あるいは、とってもパラノイアなあなたのことだから、このエッセイも自分のことだと思っているでしょ」と題されている。このタイトルが示すように、ここでセジウィックは、彼女自身も実践してきた批評のあり方を「パラノイア的読解」と呼び、その批評的姿勢のこわばりを解きほぐすものとして「修復的読解」を提起している。

「パラノイア的読解」とは、テクストのなかに、あるいはその背後に潜む隠された意味を探りだし、その抑圧の構造を暴くという「懐疑的」な姿勢に貫かれた批評的読みのことだ。セジウィックによれば、パラノイアは「理解のためのほかの方法あるいはほかに理解すべきもののあらゆる意味での可能性を、（……）みるみる吸いとって大きくなっていく」という点で「強い理論」だ（*Touching Feeling* 131; 二一〇頁）。パラノイアは「トムキンズが「強い情動の理論」――この場合では強い屈辱の理論あるいは強い屈辱と恐怖の理論――と呼ぶものの格好の例」（133; 二一三頁）なのだが、「それがカバーする広い範囲と透徹した排除性によって同語反復的になる危険性が高くなる」（135; 二一五頁）とセジウィックは言う。パラノイアは「伝染しやすい」（126; 二〇一頁）ので「教えやすい」が、それだからこそ、「強い理論の強大な守備範囲と還元力は、同語反復的な思考を見分けづらくするだけでなく、それを余儀なく、そしてほとんど不可避のものにさえする」（136; 二一七頁）のだ。セジウィックは、トムキンズに倣って、パラノイアを「ネガティヴな情動」（136; 二一八頁）に分類したうえで、「パラノイアを特徴づけているのは知識それ自体の——それも暴露というかたちをとる知識の——効果に寄せる絶大なる信頼」（138; 二二一頁）だと言う。

ジュディス・バトラーの『ジェンダー・トラブル——フェミニズムとアイデンティティの攪乱』（一九九〇年）が呈示したのは、まさにこうした「強い、ネガティヴな情動の理論」にほかならない。バトラーのクィア理論は、同性愛を嫌悪し、差別する異性愛中心主義の暴力に抗して、あたかも「自然」であるかのようにみなされているジェンダー・アイデンティティ——それによってわたしたちは「自然な女《ナチュラル・ウーマン》」（あるいは「自然な男」）としてふるまっている——を攪乱し、その「幻想性を暴き」（*Gender Trouble* 146; 二五七頁）、「その根源的な不自然さを暴露する」（149; 二六〇頁）ものだった。

セジウィック自身の「クィア・リーディング」もまた、こうしたパラノイア的読解の実践にほかならない。ゴシック小説論で博士論文（『ゴシック・コンヴェンションの一貫性』）を書いたセジウィックは、一九八五年に出版した『男同士の絆——イギリス文学とホモソーシャルな欲望』のなかで、一八―一九世紀のイギリス男性作家たちのゴシック小説に同性愛的（あるいはホモソーシャル的）欲望と同性愛恐怖《ホモフォビア》を読みとり、「ゴシック小説とは男性同性愛とホモフォビアとの弁証法的関係を結晶化した小説であり、ホモフォビアはパラノイア的なプロットの主題として作品に登場した」（*Between Men* 92; 一四一頁）として、「パラノイド・ゴシック」という概念を提起した。同性愛的欲望と同性愛恐怖の「弁証法的関係」は、セジウィックによれば、「言葉にしてはいけないもの」を「言葉にできない」ものとして語る、ゴシックのアレゴリー的戦略によって呈示される。たとえば、「『放浪者メルモス』というパラノイアを描いた小説には、迫害者メルモスが遂に男を追い詰めて観念させ、自分は一体何を望んでいるかを相手に漏らす場面がある。ところがその内容は決して読者に明らかにされない——この地点で手稿はぼろぼろに「全く判読不可能」になり、しかもメルモスが口にできない言葉をあえて口にしようとすると、その言葉もかき消されてしまう」のだ（(*Between Men* 94; 一四四頁)）。セジウィックにとって、ゴシックを「読む」ということは、「言葉にしてはいけない」セクシュアリティの「秘密」を、「言葉にできない」という言葉で物語に回帰させるゴシックのアレゴリー的戦略を読むことなのだ。

見たところは紛れもない異性愛の恋愛を描いているように見える物語の背後に「隠された秘密」をあぶりだすこと。そもそもクィア・リーディングというのは、ヘンリー・ジェイムズの短編小説「密林の野獣」（一九〇二年）をめぐって、セジウィックが「クローゼットの野獣」（一九八六年）という論考（『クローゼットの認識論——セクシュアリティの20世紀』（一九九〇年）所収）で展開したように、「語ってはいけないこと」として語られている「秘密」をめぐる読みだ。「密林の野獣」で語られているのは、男性の主人公には「秘密」があるということ、そして彼の将来には未知の何かが待ち受けているということだけだ。その「秘密」の内容はけっして語られない。というより、それは「語ってはいけないこと」として語られるのだ。数年ぶりに再会した男女、ジョン・マーチャーとメイ・バートラムが親密な交際をつづけながらも、マーチャーは自分の人生にはカタストロフ（密林に潜んでいつ襲ってくるかわからない野獣）があると確信しているため、結婚にも肉体関係にも至れないまま終わってしまう。二人は年老いて、バートラムが死ぬ。マーチャーは、バートラムの死こそがカタストロフであり、手遅れになった時点で彼女への愛を確認し、自分の人生には情熱が欠けていたことを知る、といった内容だ。従来の解釈では、この作品あるいは主人公の自己解釈を複製し、彼は彼女を愛していたにもかかわらず、自分では認めようとしないまま、彼女を失い、一方彼女も彼を愛していたが、それを理解してもらえずに終わるといった、成就しなかった異性愛の物語として読まれてきた。それに対してセジウィックは、これを同性愛をめぐる秘密の物語として読み換えるのだ。状況証拠を参照し、作者の性的傾向をも参照しながら、主人公の男性は同性愛者かもしれないし、そうでないかもしれないが、自分が同性愛者であるかもしれないという可能性に怯えるホモセクシュアル・パニックに陥ったのだ、というふうに。

セジウィックがフェミニズムの重要な「発見的前進」として挙げたジェンダーの「アレゴリー的読解」もまた、テクストに潜む隠された意味を徹底的に暴きだす、パラノイアの「強い理論」の同語反復的な読みの実践にほかならない。それを特徴づけるのは、「暴露というかたちをとる知識」のパラノイア的な衝動だ――「あるテクストの二項対立――たとえば、自然対文化、私的なもの対公的なもの、肉体対精神、受動性対積極性――は、文化と歴史の特定の圧力のもとで男性と女性の関係を暗に指し示すアレゴリーを発見するための格好の場」であるのだから、「名目上はジェンダー化されていない構築物を、ジェンダーの視点から分析しそこなうとしたら、そのこと自体が読みのジェンダー・ポリティックスにおいてきわめて偏向的な動きになりうる」(*Epistemology of the Closet* 34; 四八–四九頁)。ここで言っておかねばならないのは、こうした「パラノイア的読解」に対してセジウィックが批判的であるとしても、彼女がそれを否定しているというわけではけっしてない、ということだ。「パラノイア的読解」を否定して、それを乗り超えるものとしての「修復的読解」を提起しているのではない。セジウィックのクィア・リーディングは、バトラーのクィア理論がそうであったように、広い守備範囲と強い還元力のある「強い情動《アフェクト》の理論」だ。だからこそ、わたしたちを触発《アフェクト》し、大きな影響を与える「発見的な」力をもったのだ。そして、「強い情動の理論」であったからこそ、暴力的な同性愛差別への異議申し立てとして政治的な影響力《アフェクト》をもった、と言ってよい。そういう「パラノイア的読解」の強い力《アフェクト》を認めつつ、それが孕む危険性を自覚すること、そこからセジウィックの言う「修復的読解」が生まれてくるのだ。

言い換えれば、「パラノイア的読解」と「修復的読解」は対立しているのではなく、むしろ対になっている。「パラノイア的読解」がなければ「修復的読解」はありえない。隠された意味を徹底的に暴き、すべてを白日の下に晒したいというパラノイア的な衝動がなければ、抑圧の構造を明らかにすることはできない。しかし、岸まどかが指摘しているように、「うたぐり深いパラノイア批評の奇妙なまでに従順な「暴露への信頼」が隠された真実を暴くこと自体を自己目的化してしまうとき、それが知的な、そして政治的な袋小路に陥ってしまう」(岸 三四二頁)ことに気づかなければならない。[7]

すべてを暴こうとする「同語反復的」な暴露、あるいは暴露的な読解の同語反復は、わたしたちにとって大切な何かを見えなくさせてしまう危険がある。その何かを探るのが、セジウィックの言う「修復的読解」なのだが、その何かは、徹底的に暴露し、解明しようとする「パラノイア的読解」のあとに、解明できない残余として見えてくる。その何か、「パラノイア的読解」の残余としての何かが具体的にはどのようなものなのか、セジウィックは語っていないし、また、それを探る「修復的読解」がどのようなかたちで実践されうるのかについても、セジウィックは語っていない[8]。

おそらく、それは語ることのできない「何か」なのだろう。語ることができないもの、いくら言語化しようとしても、そこから溢れだしてしまうもの。セジウィックの最後の著作『タッチング・フィーリング』は、それを、身体が発する情動の声として捉えようとしているのだが、それは、この本のタイトルが示唆しているように、捉えられるというよりは、「触れる《タッチ》」ことしかできないものなのかもしれない。

『論理哲学論考』(一九二二年)の最後で、ウィトゲンシュタインは「語りえぬものについては、沈黙しなければならない」と述べた(ウィトゲンシュタイン 一二〇頁)。「語りえぬもの」とは、論理の限界、言語の限界を超えたもののことだ。論理(言語)は、語りうるものについては、徹底的に論理的に語らなければならない。しかし、みずからの限界を超えた「語りえぬもの」、すなわち神秘を前にしたときには、沈黙して祈るしかない。「語りうるもの」と「語りえぬもの」、論理(言語)と神秘は、対立しているのではない。両者は、互いに相手を必要とする相互的な関係にある。論理(言語)によって徹底的に語らなければ、それによって語りえぬ神秘は見えてこないからだ。

身体が発する情動の声について語るというよりは、それに「触れる」こと。それがセジウィックが「修復的読解」と呼ぶものであるとしたら、その批評的な姿勢はヴィトゲンシュタイン的な倫理なのかもしれない。あるいは、それはセジウィックにとって、批評の「哲学」であったと言えるかもしれない[9]。

心《マインド》(精神)によって身体をコントロールするのではなく、身体が発する情動の声に耳を傾けること、触れて、感じること。そして、なぜ身体がそのような声を情動として発しているのかを考えること。それがセジウィックの情動論なのだとしたら、この批評的な態度そのものは、自然科学も人文科学も社会科学も共有しているはずである。

【註】

（1）セジウィックとフランクの論文は、二人が編纂したトムキンズの *Shame and Its Sisters* の序論として書かれたものであり、その後セジウィックの *Touching Feeling* の第三章として収録された。マッスミの論文は、彼の著書 *Parables for the Virtual* の第一章として収録されている。

（2）岸まどかが言うように、教育は「避けがたく情動的な関係性のなか」（岸 三五二頁）にある。

（3）ここで強調しておかねばならないのは、情動が「意識化できない」、「言説以前の」身体的反応であるとしても、そのようなものとして情動が見出されるのは、あくまでも言説による意識化によってである、ということだ。情動は、「自然で」、「中立的な」反応なのではない。それは、つねにすでに社会的、文化的、あるいは政治的に枠づけられている。ジュディス・バトラーは、「あからさまな悲嘆であれ憤りであれ、（……）権力の体制によって高度に規制され、時にはあからさまな検閲を受けるような、情動的な反応」について述べている。たとえば、アメリカが関与したイラクとアフガニスタンでの戦争において、「わたしたちは、情動がいかに規制され、戦時下での協力体制、とりわけ国家主義的な絆を支えているのかを」見た（*Frames of War* 39-40; 五六頁）。そこでは、人の死を嘆き悲しむという「原初的」な情動でさえ、格差をともなって経験されるのだ。誰の死を嘆き悲しむことができ、誰の死はそうではないかは、わたしたちの人間性によるのではなく、むしろ暗黙のうちになされている政治的な区分によるのだ。つまり、「わたしたちが、切迫した、理性にもとづくわけではない関心を寄せる相手と、生きようが死のうがこちらの心は全く動かない相手、そもそも生として立ちあらわれてこない人々とに。情動的な応答性のレベルにこのような格差をつくりだした規律権力を、わたしたちはどのように理解すべきなのだろうか？（……）わたしたちの情動はけっしてわたしたちだけのものではない。そもそものはじめから、情動は、どこか他のところから伝えられるのである。情動は、世界を特定のやり方で認知するよう、世界の特定の側面を受け入れて他の側面に抵抗するように、わたしたちを仕向けるのだ」(50; 六八頁)。

(4) 上野修訳では、affectus は「感情」、affectio は「変状」と訳されている。

(5)『デカルトの誤り』の「序文」への注で、ダマシオは次のように述べている――「読者は筆者が情動(emotion)と感情(feeling)を相互に置き換え可能な形で使っていないことに気づかれるだろう。おおむね、筆者は、通常ある特定の心的内容によって誘発される脳ならびに身体に生じる一連の変化に対して、情動(emotion)という言葉を使っている。それに対して感情(feeling)は、それらの変化の知覚である」。

ちなみに、アラン・ブラッサは、affect(情動)、emotion(情動/感情)、feeling(感情)という三つの概念の関係性について、この三つは「同心円をなす」と説明している(Bourassa 42-43)。ブラッサによれば、feeling は個人的なもの――わたしの「個人的な感情(feeling)」――わたしの愛、憎悪、幸福、疑念――である。どのように混じり合っていても、feeling はつねに名づけうるものであり、まさに名づけられたときに存在するということができる。emotion はより複雑であり、feeling にとっての可能性の条件の一つである。emotion は feeling に伴われるが、emotion それ自体は志向性、すなわち世界に対するスタンスに似たものだ。それは、必ずしも心理的なものではなく、心の傾向《ディスポジション》のようなものである。emotion が心の傾向であるとすれば、わたしたちは何かによって、何かをしたい気にさせられる《ディスポーズド》ということになるが、それでは何によってか? スピノザ研究においてドゥルーズが呈示する答えは、affect である。スピノザにとって affect は、実体(スブタンティア)、あるいはスピノザが実体と交換可能なものとして使う語、すなわち自然(ナトゥラ)あるいは神(デウス)の実践のうちに示されている。スピノザにおいて、自然(あるいは神、ないし実体)の能動的な――つねに能動的な――力は、変様=感情(アフェクチオ)を通して表現される。「様態(modus)とは、実体(substantia)の変様(affectio)を意味する」というのが、『エチカ』第一部の実践五である。実際、この能動的な力こそが世界であり、様態すなわち実体の変様体とは、わたしたちが存在と名づけているものである。

(6) 日本語訳『シネマ1』では「感情イメージ」と訳されている。『シネマ2』の日本語訳では、'affect' も 'affection' も「情動」と訳されているが、『シネマ1』では 'affect' を「情動」、'affection' を「感情」と訳し分けている。その理由については、『シネマ1』の訳注「第6章*1」を参照。ここでは、『シネマ2』の日本語訳に従った。

(7)「パラノイア的読解」が孕む危険は、文学批評だけの問題ではない。リチャード・ホフスタッターの『アメリカ政治におけるパラノイド・スタイル』(一九六四年)に言及しながらセジウィックが考察しているように、人を陰謀論へと駆り立てるのも、パラノイア的衝動だからだ。人を陰謀論へと駆り立てるのは、隠された意味への渇望だ。何か不可解で理解しがたい出来事が起こったとき、人はそれを意味づけないではいられない。どこかにその原因を求めないではいられない。その原因が「魔女」として、あるいは「イルミナティ」と呼ばれる秘密結社の陰謀として意味づけられると、「暴露への信頼」はほとんど宗教的信仰にも等しいものになる。

アメリカの歴史には、つねに陰謀論がつきまとっている。建国間もない一七九八年に、高名な地理学者で聖職者のジェディディア・モールスが「フランス革命はイルミナティの陰謀であり、すべての宗教と政府の破壊を目的としており、アメリカもその標的になっている」と主張した。「イルミナティ」は、ホフスタッターが『アメリカ政治におけるパラノイド・スタイル』を書いた一九六〇年代に極右の強迫観念の対象として復活し、その存在は一九八〇年代と九〇年代にかつてないほど大きく膨れ上がった。そして、陰謀論はいまも衰えることなく反復されている。最近では、「Qアノン」と呼ばれる陰謀論。二〇二〇年の大統領選挙で、ドナルド・トランプ陣営は結果が確定した後も「選挙に不正があった」と訴え続け、翌二〇二一年一月六日には、連邦議会議事堂が襲撃される事件が起きたが、襲撃者の多くは「Qアノン」の陰謀論を信じていると言われている。世界規模の児童売春を組織している小児性愛者の秘密結社があり、影でアメリカの政治を支配しているが、トランプはそれと闘っている英雄だ、というのだ。これ以外にも、ネット上ではさまざまな陰謀論が展開されている。陰謀論はアメリカ文化の一部だと言うことさえできるかもしれない。

なお、巽孝之の『パラノイドの帝国——アメリカ文学精神史講義』(二〇一八年)は、ホフスタッターの『アメリカ政治におけるパラノイド・スタイル』を主要な参照軸にして、アメリカの文学・文化に潜在する陰謀論という政治的パラノイアの精神史をたどっている。

(8)もしかすると、『タッチング・フィーリング』の最後の章が関心を向けている「仏教の教育」がそのヒントを与えてくれるのかもしれないが、定かではない。

(9)『「ふれる」ことの哲学』(一九八三年)のなかで、坂部恵は次のように言っている——「ふれるということはもっとも根源的な経験において、われわれは、自—他、内—外、能動—受動といった区別を超えたいわば相互浸透的な場に立ち会う」(二一頁)。触れるという行為は「触覚に限られるものではなく、むしろより根源的な(……)おそらくはすべての感覚におよぶひろがりをもった基層にあるもの」であり、ふれるという体験には「相互嵌入の契機、ふれることは直ちにふれ合うことに通じるという相互性の契機、あるいはまたふれるということが、いわば自己を超えてあふれ出て、他者のいのちにふれ合い、参入するという契機」をはらんでいるからだ（二六―二七頁）。

【引用文献】

Bourassa, Alan. *Deleuze and American Literature: Affect and Virtuality in Faulkner, Wharton, Ellison, and McCarthy*. Palgrave Macmillan, 2009.

Butler, Judith. *Frames of War: When Is Life Grievable?* Verso, 2009.『戦争の枠組――生はいつ嘆きうるものであるのか』清水晶子訳、筑摩書房、二〇一二年。

――――. *Gender Trouble: Feminism and the Subversion of Identity*. Routledge, 1990.『ジェンダー・トラブル――フェミニズムとアイデンティティの攪乱』竹村和子訳、青土社、一九九九年。

Clough, Patricia, and Jean Halley, editors. *The Affective Turn: Theorizing the Social*. Duke UP, 2007.

Gregg, Melissa, and Gregory J. Seigworth, editors. *The Affect Theory Reader*. Duke UP, 2010.

Massumi, Brian. "The Autonomy of Affect." *Cultural Critique*, vol. 31, Autumn, 1955, pp. 83-109.

――――. "The Future Birth of the Affective Fact: The Political Ontology of Threat." *The Affect Theory Reader*, edited by Melissa Gregg and Gregory J. Seigworth, Duke UP, 2010, pp. 52-69.

――――. "Notes on the Translation." *A Thousand Plateaus: Capitalism and Schizophrenia*, by Gilles Deleuze and Félix Guattri, translated by Brian Massumi, U of Minnesota P, 1987, pp/ xvi-xviii.

――――. *Parables for the Virtual: Movement, Affect, Sensation*. Duke UP, 2002.

Sedgwick, Eve Kosofsky. *Between Men: English Literature and Male Homosocial Desire*. Columbia UP, 1985.『男同士の絆――イギリス文学とホモソーシャルな欲望』上原早苗・亀澤美由紀訳、名古屋大学出版会、二〇〇一年。

――――. *Epistemology of the Closet*. U of California P, 1990.『クローゼットの認識論――セクシュアリティの20世紀』外岡尚美訳、青土社、一九九九年。

——. *Touching Feeling: Affect, Pedagogy, Performativity*. Duke UP, 2003.『タッチング・フィーリング——情動・教育学・パフォーマティヴィティ』岸まどか訳、小鳥遊書房、二〇二二年。

Sedgwick, Eve Kosofsky, and Adam Frank. "Shame in the Cybernetic Fold: Reading Silvan Tomkins." *Critical Inquiry*, vol.21, no.2, 1995, pp. 496-522.

Tomkins, Silvan S. *Shame and Its Sisters: A Silvan Tomkins Reader*. Edited by Eve Kosofsky Sedgwick and Adam Frank, Duke UP, 1995.

Ure, Michael. "Trump's Gothic Populism: Comparing Trump's Inauguration Speech to Obama's." *Publicx Seminar*, vol. 15, Feb. 2017, http://www.publicseminar.org/2017/02/trumps-gothic-populism/

伊藤守『情動の権力——メディアと共振する身体』せりか書房、二〇一三年。

ウィトゲンシュタイン、ルートヴィヒ『論理哲学論考』［一九二二年］『ウィトゲンシュタイン全集1』奥雅博訳、大修館書店、一九七五年。

岸まどか「月を指す指——『タッチング・フィーリング』訳者解説」、イヴ・コソフスキー・セジウィック『タッチング・フィーリング——情動・教育学・パフォーマティヴィティ』岸まどか訳、小鳥遊書房、二〇二二年、三二五—六〇頁。

小林直毅「メディア表象の不可抗性とテレビ的イメージ」『社会志林』（法政大学社会学部学会）56巻4号、二〇一〇年三月、一六三—七六頁。

坂部恵『「ふれる」ことの哲学——人称的世界とその根底』岩波書店、一九八三年。

スピノザ、バールーフ・デ『エチカ』［一六七七年］『スピノザ全集Ⅲ』上野修訳、岩波書店、二〇二二年。

巽孝之『パラノイドの帝国——アメリカ文学精神史講義』大修館書店、二〇一八年。

ダマシオ、アントニオ・R『感じる脳——情動と感情の脳科学　よみがえるスピノザ』［二〇〇三年］田中三彦訳、ダイヤモンド社、二〇〇五年。

——『デカルトの誤り——情動、理性、人間の脳』［一九九四年］田中三彦訳、ちくま学芸文庫、二〇一〇年。

ドゥルーズ、ジル『シネマ1——運動イメージ』［一九八三年］財津理・齋藤範訳、法政大学出版局、二〇〇八年。

——『シネマ2——時間イメージ』［一九八五年］宇野邦一・石原陽一郎・江澤健一郎・大原理志・岡村民夫訳、法政大学出版局、二〇〇六年。

――『スピノザ――実践の哲学』［一九八一年］鈴木雅大訳、平凡社、一九九四年。

――『批評と臨床』［一九九三年］守中高明・谷昌親訳、河出文庫、二〇一〇年。

――『フーコー』［一九八六年］宇野邦一訳、河出書房新社、一九八七年。

ドゥルーズ、ジル／フェリックス・ガタリ『千のプラトー――資本主義と分裂症』［一九八〇年］宇野邦一・小沢秋広・田中敏彦・豊崎光一・宮林寛・守中高明訳、河出書房新社、一九九四年。

――『哲学とは何か』［一九九一年］財津理訳、河出文庫、二〇一二年。

ムロディナウ、レナード『「感情」は最強の武器である――「情動的知能」という生存戦略』［二〇二二年］水谷淳訳、東洋経済新報社、二〇二三年。

第1章

情動と芸術生成

――オスカー・ワイルドと谷崎潤一郎を中心とした比較芸術研究――

日高真帆

1　はじめに

本章では、本論集の目的に則して、〈情動〉という分析概念の文学・芸術研究への有効性を示すべく、〈情動〉と複数の芸術様式との関係性を示す作品の分析及び比較研究に焦点を当て、その考察を通して〈情動〉とは何かという問題を追究する。本書は文学作品や舞台・映画作品における情動を考察対象としているが、それはつまり、芸術というものが情動とどのような関わりを持っているのかという問題でもあり、解明の鍵は第一に文学作品自体のなかに見出すことができる。

特に芸術生成の過程における登場人物たちの情動が詳述された文学作品を取り上げ、文学テクストの解釈を通して〈情動〉と芸術生成の関係への考察を深めたい。その際、この問題を考察する上で異なるタイプの例を提示するオスカー・ワイルドの作品にまず着眼し、さらに日本におけるワイルドの受容に顕著な役割を果たした谷崎潤一郎の作品とも比較考察することで多角的アプローチを行う。考察対象としては、ワイルドについては、ワイルド唯一の長編小説『ドリアン・グレイの肖像』（一八九一年）、一幕の悲劇『サロメ』（一八九六年）を中心に、短編小説「夜鳴鶯と薔薇」（一八八八年）や「幸福の王子」（一八八八年）も取り上げる。また、芸術生成という点においてこれらの作品との関連性が認められる谷崎の「刺青」（一九一〇年）との比較考察を行う。

谷崎は「日本のワイルド」とも称されるほどにワイルドとの関わりが深い作家である。谷崎はジャンルを問わずワイルドの作品を受容し、『ドリアン・グレイの肖像』や『サロメ』に加えて童話作品の影響を受けた作品も著した。谷崎の「人魚の嘆き」（一九一七年）には、ワイルドの「漁師とその魂」（一八九一年）やオーブリー・ビアズリーによる『サロメ』の挿絵が反映されている。[1] 谷崎はワイルド作品の翻訳も行っており、日本におけるワイルドの受容に大きく貢献した。そのような谷崎とワイルドの作品の関わりのなかで特に興味深いのは「刺青」とワイルドの複数の作品の関係及びそこにおける情動と芸術創造の関わりである。本章ではその比較研究から情動への考察を深める。

さらに、特に舞台芸術と映像芸術に焦点を当て、情動がさまざまな芸術表現とどのように関わっているのかを追究する。その際、ワイルドや谷崎の作品の舞台化・映画化作品も視野に入れ、芸術の生成・創造行為と情動の関係や、文学作品が他の芸術様式へと翻案された際に生じる情動への影響の分析へと議論を深める。

2　情動の多様な定義

そもそも情動とは一体何であろうか。これまでしばしば指摘されてきたように、さまざまな分野において、〈情動〉とそれに関連する用語の定義と用法は、原語においても訳語においてもかなり曖昧であると言わざるをえない。本書の序章「情動論の可能性」でも、文学系・社会学系の情動研究と自然科学系・心理学系の情動研究でそれぞれ affect と emotion という異なる概念用語が使われていることや、スピノザの邦訳では affectus が「感情」と訳され、アントニオ・ダマシオの翻訳書では emotion を「情動」、feeling が「感情」と訳され、議論に支障をもたらしている点が指摘されている。

これに関して、ダマシオ自身、『感じる脳――情動と感情の脳科学　よみがえるスピノザ』の註のなかで英訳における訳語の混乱を指摘している。

> もっとも広く使われている英語翻訳版のスピノザの著作の一つ――１８８３年に英国で出版，R. H M. Elwesが翻訳――は、ラテン語のaffectusを「情動」（emotion）と訳し、こうした言葉の不正確な用法をいまも助長しつづけている。これに対して、Edwin Curleyの現代アメリカ翻訳版は、〈アフェクトゥス〉を「情緒」（affect）と適切に訳している。（301; 四〇三頁）

実のところ、この四〇三頁で「情緒」と訳されている affect は、その同じ『感じる脳』において、ルビを振って「情感《アフェクト》」（27; 五〇頁）と訳されている。こうした関連する用語に対する複数の翻訳の混在は事態を明らかに複雑化し、かつ、同一分野どころか同一作家の訳書においてさえそのような混在とそれによる混乱が生じていることがわかる。

ジョセフ・ルドゥーは、『情動と理性のディープ・ヒストリー――意識の誕生と進化40億年史』のなかの「情動意味論の落とし穴」と題した第六二章冒頭において語法の問題について次のように述べている。

> 私たちの情動は、私たちがもっとも気にかけている意識的な経験である。しかしそれらを科学的に研究するのがとくに困難なのは、科学者が「情動」を科学的な構成要素として説明するのに、日常的な言語に頼ってきたからである。私は、一般的に情動を表す言葉は科学の分野では使われているが、その使われ方には一貫性がなく、不適切なことも多いと考える。（337; 三四四頁）

このように、世界的に、翻訳を介しての混乱も手伝って、場合によっては同一の専門領域においてさえ生じている〈情動〉の語法の齟齬は、分野を超えた定義の明確化と、多分野にまたがる分析概念である情動に関する学際的比較研究とが喫緊必須であることを示している。

それでは、実際、〈情動〉はどのように定義されているのだろうか。まず辞書での定義を見てみよう。『広辞苑』第七版には「〔心〕(emotion) 怒り・恐れ・喜び・悲しみなどのように、比較的急速にひき起こされた一時的で急激な感情の動き。身体的・生理的、また行動上の変化を伴う」とあり、『大辞林』第四版には「〔emotion〕《心》感情のうち、急速にひき起こされ、その過程が一時的で急激なもの。怒り・恐れ・喜び・悲しみといった意識状態と同時に、顔色が変わる、呼吸や脈搏が変化する、などの生理的な変化が伴う。情緒」とある。さらに、『大辞林』の「情緒」の項目には「①人にある感慨をもよおさせる、その物独特の味わい。また、物事に触れて起こるさまざまな感慨。②《心理》→情動に同じ。〔もともと →1の意。「哲学字彙」（一八八一年）に英語 emotion の訳語として載り、心理学用語として定着〕」とある。このように、訳出を通して混乱を来してきたさまが辞書からも見て取れる。

〈情動〉についての両者の定義を比較すると、『大辞林』では「生理的な変化」にのみ言及されているのに対し、『広辞苑』ではそれに留まらず「身体的・生理的、また行動上の変化を伴う」としており、変化の内容が幅広い。しかしながら、これらの定義に共通するのは、情動が「一時的で急激な感情」であり、「生理的な変化が伴う」としている点である。ここには大きくは二点の問題点がある。第一に、感情と情動を十分区別化していない点、第二に、「一時的で急激な感情」として情動を限定している点である。無論辞書的な定義を本書での議論に短絡的に当て嵌めようとするのは所詮無理なことではあるが、議論の起点としては有効である。まずはこれら二点を検証することで、本章で扱う情動の本質に迫ることを試みたい。

　第一に、情動と感情の違いを明確化する必要がある。ダマシオは、「このちがいを利用しようというのが、感情の解明のために私がとっている研究戦略である。」（27; 五〇頁）と述べているが、その「研究戦略」は当然情動の解明にも援用できる。ダマシオは言う――

> （……）情動からはじまって感情で終わる一連の複雑な事象を理解しようというなら、そのプロセスを、外にあらわれる公《パブリック》な部分と内にとどまる私的《プライベート》な部分とに原理的に分離することが助けになるだろう。研究の目的にそって、私は前者を「情動」、後者を「感情」と呼んでいる。（……）
>
> （……）本書で言う情動とは動作または動きであり、その多くは外にあらわれている。たとえば、顔や声や特定の行動にそれが生ずると、他人はそれを見ることができる。（……）これに対して感情は、すべての心的イメージが必然的にそうであるように、つねに内に隠れており、その正当な所有者以外の人間には見えないという意味で、有機体の脳の中で生じる感情は、その有機体のもっとも私的な財産と言える。
>
> 　情動は身体という劇場で演じられ、感情は心という劇場で演じられる。（27-28; 五〇–五一頁）

　劇場には観客が付きものである。「身体という劇場で演じられ」る情動の観客が自身のみならず他者であり、自身よりもむしろ他者であるのに対して、「心という劇場で演じられる」感情の観客は自身のみである。これは、情動が「外にあらわれる公《パブリック》な部分」であり「他人はそれを見ることができる」という特性を持つ一方で、感情は「内にとどまる私《プライベート》的な部分」であり「つねに内に隠れており、その正当な所有者以外の人間には見えない」という特性を持つことを端的に表している。これに先立ちダマシオはシェイクスピアの『リチャード二世』の台詞において言及される情動と感情の概念の相違に依拠して議論を展開しているが、ダマシオに限らずこのように情動を論じる上で、比喩や例示としての援用も含め演劇や演劇関係の概念がしばしば取り入れられていることは、情動理論への演劇や演劇学の有効性を示唆しているように思われる。本章ではこの点についてワイルドの戯曲『サロメ』や劇中劇的要素の考察を通して示したい。

次に、先の辞書における定義の第二の問題点である「一時的で急激な感情」として情動を限定する点について検証しよう。この点については、情動と衝動の違いを明確化する必要がある。イヴ・コソフスキー・セジウィックは、『タッチング・フィーリング——情動・教育学・パフォーマティヴィティ』においてシルヴァン・トムキンズの理論を紹介する過程で以下のように述べている。

情動は衝動より、たとえば時間（怒りは瞬間的に沸騰して蒸発するかもしれないいっぽうで、一〇年にも及ぶ壮大な復讐劇の動機ともなりうる）や目的（ある曲を聴くよろこびはそれをもっと聴きたいと思わせるかもしれないし、ほかの音楽を聴きたいと思わせるかもしれないし、はたまたみずから作曲家になるために勉強したいと思わせるかもしれない）の面で、ずっと自由度が高い。（19; 四四頁）

ここで明記されている通り、情動は決して「一時的で急激な感情」に限られず、継続する時間の長短は問われない。むしろ、本書の序章でジル・ドゥルーズを引いて論じている通り、情動は「動的な概念」としての側面を持つ点に（こそ）特異性があり、「生成変化、すなわち「ひとつの状態から他へ」という推移（運動）と持続的継起（時間）をともなう」（本書二九頁）点において芸術と本質的関わりを持つということについては、本章でも特に演劇・映画・音楽・

造形美術に焦点を当てて具体的に探究する。

以上の考察から、本章では情動を以下のように定義する――「心身の呼応を引き起こすだけのダイナミクスを持つ心理的・生理的・身体的変化とその継続状態の総称。時間的長短は問わない。」これは一見心理と身体という二項対立にまたがり、二つの異なる要素を結びつけるもののようであるが、人間の存在自体を考えれば、心理も身体も一人の人間に宿るものであり、一人の人間という一つの有機体を情動の土台として考えれば、むしろ従来型の二項対立こそ一つの有機体を分裂させるものであり、本来むしろこのような分裂的ではない概念があってこそ人の生のあり方を追究できるように思われる。

３　ドリアン・グレイの二枚の肖像

オスカー・ワイルドと情動の関係について第一に注目したい点は、耽美的情動や耽美的作品における情動と芸術作品の創造や芸術生成のプロセスの関係である。ワイルドは多くのジャンルで多数の作品を著したが、本章では特に主要登場人物の情動のプロセスが芸術生成のプロセスにおいて描かれている作品に注目する。その際、絵画・舞踊・演劇等異なる芸術様式を扱った作品を取り上げる。また、それらのワイルド作品の翻案作品へも考察対象を広げ、比較芸術研究を行う。

具体的には、特にワイルドの長編小説『ドリアン・グレイの肖像』、悲劇『サロメ』及び短編小説「夜鳴鶯と薔薇」「幸福の王子」を取り上げる。これらの作品に共通しているのは、ジャンルは異なるが芸術作品の創造と情動の関わりのプロセスが作品の中枢を成している点である。『ドリアン・グレイの肖像』では絵画や演劇と情動、『サロメ』では舞踊と情動、「夜鳴鶯と薔薇」や「幸福の王子」では異なるタイプの造形美術と情動の関係が認められる。以下で登場人物の情動や登場人物間の関係性が芸術創造とどのような呼応関係にあるのかを中心に考察することとする。

（1）超自然的肖像の誕生と情動

『ドリアン・グレイの肖像』で描かれる芸術生成と情動の関係は、大きくは絵画と情動の関係と、演劇と情動の関係に分けられる。作中に音楽の描写も出てきはするが、中心は成していない。絵画と情動の関係については、ドリアンと肖像の関係において、演劇と情動の関係については、シビル・ヴェインと演技の関係において描かれている。そして、これらの芸術生成の過程には連動している点がある。以下で具体的に分析していくこととする。

第一に、『ドリアン・グレイの肖像』では、主人公ドリアン・グレイと彼の肖像画が入れ替わり、長年にわたるドリアンの生涯において情動が身体にもたらす経年変化を始めとする物理的変化はキャンバスに描かれた彼の肖像画の方に現れる。極めて短期的、つまり瞬間的に捉えれば、その瞬間瞬間の彼の感情は表情その他の身体表現を通して表出するが、その痕跡がドリアンの身体に継続的影響を与えることはなく、従って経年変化を伴わない。

ドリアンの肖像画は画家バジル・ホールワードによって描かれるが、バジルが彼の最高傑作を完成させ、ドリアンの身体がドリアンの肖像画と入れ替わる契機は、ドリアンがモデルを務めていた際に精神面で根本的な影響を受けたヘンリー卿の影響なしには生まれなかったことを確認しておこう。次の引用は、肖像画の完成日に、バジルが肖像画を仕上げる直前にドリアンに語った台詞からのものである。

（……）きみはきょうほどよくモデルを勤めてくれたことはなかった。申し分なしにじっとしていてくれたからね。お蔭で望みどおりの効果を捉えることができた――ちょっと開いた脣《くちびる》と眼の輝かしい表情と――ハリーがどんな話を聞かせたか知らないけれど、ハリーのお蔭できみが最上の表情を泛《うか》べたことはたしかだ。（185; 四六頁）(2)

この場面は、モデルとしての最終日にヘンリー卿がドリアンのなかに新たな情動を喚起し、ヘンリー卿による感化がドリアンの表情にもそれまでとは異なる影響を与えていたことを示している。そのようなドリアンの変化を捉えて完成した肖像画を初めて見たときのドリアンの反応は次のようなものである。

絵が眼にはいると、かれ［ドリアン］はつと身を引き、一瞬のあいだ、満足げに頬を赤らめた。生れてはじめて自分の姿を知ったというような歓喜の表情が眼に現れた。驚異の念を抱いたかれはじっと立ちすくむ。ホールウォードがなにか自分に喋っているのを遠くに感じてはいたが、そのことばの意味はわからない。自分はこんなにも美しいのだという気持が啓示のようにかれを襲った。これまで一度も感じたことのない気持だった。（188-89; 五五–五六頁）

最初にドリアンを満たした情動は、この頬を紅潮させる歓喜であり、身じろぎもさせないほどの、自身の美貌に対するある種の啓示であった。身体的表出を伴うだけの深い感情がここに描かれているのである。ここでのドリアンの情動は、自身の圧倒的な美貌を初めて認識して魅了されるナルキッソスの反応と重なる。作品冒頭でヘンリー卿は早くもドリアンを「彼はナルキッソスだ」（170; 一四頁）と語っているが、実際後の場面ではドリアン自身がナルキッソスを模して肖像画に接したさまが描かれている。

岡田温司は、『ミメーシスを超えて――美術史の無意識を問う』で次のように端的に指摘している――「『ドリアン・グレイの肖像』は、文字どおりゴルゴーへと変貌するナルキッソスの物語である」（六八頁）。それでは、ドリアンのナルキッソスからゴルゴーへの変容はどのようにして生じるのだろうか。

ヘンリー卿の思想的影響がドリアンの心身に発現した日に完成されたドリアンの超自然的な肖像画は、ドリアンの生来の美貌とヘンリー卿の思想とバジルの画才の融合が不可思議な力を発揮してこそ生まれたと解釈できる。ナルキッソスとして自身に魅了されたドリアンを次に襲ったのは、ヘンリー卿が説いた麗しき青春の儚さが意味する残酷な現実の認識である。遠からず自身の美醜が逆転する日がくることを思い、鋭い痛みに打たれたドリアンの目には涙が溢れ、魂に代えてでも肖像と入れ替わりたいと願う。それと共に変わらぬ美貌を保つであろう肖像画への嫉妬心にも駆られるのである。作中では賞讃、悲痛、憤怒、願望、嫉妬……といった多様な情動が自身の肖像画を前にしたドリアンに次々と表出するさまが、表情その他の身体的表出の描写とともに克明に描かれている。ここで我々が目撃しているのは、二つの作品の誕生である。一つはバジルが描いたドリアンの肖像画、もう一つは、ドリアンが描くドリアンの肖像画、いわば自画像である。

一つの美術作品が一旦完成され、その後反転して全く別の作品へと変貌していくさまには、本作に先立って発表された「幸福の王子」と重なる部分がある。動機や生きざまには対照的な部分があるとは言え、いずれの作品においても、一旦完成された作品が崩壊するなかで別の作品へと新たなる生成を遂げるさまが、その過程における主人公の情動とともに描かれているのである。

この後、バジルの手により一旦完成した肖像画は、ドリアンのなかに新たな情動を次々に喚起し、肖像画自体がその情動を体現した不可思議な変遷を遂げていくことになる。ヘンリー卿はおろか画家バジルの手さえ離れてドリアン自身の生きざまによって描かれ続けることになるのである。次にドリアンと肖像画との関係性が大きく変わるのは、ドリアンが肖像画の変貌に気づいたときである。

（2）演劇と情動／絵画と情動

ドリアンが初めて変化に気づくのは、ドリアンが女優シビル・ヴェインを完膚なきまでに否定し、彼女が自殺した翌朝である。ドリアンと情動と肖像画の関係を辿るため、ドリアンとシビルの関係を見てみよう。場末の劇場で夜な夜な素晴らしい演技を披露し、ドリアンを魅了したシビル・ヴェインは、ドリアンと恋に落ちる。しかしながら、ドリアンは劇中人物を素晴らしく美しく具現する女優としてのシビルに魅了され、シビルは高貴で美しい「プリンス・チャーミング」（215；一一〇頁）としてのドリアンの虚像に恋をした結果、その双方の情動の齟齬とドリアンの非情な態度が二人の関係性の破綻とシビルの死を招くことになる。

ドリアンのシビルへの恋とは、シビル・ヴェインという生身の人間ではなく、むしろ芸術に対する耽美的探究心であったことがわかる。一見当初相思相愛だったようでいて、実は双方が惹かれ合った情動のタイプに齟齬があったことにも起因して悲劇が招かれたと考えられる。そして、ドリアンは彼女の死までも飽くまで劇中人物の悲劇的で美しい死として捉える風を装うが、それは自己欺瞞であることを彼自身認識しており、この一件による肖像画の物理的変化がドリアンに自身の本性を強烈に自覚させることになる。

情動の観点から言えば、このように、シビルの情動の変化はドリアンの情動にも影響を与え、彼女の演技に反映された情動の変化は、ドリアンの情動の変容を通して今度は彼の肖像画に変化をもたらす。そして、その後もドリアンが悪業を重ねるに従って変化を続けることになる。すると今度は、自身の肖像画の変容に対して新たな情動が生まれる。これは、一つの情動が別の新たな情動へと繋がる一例でもある。一旦変化に気づいたドリアンの心理状態はめまぐるしく変わっていく。最初は困惑、その後疑惑が確信に変わると、ドリアンは自身の行動を顧み始めるが、その内省は、責任転嫁と自己正当化が先立つものであり、その後漸く束の間後悔の念が訪れるが、直ぐにまた自己欺瞞と特権意識に基づく自己正当化が取って代わるという次第である。

ドリアンは苦い内省から一刻も早く逃げ出さんがばかりに、シビルは自分にとって何の価値もないから悩む必要もないとの結論に飛びつく。しかしながら、次の瞬間には自身の肖像画からだけは逃げられないことを認識するのである。

シビル・ヴェインのことでくよくよする必要がどこにあろう？　あの女は、もはや自分にとって無も同然なのだ。ところで、あの絵は？　どう説明したらいいのだろう？　あの絵は俺［ドリアン］の人生の秘密を抱き、俺の歴史を物語っている。俺に自分の美しさを愛せよと教えたのもあれだ。すると、あれは俺に自分の魂を忌み嫌えと教えたがっているのか？　自分は二度とあれを観る気があるだろうか？

いや違う、あれはただ錯乱した感覚が作り出した幻想にすぎぬ。あの怖しかった一夜が残していった亡霊にすぎぬ。突然、かれの脳裡を、人を狂気に駆りやるあの微小な真紅の斑点がかすめたに過ぎぬのだ。絵は変ってなどいないのだ。そんなふうに考えるのは馬鹿げきっている。

だが、絵は依然として、歪みのはいった美しい顔と残忍な微笑でかれを見据えている。輝かしい髪の毛は早朝の陽光を受けてひかっている。碧い眼がかれの眼とぴたりとあう。自分にたいしてでなく、自分のこの似姿にたいする涯しない哀憐の情が襲ってくる。既にこの絵は変貌を遂げ、今後もさらに変化してゆくのだ。(246；一八二－八三頁)

自身の肖像画に対する愛憎の逆転が頭を過ぎるや否や、ドリアンは次なる自己欺瞞に走ろうと、肖像画の変化など幻覚にすぎないと思い込もうとする。しかし、それも束の間、逃れようもなく肖像画が自身を見つめ、肖像の青い瞳と自身の青い瞳が見つめ合っているという現実を前にする。すると今度は、自身ではなく肖像画に対する憐憫の情に身を委ねるのである。

(3) 分身の視線の邂逅と二項対立の転換

先述の著書において岡田は、アルブレヒト・デューラーを引き合いに出し、実際に自画像を描く際に鏡を利用する画家による作品生成の過程を分析して次のように指摘する――

(……)鏡を見ている私は、同時に、鏡の中の私から見つめ返されている。見ているはずの私は、実は見られている。あるいは、私は見るものであるとともに、見られるものでもある。眼差しは、鏡像の方から私に向けられてもいるのだ。しかもその交叉は、私が鏡を見つめるかぎり、終わることなくいつまでも続くことだろう。(四八頁)

岡田はまた、比喩的な意味でも鏡との関係から自画像を論じる――「自画像は、いわばその描き手の内面を忠実に映し出す鏡とみなされるのである」(四一頁)。

興味深いことに、これら二点を統合した事態が正にドリアンと肖像画の関係に当て嵌まるように思われる。つまり、第一に、すでにドリアンの肖像画の描き手はバジルからドリアンへと切り替わっており、それゆえにその肖像画は自画像と化し、同時に鏡にもなっている。前記の引用箇所は、正にドリアンという「描き手の内面を忠実に映し出す鏡」（四一頁）としてドリアンの肖像画が機能するようになった時点に該当する。その上、「絵は依然として、歪みのはいった美しい顔と残忍な微笑でかれを見据えている。輝かしい髪の毛は早朝の陽光を受けてひかっている。碧い眼がかれの眼とぴたりとあう。」（246; 一八二頁）という部分は正に鏡と「私」の関係と重なり合い、次のようにドリアンに当て嵌めて言い換えることができる――

自身の肖像を見ているドリアンは、同時に、自身の肖像の中の彼から見つめ返されている。見ているはずの彼は、実は見られている。あるいは、彼は見るものであるとともに、見られるものでもある。眼差しは、肖像の方から彼に向けられてもいるのだ。しかもその交叉は、彼が肖像を見つめるかぎり、終わることなくいつまでも続くことだろう。

自分が見つめる側であったはずの鏡像から逆に見つめられているとわかった時点は、ナルキッソスからゴルゴーへと転換したときであり、そのときドリアンのなかに新たな情動が生まれるのだ。この場面は、正にドリアンと肖像のなかのドリアンの眼差しが「交叉」した瞬間を捉えており、なおかつ、「その交叉は、彼が肖像を見つめるかぎり、終わることなくいつまでも続く」ことを予見させるものでもある。そして、実際、この後本作の最後の場面までその交叉が続くことを読者は目撃することになるのである。しかも不気味なことに、ドリアンの肖像の眼差しは生きて動いており、かつドリアンが目の前にいないときにもその生きざまを追い続けている。いかに棺衣を被せ、屋根裏部屋に隠そうともその眼差しを覆うことはできないのである。そしてドリアンもまた、肖像の眼差しに追われる限り、肖像の存在を脳裡から拭い去ることはできない。

さらに、ミケランジェロ・ダ・カラヴァッジョ作《メドゥーサの首》に関する岡田の議論もまた、正にドリアンに当て嵌まる。

メドゥーサは、鏡の前にいるこの私のはずだったのに、鏡のなかにいるメドゥーサのようなあの私に、この私は見つめ返されている。とすれば、実はメドゥーサとはこの私なのではなくて、あの私なのではないか。この私は、加害者であるどころか、眼差しの被害者なのではないか。この私が主人で、あの私が召使いだと思っていたのに、いつの間にか、あの私の方が主人になっているではないか。オリジナルと思っていたものはコピーで、実はコピーの方がオリジナルではないか。いったいどちらが本当のカラヴァッジョなのか、それは本人にさえもわからないだろう。むしろ、その絶えざる交換のうちに主体の位置はあると言えるのかもしれない。

もちろん、このような分裂と交換は、私たち鑑賞者もある意味で追体験することになるものである。絵のなかのメドゥーサの眼差しに私たちは仰天させられ、いわば石にさせられる。（六五頁）

主体と客体、主人と従者、オリジナルとコピー——これらの「分裂と交換」はドリアンと彼の肖像画の間でも絶えず繰り返される。ゴルゴーについての考察のなかで岡田が挙げる他の二項対立——「内と外」、「自己と他者」、「意識と無意識」、「美／醜」（六三頁）、「加害者」と「被害者」、「暴君」と「奴隷」、「俳優」と「観客」（六七頁）——もまたドリアンと肖像に当て嵌まるものであり、さらにそこに作家と作品も加えられよう。種々の二項対立を超えたドリアンと肖像の分身関係は、あたかも情動において心理・感情と身体・表出といった二項対立が崩れるさまをさえ示しているようである。

（4）パンドラの箱とメドゥーサ

メドゥーサとしてのドリアンとその肖像画が致死的な威力を最初に発揮するのは、バジル殺害においてと言える。だが、ドリアンの肖像画はメドゥーサであっただけではなく、パンドラの箱であったとも解釈できる。バジル殺害の場面をパンドラの箱とメドゥーサとの関係から分析してみよう。

自身の肖像画が醜く変化していくことを確信したドリアンは、他者にその秘密が漏れることを極度に恐れるようになる。トムキンズが情動として重視する「恥」が正にこの恐怖心の土台にある[3]。肖像画はドリアンの「恥辱の重荷」（257; 二〇九頁）を背負うものと化したのである。ドリアンはその後、自分が不在の間に誰かが恥辱に満ちた肖像画を見るのではないかという恐怖心に取り憑かれるようになり、ロンドンの自宅を長く空けられないことからヘンリー卿とすごした別荘まで売却するほどである。

ドリアンが第一に肖像画を見られるのではないかと強い懸念を抱き始める相手は召使いである。不安・恐怖心から猜疑心が高まるが、一旦ドリアンは、ヴィクトルには肖像画を覗き見る心配などないと結論づける。しかしながら、直ぐに彼が衝立の方を見たのではないかという疑念を抱くというように、ドリアンはさまざまな感情に翻弄され、それが彼の行動にも現れる。結局召使いはすっかり疑惑の対象とされ、ドリアンは肖像画を屋根裏部屋に移すことを知られまいとするのである。このように、自身の心理状態により他者や周囲の印象が変わるという事象もまた情動の一つと言え、『サロメ』のヘロデ王の言動が不安定に変動するように、確たる事実以外の登場人物の言動や知覚内容の描写から、当人の情動を捉えることも可能となる。

ドリアンが疑心暗鬼になっている様子が印象深く描写されることで、読者もまた同様の恐怖心を追体験しやすい状況が作り出されているが、これは登場人物が情動に圧倒されているさまの描写により読者にその情動が伝播しやすくなっている一例と言えよう。また、その場面でテクストを支配しているのは、正に情動——恐怖心とそれ故の疑心暗鬼に支配されて肖像画を屋根裏部屋に移動させるドリアンの心的状態及びそれによる行動——である。

実のところ、作品全体を通して召使いが醜く変化していく肖像画を実際に見たかどうかが明記されている箇所はない。作中で召使いが肖像画を見たことが事実として明記されているのは、最後の、ドリアンの叫び声を聞きつけて屋根裏部屋に召使いが入室した場面のみであり、この場面ではすでに肖像画はドリアンと再度入れ替わっているため、ここで醜く変容した肖像画を目にしたわけではない。

読者は、ドリアンがバジルに肖像画を見せるまでは、肖像画が実際に変容しているということを第三者的観点から把握することもできない。その時点までは、ドリアンの妄想である可能性も考えられるのである。しかしながら、何度も肖像画を見せて欲しいと迫るバジルの要望を拒否した後、ついにバジルに見せる決意をする。不可思議な肖像画をついに目の当たりにしたとき、バジルは、自身がもはやその絵画作品の作家ではなくなっていたことを認識する。ルイージ・ピランデッロの『作者を探す六人の登場人物』(一九二一年)の初演を待たずして、作家を無視して暴走する虚構人物がそこにいた。

それと同時に、バジルは執拗に見ることを要求し続けたドリアンの肖像画というパンドラの箱を開けてしまったことになる。ここで着眼したいのは、素晴らしい役者の演技に魅了されている観客としてドリアンが描写されている点である。ドリアンとドリアンの肖像画の間にあった、変動的な「俳優」対「観客」という二項対立の間に原作者が現れ、今度はその原作者が演技者とされ、かつて自身の絵画のモデルであったドリアンが、観客としてその苦悩に満ちた「演技」を堪能しているという奇妙な構図の変化が生じているのである。

ドリアン・グレイの肖像というパンドラの箱に、美貌を保つドリアンの仮面が蓋をしていたのであった。一般に、美貌を保つ生身のドリアンはその見掛けとは裏腹に邪悪で、肖像画の方は見掛けは醜悪だが良心的である、という二項対立で捉えられがちだが、実は生身のドリアンは美貌という仮面を保持するためにその下に隠れた邪心を制御していたことがわかる。バジルとの関係においても長年常識的な範囲で付き合っていたのである。ところが、バジルの執拗な要求が引き金となってパンドラの箱を開けたことで、美貌の仮面という蓋が外れ、なかに封じ込まれ、制御下にあった邪心が解き放たれ、災厄を具現化する力を得てしまったのである。

肖像画をついに見たバジルを捉えた生理現象に関する描写は、この時点ですでにメドゥーサによる石化が起きていることを示しているかのように思われる。実際、バジル自身肖像画の視線の恐ろしさを指摘するが、それはまた彼の生前最後の台詞でもある。その眼差しは、ドリアンのなかに圧倒的な憎しみを掻き立てる。ドリアンは肖像画に促されたかのように、さらに言えば、メドゥーサの眼差しの主体である肖像画と隷属関係にあるかのように、憎しみに駆り立てられて凶器を探し、箱の上にあるナイフを見つけて背後からバジルを襲う。かくして、開けられたパンドラの箱からドリアンのなかの邪心が、そしてこの世の災厄が解き放たれ、奇しくも箱の上に煌めいたナイフが凶器となって、メドゥーサの視線さながらの肖像画の目を見たバジルは死に至る。

一体何故ドリアンはバジルを刺殺するのだろうか？　この刺殺もまた別の情動から繋がる新たな情動と考えられる。自身の本性を隠蔽して生きようとする欺瞞と、肖像画の秘密と自身の本性を知ったバジルの口封じ――そうした動機がまず浮上しようが、しかしながら、単に口封じが目的だったのであれば、肖像画を見せて欲しいと度々依頼されても言い逃れを続けて拒否し続ければ済んだ話である。バジルが勝手にドリアンの家に隠されている肖像画を見つけるなどということはまずあり得ない。そこには、本性を見せたくない、見られたくないと思いながら、同時に暴露してしまいたいという自己の露出への願望や、闇を抱える人生を歩むことになった契機を作った人物としてのバジルへの強い怨念があったのではなかろうか。逃亡を続けた犯罪者は、逮捕されたとき、安堵することがあると聞く。バジルが肖像画を目にしたときのドリアンの奇妙な落ち着きには、そのような逃亡劇に伴う不安と恐怖、不安定な高揚状態からの解放に加えて、画家よりもむしろ自分こそがこの肖像画の作家であるという自負心と優越感さえ混じっているのではないか。

また、殺害する上で刺殺という手段を採ったこと、そしてその後科学的手法により彼をこの世から完全に抹消したことは、単なる証拠隠滅以上にその怨念の深さを示唆しているように思われる。それは正に、押し殺されていた情念が長年の強力な抑圧により蓄えた反動力の加担を得てさらに強力となり、爆発的な力を発揮して、単なる衝動や事故ではなく情念ゆえの殺人という一つの極端な情動の発現に至った瞬間であったのではないか。美貌を誇った自身のおぞましい本性の発露でありながら、殺害の瞬間、束の間の解放感に快楽を得ていたドリアンは、かつて自身を感化したはずのヘンリー卿が描くドリアン像とは程遠い。そうした一見矛盾したさまざまな感情や動機を説明づけるのは、情動という二項対立を超越した存在であり、サロメの行動を連想させるものである。

(5) 肖像は二枚あった!

バジル殺害の直前、バジルは、自身の手による素晴らしい名画の「悪辣なパロディ」か「唾棄すべき不埒な風刺画」(298;二九九頁)かと思うほど変貌したドリアンの肖像画に衝撃を受け、ドリアンは観客としてその姿を堪能していた。しかしながら、本作の最後の場面で読者は、肖像画こそ恐るべき観客であったことを知る。肖像画は、バジル殺害の唯一の目撃者であり、唯一の実証であった。ドリアンはついに、バジルを刺殺したその同じナイフで、自身の肖像画を葬るべく突き刺す——その瞬間、苦悩に満ちた恐ろしい叫び声と共に、醜悪な肖像画も美貌を保ったドリアンも消え、世にも美しい肖像画と世にも醜悪な死体が取って代わる。

他殺に至る極端な情動が、一種の自殺とも呼ぶべき究極の情動に繋がる。その瞬間、作家でありモデルであり鑑賞者であったドリアンは、自身の分身である肖像画と融合するように思われる。ここで提起したいのは、肖像画が元に戻ったという解釈ではなく、むしろドリアンの肖像画は二枚あった、という解釈である。一作目はバジルが描いたドリアンの肖像画、二作目はドリアンの魂が描いた自画像である。最後に、醜悪な肖像画や美しかったドリアンの身体は一体どこに消えたのかと不思議に思う読者もいることだろう。だが、二枚目の自画像の方の肖像画は、バジルが描いた肖像画にドリアンの魂が憑依して生まれたものであり、ドリアンの魂の表象としての分身であったがために、自刃の瞬間に分身と化していた魂と身体が再び融合し、それと同時に肖像画はバジルが完成させた当初の肖像に戻ったと考えられるのではないだろうか。

ここでさらに提起したいのは、この二作目の肖像画とは、絵画作品というよりはむしろ一種の映像作品だったのではないか、ということである。フィルムではないが、ドリアンの真の生きざまを写し、ドリアン自身が作家兼モデル兼観客である、極度のスローモーション映像からなる世にも長い自伝的無声長編ドキュメンタリー映像作品と考えられるのではないだろうか。肖像画にドリアンの魂が憑依していたのであれば、その魂が生きている限り、描かれ終えた静止画として存在するのではなく、息づいて変化していくのはむしろ当然のことのように思われる。こうしてみると、『ドリアン・グレイの肖像』は、映像による自画像を能動的に鑑賞する作家兼モデルの情動を描いた作品として浮かび上がってくるのである。

『ドリアン・グレイの肖像』ではメドゥーサの力を持ち、恐怖の源となった「視線」は、『サロメ』においては愛することの同意語としてひたすらに求められながらも飽くまで拒絶されることで死を招く。次に『サロメ』と情動の関わりから考察を深めよう。

４　サロメの踊りと情動の交錯

一幕劇『サロメ』の主要登場人物たちは、情動に満ちてはいるが、各自の情動の間には深い分断がある。主要登場人物は、大きくは情動に身を委ねる人物と情動に身を委ねることを制止しようとする人物に分けられる。前者としてはシリアの若者、サロメ、ヘロデ、後者としてはヘロディアスの小姓、ヘロディアス、ヨカナーンが挙げられる。シリアの若者はサロメへの、サロメはヨカナーンへの、ヘロデはサロメへの欲望を抱き、ヘロディアスの小姓はシリアの若者を、ヘロディアスはヘロデを、ヨカナーンは自身を律しようとする。後者の三人もまた、自身は情動を持たないわけではなく、恐怖や欲望等に掻き立てられている。情動を拒絶するのも情動である。

特に注目したいのは、サロメのダンスにおける芸術生成と情動の関係である。サロメが踊るまでのプロセスは、短い一幕劇である本作においてかなり大部を占めている。その過程において、欲望と恐怖心の間を浮沈するヘロデの情動の変容やサロメの対応の変移を目撃できる。一体サロメは、当初あれほど頑なに拒んだにもかかわらず、何故最終的に踊ったのだろうか。それは、ヘロデの執拗な要求に逆らい切れずに応じたからでも、その要求に応じないといけないという恐怖心や圧迫感を抱いたからでも、はたまた踊ることを止めようとするヘロディアスへの反抗心からでもない。ヘロデが何でも願いを聞くと約束したからこそであり、そうヘロデが確約した途端、踊ることにしたのである。

しかし、それでは、一体サロメは何を求めたというのであろうか。井村君江は『「サロメ」の変容――翻訳・舞台』において、「サロメは何故ヨハネの首を求めたか」という章を立て、十もの理由を挙げた上で、サロメのどのような側面に重点を置くかでさらに多くの理由が考えられ得るとし、次のように上演の多様性に繋げて論じている――「じつに面白いほど違った解釈が、一つの劇の主人公の行為につけられるということは、この象徴劇の面白さの一面を語るものであろう。演出家としてさまざまな好みのサロメ像を舞台に再現出来るわけである」（一八三頁）。もちろん唯一の答えを出す必要もないのかもしれないが、情動というものはサロメの行動を説明づける上で極めて有効であり、情動の多様さゆえに唯一無二の固定的人物像を強いるものでもない。そして、多様な舞台公演や映画化作品の発展も、その情動の表現の幅広さゆえと解釈できるように思われる。

もしサロメがヨカナーンを欲していたのであれば、サロメは一体なぜヨカナーンの首を求めたのだろうか。ヨカナーンの首を手に入れることは彼の死を意味し、屍となったヨカナーンはサロメを愛し得ない。本当にヨカナーンを振り向かせたいという欲望の成就を第一に考えて行動するのであれば、本来生かしておいて振り向かせる方法を考えるべきであり、振り向かせるにはヨカナーンが自分を「見る」ことができる状態に持っていかなければならない。それを、自らヨカナーンに死をもたらしておいて、なぜ自分を見ないのかと問いかけるのは全く理に適っていない。それではなぜサロメがかくも理不尽な行動を取ってしまったのかという疑問への答えを提示できるのは、思いがけない状況下で執拗な要求のもとに生じた衝動ではなく、他ならぬ情動なのではないだろうか。サロメには、ヨカナーンの首を求めることは彼の死を意味し、死した彼が彼女を愛することはあり得ないということは本来理解できているはずである。それにもかかわらず彼の首を要求できることになった途端踊り、その報酬を得るという行為は、報酬そのもののためというよりもむしろ強烈な情動ゆえの行為と捉えた方が説明が付く。

ヨカナーンの首を手に入れたらで入れたでサロメは今度はなぜ見ないのか、なぜ口を利かないのかと問いかける。なぜも何も彼はもはや生きていないからで、彼に死をもたらしたのが自分であるのはわかりきったことではないか。それなのにヨカナーンの首を抱えながらこのような不条理な台詞を発するサロメの行動を説明づけるのは、殺したいという衝動でもなければ、独占欲・所有欲・権力欲・恋慕の情・口づけを求める性欲……そうしたものの内のどれか一つだけでもない。ここで思い出されるのは、情動と衝動の相違点に関するセジウィックとトムキンズの理論である。

セジウィックは、『タッチング・フィーリング』において、情動と衝動の相違点としてトムキンズの情動論を引きながら、特に情動の「対象」の範囲に着目する。

（……）とくに情動の自由度がとびきり高いのは対象だ。というのも、衝動とちがって「どんな情動もあらゆる「対象」をもちうる。これが人間の動機や行動の複雑さの根本的な源になっている」のだ［トムキンズからの引用］。（……）情動はいろんなもの、人びと、アイディア、感覚、関係性、行為、野望、制度、そしてその他無数のもの、ほかの情動にさえも結びつきうるのだし、じっさいに結びつく。（……）

情動のこんな自由さは、衝動システムが享受できないような構造的な潜在能力の源ともなる。つまり衝動の手段性や自分自身以外の目標物にむかう直接的な指向性とは対照的に、情動は自己目的的でありうるのだ。「厳密にいって情動システムには、衝動の成就がもつ報酬効果にあたるものが見当たらない。むしろ事実として、ポジティブな情動の場合には情動の喚起と成就は軌を一にする。（……）」（19: 四四–四五頁）

ここでまず注目したいのは、「情動システムには、衝動の成就がもつ報酬効果にあたるものが見当たらない」という点である。もしヨカナーンの首を求めるサロメの行動が衝動ゆえのものだとすれば、自身が死をもたらしたヨカナーンに対して理不尽な問いかけを続ける最後の独白は成り立たない。『大辞泉』第二版では衝動は次のように定義されている――「1外から強い力や刺激を受けて心を動かすこと。2動作または行為を行おうとする抑えにくい内部的な欲求。目的が完遂することによって消滅する」。

サロメがヨカナーンの首を手に入れても達成感を示さないのは彼女の行動が衝動ではなく情動であったからこそであろう。所有欲、独占欲、あるいは生殺与奪権を手中に入れることによる優越感や自負心の高揚――そうしたものは混じっていたかもしれないが、それだけでサロメの異常な行動の説明がつくものではない。従来的な二項対立に縛られない情動は、理性や常識的な理解・判断を超えて突き動かされるものである。それゆえに一見ヨカナーンの首を手にするのが「目的」であったようでいて、その「目的が完遂することによって消滅」しないからヨカナーンに問いかけ続けるのではあるまいか。

第二に注目したいのは、「情動はいろんなもの、人びと、アイディア、感覚、関係性、行為、野望、制度、そしてその他無数のもの、ほかの情動にさえも結びつきうるのだし、じっさいに結びつく」(19; 四四頁)という点である。サロメの最後の独白の場面は、正に「情動は(……)ほかの情動にさえも結びつきうる」(19; 四四頁)というケースに当たるのではないだろうか。だからこそ、ヨカナーンの首を手にするまでの一連の言動は、ヨカナーンの首を手にしても消失することなく次の情動へと結びついたことで理不尽に見える継続性を提示しているのではないだろうか。このサロメの問いかけへの答えは永遠に得られない。彼女自身の死のみがその問いに終止符を打てるのである。

サロメの情動とヘロデの情動は錯綜し合い、ついには、ヘロデもまた、本来彼が他の何よりも欲していたはずのサロメを亡き者とする命令を下す。これは、サロメがヨカナーンの首を手にしても本来自身が求めていたはずのものは手にできなかったのと同様、ヘロデがサロメを自身の発する言葉通り何に代えても欲していたわけではなかったことを示している。ヘロデの最後の台詞は次のようなものである——「殺せ、あの女を!」(563, 731; 九〇頁)。[4] ここでは、サロメは自身を魅了した「サロメ」ではもはやなく、彼がこれまで何ら躊躇することなく数多殺してきたであろう一介の「女」と化している。ヘロデの場合もまた、一つの情動が別の情動へと結びつき、次なる全く相反する言動を引き起こしたと考えられる。本来、合理的に考えれば、兄王を死に至るまで幽閉したという古井戸にヨカナーンを幽閉していたにもかかわらず、つまり、自身の行動がヨカナーンの死の誘因となる可能性が十分あったと認識できたにもかかわらず、ヨカナーンが殺されることは容認できなかったというのは理不尽ではなかろうか。その上、ヘロデは、極度の情動の証とも言える幻聴や幻覚に見舞われるほどに恐怖に支配される瞬間をも彷徨うという複雑な行路を経てサロメの踊りを求めるに至っている。

サロメもヘロデも何よりも望んでいたものを手にしたはずであるのに、全く相容れない結末を自ら招くのである。一見短時間の間に衝撃的行動を起こしたのは二人それぞれの衝動であったようでいて、むしろ情動であろう。理性や合理性では説明がつかないものこそ、二項対立的要素に依存しない情動なのである。『ドリアン・グレイの肖像』や『サロメ』に加えて、やはり耽美的な「夜鳴鶯と薔薇」や「幸福の王子」でもまた、主人公が自身の身体を傷つけ自身の身体の一部で美しい芸術作品を創り出すプロセスにおける情動が描かれており、その点については、次節において谷崎潤一郎の「刺青」と関連づけて考察したい。

5 「刺青」に見る絵画と身体表現

しばしばワイルドからの影響を指摘されながらも、谷崎自身がワイルドに直接言及した著作は少なく、直接的に言及している以下においても影響を明確に認めてはいない。

私の初期の作品は大體幻想的なものが多いが、それは自然主義の物が嫌ひだつたから、それになるべく反抗する氣持も多少あつた。私の初期の作品にボードレエルやポオの影響があつたのではないか、と言はれるが、勿論、その時分、ポオとかボードレエルとかワイルドとか、或はトルストイとかゾラとか、有名な物は大抵英語で讀んだから間接には影響を受けてゐるだらうが、直接受けた感じはしない。（『資料　谷崎潤一郎』五九頁）

もちろん作家自身が認めていない、あるいは否定しているからと言って文字通り受け止めることはできないが、(5)本章でワイルドと谷崎を比較するのは、実際にどれだけの影響関係があったのかを明らかにするためではなく、むしろその比較考察を通して情動と芸術生成の関係性をより多角的に捉え、それにより情動への考察を深めることを目的としている。

まず、『ドリアン・グレイの肖像』と「刺青」を比較検討してみよう。『ドリアン・グレイの肖像』では、肖像画はヘンリー卿の思想的影響の下、バジルによって描かれる。それを「刺青」に当て嵌めれば、笹淵友一が「「刺青」論」

で論じている通り、「刺青師清吉がバジルとヘンリー卿の二役を一人で兼ねている」（一九〇頁）と言える。また、「刺青」では『ドリアン・グレイの肖像』のキャンバスとドリアンのように、キャンバスと生身のモデル、そしてその精神が分離することなく、一体化している。女郎蜘蛛が描かれたその一刺目からすでに絵は生きて脈打っているのである。

「刺青」の場合、作家（清吉）が求めていたのは見目美しいモデルというよりもむしろ描くべきキャンバスである点も興味深い。清吉は長年「美しい顔」と「美しい肌」（四頁）、そして素質を備えた女性を探していたが、実際にそのような女性に出会ったとき、清吉を真っ先に惹きつけたのは娘の（足の）肌という真っ白なキャンバスであった。世にも美しいキャンバスが作家の情動を惹起し、刺青という芸術作品を生み出すプロセスにおいて、娘の内に潜在し、清吉は見抜いていたが本人は隠蔽していた情動を覚醒させ、作品に息を吹き込んでいく。そのさまはまさに外からの付与ではなく内なる本性をヘンリー卿に喚起され、画家のインスピレーションに点火したドリアンの姿と重なる。娘のなかに湧き上がった情念と、長年の願望がついに叶えられようとする清吉の情念は、女郎蜘蛛の刺青という芸術生成において融合し、情動となって作品に「魂を刺り込む」（四頁）のである。

娘の身体にその分身を創り出しつつ、分身が生成された瞬間から一体化されているという点で、「刺青」は『ドリアン・グレイの肖像』やロバート・ルイス・スティーヴンスン作『ジキル博士とハイド氏』（一八八六年）、エドガー・アラン・ポー作『ウィリアム・ウィルソン』（一八三九年）のようなドッペルゲンガーを主題とする作品とは一線を画している。娘はまた、サロメの持つファム・ファタール性も持ち合わせているが、ファム・ファタールとしての彼女の生は、絵画作品において事前に呈示されはするものの、彼女の実際の生きざまが作中で描かれることはない(6)。

刺青という創造行為は、生身の身体に鋭利な針状の物を突き刺し、身体を傷つけ自身の身体の一部を損なうことで世にも美しい芸術作品を創り出すという点において、「夜鳴鶯と薔薇」における夜鳴鶯による赤い薔薇の創造と共通している。また、真っ白な薔薇を針状の物を突き刺すことで染め上げ作品化するという点は、真っ白な肌に針で彩色することで作品を完成させる刺青と通じるものがある。ただし、麻酔で眠らされているため苦痛を感じない娘とは異なり、夜鳴鶯は美しい声で歌いながら自ら薔薇の棘を自身に突き刺すという、自傷行為を伴う創造行為を続け、命懸けで創った作品も当初の目的を達成することはないために悲愴感を増している。

「幸福の王子」に至っては身体の多数の部位を奪われていくのであるから、さらに残酷さを増すようでいて、夜鳴鶯とは異なり最後には救いがある。また、ある意味で破壊行為により世俗の価値観を浄化し、真の芸術を成就したとも解釈でき、本作より二世代以上後の第一次世界大戦中から展開したダダイスムによる既存価値の否定の前身をさえ読み取ることできるかもしれない。究極の自己犠牲により昇天を遂げる幸福の王子の神聖さと、自身に魅了される数多の男性の犠牲を享受するファム・ファタールとしての生を享楽していくであろう「刺青」の娘は、一見対極にあるように思われる。しかしながら、常識の範囲で生きようとしていた娘の世俗社会への従属を否定して新たな生の規範を示した刺青の創造行為は、世俗の象徴である金銀宝石を取り去った新たな彫像としての幸福の王子の再生と無縁ではない。その上、ファム・ファタールとしての「刺青」の女に先駆けて、オム・ファタールとしての幸福の王子の足下につばめの「屍骸」が「斃れて居る」（「刺青」七頁）のを忘れてはならない。

冒瀆的と取られかねないが、実のところこの幸福の王子とつばめの姿には、意外なことに一見聖俗対照的と思われるような『ドリアン・グレイの肖像』の最後とも重なり合う部分がある。最後の場面では、かつて「プリンス・チャーミング」（215; 一一〇頁）と呼ばれた所以となった美貌の「王子像」の前に、その美しさに魂を捧げた男の「屍骸」が横たわっていた。ドリアンは、自身に対してオム・ファタールとなったのであり、それゆえに自画像としての肖像画が生まれ、それゆえに自刃により身を滅ぼすことになったのである。

ところで「刺青」は、かくも無惨な姿に至るまでの葛藤や苦悶から解放されている。笹淵は以下のように指摘している――

ドリアンが芸術にのみ許されている永遠性を彼の青春の美のためにあがないとる代償としてそのたましいを売り渡すという異常な覚悟に到達したのも終末を予定されているたましいの苦悩の故であった。「刺青」にはこのような官能とたましい、無常と永遠性の問題は全く登場しない。そういう想念のかげを全く伴わない官能の次元にその想像は限られている。（一九四頁）

それは女郎蜘蛛に「抱きしめ」（一〇頁）られて「女」となった娘の姿が象徴的に表している――「女は洗髪を兩肩へすべらせ、身じまひを整へて上つて來た。さうして苦痛《くるしみ》のかげもとまらぬ晴れやかな眉を張つて、欄杆に凭《もた》れながらおぼろにかすむ大空を仰いだ」（一一頁）。かくして読者も『ドリアン・グレイの肖像』のように主人公の苦悩に満ちた情動を辿ることはない。清吉も娘もひたすらに美を追求し、その願望は成就するのみである。

「刺青」の冒頭では次のように美醜が対比され、その価値観は作品を通して貫かれる――「當時の芝居でも草雙紙でも、すべて美しい者は強者であり、醜い者は弱者であつた。誰も彼も擧《こぞ》つて美しからむと努めた揚句は、天稟《てんぴん》の體へ繪の具を注ぎ込む迄になつた。芳烈《ほうれつ》な、或は絢爛《けんらん》な、線と色とが其頃の人々の肌に躍つた。」（一〇頁）

これに比して、『ドリアン・グレイの肖像』では、確かに最後に美しき肖像画が壁に燦然と輝き、醜態を晒すドリアンは死の報いを受けるが、しかしながら、作品の大半を通して描かれるのは、美貌を保ったドリアンに対してむしろ「醜」の側を担った肖像画の方が強者となっている点である。そして醜悪さが強者となった背景には、自身の醜悪さへの羞恥心が恐怖を招いたという情動の仕組みがあった。バジル殺害の罪過と「生きた屍」（355; 四一五頁）と化した魂の重荷に耐えかね、自身の肖像に画家を殺害したナイフを突き刺すという最後の行動に至るまでのドリアンの苦悶は、「刺青」の清吉とも女とも無縁である。刺青が完成すると同時に主従関係が逆転し、女は今や勝ち誇って清吉に言う――「お前さんは眞先に私の肥料になつたんだねえ」（一一頁）。それに対して清吉は、刺青をもう一度見せて欲しいと頼むだけである。かく言う女は「劍のような瞳を輝かし」、この後数多の男たちを「肥料」にするだろうメドゥーサを思わせるが、その姿はあくまで美しく、餌食を享楽する女郎蜘蛛は闇に蠢くのではなく「朝日」（一一頁）を受けて輝くのである。

6　舞台芸術・映像芸術と情動

本章で取り上げたワイルドや谷崎の作品の多くは、好んで舞台化・映画化されてきた。『ドリアン・グレイの肖像』は舞踊化・演劇化・ミュージカル化・映画化等されて多数の翻案作品《アダプテーション》を生み出してきた。『サロメ』も舞踊化・オペラ化・映画化等され、当然戯曲として舞台上演も世界的に行われており、「刺青」も舞台化・映画化されている。芸術様式の表現媒体の変化は、文学作品で描かれた絵画・踊り・音楽等の芸術作品と情動にどのような変容をもたらすのだろうか。何作かの翻案例と共に、具体的に考察してみよう。

（1）舞台化・映画化による変容と情動

文学に描かれている楽曲は物理的には無音であり、絵画も物理的には存在せず想念のなかにのみ存在する。文学作品の舞台化・映画化により、作家と読者の想念の次元に存在した絵画や楽曲や踊りや演劇舞台は、物理的な美術作品や奏者や生身の役者の身体を得て具現されることが可能となる。「可能となる」としたのは、演出次第で必ずしも具現されるとは限らないからである。該当場面がカットされることもあれば、具象化せずに示唆されるだけのこともある。たとえば、鈴木勝秀演出の演劇公演『ドリアン・グレイの肖像』（二〇〇九年）では、肖像画は中身のない額縁を宙に吊る形で表現されたため、キャンバスに描かれた絵画作品は存在しなかった。

舞台芸術の場合には、文学テクストのなかの芸術作品や芸術表現は観客の目の前に音や三次元の物理的存在として実在し得ることになり、映画の場合には、音楽は生の舞台同様音として存在できるが、撮影現場で実在した美術作品や役者の身体などの三次元の物理的存在は、フィルムにおいて二次元化され、光を得て通常は平面的なスクリーン上に映写されることになる。撮影時にキャンバスに描いた絵画を使用していようと、その絵画の最終的な表現媒体はフィルムとなり、それがスクリーン上で観客に認識されるだけの具象性を得るには光が介在した映写が必要となるが、そこに絵画そのものは存在しない。

翻案化の過程においては、作中で生成される作品の芸術様式そのものも翻案化されることがある。たとえば、オリヴァー・パーカー監督による『ドリアン・グレイ』（二〇〇九年）では、肖像画は当初絵画作品として表象されたが、醜悪化が進むと共に、物理的に蛆虫に蝕まれ始め、挙げ句の果てにはCG効果を用いて絵画作品のなかの肖像であったはずの悪鬼が絵画から三次元的に飛び出すさままで描いている。

『ドリアン・グレイの肖像』の超自然的な肖像画は、想像力を無限に掻き立てるだけに、舞台でも映画でも具象化するのは極めて困難である。それに比して、「刺青」の舞台化・映画化の場合には生身の役者の身体は、生身ならではの威力を発揮するように思われる。そこに息づいているのは、演技を超えた生きた肌であり、呼吸しているそのキャンバスは、刺青師清吉を演じる演者の情動に満ちた演技に呼応しつつ、女を演じる演者自身の生命と情動と共に女郎蜘蛛に命を吹き込んでいくのだ。

『サロメ』の翻案の見どころに挙げられるのはサロメの踊りとヨカナーンの首の表象であろう。このサロメの踊りは、原文において細かい指示がないだけに一層自由な表現を得たように思われ、世界各国で日本舞踊からフラメンコまで実に多様なジャンルの舞踊として演じられてきた。また、詩的な台詞は音楽にも適しており、リヒャルト・シュトラウスによるオペラ『サロメ』（一九〇五年）は一世を風靡し、長らく人気を博してきた。(7)

観劇における情動的体験が、上演作品以外の部分に関わるものとなり得ることを、如実に描いた翻案作品もある——パーカー監督による『理想の女《ひと》』（二〇〇九年）である。この映画作品には、原作にはない観劇の場面が挿入されている。原作『理想の夫』（一八九三年）の登場人物たちが、実際にはワイルドが本作の後に発表した『真面目が肝心』（一八九五年）を観劇し、ワイルド（という設定の人物）によるカーテンコールでのスピーチを聴いて拍手を送るという一場面である。ここでは観劇がイギリス社交界の社交の場として描かれているだけではなく、登場人物たちが本来舞台を見るべきオペラグラスで他の登場人物の様子を探っているさまが捉えられており、そこに映し出されるのはそれぞれの登場人物が抱える問題に纏わる期待や不安に満ちた表情や行動、即ち情動である。

（2）演者と情動

舞台芸術と映像芸術において情動に大きく影響する要素としてまず考えられるのは、役者による演技であろう。舞台化あるいは映画化を行った場合、文学テクストで描かれていた情動の表象はどのようになるのだろうか。第一に、登場人物の情動の表象には演者が介在することになる。作家と読者の想念の次元に存在した情動は、生身の役者の身体を得て具現される。演者は登場人物の感情の機微を多様な身体表現を通して表出することになるが、その際、演者自身が持つ情動というのは、登場人物の情動とは全く異質なものをも含むことになる――それは一つには、自分が演じるべき人物や自身の演技、延《ひ》いては共演者や演出家、そして観客への意識である。仮に「憑依」による演技がほぼ完璧に達成されたとしても、そこにある情動は当然登場人物自身の情動ではない。あくまで他者の身体において新たに捉えられた情動の表象となる。それが映画化されたとき、その情動の表象はフィルムへと刻まれ、さらにそれがスクリーンへと映写される。翻案による演者の情動の多層化は、共演者や観客に波及するなかで多層化していくことになる。さらに、一人の演者と他の演者の情動は、彼らが演じる登場人物間の情動の交錯とは異なる要素を帯びて交錯し合い、舞台公演においては生身の演者と生身の観客の間の情動が交錯することになる。複数公演の場合は、日時によって多様な条件の変動を受けて演者・観客の情動もまた変容していくことになる。生の器楽演奏を伴う演劇公演の場合には、その奏者もまた、この情動の連鎖のなかに主体的に関与することになる。

このように、舞台化及び映像化を通して、原作で描かれていた情動は、作品世界の受容と解釈の域に留まらず、演者・共演者・演出家・監督・制作スタッフの間で複雑に呼応しながら表出されていくことになる。さらに、舞台化の場合には、情動は作品世界を飛び出して演者・奏者・観客が呼応し合うなかで流動的に展開していくことになる。もちろん文学作品においても読者のなかに情動は引き起こされるが、それは作品世界の外に在る個人のなかで起こる反応であり、作品世界の具現者となる演者と鑑賞者が直接的呼応関係を結ぶ舞台公演とは全く異なる性質のものである。

（3）音楽と情動

舞台芸術でも映像作品でも情動に直接的に訴えかける力が特に強い演技以外の新たな要素として、音楽が挙げられる。この音楽という、たとえ文学作品では描写されたとしても無音状態であった存在は、効果的に組み込むことができれば、登場人物の情動を表現し、観客の情動を喚起する上で非常に有効だが、複数の難題を抱えている。

マドレーヌならずとも音楽は過去の記憶を鮮烈に甦らせる。人と音楽は多様なシチュエーションで接する。自ら視聴したり演奏したりすることもあれば、飲食店他の店舗や商店街、スポーツ競技場、駅や横断歩道、テレビ・ラジオ、電話など社会生活のありとあらゆる場で耳にする機会がある。そして、それらの曲はそれを耳にしたときの個人的経験と結びついて記憶されることがある。また、過去に見た作品で同じ曲が使われていた場合には、そのドラマ・映画・ストーリーと結びつくこともあれば、過去に見たドラマ・映画・ストーリーを視聴したときの個人的経験と結びつくこともあり、また、クラシック音楽などで元々楽曲として視聴したり演奏したりしていた場合、当初のその曲の受け止め方と結びついたりすることもある。厄介なことに、好んで見る演劇・映画のような作品のみならずたまたま目にした好きではないテレビ番組やコマーシャルなどとも結びつくこともある。

たとえば、エドワード・エルガー作曲「愛の挨拶」（一八八八年）は、本来その名に相応しい曲なのだろうが、ワイルドの「幸福の王子」を原作として遊川和彦が脚本を担当したテレビドラマ『幸福の王子』（二〇〇三年）他の陰鬱なテレビドラマに挿入曲として利用されたがために、そうした場面の視聴者にとっては、本来の旋律に反してアイロニカルに陰鬱なニュアンスが加わった可能性がある（もちろんその度合いは視聴者によるが）。ところが、近年この曲は百貨店を始めとする各種店舗の電話の保留中の曲として多用されており、ドラマよりもむしろ主として電話の保留音としてこの曲に接してきた人にとっては、「電話で待たされる曲」として認識されかねない事態となっている。

クラシック音楽の作曲家を主人公とした作品のように、その曲の原曲と直結する状況において使うのであれば問題ないと思われるかもしれないが、ここにはまた別の難題が浮上する。通常、演劇上演や映画作品においては、あるクラシック曲を一曲完全な形で取り込むことは適さない。演劇上演や映画作品の展開のテンポからすると、長すぎるという印象を与えることが多いというのが重大な要因となっている。そうすると、原曲を断片的に演奏するか、あるいは原曲の部分部分をカットし、それらしく繋ぎ合わせて編曲してあたかも本来の曲であるように装って取り入れるという形を取る必要が生じる。しかしながら、いずれのケースも特に原曲を尊重する人には苦痛になることが多い。編集された部分部分で改変に気づくからである。そうなると、作品の総体を捉える上で、不必要な不協和音が生じることになってしまう。

これがミュージカル作品であれば、曲の完全性はクラシック音楽ほど問題とはならない。ミュージカルの場合、そもそもそのミュージカル作品のなかで、一曲全体を入れるよりもむしろ頻繁に断片的に組み入れられているという事情もある。これに比して、たとえばクラシック・ピアノの場合には、その曲を完全な形で演奏するのが本来の演奏のあり方であると捉えられるのが基本である。それゆえ、そのスタイルに慣れ親しみ、尊重してきた人や、多くのクラシック・ピアニストのように多数の曲を暗譜している視聴者にとっては、映画・演劇その他フィギュアスケートなどへのクラシック音楽の断片的な応用はしばしば作品の不完全性を意識させるものとなり、ストレスともなりかねない。このように、連想される記憶ではなく楽曲そのものの捉え方によってもまた、それを取り入れた演劇や映画作品を視聴した際の情動が影響を受けることになるのである。また、ある作品への情動というのは流動的であり、時を経るなかで変容し、多層的になることもある。

当然ながら、個人によってある楽曲あるいは曲の断片で想起される記憶や感覚は異なり、そこについてはコントロールし得ない以上、演劇の舞台公演や映画作品を創る際、その作品世界を十分に表現できる新曲を用意できるのであればそうすべき理由はこの点において大いにある。既存の曲が引き起こし得る不要なニュアンスを作品に付随させないようにできるのだ。

とは言え、音楽とはそれほど単純なものではない。米国のテレビドラマシリーズ『メディア王――華麗なる一族』（二〇一八年―二〇二三年）のニコラス・ブリテルによるテーマソングを取り上げてみよう。この曲を初めて聞いたとき、不思議なデジャヴュを伴う感動に襲われる人がいるだろうが、その理由はベートーヴェンやシューベルトの名曲のフレーズやコードを組み込んでいるためであろう。そうすると、『メディア王――華麗なる一族』を鑑賞したり、このテーマソングを聴いたりしたときに生じる情動体験とは、無意識の内にそこに組み込まれていたクラシック音楽に対する情動体験を礎としているものと考えられる。ミメーシスとしての芸術を巡る情動体験は、このような情動の重層化を本質的に伴うとも言えよう。

音楽がどれほど演劇や映画を鑑賞した際の情動体験を左右するかは、単純な実験で体感し得る。スティーヴン・スピルバーグ監督による『ジョーズ』（一九七五年）をかの映画音楽の巨匠ジョン・ウィリアムズによる曲なしに視聴すれば恐怖は大幅に薄れるであろうし、逆に映像なしにあの曲を聴いただけでサメに襲われる恐怖感を再体験する人もいるだろう。アルフレッド・ヒッチコック監督『サイコ』（一九六〇年、バーナード・ハーマン作曲）のシャワーの場面も同様である。恐ろしい惨事が迫っているという恐怖感を掻き立てる力がこうした曲にはある。あるいは逆に、アンドリュー・ロイド・ウェバー作『オペラ座の怪人』（一九八六年）を全く同じ台本・歌詞のまま、曲だけをリチャード・ロジャーズ作曲『サウンド・オブ・ミュージック』（一九五九年）やシャーマン兄弟作曲『メリー・ポピンズ』（一九六四年）に入れ替えて視聴すれば、シリアスなドラマが一気にコメディ化することだろう。音を消して観ることも、音・音響・音楽の力を実感する上で有効である。このように、文学作品の演劇化や映画化においては、音楽の介在が鑑賞時の情動に多大な影響を与え得ることがわかる。

（4）照明と情動

舞台公演において情動に影響を与え得る演技や音楽以外の要素としては、舞台で演じられる作品そのものに属する諸構成要素、即ち、照明・音響・舞台美術・衣装・メイク・ヘアメイク等に加えて、字幕付き公演の場合には字幕も挙げられる。また、関連する要素としてパンフレット・ポスター・ちらし等も挙げられる。その内、特に情動への影響が大きいと思われるのは照明であろう。

これは映画の場合にも当て嵌まるが、極端に考えれば、客席の通常照明がついたままでは、観客は作品世界に非常に感情移入しにくくなる。他の観客や客席その他作品世界以外の現実世界に属するものが否が応でも目に入ってしまうからである。観客の注意を引きたい点へと誘導してくれる照明は、演者が演技に集中する上でも、観客の注意や気持ちを劇的世界に引き込む上でも強い影響力を持つ。逆効果の例としては、暗転が薄暗かった場合には、暗転中の本来観客に見られるべきではない場面転換の動きが見えてしまったり、真っ暗ななかでスポットライトや点滅を多用すると観客が疲れてしまったりと不適切な影響を招くことになる。

客席の照明も重大な影響力を持つ。筆者が演出・ピアノ演奏を担当したエミリー・ブロンテ原作、バーナード・J・テイラー作ミュージカル『嵐が丘』（一九九二年）の原語公演（二〇一六年）では、ラストシーンで涙する観客が多く劇場に啜り泣きの声も漏れていたが、客席の照明がついた途端、泣いていた観客の情動は感涙・悲涙から人前で涙した恥じらいや慌てて涙を隠さなければという密やかな動きへと一転した。照明は劇場において観客が劇中世界で繰り広げられる情動との交感により自身の情動に耽溺するプライベートな空間を生み出す機能を持つが、一瞬にしてその関係性を変化させる影響力も持ち合わせるのである。映画上映においても当然照明は大きな影響力を持つが、通常舞台照明よりも操作は遥かに単純なもので資する。舞台照明では、舞台を照らす照明にはある程度以上の光量が必要となり、それは付随的に他の観客や客席等、劇世界ではなく現実世界に属するものを照らし出すことにもなり、その点でも観客の意識を劇世界に引き付け続けるには専門的技量が必要となる。

（５）舞台公演時の外的条件と情動

最後に、舞台芸術と映像芸術の根本的相違点である生のパフォーマンスか否かという点が如何に情動に関与するのかについて論じたい。ただし、弁士が入った映画上映や映像を駆使した演劇公演など、舞台芸術と映像芸術それぞれに多様な公演・上演様式が存在し、コロナ禍を経て舞台芸術の公共圏は一層多様化しているため、ここでは基本的なものを念頭に議論を進めることとする。観客の情動への多様な条件の影響について論じるならば、映像作品の視聴者や文学作品の読者も同様ではないかと思われるかもしれない。しかしながら、ここで舞台公演と情動を論じる上で特に観客も考慮に入れて議論する理由は、観客の反応も舞台作品の生成に影響を与え得るからである。

①外的心理的条件と情動

現実問題として、演者の情動も観客の情動も、あるいは演者以外のスタッフの情動も、外的条件と連動するものである。外的条件は、外的心理的条件と外的物理的条件とに分類できる。外的心理的条件は、関係する各人の実生活から影響を受けた個々人の心理状態や各人にとってその公演が持つ意味から影響を受けた個々人の心理状態を指す。観客であれば、作品の視聴回数や公演との関係性に基づく心理状態（個人的繋がりがあるのか、あるいは批評家や研究者として客観的に分析する立場にあるのか、あるいはそういう立場になくともそうした姿勢が染み付いているのか）なども影響を与える。演じるとき、あるいは観劇するとき、各人がどういう心理状態にあるかは公演中の情動に多かれ少なかれ影響を与える。好きな俳優や家族・友人が出演するのを楽しみに観に来ているのか、美味しい食事で満ち足りた気分になって着席したのか、仕事や家庭のことで悩みを抱える日々を送っているのか、プライベートで楽しい、あるいは腹立たしい、あるいは悲しい経験をして劇場に来たのか、遅れて会場に入ってきて切れている息を殺そうとしながら肩身の狭い思いをしているのか……そうしたことは、実は観劇体験自体に大きな影響を与えることがある。

役者はスタニスラフスキー・メソッドに見られるように、しばしば意識的に登場人物の経験や感情を自身の過去の経験や経験した感情と結び付けて演じるが、読者・観客はしばしば無意識的に登場人物や筋書きと自身の経験や置かれている状況、換言すれば舞台やスクリーン上に表象された世界と自身の実人生を重ね合わせて視聴する。情動面におけるその影響は往々にして大きい。

別のタイプの外的心理的条件としては、他の観客との情動の共有の度合いも個々の観客の情動に影響を与える。各人の気質にもよるが、他の観客の舞台への反応が良ければ自分も引き込まれやすくなることがある。たとえば、コミカルな場面やユーモラスな場面で自分は可笑しいと思っても、会場が静まり返っていれば笑い出しにくいが、すでに笑っている人が多ければ自分も遠慮なく笑ったり、そこまで可笑しいと思わなかったときでさえ笑いやすくなったりすることがある。このあたりの反応は観客と演者との関係性や文化的要因によっても大きく影響を受ける。また、他の観客が拍手や手拍子をし出した場合に、つられて拍手・手拍子をしやすい人もいればそうした共同体化を嫌って動かない人もいるが、何れの反応にせよ、心理的動きと身体的反応を伴うことになるため情動に影響していると言える。

役者や奏者も観客の情動に非常に敏感に反応することが多い。咳払いや身動きのような些細なことでさえ、パフォーマンスへの不満の表出ではないかと懸念し、それが演技や演奏に作用することがある。あるいは、観客から劇の進行に共感する形での笑いや感涙・悲涙が湧いたときには、それに呼応して演技・演奏への自信となり、さらなる熱演の誘引となることがある。演者と観客の間に、目が合う、といった直接的な交流が生まれることもあり、それは双方の情動に影響を与えることがある。

②外的物理的条件と情動

それでは、公演時の情動に影響を与える外的物理的条件とはどのようなものだろうか。観劇による情動体験は、客席の位置、劇場の構成や音響設備のような物理的要素によっても影響を受け、しばしば異化効果がもたらされる。音響の音質の悪さや音量の不適切さ、座席の不具合等も観劇時の情動体験に影響を与える。歯痛にならないと歯の存在を時々刻々と意識しないように、こうした要素には、適切に機能していれば、意識されないものも多い。

舞台と客席との物理的距離は観劇体験の本質を変え得る。それは知覚内容そのものに影響を与える。同じ公演でも席が違うと劇中世界との関係性が大きく変わることは現実的に大いにあり得る。前方の席の場合、主演俳優が自分を見つめている気がしてくることさえある。そうすると、それまで好きでもなかった役者に急に魅了されることがある。ところが同じ公演でも二階席や三階席の後方ででも見ようものなら役者の表情はおろか舞台自体が見え辛くなり、逆に他の観客が視界に占める面積が増える。いわゆる「見切れ席」も特徴を理解しておかないと観劇体験を台無しにしかねない。

心理に加えて情動の根幹を成す基本要素として、五感が挙げられる。この五感とは、通常そうである通り、劇場においてもそこに存在する全てに対して機能するものであり、各観客の集中力や感情移入などによる没入の度合いによって程度に差こそあれ、舞台で繰り広げられる劇世界だけを選り抜いて機能することはない。通常公演者側は、当然観客の五感（主として視覚と聴覚）を舞台に引き付けられるよう、客席を静かにし、役者の身体性・衣装・舞台美術による視覚的刺激や台詞・ナレーション・音楽による聴覚的刺激、その他多様な演出効果による視聴覚的刺激を十分機能させることができるようさまざまな趣向を凝らす。

照明は視覚に入る範囲を限定したり、注視を呼びたい部分へとスポットライト等で誘導したりすることができる。しかしながら、現実的には、劇場の全てを支配できるわけではない。遅れてきた観客を会場スタッフが懐中電灯で案内すればそれが目に入ってしまうし、非常灯が点灯し続けていればそれも目に入る（演出効果上一時消灯する公演もある）。聴覚であれば咳払いやくしゃみや身動き等観劇に不要なものも否応なく耳に入り、他の観客が飲食を始めればその匂いも認識することになる。同様に左右前後の観客に触れてしまうことがあればそれは触覚として感じられるし、自身が飲食をすればそれも当然感じられることになる。情動の根幹を担う五感が自由に機能できる以上、観劇による情動体験とは、その場で起こる五感が認識し得る全ての事象と連動せざるを得ない。それゆえに、公演時の外的物理的条件は情動にとって看過できない存在となっているのである。

このように、公演時の外的心理的条件と情動と、公演時の外的物理的条件と情動はどちらも役者にも観客にも直接的・間接的に影響を与え得るものであり、生の舞台公演ならではの現象として、演者・観客・情動間に特殊な関わりが生じる。役者への間接的影響とは、外的条件に影響を受けた観客に反応して演技が変わることがあるということである。

7　おわりに

以上のように、本章では、文学・芸術作品と情動の関係について、第一に芸術生成のプロセスが描かれている文学作品に鍵を求め、次いで文学テクストのなかの多様な芸術表現が舞台化・映画化により他の芸術様式に転化されたときにどのような変容を遂げ、そこに情動がいかに関わってくるのかについて考察を深めた。

特に耽美性の強いワイルドの作品においては、作中人物による芸術生成のプロセスにおける情動が中心的に描かれていることがわかる。これは、ワイルドに大きな名声をもたらした風習喜劇にはない点であり、芸術生成と情動の関わりは、作家自身の耽美的情動の下で書かれた耽美的作品においてこそ十分に探究され得るものであるように思われる。『ドリアン・グレイの肖像』では、自己嫌悪に駆られながらも、何をしても唯一特殊なスケープゴートを与えられているという優越感と自信を抱いて罪業を深めるドリアンの生きざまは、情動の連鎖を如実に示している。また、『サロメ』におけるサロメの踊りは、一見ヘロデのサロメへの欲望に突き動かされた要望にサロメが応えた結果であるようでいて、サロメが応じた根底にはヨカナーンへのサロメの欲望があり、情動として踊りを踊っていると言える。ただし、サロメの踊り自体は原作で「サロメ、七つのヴェイルの踊りを踊る」（549, 725; 七二頁）というト書き一行だけで表現されており、テクストを読む限りにおいては読者は自身の情動の反映としてその踊りを描くことになり、この一行のみの自由さゆえに一層、その後多ジャンルの舞踊作品や、舞踊の場面を見せ場とする多くの舞台作品や映像作品が生まれ続けたように思われる。

一方、谷崎の「刺青」にはワイルドの世界観や多様な作品との複雑な本質的繋がりを見出すことができるが、身体的苦痛も快楽の一部と化し、モラルから解放されて耽美的世界の追求に徹している点で、悲痛さや悲愴感から解放され一層耽美的となっている。そして、それゆえにそこに描かれた情動もまた、モラリティゆえの葛藤や恐怖や恥の存在が後退し、耽美主義的献身と耽美的快楽への耽溺を中心としたものとなっている。刺青という特殊な表現様式は、『ドリアン・グレイの肖像』で映像作品と呼べるほどの絵画の動的な可能性を示しつつも分裂していた生身の身体と作品とを融合させ、情動に生身の身体的芸術作品という新たな表象をもたらした。それは、ドリアンの自画像のように精神面での本質を反映するばかりではなく、生理的存在としての身体とその生そのものを反映するものでもある。

このように、ワイルドと、ワイルドの影響を受けながらも独自の世界観を呈示した谷崎の作品とを比較することにより、芸術生成と情動との多様な関係性や、芸術生成のプロセスにおける情動の変容と作品への影響、さらにそこに介在する創造行為主や被創造物としての身体と自身や他者の情動との複雑な関係性が見えてくるのである。また、情動は従来の二項対立的枠組みを超えたものであるがゆえに、他の理論では説明がつかない往々にして理不尽な登場人物たちの行動を説明づけることができる場合が多いことがわかる。ワイルドの作品で辿った絵画作品や彫像などの造形美術作品・演劇舞台・舞踊作品と情動の関係は、絵画と身体表現とが融合した「刺青」における異種の芸術作品との比較考察を通してさらなる可能性を広げ、芸術生成と情動の多様な関わりだけではなく、情動がもたらす芸術様式間の交錯や越境、作品と作家と情動の関係性における創造力や破壊力をも呈示した。「刺青」の最後に朝日を浴びて輝く女の背中には、ある意味でワイルド以上にワイルドであった谷崎の姿が浮かび上がるようにも思えてくるのである。

さらに、クリストファー・バルミが『演劇の公共圏』で取り上げている新旧の多種多様な演劇の公共圏や、コロナ禍も契機となったオンライン化の加速化やＡＩの急激な進出を始めとする科学技術の革新を受けた芸術表現の多様化により、情動理論が扱うべき対象は多様化を極めつつある。そのような茫漠たる課題を前にささやかながら小論から見えてきたことは次のような点である。情動理論がもたらしてくれるものとは、一つには、厳然と存在するのに見過ごしてきたものへの視点を与えてくれることのように思われる。観劇体験一つを取っても、実際には、座席の位置や場内アナウンスや会場係の対応や音響設備の質や配役、場合によってはキャスト・スタッフ他関係者との個人的関係、さらに言えば鑑賞者の実生活における個人的状況や心理状態、同伴者の有無や人間関係が劇場での情動的体験に意識無意識を問わず影響しているのが現実である。こうした作品以外の要素が現実には観劇に関わる情動体験を支配していることさえあるにもかかわらず、情動の観点から論じなければ、そのような要素はあたかもないかのごとく排除されやすい。従来あたかもないかのごとく扱ってきた、あるいは、あたかもないかのごとく扱うべきことが自明の理とされてきたことが、実際には往々にして支配的影響を持つことを議論の俎上に載せて論じることができるようになり、それにより新たな見地からの考察が可能となるということではないだろうか。

かつてワイルドは『ドリアン・グレイの肖像』の序文で言った――「芸術が鏡のように映しだすものは、人生ではなく、その観客である」（168; 一〇頁）と。芸術という鏡のなかには我々一人ひとりの「ドリアン・グレイの肖像」が映っているのかもしれない。そして、同じ鏡を前にその時々の読者・観客・鑑賞者にもたらす映像とそれに対する反応の移ろいは、芸術を通しての我々自身の情動的体験の証左なのではないだろうか。

＊本研究はJSPS科学研究費補助金JP23K00368の助成を受けたものです。

【註】

（１）影響関係を示す具体例については日高 二九三–九五頁参照。

（２）『ドリアン・グレイの肖像』原作（一九八一年版）の引用頁は以下の版に拠る。Oscar Wilde, *The Complete Works of Oscar Wilde: The Picture of Dorian Gray, the 1890 and 1891 Texts*, edited by Joseph Bristow, Vol. 3, Oxford UP, 2005.

（３）武田 一二–一四頁参照。

（４）ワイルド『サロメ』からの引用については、最初に原作であるフランス語版の頁数を、次にワイルド自身英訳に関わったとされる英語版の頁数を、最後に訳文の頁数を併記した。引用頁は以下の版に拠る。Oscar Wilde, *The Complete Works of Oscar Wilde: Plays I: The Duchess of Padua; Salomé: Drame en Un Acte; Salome: Tragedy in One Act*, edited by Joseph Donohue, Vol. 5, Oxford UP, 2013.

（５）たとえば水島爾保布は自身の作品へのビアズリーからの影響を否定しているが（かわじ 一三五頁）、その影響関係を指摘する声は多い（森口 三五六頁、式場 四九頁、関川 二二〇頁）。日高 二九四頁参照。

（6）岩佐壮四郎は「「刺青」――「宿命の女《ファム・ファタル》」の誕生」において「刺青」を『ドリアン・グレイの肖像』や『サロメ』と重ね合わせている。

（7）『サロメ』の日本での熱狂的な受容と翻案については井村や Hidaka を参照。

【引用文献】

Balme, Christopher. *The Theatrical Public Sphere*. Cambridge UP, 2014.『演劇の公共圏』藤岡阿由未訳、春風社、二〇二二年。

Damasio, Antonio. *Looking for Spinoza: Joy, Sorrow, and the Feeling Brain*. Harcourt, 2003.『感じる脳――情動と感情の脳科学 よみがえるスピノザ』田中三彦訳、ダイヤモンド社、二〇〇五年。

Hidaka, Maho. “The Sexual Transfiguration of the Japanese *Salomé*, 1909-2009.” *Wilde's Other Worlds*, edited by Michael Davis and Petra Dierkes-Thrun, Routledge, 2018, pp. 245-67.

LeDoux, Joseph. *The Deep History of Ourselves: The Four-Billion-Year Story of How We Got Conscious Brains*. Viking, 2019.『情動と理性のディープ・ヒストリー――意識の誕生と進化40億年史』駒井章治訳、科学同人、二〇二三年。

Massumi, Brian. *Parables for the Virtual: Movement, Affect, Sensation*. Duke UP, 2002.

Sedgwick, Eve Kosofsky. *Touching Feeling: Affect, Pedagogy, Performativity*. Duke UP, 2003.『タッチング・フィーリング――情動・教育学・パフォーマティヴィティ』岸まどか訳、小鳥遊書房、二〇二二年。

Tomkins, Silvan S. *Affect, Imagery, Consciousness: The Positive Affects*. Vol. 1, Springer, 1962.

———. *Shame and Its Sisters: A Silvan Tomkins Reader*. Ed. Eve Kosofsky Sedgwick and Adam Frank. Duke UP, 1995.

Wilde, Oscar. “The Fisherman and His Soul.” *Collins Complete Works of Oscar Wilde*. 1948. 5th ed. Harper, 2003, pp. 236-59.

———. “The Happy Prince.” *Collins Complete Works of Oscar Wilde*. 1948. 5th ed. Harper, 2003, pp. 271-77.

———. “An Ideal Husband.” *Collins Complete Works of Oscar Wilde*. 1948. 5th ed. Harper, 2003, pp. 515-82.

———. “The Importance of Being Earnest.” *Collins Complete Works of Oscar Wilde*. 1948. 5th ed. Harper, 2003, pp. 357-419.

———. “The Nightingale and the Rose.” *Collins Complete Works of Oscar Wilde*. 1948. 5th ed. Harper, 2003, pp. 278-82.

——. "The Picture of Dorian Gray (1891)." *The Complete Works of Oscar Wilde: The Picture of Dorian Gray, the 1890 and 1891 Texts*, pp. 180-356. 『ドリアン・グレイの肖像』改版、福田恆存訳、新潮社、二〇〇四年。

——. "Salome: A Tragedy in One Act." *The Complete Works of Oscar Wilde: Plays I: The Duchess of Padua; Salomé: Drame en Un Acte; Salome: Tragedy in One Act*, pp. 703-31. 『サロメ』改版、福田恆存訳、岩波書店、二〇〇〇年。

——. "Salomé: Un Drame en Un Acte." *The Complete Works of Oscar Wilde: Plays I: The Duchess of Padua; Salomé: Drame en Un Acte; Salome: Tragedy in One Act*, pp. 503-63.

井村君江『「サロメ」の変容——翻訳・舞台』新書館、一九九〇年。

岩佐壯四郎「「刺青」——「宿命の女《ファム・ファタル》」の誕生」『関東学院大学文学部紀要』一九八五年第四三号、五九–八一頁。

岡田温司『ミメーシスを超えて——美術史の無意識を問う』勁草書房、二〇〇〇年。

かわじもとたか編著『水島爾保布著作書誌・探索日誌』杉並けやき出版、一九九九年。

紅野敏郎、千葉俊二編『資料　谷崎潤一郎』桜楓社、一九八〇年。

笹淵友一「「刺青」論」岡崎義恵、島田謹二監修『日本文学と英文学』教育出版センター、一九七三年、一八一–九六頁。

式場隆三郎『ビアズレイの生涯と藝術』建設社、一九四八年。

関川左木夫監修『ビアズレイと日本の装幀画家たち』阿部出版、一九八三年。

武田美保子『身体と感情を読むイギリス文学——精神分析、セクシュアリティ、優生学』春風社、二〇一八年。

谷崎潤一郎「刺青」第二次『新思潮』一九一〇年第三号十一月、二–一一頁。

——「人魚の嘆き」『人魚の嘆き・魔術師』春陽堂、一九一九年、一–四二頁。

ドゥルーズ、ジル『批評と臨床』［一九九三年］守中高明・谷昌親訳、河出文庫、二〇一〇年。

日高真帆「オスカー・ワイルド」『赤い鳥事典』解説、赤い鳥事典編集委員会編、柏書房、二〇一八年、一九三–九五頁。

森口多里『美術五十年史』鱒書房、一九四三年。

第2章

情動的体験としての映画

――『ロスト・ハイウェイ』における物語の歪曲、クロースアップ、音楽性――

武田悠一

1　映画は情動的な体験である

「映画とは身体的な体験であり、そういうものとして記憶され、思考する精神では把握できないような身体的シナプスの内に蓄えられる」とフレドリック・ジェイムソンは言う（Jameson 1; 二頁）。わたしたちは、これを《映画は情動的な体験である》と言い換えることができるだろう。

映画が情動的な体験であるということは、そのもっとも基本的な効果が、いかにして観客の身体的反応を惹き起こし、感情移入させるかに依存しているということだ。アルフレッド・ヒッチコックは、このことをよく知っていた。彼は、脚本家のアーネスト・レーマンにこう語ったという――「わたしがこの映画で何をやっているかわかるかい？観客は巨大なオルガンのようなもので、きみとわたしで演奏しているんだ。あるところでこの音符を弾くと観客はこの反応をする。次にあのコードを弾くとあのように反応する。（……）わたしたちは観客を怖がらせたり笑わせたりするんだ。すばらしいことじゃないか」（Spoto 406; （下）一六三頁）。

たとえば、ヒッチコックが『鳥』（一九六三年）で使った有名なトラッキング・ショットを見てみよう。ミッチの母親リディアがトラックを運転して農夫に会いに行くシークエンスで、彼女が農夫の家のなかに入り、鳥に荒らされた部屋を覗きこみ、両眼をえぐられた農夫の死体を目にする場面だ。伝統的なトラッキング・ショットなら、カメラはゆっくりと、接近を引き延ばすかのように、その死体に近づいていくだろう。ところが、ヒッチコックがここで採用しているのは、すばやく接近する――ロングから、ミディアム、アップへの――ジャンプ・カットだ。スラヴォイ・ジジェクが分析しているように、「カメラはまず死体全体を見せる。われわれはカメラが、魅惑的な細部、すなわち眼球をえぐりとられた血まみれの眼窩へとゆっくり接近していくのを期待する。ところがヒッチコックはわれわれの期待するプロセスを反転させる。スローダウンの代わりにスピードアップしてみせるのだ。その各々がわれわれを主体へと接近させる二つの唐突なショットによって、彼はいきなり死体の頭部を見せる。この急速に接近するショットは価値転倒的な効果を生み出す。というのも、そのショットは、ぞっとするような対象をもっと近くで見たいというわれわれの欲望を満たしているにもかかわらず、われわれを欲求不満に陥らせる。対象に接近する時間が短すぎて、われわれは、対象の唐突な知覚を統合し、「消化」するための間、つまり「理解のための時間」を飛び越えてしまうのだ」（*Looking Awry* 93；一七七―七八頁）。このトラッキング・ショットに観客は――リディアとともに――息をのみ、喘ぐ。映画は、このように、喘ぎや叫び、涙や汗や嘔吐といった身体反応をともなう情動を掻き立てるのだ。

もちろん、言うまでもないことだが、情動的な反応だけがわたしたちの映画体験を構成しているわけではない。それは、情動的体験であると同時に、認知的な体験でもある。映画を体験するということは、たんにそれを「観る」（そして「聴く」）だけでなく、それを「理解する」ことでもある。それが伝えようとしている「意味」を探ることでもある。じっさい、これまで映画について語られてきたことの多くはその「理解」や「意味」であり、身体的・情動的反応が主要なトピックになることは少なかった。

しかし、わたしたちが映画を理解したり、そこに意味を見出したりするとき、その「理解」や「意味」はわたしたちの情動的な反応と無関係だろうか。というより、そもそもわたしたちの「理解」や「意味」への衝動は、わたしたちが作品に情動的に反応するからこそ生まれるのではないか。

映画には、認知的な「理解」を拒むような何か、認知的な「理解」によって捉えた「意味」には還元できない何か、認知的な「理解」が接近できず、触れることのできない何かがある。映画に対する情動論的アプローチは、そのような「何か」に触れようとする試みである。

2　認知主義理論の真価

トマス・エルセサーが言うように、デヴィッド・リンチにとって、映画は「非―合理的なエネルギーを、（視覚的かつ聴覚的に）触れることのできるような形で表現する」ものである。「このエネルギーはわたしたちがよく知っているものだが、言語と合理主義と教育によって抑圧されてきた。これが、リンチの映画がナンセンスにみえるにもかかわらずわたしたちのうちに力強い感情を呼び起こす理由のひとつである」(Elsaesser 168; 二三六頁)。『ロスト・ハイウェイ』(一九九七年)は、まさにそのような映画だ。

わたしたちの認知的な「理解」を拒むようにみえるこの映画を、エルセサーはあえて認知主義理論――デヴィッド・ボードウェルとエドワード・ブラニガンによって展開された〈物語《ナラティヴ》〉と〈語り《ナレーション》〉についての認知主義理論――を使って分析する。というのも、エルセサーによれば、物語の認知主義理論がその真価を発揮するのは、『ロスト・ハイウェイ』のように複雑な物語をもち、わたしたちの理解を拒むようにみえる映画を分析するときだからだ。

ボードウェルとブラニガンの理論は、観客が物語をどのようにして「理解」するかに焦点を当てる。一方、『ロスト・ハイウェイ』は「それがどのように理解されるか(あるいは理解されないか)という観点からみれば錯綜している」。物語の語りをめぐる認知主義理論によって、わたしたちは「理解が崩壊する地点をピンポイントで見定めることができ、あるショット、あるいはあるシークエンスが、なぜ理解不能になったり理解困難になったりするのか、その理由を突き止めることができる」とエルセサーは言うのだ(20; 四四頁)。

エルセサーは、『ロスト・ハイウェイ』を五〇のシーンに分け、その一つひとつを「認知主義的に読む」ことによって、この作品が「いくつかの解決不能な曖昧さと矛盾」(185; 二五八頁)を孕んでいることを示す。しかし、彼はそうした曖昧さや矛盾を、認知主義的な読みによって解消しようとしているのではない。「こうした曖昧な点について議論するとき、わたしたちの目的がそれらを非曖昧化することではないことを心に留めておくことが重要だ。そうした曖昧さを説明して、曖昧でなくしてしまうというのは還元主義的なやり方だからだ。そうではなく、わたしたちは、そうした曖昧さがどのようにして生み出され、どんな効果が達成されているかを説明しようと試みるべきなのだ。(……)リンチの映画は、そうした曖昧な契機を合理主義的な論理に還元せず、非–合理的だが意味深いエネルギーに支配されているということを認める限りにおいて、分析に対して開かれているのだ」(186; 二五九頁)。

3　メビウスの帯

エルセサーの詳細な分析を辿ることはここではできないが、後の議論のために、彼の分析を参考にしつつ『ロスト・ハイウェイ』という映画のあらすじのようなものをとりあえず示しておきたい。

サウンドトラックにデイヴィッド・ボウイの「気が変になりそうだ（I'm Deranged）」が流れるなか、ビル・プルマンが演じるサキソフォン奏者フレッド・マディソンが夜のハイウェイを疾走するところから映画は始まる。画面はフレッドの自宅にカット。正面玄関のインターフォンが鳴り、フレッドは「ディック・ロラントは死んだ」という謎めいたメッセージを告げる声を聞く。翌日の朝、妻のレネエ（パトリシア・アークエット）は玄関の階段にビデオテープが置かれているのを見つける。再生してみると、そこには彼らの家の正面が映っている。

さらに次の日、レネエは玄関の階段にまたビデオテープを見つける。今度のビデオには家の内部まで映っていて、ベッドで寝ているフレッドとレネエの姿が捉えられている。気味が悪くなったレネエは、警察を呼ぶ。一方、フレッドは妻のレネエの不倫を疑っている。あるパーティでフレッドは不気味な相貌のミステリー・マン（ロバート・ブレイク）と出会う。彼はフレッドに「あなたの自宅で前に会いましたね」と言い、「実は今もあなたの自宅にいるんです」と携帯電話を差し出し、自宅に電話するように言う。フレッドは電話の向こう（自宅）と目の前にいる二人のミステリー・マンと同時に話す。ミステリー・マンは、「ニュートン的な空間‐時間の物理学に挑んでいる、（……）つまり同時に二つの場所にいるのだ」。そして、それはまた、「一人の登場人物が同時に二つの場所にいることはできない」という、規範的な物語のフォーマットにとってもっとも基本的な条件への挑戦でもある」（Elsaesser 178-79; 二四九頁）。

自宅に戻ったフレッドは、三つ目のビデオテープを見つけ、再生すると、そこには惨殺された妻レネエの身体をばらばらにする自分の姿が映っている。ここでは、再生されるビデオの白黒の映像と、それを見ているフレッドのカラーの映像が交互に呈示される。ビデオのカメラはゆっくりと寝室のなかに入っていき、ベッドのわきの床に倒れたレネエとその横で裸の上半身を揺らしているフレッドを映し出す。そこで、白黒の映像は突然カラーに変わり、血まみれになってカメラを見つめるフレッドと、そのわきのベッドの白いシーツの上にある血まみれの切断された手と脚を映し出す。これは、一秒足らずの短いショットで、ほとんどサブリミナルに近い映像だ。この後、ビデオを見て喘ぐフレッドの顔のクロースアップとビデオの白黒映像が交互に呈示され、その直後のショットでフレッドは二人の刑事に逮捕され、殺人罪で刑務所に収容される。刑務所で、フレッドは激しい頭痛に襲われ、睡眠薬を処方された夜、独房で夢を見る――爆発して燃える小屋（映像は逆モーションで呈示される）と、その小屋から現れ、内に戻っていくミステリー・マンの夢だ。

翌朝、独房にはフレッドではなく自動車整備士のピート・デイトン（バルサザール・ゲティ）がいる。エルセサーが言うように、ここで映画が「もう一度始まった」かのように見える。「もう少し正確に言えば、わたしたちは別の映画の後半を見ているような感じがする」（181; 二五三頁）。釈放されたピートはポルノ・プロダクションのボス、ミスター・エディ（ロバート・ロッジア）――あとでその正体がディック・ロラントであることがわかる――の愛人アリス（パトリシア・アークエットによる二役）と関係し、共謀して街から出ようとする。決行の前夜、ミステリー・マンから電話がかかる。彼はピートに「前に会いましたね」と告げる。

かつてアリスの「客」だった男を殺し、金品を奪って逃亡するピートとアリス。故買人《こばい》のいる小屋に着き、アリスを抱くピート。しかし、去るアリスを追って立ちあがる姿はフレッドに戻っている。小屋にはミステリー・マンがおり、彼の助けで、ホテルでレネエを抱くエディ（＝ロラント）を殺すフレッド。彼は自宅に戻り、インターフォンを押して「ディック・ロラントは死んだ」と囁き、パトカーに追われてハイウェイを逃走する――始まりと同じようにデイヴィッド・ボウイの「気が変になりそうだ」のサウンドトラックが流れ、映画は終わる。

エルセサーが言うように、『ロスト・ハイウェイ』の物語は、「線的にではなく、ループのように――というより、メビウスの帯のように――構成されている」（186; 二五九頁）。そうだとすれば、フレッドが独房にいるシーンは「メビウスの帯のねじれ、上側が下側に移動するねじれ」を表象している。冒頭のシーンと結末直前のシーンは、「フレッドが一方では自分の家の外に表象され、他方では中に表象されて、帯の両端がひとつに繋げられる瞬間」である。さらに、「帯の全体を辿るには、両側が結合する（フレッドがインターフォンのメッセージを自分自身に伝える）瞬間に戻るまえに、それを二度回らなければならない――最初は一方の側を（インターフォンのメッセージから独房でのフレッドの変身まで）、次にもう一方の側を（ピートが釈放されてから再びフレッドに戻るまで）。メビウスの帯というメタファーは『ロスト・ハイウェイ』の構造を正確に表しているように見える」（186; 二五九頁）。

４　精神分析の根幹

レネエからの通報を受けてやってきた二人の刑事がビデオを見た後で、フレッドにビデオカメラをもっているかと聞く場面がある。それに対してフレッドは、ビデオカメラは嫌いだと答える――「ものごとは自分なりのやり方で記憶しておきたいんだ。それが起こった通りじゃなく」。

フレッドのこの「告白」について、エルセサーはこう言っている――「『ロスト・ハイウェイ』を批評した多くの批評家たちはこの台詞をそれまでのシーンに焦点を合わせるための結節点、この映画の意味を理解するための鍵と考えた――つまり、この映画の〈語り〉のねじれの多くは、フレッドが出来事を歪曲して見ているという、心理的に動機づけられたものだということである」（178; 二四九頁）。

エルセサーが指摘しているように、『フィクション映画における語り《リレーション》』（一九八五年）において映画の理解についての認知主義理論を創始したデヴィッド・ボードウェルは、その理論を映画についての精神分析理論に対立させた。精神分析によれば、意識はわたしたちの心的活動の先端ないしは最上部にすぎず、その大半は無意識のなかに隠され抑圧されている。しかし認知主義にとって、意識は心的活動のたんなる上部構造ではなく、その土台、あるいは根拠なのだ。ボードウェルは、この認知主義の立場に立って、映画理論は映画現象の認知主義的な説明から始めるべきであり、精神分析的説明を導入するのは、認知主義的説明がそれを求めた場合のみであると主張した――「わたしが提出する理論は、映画鑑賞の知覚的側面と認知的側面に注意を向ける。映画観客への精神分析的アプローチの有効性を否定するものではないが、他の根拠にもとづいて説明できる心的活動に関して、それが無意識だと主張する理由がわたしにはわからない」(Bordwell 30)。

一方、精神分析医の斎藤環にとって、記憶のあり方についてフレッドが口にした「告白」は、まさに「精神分析の根幹」に触れるものだ——

彼に限らず、ひとは誰もが、ものごとをありのままに記憶できない。想起され反復されるうち、記憶はかならず歪曲される。実はここにこそ、幻想の起源がある。すべてをありのままに記憶する能力を仮定するなら、その代償として夢や幻想はおろか、ほとんど一切の創造性が損なわれてしまうだろう。しかし幸いにも、人は記憶に際してかならず誤りをおかすのであり、この過ちの能力の上で、いっさいの創造がなされるのだ。

ただし幻想は、ときには人を破壊する。そう、フレッドが、そしてピートがその犠牲となったように。したがってフレッドのあの告白は、はからずも自らの運命に対する皮肉な注釈に変わってしまう。(「分裂病、あるいは準‐同一性の輝き」八四‐八五頁)

『ロスト・ハイウェイ』の物語は、エルセサーが言うように、あきらかにメビウス構造をもっているけれども、それを語る〈語り〉の形式は、標準的な物語の語りの形式をあからさまに歪曲している。出来事の因果関係は混乱し、語りの時制も歪んでいる。そこで示されているのが実際に起きていることなのか夢のなかのことなのかも判然としない。前のシーンでフレッドが見た夢として呈示された出来事の一部が、後のシーンで今起きていることとして反復されたりする。(1)

しかし、この映画の〈語り〉が示す歪み、そしてそれによってこの映画が孕むことになる「解決不能な曖昧さと矛盾」ということに関して言えば、何よりも問題になるのは、人物の同一性であろう。「ピートはフレッドと同一人物なのか。つまり、同じ登場人物を演じている二人の俳優なのか。それとも、二人の異なる人物を演じている二人の俳優なのか」。エルセサーが言うように、「どちらかひとつの仮説を選ぶことを可能にしてくれるような手掛かりをわたしたちは与えられていない」（182; 二五四頁）のだ。

5　心因性フーグ

一九九七年に出版された『ロスト・ハイウェイ』の脚本への序文として付けられたインタヴューのなかで、リンチは「心因性フーグ（psychogenic fugue）」として知られている心的状態にふれ、それはある程度フレッドの心的状態を反映しているように見えると述べている。つまり、自分が妻を殺してしまったという現実を受け容れられないフレッドは、幻想のなかに逃避しているのであり、それが「記憶喪失」という形であらわれている、というのだ。'fugue'はここでは精神医学用語として使われているが、もちろんそれは音楽用語（「フーガ」）でもあって、要するに「ひとつのことから始まり、すぐさまそれとは別のものに移行し、そしてまたもとに戻る。そして『ロスト・ハイウェイ』でもそうなっている」（Lynch and Gifford xix; 三一―三二頁）。

斎藤環によれば、「心因性フーグ」は「「解離性遁走」あるいは「解離性同一性障害」、つまり多重人格と読み替えてさしつかえない」。そうすれば、フレッドやピートを悩ませる「頭痛」の説明もつく。「多重人格の患者は、人格交替にさいしてしばしば頭痛を訴えるからだ」（「分裂病、あるいは準―同一性の輝き」八七頁）。

なお、「解離」とは、『精神分析事典』の定義によれば「解決困難な心的外傷や葛藤にさらされた際，それにまつわる観念や情動ないしは記憶を、それに関与しない精神の部分から切り離して防衛する無意識の機序のために生じる現象」であり、自己の同一性が失われ、「記憶、知覚、情動等のどれかが一時的に失われる」症状としてあらわれる（小此木 六〇頁）。

斎藤環も言っているように、解離は一種の心的な防衛機制、すなわち「トラウマやストレスなどから心を保護するためのメカニズム」である（「解離の時代に」一三八頁）。解離とは、ストレスやトラウマを抱え込んだ心の部分を「切り離し」て断片化する行為だ。それは、自分では抱えきれない葛藤や苦痛を心から切り離し、わきに押しやることで心を守ろうとする身振りなのだ。しかし、そうした切断と断片化によって、自己の空間的・時間的な連続性、自己同一性が損なわれてしまうのである。

解離は、それ自体としては健全な心の働きだ。しかし、解離がコントロールできないほどに進行すると、病理化する。解離性障害（解離症）である。解離症にはいくつかのタイプがあるが、『精神分析事典』によれば、「臨床的には、（1）自分の同一性に関する重要な情報の追想が突然広範囲に失われる心因性健忘、全生活史健忘（解離性健忘）。（2）家庭や職場から突然出て、放浪し、その間のことを追想できないフーグ（解離性遁走）。フーグにおいては過去を追想できず、新しい人格を身につけて、別の場所で新しい生活を始めることもある。（3）ふだんの人格から非連続的にまったく別の人格に交替する二重人格、さらに何人もの人格と交替する多重人格（解離性同一性障害）。（4）睡眠中突然起き上がり、歩き回ったり、かなりまとまった行動をして、自ら寝床に入り睡眠を継続するが、その間のことを追想できない夢中遊行。（5）実際にはそうではないのに外見では痴呆のように見えたりするガンゼル痴呆などが含まれる」（小此木 六〇—六一頁）。

斎藤環によれば、もっとも重度の解離症状が「解離性同一性障害Dissociative Identity Disorder」（ＤＩＤ）である。かつては「多重人格」あるいは「多重性人格障害」と呼ばれていたもので、一人の人間のなかに複数の人格が存在するようになり、突発的に一つの人格から別の人格に交替する。「人格の間には知覚や記憶の隔壁があり、ある人格のとった行動を、別の人格は記憶していないことが多い」。「解離性遁走」は、一般的には「蒸発」と呼ばれているものだ。家庭や職場から突然いなくなり、「遁走の後でわれに返り、遁走期間中の記憶が曖昧になるものや、遁走中に別名を名乗り、別人になりすましてしまうもの、あるいは遁走以前の自分の生活の記憶が一切なくなってしまうものなどがある」（「解離の時代に」一三九—四〇頁）。

6 多重人格

『ロスト・ハイウェイ』という映画で注目すべきことは「二人一役」という試みだ、と斎藤環は言う。「一人二役なら珍しくもないが、年齢も印象もまったく異なる二人の俳優が、映画のなかで同時にひとつの「同一性」の場所を共有することは、あまり先例がないのではないだろうか」（『文脈病』三七六頁）。

多重人格化、すなわち人格の解離が生ずるのは、いまわしいトラウマ的体験を意識から切り離し、記憶から遠ざけることによって、心が壊れてしまうのを防ごうとする無意識の防衛機制が働くからである。たとえば、幼児期に繰り返された性的、身体的虐待などの外傷的ストレスを受けた場合、それを別人格に起こったこと――「あれはわたしではない別の人が経験したことだ」――として切り離し、それに関与しない自己（の部分）を防衛する無意識のメカニズムによって生じる症状が、解離性同一性障害、いわゆる多重人格障害だ。

しかし、外傷体験を回避するために人格を解離させ、多重化することは、自己同一性、あるいは自己の固有性それ自体を失うことでもある。斎藤環が言うように、「多重人格の治療では、すべての人格が同等の扱いを受ける必要があるが、そうは言っても治療者は患者の身体的同一性を抜きには治療を進められない。カルテは一人分しか作られず、その名義はオリジナル人格のものなのだ。多重人格者は臨床的には「顔」と固有名によって同一性を保証されねばならない。この一点を崩すと多重人格者は概念的に破綻する。つまりわれわれは多重人格という疾患の存在、それを「信じるふり」を事実上強制されている」（『文脈病』三七六頁）。

『ロスト・ハイウェイ』でリンチが描く多重人格に関して、斎藤環は次のように述べる――

多重人格の物語化は、これまで「治療関係」をテーマとするのでなければ「ジキルとハイド」のヴァリエーションを繰り返すしかなかった。しかしリンチは予想もつかない方法で、多重人格を分裂病化する。彼が採用したのは、カプグラ症候群（同一人物を違う人物と思いこむ）とフレゴリ妄想（違う人物を同一人物の変装と思いこむ）

という対だ。いずれも分裂病近縁の病理である。ここで主人公フレッドとピートの対は、カプグラ症候群的であり、レネエとアリスというヒロインの対は、フレゴリ妄想的である。このヒロインを中心線として、フレッドとピート、エディとディック［・ロラント］が分裂する。フレッドとピートはいくつかの点で対照的存在として描かれる。不倫される側と不倫する側、あるいはフリージャズ奏者とフリージャズ嫌いといったように。あちこちに遍在しつつただ一人同一性を保っているミステリー・マンは、むしろ映画における「同一性」を嘲笑うかのような存在として描かれる。（「分裂病、あるいは準–同一性の輝き」八七–八八頁）

斎藤環はべつのところでこうも言っている――「同時に二つの場所にいる」ミステリー・マンには固有名がない。眉のない白塗りの「顔」はまるで仮面のようである。「あちこちに遍在するがゆえに、彼にはほんとうの居場所と呼べるものがない。これがこの映画における「同一性」の形式である。そう、ミステリー・マンこそが、この作品に唯一の「同一性の軸」をもたらしている。してみると、ミステリー・マンとは、なにか無意識のエージェントのようなものだろうか？　おそらくそうではない。／「多重人格」とは異なり、分裂病においては「同一性」の混乱はひとの固有性まで巻き込んでしまう。（……）そこでは何の根拠もなしに、患者に違う「顔」や名前が与えられ、ときにはそれは増殖すら始めてしまう。はたして彼の同一性はどこにあり、それはどのように維持されうるか。私はそれこそがミステリー・マンの位置において示されているように思う」（『文脈病』三七七頁）。

映画の冒頭で何ものかによって囁かれる「ディック・ロラントは死んだ」という一言から、フレッドの同一性は分裂を始める。映画のほぼ中程で、フレッドは「ピート」に変身し、終盤でふたたび「フレッド」に回帰したように見えるが、エンディングで「ディック・ロラントは死んだ」という一言をみずから口にすることによってまた分身化する。インターフォン越しに「囁くフレッド」と家のなかで「囁きを聞くフレッド」に分裂するのだ。「ひとつの声を媒介として、「フレッド」の無限の増殖が開始されるということ。ここには「同一性を告げる声によって同一性が壊乱する」という、分裂病的と形容するほかはない事態がみてとれるだろう」（斎藤環「分裂病、あるいは準–同一性の輝き」八八頁）。

わたしたちは、こうした精神分析的解釈によって『ロスト・ハイウェイ』の最終的な「意味」に到達すると言っているのではない。それはあくまでも「解釈」にすぎない。しかし、『ロスト・ハイウェイ』の場合、ボードウェル流の「認知主義的説明」は、あきらかに精神分析的説明を「求めている」。だが、その精神分析的解釈をもすり抜けてしまうような「何か」が、この作品にはあるように見えるのだ。

7 カント的崇高と映画体験

『シネマ１――運動イメージ』（一九八三年）のなかで、ジル・ドゥルーズはドイツ表現主義にふれ、そこでは「すべてのものが、影によって切り刻まれながら、あるいは霧のなかに埋もれながら、潜んでいる」と述べている。「事物の非有機的な生、すなわち有機体の知恵と限度を知らない戦慄すべき生、まさにそのようなものが、ドイツ表現主義の第一原理であって、それは、〈自然〉全体に妥当するもの、すなわち、闇のなかで不透明になった光、つまりルーメン・オパカトゥム〔lumen opacatumu〕のなかに紛れ込んだ無意識的精神に妥当するものである」（『シネマ１』九二頁）。ドゥルーズは、この「無意識的精神」を、カント的な崇高の概念と結びつける。

わたしたちを不快に感じさせるような対象を、想像力によって快に変えるときに生まれる情動を、カントは「崇高」と呼んだ。崇高とは、たとえば、その絶対的な規模と威力でわたしたちを圧倒する自然に直面したとき、わたしたちが抱く、尊敬、賛嘆、畏怖といった情動のことである。カントによれば、外的な自然そのものが崇高なのではなく、崇高とは意識の内的な経験にほかならない。「真の崇高性は、自然的対象において求められるものではなくて、判断者〔主観〕の心意識においてのみ求められねばならない」（カント（上）一六五頁）。もちろん、意識の外部にわたしたちを無力にするような圧倒的な力をもったものがなければ、崇高はありえない。と同時に、意識の内部にそれを超克する理性がなければ、崇高はない。

カントは、崇高を美と区別している。カントによれば、美が心の平静を保持するのに対し、崇高は心の動揺をもたらす。たとえば、頭上からいまにも落ちかからんばかりの岩石、すさまじい破壊力の火山、惨憺たる荒廃を残す暴風。わたしたちは、安全な場所から眺めているかぎり、その光景が恐ろしいものであればあるほど、その光景に惹かれ、そこに崇高を感じる。崇高はまず苦痛をともなう不快として経験されるのだが、しかし、その不快のなかで、快が生じるのだ。この場合、外的な対象そのものが崇高なのではない。崇高とは、対象に向きあう主体の内的な経験として、主体の想像力《イマジネーション》（構想力）によって生み出されるものである。

カントは崇高という情動の形成について論じるさいに「衝撃的な驚嘆から平静な讃嘆への移行」（カント（上）一九三－九四頁）という二つの気分ないし情動のあいだの変化について述べている。崇高の最初の効果、たとえば瀑布や深淵や屹立する山並みのような巨大な自然物をいきなり目の当たりにしたときに生じるのは、衝撃である。あるいはカントの言葉で言えば、ほとんど恐怖に近い驚愕ということになるだろう。しかし想像力の媒介によって、こうした恐怖は平静な優越感へと変形されるのだ。つまり、人は自分自身の優越性をまったく疑わないからこそ、何らかの物や人のことを安心して称賛することができるのであり、あくまでもそういう物や人に対して讃嘆を表明するのだ。

ドゥルーズの言い方によれば、崇高なものがもつ「力」は、「わたしたちの有機的な存在を幻惑し、あるいは茫然自失させ、恐怖で打つ」。と同時に、それはわたしたちの内に、ある能力をもたらすのだ――「わたしたちを茫然自失させるようなものに対して、わたしたちのほうが優れているとわたしたちに感じさせ、こうして、わたしたちのうちに、超有機的精神を発見させるような、そうした思考する能力である」（『シネマ1』九七頁）。

ドゥルーズにとって、映画体験――とりわけ、その情動的体験――は、こうした崇高の体験と似たものである。映画体験は、崇高の体験がそうであるように、客体と主体の相互作用として起こる出来事であり、その出来事が主体の内に何らかの変容をもたらすのだ。[2]

『シネマ1』は、「運動イメージ」を主題化している。ドゥルーズは「運動イメージ」を六つのタイプに種別化しているが、そのうち「感覚–運動図式」そのものを構成するのが「感覚イメージ」「情動イメージ」「行動イメージ」である。(3)

8　顔とクロースアップ

ドゥルーズによれば、情動は、主体が外界を受け入れる「感覚」と、主体が外界に向けて表出する「行動」の「間《インタヴァル》」に位置している。「情動は、主体と対象との合致である。あるいは、主体が自らを知覚する、そのあり方である。というより、主体が自らを「内部から」感じる、そのあり方である」（『シネマ1』一一八頁）。

ドゥルーズにとって、映画における情動イメージの範例はクロースアップだ。「情動イメージ、それはクロースアップであり、クロースアップ、それは顔である……」（『シネマ1』一五四頁）。そもそも、「顔のクロースアップというものは存在しない」。というのも、「顔それ自体がクロースアップであり、クロースアップそれ自体が顔だから」だ（一五六頁）。言い換えれば、映画におけるクロースアップは、あらゆるものを〈顔〉として、すなわち「情動イメージ」として呈示するということだ。ドゥルーズがベルクソンを援用して述べているように、顔はさまざまな情動が表情として表現される表面であり、顔の「表現＝表情《エクスプレッシオン》の運動」は、動かない表面と、アクティヴに動く（眉や鼻や唇などの）運動が結びついたものだ。ドゥルーズは、肖像画にみられる「顔の二つの極」に注目する。肖像画は、一方では「顔を輪郭として捉える」。すなわち、顔の相貌は、一つの輪郭として統一されたものとして呈示される。ドゥルーズは、これを「顔貌化（visagéification）の表面」と呼ぶ。他方で、肖像画はこうした「顔貌化」の統一に逆らうような動き――たとえば、「唇の震え、視線のきらめき」――を持ち込む。こうした動きを孕む顔の個々の相貌を、ドゥルーズは「顔貌性（visagéité）の描線」と呼んでいる（一五六頁）。

映画のクロースアップにおいて、顔は場合に応じてこの二つの極の一方から他方へ移動する。だが、よく言われるように、クロースアップは顔を「部分対象」に変える――すなわち、「ある部分対象を、それが属する一つの総体から切り離したり奪い取ったりしてわたしたちに呈示する」（一六九頁）――のではない。そうではなく、「クロースアップは、すべての時空座標から、自らの対象［顔］を抽出する。つまり、自らの対象を〈実質存在〉の状態に高める」のだ（一七〇頁）。ドゥルーズとフェリックス・ガタリが『千のプラトー』（一九八〇年）で使った言葉で言えば、クロースアップは顔を「脱領土化」するのだ(4)。ドゥルーズは、ベラ・バラージュの『映画の理論』から次のように引用している。

> 孤立した顔の表現＝表情《エクスプレッシオン》は、それ自体で理解されるひとつの全体である。（……）たったいま群衆のただなかに見えていた顔が、その周囲から切り離されて浮き彫りにされるとき、わたしたちは、あたかも突然その顔と向かい合っているかのようになる。あるいはさらに、わたしたちがそれまでは大きな部屋のなかで顔を見ていたとしても、クロースアップでその顔をじっくり観察するときには、もはやその大きな部屋のことは考えないだろう。（……）孤立した顔に直面すると、わたしたちは空間を知覚しない。空間に対するわたしたちの感覚は消えてなくなる。別の秩序に属する次元がわたしたちに開かれるのだ。（バラージュ 七八―七九頁）

あるいは、ドゥルーズがジャン・エプスタンに倣って言うように、「逃げていくひとりの臆病者のあの顔を、わたしたちがクロースアップで見るやいなや、わたしたちは、臆病さそのもの（……）を見る。映画のイメージはつねに脱領土化されていると言えるとしたら、情動イメージ特有の脱領土化があるはずだ」（『シネマ1』一七〇頁）。

映画において、情動はクロースアップされた「顔」の映像《イメージ》としてあらわれる。ドゥルーズが強調しているのは、情動が顔のクロースアップという「情動イメージ」としてあらわれるとき、それが個体性を失って、歴史的な時空間から引き離されるということだ。クロースアップは、「表現されるかぎりでの純粋な情動を出現させるためにイメージを時空座標から引き離すという能力」をもっており、それによって「背景のなかにも、また現前している場所ですらおのれの座標を失い、そして「任意空間」へと生成する」のだ（一七一頁）。

《クロースアップは顔である》ということ。それは、クロースアップがすべての対象を「顔」あるいは「顔のようなもの」として呈示するということだ。ロナルド・ボウグの言いかたで言えば、クロースアップは対象を「顔貌化」する（Bogue 79）ことによって、対象の「顔貌性」を呈示するということだ。

『ロスト・ハイウェイ』は、リンチの他の作品がそうであるように、いたるところで闇に覆われている。というより、いたるところに「闇のなかで不透明になった光」があらわれる。この映画は、夜の闇のなか、ヘッドライトに照らされたハイウェイを疾走するシーンから始まり、すぐに主人公フレッドの自宅に場面転換するのだが、彼の家のなかもまた深い闇に覆われている。そこに一歩足を踏み入れると、どこまでも続く迷路に迷い込んでしまったような感じがする。そして、この闇のなかから繰り返し浮き上がってくるのがフレッドの顔のクロースアップだ。[5]

クレジット・シークエンスが終わると、暗闇のなかからフレッドの顔がぼんやりと浮かび上がってくる。彼が吸っているタバコの火が明りになって彼の顔が見えるのだが、それは鏡に映った顔だ。カーテンを開けるモーターの音がして、部屋に光が射しこみ、鏡に映った彼の顔がはっきり見える。彼の顔のクロースアップは、ワイドスクリーンのなかで枠どり《フレーミング》されている。そこに映った顔は、無表情で、目は虚ろである。フレッドがサキソフォンの演奏をしているクラブ「ルナ・ラウンジ」から自宅に電話するときのクロースアップでも、彼は無表情で虚ろな目をしている（次頁の図１）。

最初のビデオを見た日の夜、フレッドとレネエはセックスをする。その後でフレッドはレネエに自分が見た夢の話をする――「君が家で、僕の名前を呼んでいるのに、君がいない……」。彼はベッドに入っているレネエを見つけるが、「それは君に似ているけれども、別人だった」。ゆっくりと寝室のなかに入ってきたカメラは、そこで一気にベッドで寝ている女の顔にジャンプする。その女はレネエのように見えるが、顔を覆って叫んでいる。ここでカメラはベッドのなかでうなされ、飛び起きるフレッドのクロースアップにカットし、そのフレッドを覗きこむレネエの顔のクロースアップが呈示される。しかし、レネエの顔は、一瞬、彼女ではない、男の顔になる。フレッドは、レネエの友人が開いたパーティで黒い服を着た男に会うが、その男の顔は、フレッドが一瞬見た、レネエの髪におさまっていた

図1

図2

図3

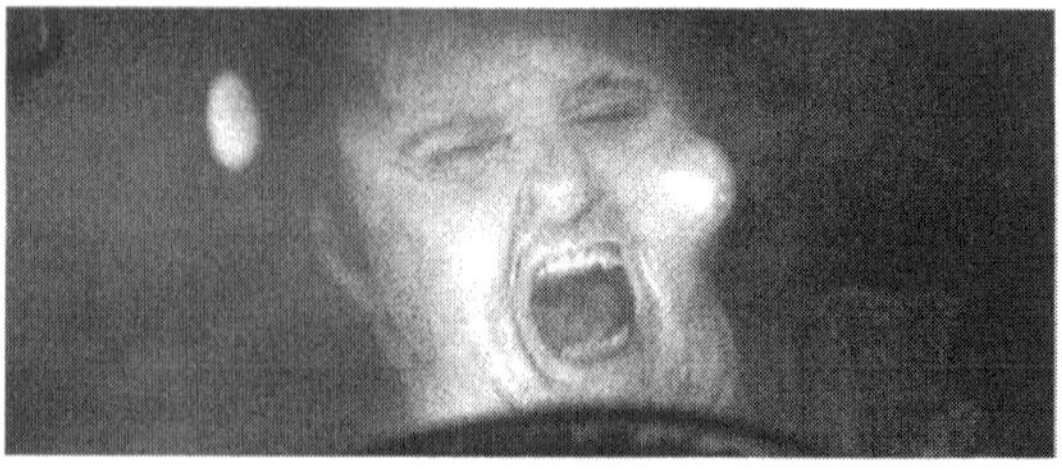

図4

男の顔だ（図2）。その男——ミステリー・マン——は「前に会いましたよね、あなたの自宅で」と言う。

三つ目のビデオに映ったフレッドの顔は歪み、揺れ動き、血走った目でカメラのほうを見ている。喘ぎながらそれを見るフレッドの顔も左右に揺れ、目つきは険しい。その後すぐ、フレッドは殺人犯として逮捕されるが、彼にはその記憶がない。刑務所のなかで激しい頭痛に苦しむフレッドの顔は歪み、表情は険しくなる。そして、ある朝、看守が独房のなかに見たのは、フレッドとは違う顔をした男——ピート・デイトン——だった。ピートはその前の二日間の記憶がまったくなく、釈放されて両親のもとに帰り、自動車整備士の仕事に戻る。ピートは（髪がブルネットからブロンドに変わっていることを除けば）レネエに瓜二つの顔をした女——アリス・ウェイクフィールド——と出会い、恋に落ちる。ミスター・エディの愛人として囲われているアリスは、彼から逃げるための金を得るためにピートと共謀して知り合いの男の家に盗みに入るが、その男がガラスのテーブルの角に額を突き刺して死んでしまう。アリスとピートは、奪った金品を売るために、砂漠の小屋まで夜のハイウェイを疾走し――映画冒頭の夜のハイウェイのショットと燃える小屋のショットが繰り返される――着いた小屋の前で、車のヘッドライトに照らされながらセックスをする。「きみが欲しい」と繰り返すピートの耳に、アリスは「絶対あなたのものにはならない（You'll never have me!）」と囁き、小屋のなかに入っていく。ピートは起き上がるが、もはやピートではなく、フレッドに戻ってしまっている。彼が小屋のなかに入ると、そこにはミステリー・マンがいる。「アリスはどこだ？」と彼が聞くと、ミステリー・マンは「彼女の名前はレネエだ」と答え、さらにビデオカメラを構えて「お前の名前は一体何なのだ！」と叫ぶ（図３）。そして、小屋を出て車に逃げ込むフレッド（に戻ったピート？）を、ミステリー・マンはビデオを撮りながら追いかける。そして、彼が撮ったビデオの映像が流れるのだが、それはフレッドの家の玄関に置かれていた三本のビデオと同じ粒子の粗い白黒の映像である。あのビデオを撮影したのは、ミステリー・マンだったのだ。[6]

再び夜のハイウェイを疾走するショットが繰り返され、フレッドは「ロスト・ハイウェイ・ホテル」で部屋をとる。別の部屋では、ミスター・エディ／ディック・ロラント――二人は同一人物だったのだ――がレネエとセックスをしている。フレッドは、レネエが出ていった後一人で部屋に居るミスター・エディ／ディック・ロフントを殴って気絶させて砂漠に連れていき、ミステリー・マンに助けられて彼を殺す。フレッドは家に帰り、インターフォンに「ディック・ロラントは死んだ」というメッセージを残す。最後のシーンで、フレッドはパトカーに追われて必死に夜のハイウェイを逃げる。車を運転するフレッドの顔がクロースアップで映し出される。その顔はどんどん歪んでいく。その歪みが、叫び声とともに、頂点に達したと思われるクロースアップ（図４）のあと、デイヴィッド・ボウイの「気が変になりそうだ」が流れて、映画は終わる。

フレッドの顔は、クロースアップで繰り返し捉えられるうちに、フレッド自身の顔――フレッドという固有の人格に属する顔――というよりは、その固有性の時空座標から引き離された「純粋な情動」、すなわち「情動イメージ」

となる。わたしたち観客の心を動かすのは、この「情動イメージ」、言い換えれば、クロースアップで捉えられた顔の「顔貌性」であり、その「顔貌性」によって表出される情動なのだ。

9 遁走曲《フーガ》

映画体験が視覚的なものであると同時に聴覚的なものでもある以上、それについて考えるとき、わたしたちは映像だけではなく音にも注意を向けなければならない。とりわけ、映画の情動的な体験にかんして言えば、ある意味では、映像よりも音のほうが重要な役割を果たしていると言えるだろう。本章の冒頭で引用した、映画が与える情動的な効果についてのヒッチコックの発言が音楽の比喩で語られているのも、彼がつねに映画の音声的効果を気にかけていたことのあらわれであろう。

リンチの映画においても、情動的な効果をもたらすものとして、音が重要な役割を果たしている。たとえば、『ブルー・ベルベット』（一九八六年）のオープニング・シークエンスについて、スラヴォイ・ジジェクはこう言っている――「その決定的な特徴は、わたしたちが〈現実界〉に近づくときに聞こえてくる不気味な音《ノイズ》である。この音を現実のなかに位置づけるのは難しい。そのステータスを見きわめるために、宇宙の端で聞こえる音について語る最新の宇宙論に助けを求めたくなる。その音は、たんに宇宙の内部にあるというだけでなく、宇宙そのものを創造したビック・バンの最後の反響なのだ」（*The Metastases of Enjoyment* 115；一八八頁）。『ロスト・ハイウェイ』冒頭のシークエンスにおいても、フレッドが歩き回る暗い家のなかには、まるで地底から聞こえてくるような不気味な音《ノイズ》が低く響いている。リンチは、こうした「沈黙のなかに忍び込んでいる音」が情動を掻き立てると言っている――「音は低く入っているだけでも情動を掻き立てる。そして、映画が一つの総体として部分の総計を上回ったものになると、魔法が手に入る。（……）このアイデアをここに、あの音をあそこに、台詞をこうして、見た目をああしてとやったおかげで、そこに音楽がかかると、人は泣きだしてしまう。あるいは大笑いしたり、とても不安な気持ちになったりする。その仕組みはわからない。信じられないことだけど、それが映画の力なんだ」（Lynch and Gifford xx; 三四－三五頁）。

クリスタ・アルブレヒト－クレインが指摘しているように、『ロスト・ハイウェイ』は「わたしたちがハリウッドの主流映画を観たり伝統的な文学物語を読んだりして慣れ親しんでいる慣習的に確立された物語配列や物語技法に従っていない」[7]（Albrecht-Crane 252）。この映画は、デヴィッド・ボードウェルが規範とみなしたような物語形式に逆らい、それを歪めているのだ。「『ロスト・ハイウェイ』は従来の意味において物語っているのではない――動きのヴァリエーション以外にプロットはないし、従来の意味でのキャラクターの成長もなく、テーマ的な基点も、あるいは論理的な始まり、中間、終わりもない」（Albrecht-Crane 253）。にもかかわらず――というより、それだからこそ――『ロスト・ハイウェイ』は、ある種の情動的な強度を孕んでいる。そしてその強度は、アルブレヒト－クレインによれば、この映画の物語形式と共鳴する音楽形式、（リンチ自身も言及していた）フーガ形式によって支えられているのだ。

「フーガ（fuga）」とは、その名（'fuga' は「逃走」を意味するラテン語）が示すように、複数の声部が同じ主題を模倣して（「追いかけて」）繰り返し演奏する楽曲形式である。基本的には単一の主題にもとづいて展開するが、複数の主題をもつフーガもある。基本となる一つの主題が普通は異なる声部で、ときには異なる速さで、もしくは逆向きに演奏される。フーガの特徴は、カノンと同じように、同じ主題が複数の声部によって順次繰り返されるということだが、カノンにおいては声部間の厳密な模倣が最後まで続くのに対して、フーガの概念はカノンよりずっと緩やかで、それゆえもっと感情豊かで芸術的な表現が可能となる。まず単一の声部が主題を提示し、次に第二声部が五度上または四度下で主題を繰り返す。その間も、第一声部は「対位主題」（リズム、和声、旋律の面で主題と対照をなすように選ばれた補助的主題）を演奏し続ける。各声部は次々に主題を演奏しながら、たいていは他声部の演奏する対位主題に合わせていくが、あとの声部に関してはとくに規則はない。全声部が「到達する」と、もはや何の規則もない。

アルブレヒト－クレインによれば、『ロスト・ハイウェイ』の構造はフーガ形式と「共鳴している」（253）。『ロスト・ハイウェイ』の物語は、ある場所を起点にして始まり、二つに分かれ、また最初の場所に戻ってくる。フーガ形式に即して言えば、一つの主題で始まり、それを受けて二つ目の主題に差し替わる。だが、一つ目の主題も対位主題に応じる形で延々と演奏されていく。

オープニングは、主題（フレッド・マディソン）を単一で提示する。次に家庭内のシーンとなり主題のヴァリエーション（レネエ）が第二声部によって提示される。そして主題（フレッド／レネエ）は、対位主題によってつねに改変あるいは「対位」される。アルブレヒト＝クレインは、このようなフーガ形式との「共鳴」が、たとえば次のようなシーンの強度を生み出していると言う。それは、（わたしたちがすでに見た）フレッドが自分の見た夢をベッドで一緒に寝ているレネエに話すシークエンスだ。暗闇のなかでフレッドは「ゆうべ夢を見た」とレネエに話しかける。ここで画面はフレッドの顔のクロースアップから夢のなかのフレッドへカット。彼はゆっくりと居間を歩いている。動きながら何かを探しているようだ。この映像に重ねて、「君は家のなかにいた……僕の名前を呼んでいた……でも君を見つけられなかった」というフレッドの声。彼は立ち止り、耳を傾ける。レネエの声がオフ・スクリーンから聞こえる──「フレッド、フレッド、どこなの？」カメラはゆっくりと回り、漂い、徐々に上昇し、寝室のなかに入る。レネエがベッドに寝ている。ヴォイスオーヴァーで「君はベッドに横たわっていた。でもそれは、君じゃなかった。似ていたけど別の女だった」というフレッドの声。ここでカメラは突然レネエの顔に向かって突進し、彼女の顔の緊迫したクロースアップ。そして金属的な叫び声のサウンドトラック。ここで寝室シーンへのカット（これが夢のなかなのか、そうではないのか判然としない）。横に寝ているレネエが起き上がってフレッドを覗きこむ。フレッドはレネエを見るが、そこにあるのは見たこともない顔だ（あとで、それがミステリー・マンの顔だとわかる）。フレッドはすばやく寝がえりをうち、ベッドサイド・ランプをつけ、もう一度レネエを見る。するとレネエの顔だ。「フレッド、大丈夫？」と聞くレネエ。フレッドは手を伸ばして用心深く彼女の顔に触れる。レネエはその彼の手を握る。そして、フェイド・アウト。「このシークエンスで、わたしたちは二つの声部の動きが対位主題によって変形されるのを見る。夢のなかで、フレッドの対位主題がメインの主題──フレッド（「ゆうべ夢を見た」）──を取り上げ、このモチーフが新たなエピソード──夢それ自体──となる。そこではフレッドとレネエがともに対位主題となり、レネエはミステリー・マンに対位されて（実際に重ね合わせられて）いる」（Albrecht-Crane 254）。

『ロスト・ハイウェイ』の後半は、前半に対して「対位」している。ピート・デイトンはフレッドの対位主題の働きをし、アリス・ウェイクフィールドはレネエのブロンド・ヴァージョンとなる。映画の終わりに向かって、声部間の、そして前半と後半の間の「対位」が達成されると、ピート（主題＝フレッドの「再提示」）はフレッド（最初の主題）に戻り、映画はそれが始まったところで終る――映画を開始させたのと同じ主題（フレッド）が夜のハイウェイを疾走する。

『ロスト・ハイウェイ』を音楽的に体験するということは、「フーガにおけるさまざまな声部の相互作用を感じ取る」ことだ、とアルブレヒト‐クレインは言う。すなわち、「時間の推移とともに変形、拡大、対立、そして再確立を生み出しながら、ユニークなヴァリエーションを保持しつづける数多くの旋律声部を同時に体験する」ということである（255）。『ロスト・ハイウェイ』の結末で、わたしたちは二つの主題がそのままの形と対位的な形の両方で提示されるのを見る――フレッド／ピート、アリス／ミステリー・マン。すべてが強烈に息もつかせず併置されて。ピートはフレッドになり、アリスは燃えさかる小屋のなかに姿を消す。フレッドはミステリー・マンに彼女は誰だと聞く。ミステリー・マンは、彼をビデオカメラで撮影しながら、逆にフレッドに聞き返し――「どのアリスだ？」――「彼女の名前はレネエだ」と答える。そして、フレッドにビデオカメラを向けて「お前の名前はいったい何なのだ！」と怒鳴りつける。フレッドは、こうした二重化、レネエの、ミステリー・マンの、そして自分自身の二重化、あるいは多重化からもはや逃れることはできないだろう。アルブレヒト‐クレインが言うように、「この映画は、物語的な意味ではいかなる解決をもたらさず、二つの主題がきわめて対照的かつ強烈なエピソードによって何度も反転されて繰り返され、最後にメインの主題が再導入される激しい動きのなかで終わる」（255）。

フーガという音楽形式は、リズムと運動の独特な組み合わせによって、聞く者の感覚を巻き込む力をもっている。アルブレヒト‐クレインが強調しているように、そのフーガと共鳴する『ロスト・ハイウェイ』は、「音楽のように、時間的な持続と運動によって体験を形づくる」のだ。「およそ二時間のスペースのなかで、いくつかの主題がさまざまなエピソードという形をとってあらわれ、それらが一つのテーマの糸（結婚、感情的欲求、嫉妬、個人同士の信頼といった問題）により合わされる。（……）この映画はつねに感覚に働きかけ、観客は内臓的、情動的に反応するのだ」

(257-258)。

10　映画の手触り

いたるところ闇に覆われた彼の作品（……）は、しかしいささかも「深遠」ではない。「深遠さ」は分析可能性を意味するが、彼の映画はまさに「分析が常に挫折する」という点において表層的なのである。事実リンチがこだわるのは「構造」ではなく、もっぱら「手触り」だ。この「手触り」こそが、リンチ映画を出来事そのものの高みへと昇華させる。そう、リンチ作品の同一性は、もっぱらテクスチュアの連続性に依存している。構造は外から操作的に構築できるが、テクスチュアは外部を欠くためコントロールできない。（……）『ロスト・ハイウェイ』という作品は、まさに構造と手触りが補強し合うような構成を持つ作品であり、まずその点において画期的なのだ。（斎藤環「分裂病、あるいは準‐同一性の輝き」八五‐八六頁）

映画の情動的な体験、あるいは情動的体験としての映画がわたしたちにもたらしてくれるのは、その「意味」ではなく、「手触り」である。認知主義的な読みにも、精神分析的な解釈にも還元できない「何か」とは、わたしたちの精神というよりは身体に触れる「何か」である。そして、その「何か」が、わたしたちの情動を喚起するのだ。『ロスト・ハイウェイ』の脚本への序文として付けられたインタヴューのなかで、「物語の理解という点では、これはあなたの映画のなかでもかなり手ごわい作品です。何が実際に起きていて、何が想像なのかということです。観客を混乱させようと思ったのですか？」と聞かれて、リンチはこう答えている――「違う。違う。必要だったのは、しかるべき状態であって、混乱させることではない。謎を感じ取るということさ」(Lynch and Gifford xi; 一八頁)。

謎を解明するのではなく、謎に触れ、感じ取ること。というより、謎は解明できないものとして、感じ取るしかないものとしてある。リンチの映画が示しているのは、わたしたちの周りにはそのような「謎」――認知主義理論によっても、精神分析によってでも理解できないこと――がいっぱいあるということだ。

『ロスト・ハイウェイ』の登場人物の人格が突然二重化、あるいは多重化してしまう。こういう現象は、精神医学では「解離性同一性障害（ＤＩＤ）」という言葉で説明される。つまり、精神の「解離」によって起こる病理現象とされている。あまりにも辛いトラウマ的体験をすると、心は別の人格を生み出し、辛い体験が自分の上に起こったことではなく、誰か別人の体験であるかのように処理しようとする。こうして複数の「交替人格」が生まれるが、このときそれぞれの人格は、互いに互いの存在を認識できないか、認識していても記憶を共有することができない。人格Ａであったときの記憶は、人格Ｂに交替すると思い出すことができなくなる。このため患者は、身に覚えのない交替人格のさまざまな行動に悩まされることになる……と説明されても、ある日突然誰かが――あるいは、わたしが――別の人格に変わってしまうという出来事そのものは、謎として残る。そして、そういう「謎」を、わたしたちは日常的に経験しているのだ。何年も付き合ってきた恋人が、ある日突然別人のようになってしまった。あるいは、ある衝撃的な体験をしたあとで、自分が前の自分とは違う別の人間のようになってしまった、というように。

また、『ロスト・ハイウェイ』では、同じ記憶映像が繰り返し現れるが、それが何度も繰り返されるうちに、それが誰の記憶なのか、あるいはそれが夢のなかことなのか、本当にあったことなのか、わからなくなってしまう。そもそも、登場人物たちはしばしば記憶をなくす。こういうことも、わたしたちが日常的に経験していることだ。

さらに言えば、不意に出会った人の顔が一瞬別の人の顔に見えてしまったり、まったく知らない人の顔を知っている人の顔と見間違えてしまったりする。そういうとき、わたしたちは「顔」に何を見ているのだろうか。そもそも、わたしたちはなぜこのように「顔」に惹きつけられるのだろうか。ドゥルーズが言うように、映画はほとんど「顔」のために存在している。斎藤環が述べているように（『文脈病』三七三―七四頁）、『ロスト・ハイウェイ』という映画は、「顔」が孕む「謎」について考えるとき、重大なヒントをもたらしてくれるだろう。

以上のような「謎」は、『ロスト・ハイウェイ』という映画を体験した結果として、浮上してくるものだ。それは、最初から謎としてあるのではない。わたしたちに理解できないこと、わたしたちの理解を拒むようにみえるものを、何とか理解しようとする努力の果てに、「理解できないもの」すなわち「謎」として姿をあらわすのだ。リンチの映画は、わたしたちをそのような「謎」に直面させる。

【註】

（1）クリス・ロドリーによるインタヴューのなかで、リンチは次のように答えている。

〔ロドリー〕あなたは自分の子供時代は夢のようだったと言いました。ということは、人は自らの過去を脚色しがちなものだと考えますか?

〔リンチ〕僕らはあらゆる記憶において自分をひいきする。過去の自分よりはよりよい行動を取り、よりよい判断を下し、実際より人に親切で、実力以上に功績を認められている。僕らはこれからも生き抜いていくために、狂ったように過去を美化するんだ。過去の記憶というのは、おそらくは気の滅入るようなものだろうから。

〔ロドリー〕それでは、どの程度までなら人の記憶を本気で信頼していいのでしょう?

〔リンチ〕つまり、フレッド・マディソンが『ロスト・ハイウェイ』で言っているように「僕は自分なりのやり方で物事を思い出すのが好きだ」ってことだね。誰でも、ある程度はそうしている。ただ、生涯の大半は夢なんだ。いつだって自分の心のなかに逃避して、まったく異なる世界へ滑り込んでいける。（ロドリー 三〇一三一頁）

（2）ドゥルーズの『シネマ』に刺激を受けて、映画の情動的体験は観客を変容させる潜在的な力をもつとして、そのあり方を分析する研究が生まれている。たとえば、バーバラ・ケネディの『ドゥルーズと映画——センセーションの美学』（二〇〇〇年）は、映画体験を一つの「出来事」、すなわち「風景と空間と身体と時間のパノラマが［観客に］引き起こすセンセーションの網の目によって分節化される持続と運動をともなう［観客の］参加」として見る「新しい美学」を提唱している（Kennedy 4）。ケネディによれば、「わたしたちは、映画の視覚的体験を、「意味」をもつ何かの表象として考えることができるだけでなく、観客と共鳴して動き、変化する美学的な運動としても考えることができるのだ。それは結合する。それは情動と強度と、生成変化によって――そして究極的には、センセーションによって――作動する」（Kennedy 114）。

また、『ドゥルーズ――変性状態と映画』（二〇〇七年）においてアンナ・パウェルは、「芸術作品がもつ、わたしたちを改変する力」について考えるきっかけを与えてくれたドゥルーズにならって、映画体験を「変性」をもたらすものとして捉えなおそうとしている。「変性状態（altered states）」という概念は、映画の観客が可変的なポジションにあり、感覚的なレベルにおいても認知的なレベルにおいても変容させられる可能性があるということを示している。彼女が目指すのは、「観客の参加を誘導」し、そのような「変性」をもたらす「映画的情動」の具体的な分析である（Powell 12）。

（3）あとの三つは、「欲動イメージ」「反映イメージ」「関係イメージ」である。福尾匠の解説によれば、「運動イメージの体制は大きく分けてふたつの側面を備えている。ひとつはフレーミング→ショット→モンタージュという、イメージの分節と総合にかかわる「分化（différenciation）」の側面であり、もうひとつは視覚・情動・行動などからなる「感覚―運動図式」という、イメージの諸々のタイプの構成にかかわる「種別化（spécification）」の側面である。前者は垂直的な過程であり、後者は水平的な過程であるとされる。運動イメージというシステムは、この直交するふたつの軸に沿って構築される」（福尾 五二―五三頁）。

なお、『シネマ1』では「感情イメージ」と訳されている'image-affection'は、『シネマ2』では「情動イメージ」と訳されている。ここでは、『シネマ2』の日本語訳に従った。

（4）『千のプラトー』の第七章で、ドゥルーズ／ガタリは、顔の「顔貌性」について考察している。彼らは、意味性と主体化という二つの軸から「顔貌性」を検討する。すなわち、シニフィアンの壁として意味性を担う機能と、意識や情動を引き受けて、主体化の磁場を形成する機能である。

ドゥルーズ／ガタリにとって、顔は身体器官としての頭部とはまったく異なるものであり、顔はむしろ頭部を「脱領土化」したものだ。つまり、顔は身体としての「頭部」という分節を無効化し、身体を脱コード化するだけでなく、「超コード化」し、新たなコードのシステムを作動させるのだ。たとえば、顔は「風景」というコードを生み出す。あらゆる「風景」には「顔」が潜在しているからだ。「頭部」から「顔」への脱領土化は、有機体の地層から、意味性または主体性の地層への移行である。

（5）ドナルド・ライオンズは、リンチの画家としてのキャリアをふまえて、『ロスト・ハイウェイ』は「画家の映画」だと言っている――「〔この映画は〕顔を空間に配置することが好きだ。フレッドとレネエの頭部は、モノクロームの壁や部屋を背景にして、あるいはその片隅で、細心の注意をはらって撮影されている。顔の細部――とりわけレネエの赤い唇――のクローズアップが〔彼女が警察に電話をかけ、「誰かがわたしたちが寝ているところをビデオで撮ったんです」と黒い受話器に向かって言うとき〕恍惚としてスクリーン全体を覆う」（Lyons 2）。

（6）ミシェル・シオンによれば、「このカメラをもった男は、（……）端的に言って、人格化されたカメラだ。登場人物たちは皆ひとつの映画のなかに閉じ込められていることに気づいている」（Chion 200）。

（7）というより、デヴィッド・リンチは、伝統的な物語技法を「パロディ的に」利用していると言うべきかもしれない。『ロスト・ハイウェイ』前半の物語は、ミュージシャンのフレッドとブルネットのミステリアスな妻の家庭を舞台にして展開する。画面は古典的なフィルム・ノアールのように呈示され、伝統的なミステリーのようなプロットのひねり（謎めいたテープにまつわる出来事、夫と妻の間に交わされる秘密めかしたまなざし。不吉なバックグラウンド・ミュージック）が差しはさまれる。物語の後半は、古典的な技法を過剰に導入することによって、そうした物語技法のわざとらしさ――と、それを使っているこの映画自身の虚構性――を強調しているようにみえる。たとえば、ピートとアリスが恋に落ちるシーン。マリリン・モンローのようなアリスが、脚、太股、胸、波打つ金髪を官能的に見せびらかしながら、サウンドトラックに流れるルー・リードの歌「魔の瞬間（This Magic Moment）」にあわせて、スローモーションでメルセデスのコンバーティブルから降りて歩いてくるのを、ピートが我を忘れて見つめている。このあまりにも「わかりやすい」シーンは、古典的なミュージカルの「パロディ的な模倣」というべきものであって、伝統的な物語形式を歪曲し、「わかりにくく」しているこの映画全体の語り口とは相容れない、不協和なものだ。伝統的な物語形式を使ってこうした「不協和」を作り出すこと、それこそがまさに「リンチ的」なのかもしれない。

【引用文献】

Albrecht-Crane, Christa. “*Lost Highway* as Fugue: Adaptation of Musicality as Film.” *Adaptation Studies: New Approcches*, edited by Christa Albrecht-Crane and Dennis Cutchin, Fairleigh Dickinson UP, 2010, pp. 244-62.

Bogue, Ronald. *Deleuze on Cinema*. Routledge, 2003.

Bordwell, David. *Narration in the Fiction Film*. Routledge, 1985.

Branigan, Edward. *Narrative Comprehension and Film*. Routledge, 1992.

Chion, Michel. *David Lynch*. 2nd ed., British Film Institute. 1995.

Elsaesser, Thomas and Warren Buckland. *Studying Contemporary American Film: A Guide to Movie Analysis*. Arnold, 2002. 『現代アメリカ映画研究入門』水島和則訳、書肆心水、二〇一四年。

Jameson, Fredric. *Signature of the Visible*. Routledge, 1990.『目に見えるものの署名――ジェイムソン映画論』椎名美智・武田ちあき・末廣幹訳、法政大学出版局、二〇一五年。

Kennedy, Barbara M. *Deuluze and Cinema: The Aesthetic of Sensation*. Edinburgh UP, 2000.

Lynch, David and Barry Gifford. *Lost Highway*. Faber and Faber, 1997.『ロスト・ハイウェイ』小林雅明訳、扶桑社ミステリー、一九九七年。

Lyons, Donald. “La-La Limbo.” *Film Comment*, vol.33, no.1, Jan.-Feb. 1997, pp.2- 4.

Powell, Anna. *Deuluze, Altered States and Film*. Edinburgh UP, 2007.

Spoto, Donald. *The Dark Side of Genius: The Life of Alfred Hitchcock*. Da Capo Press, 1983.『ヒッチコック――映画と生涯』（上）（下）勝矢桂子・他訳、山田宏一監修、早川書房、一九八八年。

Žižek, Slavoj. *Looking Awry: An Introduction to Jacques Lacan through Popular Culture*. MIT Press, 1991.『斜めから見る――大衆文化を通してラカン理論へ』鈴木晶訳、青土社、一九九五年。

_____. *The Metastases of Enjoyment: Six Essays on Woman and Causality*. Verso, 1994.『快楽の転移』松浦俊輔・小野木明恵訳、青土社、一九九六年。

小此木啓吾編、『精神分析事典』岩崎美術社、二〇〇二年。

カント、イマヌエル『判断力批判』（上・下）［一七九〇年］篠田英雄訳、岩波文庫、一九六四年。

斎藤環「解離の時代にアイデンティティを擁護するために」上野千鶴子編『脱アイデンティティ』勁草書房、二〇〇五年、一三七–六六頁。

――「分裂病、あるいは準–同一性の輝き――『ロスト・ハイウェイ』試論」『フレーム憑き――視ることと症候』青土社、二〇〇四年、八四–八九頁。

――『文脈病――ラカン／ベイトソン／マトゥラーナ』青土社、一九九八年。

ドゥルーズ、ジル『シネマ1――運動イメージ』［一九八三年］財津理・齋藤範訳、法政大学出版局、二〇〇八年。

――『シネマ2――時間イメージ』［一九八五年］宇野邦一・石原陽一郎・江澤健一郎・大原理志・岡村民夫訳、法政大学出版局、二〇〇六年。

ドゥルーズ、ジル／フェリックス・ガタリ『千のプラトー――資本主義と分裂症』［一九八〇年］宇野邦一・小沢秋広・田中俊彦・豊崎光一・宮林寛・守中高明訳、河出書房新社、一九九四年。

バラージュ、ベラ『映画の理論』［一九七九年］佐々木基一訳、學藝書林、一九九二年。

福尾匠『眼がスクリーンになるとき――ゼロから読むドゥルーズ『シネマ』』フィルムアート社、二〇一八年。

ロドリー、クリス編『デイヴィッド・リンチ――映画作家が自身を語る［改訂増補版］』［一九九七年］廣木明子・菊池淳子訳、フィルムアート社、二〇〇七年。


【引用映画】

『ロスト・ハイウェイ』デヴィッド・リンチ監督（*Lost Highway*, dir. David Lynch, 1997）、パイオニア（DVD）。

第3章

触発し／触発される身体

梶原克教

1 スポーツ／情動／出来事

スポーツ観戦中にすばらしいプレーに立ち会った観客が、「思わず腰を浮かし」たり、「鳥肌を立て」たりすることは珍しくない。それは、自分が応援しているチームに属する選手の活躍により生じる歓喜や対人的・社会的優越感に起因するかというと、必ずしもそうではない。応援しているしていないに関わらず、個人的な好悪感情とは無関係に、たまたま目にしたトラップ後の瞬間的なターンやフェンス際のダイビングキャッチに、すなわち「息をのむ」プレー（身体運動）に、観客側の身体が反応してしまうのは多々あることだ。いわば視覚的に捉えられた運動自体が、個人のイデオロギーや感情を経由せずに、無媒介的に観客の身体に影響を与えているのである。しかも、その影響はどうも個人の身体にとどまらず、社会的変容にも波及するようなのだ。

音楽やダンスやスポーツへの注目度の増加に比例して、近年の文化研究において身体および身体性は重要な議論の場となってきたが、そこには従来の西欧哲学における精神の身体への優位性という優劣関係への批判が伴っている。たとえば、サラ・アーメッドらは、身体に着目することで、精神の優越性のもとで排除されてきた領域が思考可能になるというまでに射程を広げ、次のように指摘している。「精神を特権化することなく身体を前景化することで、また超越できない身体という存在を前提とすることで、偶然性や位置の決定性や差異の還元不能性、さらに感情や欲望の通路、存在の世俗性が強調される」（Ahmed and Stacey 3）。またヘニング・アイヒバーグは、スポーツする身体やダンスする身体をフェティッシュ化せずに社会変化を構成する力動的なものと捉え、「社会的身体がおこなう儀式としての身体文化は、社会の物質的原理に深く根ざしているために、労働のパターンを表象し、革命的変化を予示することさえある」（Eichberg 162）と述べて、身体をより強力に社会的布置のもとに定位させようとしている。

スポーツで示される身体性が社会的布置を変容させるさまは、たとえばジェームズ・ウェルドン・ジョンソンの自伝的作品『この道に沿って』（一九三三年）の描写に典型的に見られる。ジョンソンが一〇代のころの描写なので、舞台となる試合は一八八〇年代と推定される。公民権運動どころか、「ニグロ・リーグ」さえ誕生していない、過酷な人種差別の時代である。ジョンソンの優れたピッチング技術に感化され、「試合は進むにつれ滑稽な様相を帯びてきた。とんでもない数の観客がキャッチャーの背後に押し寄せ、予測のつかないボールの動きを目で追い始めたのだ。さらに、当惑したバッターが逃げるように外側に大きくカーブする球に空振りするときは特に、大声でヤジを飛ばして嘲笑した」。この試合の観客数は多く、白人と黒人の両方がいたのだが、彼らはジョンソンのピッチングに魅せられ、ジョンソン本人は「大衆の英雄（popular hero）になったという気持ちに導かれた至福感によって報われた」(Johnson 176-77)。つまり、まだ人種の壁が高かった一九世紀末に、ジョンソンの運動する身体に触発されて、人種の別なく観客が一体となり、黒人のジョンソンに夢中になったのである。

触発関係／影響関係が身体を起点とするという観点は、いまなら「情動（affect）」という側面から理解しやすいだろう。というのも、ブライアン・マッスミによるスピノザ─ドゥルーズ経由の定義に従うなら、情動は感情（emotion）とは異なり、「触発し（affecting）／触発される（affected）」能力という観点から見た「身体（body）」に依拠するものだからだ。「これらふたつの能力は別々のものではなく、つねに併走する。なにかに影響を与え（affect）れば、逆に影響にさらされ（affected）、ほんの一瞬前とは微妙に異なる様態が生じることになる」(Massumi, *Politics of Affect* 3-4)。スピノザの一元論を考慮すれば、主体と客体の二元論は廃棄されるわけであり、その影響下にあるマッスミの「触発し／触発され」併走する能力は、続いて主客の分離とは異なる「中─間性（in-between）」に焦点を当てることになる。運動する身体とそれを知覚する側の身体が分別不能となる「中─間性」だ。ひとは主体と客体を分けたい誘惑に駆られるが、「それは同じコインの表裏であって、そのあいだで影響関係が生じているのだ。はじまりはあいだにあり（……）ドゥルーズが絶えず説いたように、中間からはじまり、ひとつの出来事の動的な統合が生じるのだ」(Massumi, *Politics of Affect* 48)。

情動に関するマッスミの右記のような解釈は、食い違う部分もあるとはいえ、情動を新しい可能性とみなす他論者の視点とも重複する。イヴ・コソフスキー・セジウィックは『タッチング・フィーリング──情動・教育学・パフォーマティヴィティ』（二〇〇三年）の序章で、ミシェル・フーコーの「抑圧の仮説」に代表される二項対立的な考え方に疑問を投げかけ、「抑圧と解放のあいだの似非二項対立についてのフーコーの分析は多くの場合、覇権的なものと転覆的なものというさらに抽象的に結晶化された似非二項対立へと概念的に設定されなおされることにつながってきた」と指摘し、「行為体の中間領域（middle ranges of agency）だけが、有効な創造性や変化を生むスペースを差し出すのだ」という（Sedgwick 12-13; 三四頁）。いうまでもなく、セジウィックのいう「中間領域」はマッスミのいう主体と客体を分別しがたい「中–間性」と変わることがなく、そこにおいてこそ変容の可能性があるのだという点でも一致する。ドゥルーズ–スピノザ研究をおこなっている國分功一郎が「中動態」に着目するのも、マッスミがススピノザ–ドゥルーズ経由の情動論として「あいだ」に焦点を当てていることと重なり合っているといえよう。

しかしセジウィックとマッスミの論は、物質性＝身体性において分岐しているように見える。セジウィックは同書第一章に影響を与えたリニュー・ボラのエッセイにふれながら、こういっている。「質感を感じることとは、つねに、無媒介的に、そして事実上、どうやって物質的＝身体的な性質どうしが働きかけ働きかけられるかを仮定し、試し、そして理解するという能動的な物語の場なのだ」（13; 三五頁）。ここでは「働きかけ働きかけられる」のは身体＝物質どうしであって、そこに賭けられているのは「感じること」である。そこに「質感」を導入したことにセジウィックの創意があるわけだし、それゆえ同書のタイトルが『タッチング・フィーリング』となったわけだが、これは理性と感性の「似非二項対立」に逆行していないだろうか。いっぽう、マッスミの身体–情動論では、身体性＝物質性と「非」身体性＝「非」物質性の「中–間性」の回路をなんとか手放さないよう論を重ね、セジウィックが仮想敵とするあまり考慮外とした、フーコーによる『知の考古学』（一九六九年）における「非物質的物質主義」という典型的な撞着語法を奇貨としながら、身体＝物質を「位置を占めるもの」、すなわち潜勢力（energy）と表現するのだ（Massumi, *Parables for the Virtual* 5）。セジウィックが「質感＝テクスチャー」を前景化するさまは、いま一度ロラン・バルト的なテクスト性へ回帰するようでもあり、文字テクストばかりを対象にすることに起因する部分もあるだろうが、身体の物質性を迂回して身体の情動的表象とその読解という循環的（非身体的）解釈へと帰着しているように思える。「犬」という言葉は「吠え」ることがないというのに。

マッスミの情動論は、「中–間性」の重視という点でセジウィックと重なるが、セジウィックとは異なり、身体の物質性を手放さない。脱構築以降の知性にとっては、単に非身体を排除することが、身体（物質）と非身体（非物質）の二項対立を温存することになるのはいうまでもないため、マッスミは身体と身体とを隔てる「インターフェイス」において継起し、経験される「出来事」を導入することになり、情動とは「もの（a thing）」ではなく、「出来事（event）であり、すべての出来事が持つひとつの様相」（*Politics of Affect* 47）となる。別所での表現を用いるなら、触発する身体とそれを感じる（feel）身体には表面どうしを隔てる壁があり、その空隙（emptiness）もしくは中–間性を埋める「体験＝強度」こそが、身体＝物質の非身体的＝非物質的局面となるのである。「表面的な距離の強度への転換は、身体が有する物質性の出来事への転換でもあり、物質的局面と非物質的局面の中継となる。これは誕生前の主体であり、主体が出現するための条件だといえる。」（*Parables for the Virtual* 14）。

先に社会的布置を変容せしめる身体について述べたが、それもやはり「中–間性」に関わると予想される。身体という物質性を持つ人間どうしが、その相互関係のなかでいかにして世界を変容＝創造するのか。本章では、マッスミの「体験＝強度」を「運動」に置き換えて、考察する。なぜなら、運動とは身体と環境のインターフェイスであり、関係と変化の相互作用を生み出すものだからだ。スポーツにおけるゲームのルールを社会のルールのアナロジーとして捉えるなら、法律に従って生きる人間のように、身体はルールに合わせて自らを変様させるといえる。いっぽうで、運動という媒体を介して身体は他者の世界に出来事をもたらし、触発と変様を指し示す。論を展開するにあたって、いったん前者を身体の可塑性（plasticity）と、後者を情況の可鍛性（malleability）と表現しておく。第三・四節でその両者の関係を考察する前に、次節では、観客側の身体に変様をもたらすものとしての情動の系譜を概観する。

2　身体／言説／情動

自分が応援しているチームが勝っても、後味の良くないゲームはある。同様に、試合に勝つけれども、面白くないし、応援する気にならないチームもある。なぜなら、スポーツの面白さは、勝敗よりもゲームの進行にあり、選手のパフォーマンスに依存しているからだと、多木浩二は述べている。そして、スポーツへの熱狂のさまを次のように表現する。

スクラムやラインアウトのために比較的ゲームの停止することの多いラグビーで、ノンストップの波状攻撃がかなりの時間持続するのを見たなら、その怒濤のようなうねりの反復に興奮を感じても不思議ではない。ここまでくるとほぼエキサイトメントの本質は理解できる。それは単純にいうと、脱自の状態、他者への同化の中で生じているのである。（一八―一九頁）

もちろん、こうした興奮状態はファシズム的な熱狂を導くスポーツの危険性としても指摘されてきてはいる。しかし、そうした危険はスポーツから生じる情動というよりも、すでに言説化されたナショナリズムなどを通じた操作によるところが大きい。そこで、本節ではまず、観戦中の観客の身体変様を伴うこの脱自の状態と、それらが言語化＝言説化される以前の過程としての情動がいかに考察されてきたかについて検証する。情動（affect）の定義づけに一定の同意が得られていないのは確かであり、その語は多くの指示対象を持っているが、情動からしばしば連想されるのは、感情（emotion）や感触（feeling）だろう。続いてそれが細分化され、憎悪、恥辱、妬み、嫉妬、恐れ、嫌悪、怒り、当惑、悲嘆、悲哀、苦悶、うぬぼれ、愛、喜び、楽しみ、驚きなどの表現が想起されるだろうが、本節では、それらが個人化されないレベルで、「触発し／触発される」関係性、自他の間で生成する関係性に依拠するものに限定し、個人が出来事の効果として理解され、身体の部分部分がそれに反応し、参与するとみなす情動論を中心に扱う。

ひとつ目は、言語化されない感情が肉体的変様を通じて、従来とは異なる他者との関係の回路を開く例である。ジャック・カッツは『感情はいかに作動するのか』（一九九九年）において、言語として表象できない感情の表出としての日常的仕草について指摘し、他者との関係において言葉が隠しきれないものがある証拠としての感情に着目している。

人が自分の感情をどう語るかを分析して終わる研究がほとんどだが、感情に何か特別なものがあるとするなら、おしゃべりの途中に起きる感情であっても、それは言葉にはならないものであり、言葉では捉えられない進行中の何かを表出させる手段なのだ。歴史研究も文化研究も、テクストや象徴や物理的対象や生活様式を感情の表象だとして分析しながら、この感情体験の理解という難題を放置したままでいる。（4）

状況の認識とそれへの反応は、互いに絡み合っているため、そこには「反応–能力（response-ability）」が伴うとカッツはいう。身体がもつ膨大な感覚能力は他者の行動に大きく依存しているため、それを巧妙に利用するのが「反応–能力」なのだと。実際、われわれはしばしば、自分の行動を他者への反応としてみている。「反応–能力」はほとんど目には見えないが、人目を引いた場合に強力な感情を引き起こす。「赤面、笑い、嗚咽、怒りは顔や内臓の基底（visceral substratum）を隠す覆いを抜けて姿を現す。感情の活動とは、身体的境界を破る過程のことであり、涙があふれ出たり、怒りがたぎったり、笑いが突発したりすることであり、関係の源として割り当てられた内臓（guts）の関与を強調するのである」（322）。そこから谷川俊太郎の詩「からだの中に」にある表現「からだの中に　深いさけびがあり　口はそれ故につぐまれる」を想起することも可能だろう。

さらにカッツは、形成された感情を用いて／通じて、世界が思考され、たとえ名付けえぬものであっても、従来とは別様な感知が可能になる、と指摘する。

自分と世界のあいだに新たな関係項が生じ、それが全体的に関知され、社会的契機における新たな織り合わせが生まれ、起こりつつあり変容しつつあるその経験を通じて、人は他者と関係する。ある変貌が起き、自己は新たな容器に入る――つまり、社会的存在の変性状態への通路として、一時的な肉体をまとうのだ。こうしてわれわ

れの分析対象は、詩的な意匠を持つことになる。（343）

「反応—能力」に言及するさいに、カッツが「内臓（visceral / guts）という表現を利用しているのは、興味深い。というのも、現代のスポーツ論の嚆矢とみなされる『境界を越えて』（一九六三年）を残したC・L・R・ジェームズは、無声映画時代のコメディアンの身体について「内臓に向かった（went for viscera）」（“Popular Arts and Modern Society” 133）と述べ、同様にロシア映画における単純なシンボルのつなぎがもたらす動きについて、まったく同じ表現を用いている（141）。無声映画時代に言語で説明されることなく、視覚的に示される身体性を観客が受容するさまを、言説的なものではなくカッツが指摘するような情動的なものとして捉えたがゆえの「内臓」という表現だと、ジェームズの記述をみなすこともできる。ドゥルーズも『感覚の論理——画家フランシス・ベーコン論』（一九八一年）で、比喩的（figurative）になることのない形体的（figural）なものの効果について、「肉に属する神経系に直接働きかける形体」（三十三項）といっている。ここでもやはり、比喩としての物語化や言説化を乗り越える表現として、身体に働きかける「形体」が認められているのである。

言説化に抗う装置としての情動について、もうひとつの例をあげる。こちらはセジウィックによって広く知られることになった情動、すなわち、シルヴァン・トムキンズが着目した情動である。フロイト以降の精神分析学の言説においては、「欲動」の言説のもとに感情が語られる傾向があり、感情は欲動の一次的表出として扱われる。しかし、トムキンズは欲動と情動のシステムを区別する。欲動のシステムは比較的限定的で、呼吸、飲食、睡眠、排泄のような特定の目的に集中し、時間的にも限定的なうえに、空気や水のような特定の対象に集中的に向かう。対して、怒りや喜び、興奮、悲しみ、苦痛のような情動は、多様な目的に広がり、場合によっては、自己目的化して、同じ情動そのものの刺激をも目的化することもあるがゆえ、そのつど目的が再定義され、欲動に比べて時間的にもはるかに幅を持つことになる。たとえば、怒りは数秒で収まっても、怒りが喚起した復讐心が一〇年にわたり継続することもある。情動の対象の多様性については、トムキンズに即してセジウィックが次のようにいっている。「情動はいろんなもの、人びと、アイディア、感覚、関係性、行為、野望、制度、そしてその他無数のもの、ほかの情動にさえも結びつきうるのだし、じっさいに結びつく。だからひとは怒りによって興奮したり、恥によってうんざりしたり、あるいは喜びによって驚いたりもする」（19; 四四頁）。

トムキンズにとって、情動はいわゆる最上位にある欲動を補完するものではない。そもそも、欲動システムが持つ見せかけの切迫性こそが、ふさわしい情動と結託した集合体――増幅器として作動する集合体――に起因するのだから。「情動はどんな欲動よりもずっと行き当たりばったりであるか、あるいはまたずっと独占的であり得る。……フロイトが無意識とイド（エス）に割り当てている性質のほとんどはじつのところ情動システムの顕著な特性である。……情動は貪欲さと極度の不安定さの両者を、そして移ろいやすさと気難しさの両者を可能にするのだ」（Sedgwick 21; 四七頁）。ここで留意したいのは、トムキンズにとって情動の主戦場が「表面（face）」であるという点だ。「私は一般的な意味の外皮、特に表面の外皮が、情動の感覚を生む際に最重要であるとみなすようになった」（Demos 89）。ただし注意しなければならないのは、トムキンズにとっての外皮は、なにかを表象するものではなく、過程にある情動であり、カッツのいう「外膜」と重なり合うものであるということだ。「明らかな原因によって痛みに身をよじらせている人を見て、この人の感覚は、やはり私に隠されている、と私は考えない」（ウィトゲンシュタイン 四六三頁）。

最後に、身体と思考を分けることなく、絶えず生成しつつある世界における相互作用を通じた力能に焦点を当てるスピノザ–ドゥルーズの情動論に、やはり触れざるをえない。デカルトによる二元論では、世界は「延長」（ある形と大きさを持つ物体の空間上の広がり）と「思惟」（意識的存在を「考える事物」として物体と区別させる属性）という異なる二つの本質からなり、非物体としての精神（心）が物体としての身体を動かすと考えられるが、スピノザはそのモデルに疑問を投げかけ、一元論的立場をとる。スピノザによれば、宇宙にはひとつの本質（神もしくは自然）があり、人間もその他の物体もすべて、そのひとつの本質の変様である。『エティカ』［本書では『エチカ』と表記されているが、本章では、参照した邦訳文献に従ってこのように表記する］第三部定理二注解にあるように、精神と身体は同一のものであって、それがあるときは思惟の属性のもとで、またあるときには延長の属性のもとで考えられるのである。このことから自然が、ある場合にはこの属性のもとで、またある場合にはあの属性のもとで考えられることがあっても、とにかくものの秩序あるいは連結は一つであり、したがってわれわれの身体の能動と受動の秩序は、本来、精神の能動と受動の秩序と同時に生じている。（一八〇頁）

それゆえ、スピノザが考える世界では、あらゆる事物が同時に思考と行為の一部であり、ふたつの様態で表出した同じものの諸相である。ならば、知は身体の物理的な出会い（衝突）と並行して、相互作用から生じ変様することになる。スピノザはこうした出会い（衝突）の帰結であり、身体であると同時に思惟でもあるものを情動と呼ぶ。「情動（affectus）とは、身体そのものの活動力を増大させたり、減少させたり、あるいは促したりまた抑えたりするような身体の変様であると同時に、そのような変様の観念でもあると、私は理解する」（一七六頁）。

スピノザがはじめに触発による変様（affectio）について言及しているのは、第二部公理四で、「われわれは、われわれの身体が多くの仕方で触発されるのを感じる」（八五頁）とある。その後、定理一一や一三においても「様態の変様」に触れられているが、様態の変様を規定する因果性がはじめて、そして明確に提示されるのは定理一六においてである。「人間の身体が、外部の諸物体から触発されるあらゆる様式の観念は、人間身体の本性と同時に外部の諸物体の本性を含まなければならない。証明　なぜなら、ある物体が触発されるすべての様式は、触発される物体の本性からと同時に刺激する物体の本性から生じてくる」（一一六頁）。触発される身体（＝身体それ自身）の本性と，触発する物体（＝外部の物体）の本性の出会い（衝突）と関係において生じる、すなわち関係性の帰結としての変様というスピノザの定理は、以後ドゥルーズの情動論へと引き継がれてゆくことになる。

ドゥルーズは、『エティカ』の用語をまとめながら、情動（アフェクトゥス）と変様状態（アフェクチオ）を区別しながら、次のように解説している。

アフェクチオは、触発された身体の状態を示し、したがってそれを触発した体の現前を必然的にともなうのに対して、アフェクトゥスは、ひとつの状態から他への移行を示し、この場合には相手の触発する側の相関的変移が考慮に入れられている。（……）たしかに情動はなんらかの像または観念を前提し、そうした変様をいわば原因としてそこから生じるが（EⅡ公理3）、それに還元されてしまうのではなく、別の本性をそなえている。情動は状態のたんなる指示や表象ではなしに、その推移を表し、二つの状態間の差異を含む持続をとおして体験されるからである。（『スピノザ——実践の哲学』一八四―八五頁）

本節冒頭でカッツに即して言及した、言語化や表象の手前にあるものとしての情動という定義に加えて、このように、スピノザ‐ドゥルーズの情動では、指示や表象でない「推移」と「持続をとおした体験」という側面も強調されている。それゆえ、ドゥルーズは「ひとつの体を構成している微粒子群のあいだに成り立つ速さと遅さ、運動と静止の複合関係の総体を、その体の〈緯度〉」と呼び、こう続ける。

各時点においてひとつの体を満たす情動の総体を、その体の〈経度〉と呼ぶ。いいかえればそれは、（主体化されない）無名の力（存在力、触発＝変様能力）がとる強度状態の総体のことである。こうして私たちはひとつの体の地図をつくりあげる。このような緯度と経度の総体をもって、自然というこの内在の平面《プラン》、結構の平面《プラン》は、絶えず変化しつつ、絶えずさまざまな個体や集団によって組み直され、再構成されながら、かたちづくられているのだ。（二四五―四六頁）

触発し／触発される身体の前提としての情動を追いながら、ここにきてようやくわれわれは、身体間にある持続的な変化の相が、社会「集団」へと拡大され、「組み直され、再構成され」る前提にたどり着いた。これを受けて次節では、なぜ、どのようにして身体の可塑性（plasticity）と、情況の可鍛性（malleability）が発動されるのかを見てゆきたい。

3 身体の従属性／身体の可塑性

これまで情動論を梃子として、身体が開く可能性について検証してきたが、いうまでもなく、フーコーの『監獄の誕生』（一九七五年）以降、近代が身体を隷属化させる傾向をもつことのほうが、近年の研究では強調されてきた。座る、歩く、記憶するといった初歩的な身体的・知的活動の絶えざる反復によって、近代にとって必要な運動をたたき込むのが、「規律・訓練」という制度だとみなし、監獄、感化院、軍隊、病院、工場、学校などの、規律・訓練を産出すべく構想された諸制度に焦点を当て、フーコーはその適用範囲を規律・訓練を特に受けていると思えない「普通の」個人にまで拡張する。「身体の運用への綿密な取り締まりを可能にし、体力の恒常的な束縛をゆるぎないものとし、体力に従順＝効用の関係を強制する」方法を「規律・訓練」と定義し、フーコーは次のように述べている。「規律・訓練は、服従させられ訓練される身体を、〈従順な〉身体を造り出す。（……）規律・訓練は身体の力を解離させるのであって、一面では、その力を〈素質〉、〈能力〉に化して、それらを増大しようと努める、が他方では、〈体力〉ならびにそれから結集しうる〈強さ〉を反転させて、それらを厳しい服従関係に化すのである」（『監獄の誕生』一四三-四四頁）。規律・訓練は、権力という視点からの人間の身体の技術的な研磨ないしは機械化の、社会的に組織化された形式である。フーコーにとって、規律・訓練は権力のテクノロジーであり、それによって形成された従順な身体の例は、スポーツにおいて形成される身体のなかにも見いだすことができるかもしれない。サッカー選手になるには、必要なボール捌きの技術と長時間の運動に耐える体力を備えた身体を形成しなければならないし、利き足が右でも左足でのパスやシュートができる身体を規律・訓練により形成し、かつボールとチーム全体を瞬時に把握し、組織的なプレーに従う能力を習得する必要がある。陸上競技のスプリンターになるには、筋力トレーニングもさることながら、腕の動かし方を含めた走法をひとつのフォームとして身につけ、その鋳型に自己の身体を当てはめてゆかねばならない。つまり、スポーツのなかで形成される身体は、すでにあるフォームを与えられた身体であり、フーコーが『監獄の誕生』で取り上げる身体は、このようにフォームを与えられた身体なのである。

身体は従順だ。しかし、その従順性をもたらす規律・訓練には、模倣という側面がともなっている。規律・訓練を模倣という概念で置き換えると、そこには模倣に備わる反復性による別な可能性が切り開かれるのではないか。というのも、反復とは、ニーチェの永劫回帰や、ジャック・デリダの郵便葉書や、パウル・ツェランの記念日などを引き合いに出すまでもなく、同一のものの異なる反復にほかならないからだ。反復性は同一性よりもむしろ差異を指し示すのである。規律・訓練は従順な主体を「産み出す」ために作動する。ならば、ここには主体の変化・移行が前提とされていることになる。スピノザ-ドゥルーズの情動論に従うなら、この変化・移行は従属というネガティヴな方への一方通行ではなく、主体をポジティヴに変革する方向も内包しているはずである。規範的な運動・仕草の模倣は、必ずしも服従の方向へ導くとは限らない。たとえば、佐々木健一は、「人間が身体をもつ存在であるかぎり（……）あらゆる学習には模倣の契機がついてまわる」と指摘したうえで、「模倣は一種の自己変革であり、認識のうえに効果を及ぼすような、身体運動上の変革なので」あり、模倣による自己変革と、それによって形成された繊細な認識能力が、芸術の創造性へと通じていると述べている（四五–五三頁）。繰り返し、真似をしながら、新しく作りかえ、もう一度なにかをする――それはまた、同じようなことをすでにおこなった他者との関わりを絶えず持ちながら、行為することの新しい方法を作り上げることではないのか。さらにわれわれは、知覚によって与えられた世界を、自己の身体とともに、模倣的に新たなものへと形成・制作するのではないか。

このような模倣を通じた身体の可塑性について、ボール投げをおぼえる過程を例に見てみたい。はじめてボールを手にした子どもは、「投げる」とはなにかが分かっていない。大人が言葉を使って説明しても、ほとんど役に立たないどころか、学びをより困難にするだろう。だが、トレーナーが目の前で投げてみせると、子どもはその技術を目にして、その身体的動きを自分の体を使って再生しようとする。うまくいかなければ、トレーナーが子どもの手を取り、いっしょに腕を動かし指導する。子どもはそのリズムと手の位置や投球の型を身体の模倣を通じて理解し、投球力を最大化するためにはどのように体を適応させれば良いかを感じ取る。この過程には、視覚だけでなく肌の感触や筋肉の動きも関わっている。このように、学習の第一段階は他者の模倣から始まり、学習者は他者のモデルを自分のものにし、その動きを自分自身の体に取り込む。技術獲得の過程では、感覚運動器官の両方が重要な役割を果たす。視覚を通じた外からの学習だけではおぼつかない。運動上の特徴を自ら選び取り、自分の体を使った運動を通じて自分のものにするのである。

ボール投げの技術を学んだ子どもは、ゲームへの参加が可能になる。状況を与えられ、ゲーム内の役割を教えられた子どもは、はじめ傍観者として他のプレイヤーを見つめ、各状況でゲームがどう機能しているかを理解する。次に、ひとつひとつのプレーが理解できなくても、ゲームを進行させるために、プレイヤーとしての自分が何をしなければならないかを、広い意味で理解するようになる。すでに他のゲームをプレーしたことのある子どもは、いまはじめて参加する知らないゲームで要求される動きや戦略を把握できるだろう。子どもはさまざまな選択肢を試しながら、いま置かれた状況にもっともふさわしいアプローチを見いだす。はじめてドッジボールに参加する場合を考えてみる。子どもはラインの手前に立たされ、そのラインを越えてはいけないと教えられる。ボールが自分に向けて飛んできても、ボールのキャッチ自体はこれまでに習得しているし、ゲームを見ながら、自分はボールをけるのではなく、投げなければならないと分かる。しかしこの段階では、何に向けてボールを投げなければならないのかは分からない。まず、チームメイトに向けて投げてみるが、それは誤りだ。次に相手チームでこちらを向いている子どもの手元に向けて投げてみる。これも誤りだ。最後に相手チームの逃げるプレイヤーの背中に向けて投げつける。こうして子どもはようやく的を射る。

こうした身体運動およびゲーム（ルール）は、すでに獲得している知識と反省、観察と説明を通じて習得されるが（模倣の局面）、ゲーム内の役割理解に基づいてじっさいにプレーするなかで、すでに体得した動きを調整したり、組み合わせたり、変形したりすることができるようになる（身体の可塑性）。たしかに、思考のプロセスや説明があれば、実体験よりも学習が早まることもあるだろう。しかし実体験は必要条件であり、運動感覚器官が動員された実体験がなければ、思考は大きな働きを持ち得ない。スポーツ哲学と美学を専門とするグンター・ゲバウアは、次のように述べている。

「ゲームに没頭している」テニス・プレイヤーは、テニスに対する無言の、自明の経験を可能にする。そのテニス・プレイヤーが何をなすべきかを不確かなものとしてしまうのは、言語的な分節化である。ネットに出るべきかどうかなどと考え出したとたん、彼女は失敗してしまうわけだ。この知は言語的な媒体やその他の何らかの媒体においてそれ自身客観化されるのではなく、まさに行為それ自身においてしか明らかにはならない。身体によって学ばれることは、（……）身体自身の内部に存在しているものであり、身体の一部であるものなのである。それは身体がなすこと、すなわち身体的なパフォーマンス自体から切り離すことはできないものなのだ。（「スポーツの音声文化性と文字文化性」二〇八—〇九頁）

このように、模倣の過程では、思惟と感覚が分かちがたく結びつき、言語的に分節化することなく身体を動かす必要があるという点で、情動と同じくスポーツを心身二元論的に思考することはできないのである。

これまで、スポーツの学習過程における身体の可塑性を見てきたが、これは必ずしも主体の潜在的な、未開発の可能性を引き出すことを意味してはいない。ゲバウアは、スポーツの新しい理解として、主体と他者との関係性に着目し、次のように指摘している。

［スポーツにおいて］主体は、社会的自己とは異なる何者かであると同時に、共存できる他者と共に共同体を形成することを望む。この種の連帯感においては、個人は他のメンバーと同じであって、彼らとともにあらゆる非メンバーとの違いを生み出し、同時に共同体内部で明瞭な位置づけを維持することを望むのである。彼の行為は、普通であることという力に抵抗するとともに、他者との区別ということにも抗うように向けられる。（「ニーチェ、フーコー、そしてスポーツにおける英雄主義」二六四頁）

このように、スポーツにおいて主体は他者との複数の関係性に取り込まれることで、「中─間性」にさらされ、自他の区別がありつつ同時に区別のない状態におかれ、自分自身との関係をも持続的に変様させてゆくのである。

4 身体の可塑性/情況の可鍛性

触発し/触発される身体は、なぜ身体どうしの変様だけでなく、環境や情況や社会的布置の変化までもたらすことができるのか。最後に、スポーツにおける身体による情況の可鍛性について考察するにあたり、情動論に加えて、ウィトゲンシュタインの「言語ゲーム」論を参照枠としたい。ウィトゲンシュタインが言語ゲームというコンセプトを思いついたのは、サッカー観戦中だったと指摘されているが(Lindner 292; Hunter 294)、そのような逸話がなくとも、『哲学探求』(一九五三年)には、言語以外のゲームについて数多くの言及がある。それに加え、ウィトゲンシュタインが自身の『論理哲学論考』(一九二二年)での核となる考察を捨てて『哲学探求』へ向かうきっかけのひとつが、「身振り」「仕草」といった身体に関する対話だったことも興味深い。ケンブリッジ大学で、当時経済学を教えていたピエロ・スラッファとウィトゲンシュタインとは、『論考』中の考えについてさかんに議論を交わしていたのだが、ある日、

ウィトゲンシュタインが、命題とそれによって記述されることがらとは同じ論理構造、つまり論理的多様性を持っていなければならないと主張したとき、スラッファが指先でアゴの下を外に向けて、掻くのと反対の方向にこする動作──ナポリ人が嫌気をさしたり人を侮辱するといった意思表示をするときによくやる──をして見せて、「この動作の論理構造とは何だろう」と言った。このスラッファが示した例によって、命題とそれによって記述されることがらは同じ論理構造をもっていなければならないと主張することには、不合理な点がある、という気

持がウィトゲンシュタインに生まれた。(Malcom 58-59; 九七頁)

ウィトゲンシュタインが気づかされたように、共同体内で使用されるジェスチャーには広く理解されている意味があるが、そこには論理構造もなければ世界との対応（表象）関係もなく、行為が存在するだけだ。この会話が交わされたのは一九三〇年から三一年にかけてだといわれているが、それはウィトゲンシュタインが新たなアイディア――言葉の意味は共有され持続的に使用される人間の慣習や実践に由来する――に思い当たったころと重なっている。

身体的身振りも言語ゲーム同様に、社会的慣習・実践の結果生じたルール（不文律）に縛られ、特定の状況に結びつけられている。実践から生まれるものの、実践的な合理性を越えた特定のルールに従って形作られる。この「実践」と「ジェスチャーのルール」の相違については、次のような状況を想定すると理解しやすい。ふたりの人間がスコップを使って穴掘り作業をしている。交互に規則的な動きで効率よくスコップを使用している。休憩を取ろうということになり、体を休める。しばらくして、片方が相手に向かってスコップで掘る仕草を見せ、相手は作業再開の合図だと受け取る。ここではジャスチャーのルールが作動しているわけだが、実践としてスコップで土を掘ることと、スコップで掘るジェスチャーとは似て非なるものである。なぜなら、掘るジェスチャーは理解されることを目的しているのに対し、実際に掘るという動きは土に向けて物理的な力を加えることを目的としているからだ。つまり、実践におけるルールが実際の行為そのものに関係するのに対し、ジェスチャーを支配するルールは、別な「指標」をもつのである。

この実践とジェスチャーのルールの相違こそが、身体による情況可鍛の可能性を指し示している。というのも、ジェスチャーの使い手は、通常の実践的ルールに則した構造からジェスチャーのルールという構造へと大きく飛躍できるからである。実践的行動のルールは個々の作業の必要性から生まれるのに対し、ジェスチャーのルールは、実践の束縛から自己を解放する。身体的身振りや仕草は、ある情況から離れ、他のコンテクストへ移行することを可能にするのである。たとえば、サッカーの試合中にゴール前でシュートを打つ仕草をおこなうが、実際にはシュートを打たないで相手をかわしてより得点可能性の高いポジションに移動するという場合、つまりフェイントをかける場合、身体はこのふたつのルールの間を移行しているといえる。このように、ルールに束縛されたスポーツのゲームのなかにも、身体性が導入されることで、各局面の可鍛性が開かれるのである。

前節で、身体可塑性の前提としての模倣について言及したが、ゲバウアは、日常の社会的情況に見られるミメーシスに着目している。社会的応答、行動、行為は、多くの意味を持ち、ひとつの倫理的観点から理解することは困難だと指摘したうえで、彼は次のように述べる。

社会的次元についてのこの曖昧さは、社会的ミメーシスの過程のなかに保たれている。（……）模倣の過程において、他者の、曖昧さと矛盾とを孕んだ社会行動は、ミメーシス的行動に参加している人と関わりを持ち、ともに、社会的情況の複雑さによって構成された関係へと入る。ミメーシスの過程において経験される社会的情況の複雑さは、社会的ミメーシスの拡散へと至る。結果として生じることは、偶然と必然の間で驚くべき出会いによって生み出される、予知や予定が不可能な行為や行動である。そこには、避けることのできない、また意図されない副次的作用がともなう。（「教育におけるミメーシス概念」一〇九–一一〇頁）

ウィトゲンシュタインの言語ゲーム自体、共同体で持続的に使用される実践という社会的フェーズを念頭に置いた発想だが、そのような社会性は、ゲバウアのいうように、束縛というよりも「偶然と必然の間での驚くべき出会いに」よる情況の可鍛性を切り開くのであり、その前提となる模倣関係を代表するのが身体なのである。

前節でボール投げを習得しゲームに参加する身体の可塑性について具体的に詳述したが、それは実はウィトゲンシュタインの言語ゲーム論のスタイルを模倣して記述したのだった。最後に、『哲学探求』パートI八三節から直接引用し、ボールを使ったゲームにおける情況可鍛性の例としたい。

言語とゲーム（遊び）のアナロジーがここでわれわれの問題に光を投げかけないだろうか？　われわれは次のような事態を無理なく想像できる。野原で何人かの人々がボールを使って遊びながら楽しんでいる。しかし彼らは既存の様々な球技を始めるのだが、そのいくつかは最後までやり終えず、次のゲーム（遊び）との間には、行き当たりばったりにボールを高く投げたり、ボールを持って追いかけっこをしたり、ぶつかったりする。そこで誰かが言う、この人々はずっとボールでゲーム（遊び）をしている、だからボールを投げるたびに決まった規則に従っているのだ、と。

そしてわれわれにはゲーム（遊び）をしながら――「成り行きで規則を作る」といった場合もあるのでは？　それどころか、成り行きで――規則を変えるといった場合すらも。（八九―九〇頁）

※本論文は、科学研究費補助金（基盤研究(c)）課題番号24K03727「スポーツライティングにおける身体可塑性と情況可鍛性の表象研究」による研究成果を含んでいる。

【引用文献】

Ahmed, Sara, and Jackie Stacey, editors. *Thinking Through the Skin*. Routledge, 2001.
Demos, E. Virginia, editor. *Exploring Affect: The Selected Writings of Silvan S Tomkins*. Cambridge UP, 1995.
Eichberg, Henning. *Body Cultures: Essays on Sport, Space and Identity*. Edited by John Bale and Chris Phil, Routledge, 1998.
Gallop, Jane. *Thinking Through the Body*. Columbia UP, 1998.
Hunter, J. F. M. “Wittgenstein on Language and Games.” *Philosophy*, vol.55, no.213, Jul. 1980, pp. 293-302.
James, C. L. R. *Beyond a Boundary*. 1963. Duke UP, 1993.『境界を越えて』本橋哲也訳、月曜社、二〇一五年。

____.”Popular Arts and Modern Society.” *American Civilization*, edited and introduced by Anna Grimshaw and Keith Hart, Blackwell, 1993. pp. 118-165.
Jonson, James Weldon. *Along This Way*. 1933. *Writings*, selected by William L. Andrews. Library of America, 2004, pp. 129-604.
____. *Black Manhattan*. 1930. Da Capo Press, 1991.
Katz, Jack. *How Emotions Work*. Chicago UP, 1999.
Lindner, Martin. “Ball Games and Language Games: On Wittgenstein, Football Fan and Pop Culture.” *Narrative Mechanics: Strategies and Meanings in Games and Real Life*, edited by Beat Suter, et al., Transcript, 2021.
Malcom, Norman. *Ludwig Wittgenstein: A Memoir*. Oxford UP, 2001.『ウィトゲンシュタイン――天才哲学者の思い出』板坂元訳、平凡社、二〇一三年。
Massumi, Brian. *Parables for the Virtual: Movement, Affect, Sensation*. Duke UP, 2002.
____. *Politics of Affect*. Polity, 2015.
Sedgwick, Eve K. *Touching Feeling: Affect, Pedagogy, performativity*. Duke UP, 2003.『タッチング・フィーリング――情動・教育学・パフォーマティヴィティ』岸まどか訳、小鳥遊書房、二〇二二年。
ウィトゲンシュタイン、ルートウィッヒ『哲学探求』［一九五三年］鬼界彰夫訳、講談社、二〇二〇年。
ゲバウア、グンター「スポーツの音声文化性と文字文化性」樋口聡、グンター・ゲバウア、リチャード・シュスターマン『身体感性と文化の哲学――人間・運動・世界制作』樋口聡訳、勁草書房、二〇一九年、二〇五–二三頁。
――「ニーチェ、フーコー、そしてスポーツにおける英雄主義」『身体感性と文化の哲学――人間・運動・世界制作』樋口聡訳、二五九–七四頁。
――「教育におけるミメーシス概念」『身体感性と文化の哲学――人間・運動・世界制作』樋口聡訳、一〇〇–一一二頁。
國分功一郎『中動態の世界――意志と責任の考古学』医学書院、二〇一七年。
――『スピノザ――読む人の肖像』岩波書店、二〇二二年。
佐々木健一『美学辞典』東京大学出版会、一九九五年。
多木浩二『スポーツを考える――身体・資本・ナショナリズム』筑摩書房、一九九五年。

谷川俊太郎『これが私の優しさです 谷川俊太郎詩集』集英社、一九九三年。

スピノザ『エティカ』〔一六七七年〕工藤喜作・斎藤博訳、中央公論社、二〇〇七年。

ドゥルーズ、ジル『スピノザ——実践の哲学』〔一九八一年〕鈴木雅大訳、平凡社ライブラリー、二〇〇二年。

——『感覚の論理——画家フランシス・ベーコン論』〔一九八一年〕山縣熙訳、法政大学出版、二〇〇四年。

フーコー、ミシェル『監獄の誕生——監視と処罰』〔一九七五年〕田村俶訳、新潮社、一九七七年。

——『知の考古学』〔一九六九年〕中村雄二郎訳、河出書房新社、一九八九年。

※英語文献の日本語訳は筆者による。邦訳のあるものは可能な限りそれを参照したが、訳文を適宜変更している場合がある。スピノザ『エティカ』は、英訳を参考に訳語を一部変更している場合がある。

第4章

苦しみのトリアージ

――トレチャコフとライト作品の情動表象から考える――

亀田真澄

1　はじめに——苦しみの重さと軽さ

ハイチでの医療活動に半生を捧げた医師であり、医療人類学者でもあったポール・ファーマーは、極度の貧困と向き合うなかで、「苦しみの力学」を解明する必要性を叫び続けた。「苦しみの力学」とは、苦しみには軽重があることを前提として、政治的・社会的・経済的要因によって、ある集団に集中的に「苦しみ」が分配されてきたメカニズムだ。ファーマーは「人間であるかぎり、苦しみは避けられない。しかし、苦しみの種類や程度はそれぞれ異なって」(Farmer, "On Suffering and Structural Violence" 279; 九六頁) おり、その苦しみが社会によってもたらされる構造的暴力に起因する場合、その「苦しみを説明するためには個人の物語を、文化、歴史、政治経済という大きな基盤にはめ込まなければならない」(*Pathologies of Power* 41; 八二頁) と述べた。ファーマーはその上で、極度の苦しみはつねに貧困に起因するものであり、福祉・医療活動やそのほかの分野においても、苦しみを取り除く試みは、まず貧困者を最優先にすべきという「トリアージ」を主張した。

しかしファーマーの貧困者優先主義は、現場においては費用対効果が低いとして退けられがちであるのみでなく、苦しみには軽重があるとする前提自体が倫理的に受け入れがたいとされることも多い。ファーマー自身も「自分の痛みの度合いは確かに感じられても、他者の痛みと比べようがないとしたら、定義に関して広範な合意を形成することは可能なのか」(*Pathologies of Power* 29; 六六頁) として、人々がそれぞれに感じる苦しみを「トリアージ」するための客観的基準を設けることには困難が伴うと認めている。とはいえ「個人の経験と、それらが組み込まれている幅広い社会的基盤の両方」(29-30; 六六頁) を検討することによって、「苦しみのヒエラルキー」(30; 六六頁) を設定し、より大きな苦しみにさらされる人々を優先的に救うべきだというのがファーマーの考えだ。

しかし医療人類学者アーサー・クラインマンらが「苦しみの軽重を区別する考え方は、それが、たとえ社会正義に深く根差す場合でも、歯止めのない坂道——悪意はなくとも危険な道徳的滑落を起こす坂道——に踏み出す可能性がある」(Kleinman xxii; XV頁) として真っ向から否定したように、苦しみはトリアージできるという考え自体が、だれのどんな苦しみも無視されるべきではないという価値観に抵触するため、拒否反応を生みやすい。ただし、苦しみに優先順位をつけることへの心理的抵抗感は、普遍的な倫理というよりは、現代にかけて歴史的に形成されてきたものと考えられる。二〇一〇年代以降にさかんになった「感情学（emotionology）」は、感情とは自然で普遍的なものというよりは社会的なものであることを前提に、その感情を規定する社会的規範の変遷や多様性を検討するものであるが、苦しみはトリアージすべきではないという考え方は現代の「感情規範」に根ざすものだ。

心理学者ニック・ハスラムは、虐待、いじめ、トラウマ、精神疾患、依存症などの用語が指す範囲について、一九九〇年代以降は一様に拡大していく傾向にあることを指摘し、このことを「コンセプト・クリープ（概念の意味論的変化）」のひとつのパターンとして説明した（Haslam）。たとえば「虐待」は元来、身体的な害をもたらすもの、または不適切な性的関係を指していたが、一九九一年に「ネグレクト」（Cicchetti）が、一九九六年に「感情的虐待」が定義に加わる（Thompson）ことで、注意を向けないことや意図しない侮辱も「虐待」と認定されることとなった。また「トラウマ」は元来、悲劇的な死に直面したなど、人間が通常経験することの範囲を超えるような、衝撃的な経験をしたあとの心的外傷を指していたが、一九九四年発行のアメリカ精神医学会『精神疾患の診断・統計マニュアル（ＤＳＭ）』では、「トラウマ」の定義がかなり緩められ、主観的な反応を基準にするものとなり、感情的に追い詰められたというような経験もトラウマとして認められるようになっている。[1] ハスラムはこの傾向について、人々を「虚弱な犠牲者（impotent victimhood）」（Haslam 1）に変えてしまう懸念があると指摘している。

前記のコンセプト・クリープは、ネガティヴな情動に関連するほかの概念の意味拡大とも軌を一つにしている。たとえば「ハラスメント」は、一九七二年のアメリカ教育改正法では性別・人種・宗教的なマイノリティに対する教育機会の否定を禁じるための規制として出発したが、次第に、対象者を限定するものではなくなり、現在、国際連合は「ハラスメントとは、他者に対して攻撃や恥辱を起こすと合理的に予測される、あるいは感じられるような、不適切で、すべきではない全ての言動である」[2] と定義している。また、傷ついたという心理的反応が大きな意味を持つようになり、ハラスメントは「自己申告する主観的体験によって定義されることとなった」（Lukianoff 203）。

また、一九七〇年に精神医学者チェスター・ピアスが提唱した「マイクロ・アグレッション（microaggression）」という概念は、白人の黒人に対する些細な態度や何気ない発言といったミクロなレベルの差別が、リンチといったマクロな攻撃に繋がっているというメカニズムを暴露するものだが、一般には全く浸透しなかった。[3] ただし二〇〇七年にデラルド・ウィング・スーが「意図の有無にかかわらず、簡単で日常的によくある、言動的なまたは環境的な冷遇によって、敵意ある、軽蔑的な、あるいはネガティヴな人種的軽視や有色人種の人々への侮辱」（Sue, "Racial Microaggressions in Everyday Life" 271）と定義した上で、のちの著作ではマイクロ・アグレッションの対象者として性差や性的指向に関連するマイノリティなど、人種以外の要素も含めたことで（Sue, *Microaggressions in Everyday Life*）、マイクロ・アグレッションは二〇一五年の「今年の単語」に選ばれるなど、大きな関心を集めるようになった。それとともに、意図しない言動でも侮辱として認定されることから、聞き手側の解釈が絶対的な位置を占めるようになった。

このように、精神的なダメージについての主観主義的転回は、二一世紀に入ってますます加速している。同時に、他者に苦しみをもたらす事柄についても、その事象の軽重を問うべきではないという風潮が作り出されている。この風潮は、だれのどんな苦しみも無視されるべきではないという倫理観に基づくと同時に、その倫理観を強めているが、これは苦しみに代表されるようなネガティヴな心理的経験に無差別的な「重み」を与える規範と捉えることもできる。この感情規範は、言うまでもなく、他者の情動に対してその軽重を測定しようとする考え方とは両立不可能だ。

本章では、以上のような主観主義的な感情規範が支配的になったひとつの契機として、一九世紀末に「共感（empathy）」という概念が生まれ、一九二〇年代になるとまずは宣伝の分野において、そして映画などさまざまな文化実践において、そして国家主導のプロパガンダにおいて集合的に共感させるという手法が用いられるようになっていったことを挙げたい。次に、その風潮のなかにあって「苦しみ」を測定するということ自体をテーマにした作品として、ソ連のセルゲイ・トレチャコフ『デン・シーフア』（一九三〇–三五年）、アメリカのリチャード・ライト『ネイティヴ・サン』（一九四〇年）を取り上げて分析する。

2　社会的同情から共感の宣伝へ

他者の苦しみを自分のもののように感じることによって、社会の問題を知るべきだという考えは、一八世紀に広まったものだ。それ以前には、人々の苦しみは神による試練や罰だという宗教的認識が強く、社会的構造に苦しみの原因があるとは考えられなかった。その後、人間は社会によって形成される存在であるという認識が広まり、一八世紀後半の欧州では、他者の苦しみが解決すべき社会問題と捉えられるようになっていった。

デイヴィッド・ヒューム『人間本性論』（一七三九–四〇年）やアダム・スミス『道徳感情論』（一七五九年）は、「社会的同情（social sympathy）」の役割に着目した。他者の苦しみを認識することで、人は社会の問題に気づく、そして、それは自分とも無関係ではないとみなすことで、階級を超えた紐帯が強まり、道徳的な判断ができるようになると考えられた。また、互いの立場に身を置くという想像力があるからこそ、人は自分自身の言動を律することができると考えられた。

社会的同情は、フランス革命を機に、危険な群集心理を煽るものとも捉えられるようになるが、他方ではエミール・デュルケームが、社会的紐帯において、「人間的なものすべてへの同情、あらゆる苦しみ、人間のあらゆる悲惨に対する、より大きな憐れみ」（Durkheim 48）が重要だと述べるなど、他者の苦しみを感じるということは引き続き、市民の道徳的美徳と捉えられた。

ただし、社会的同情が、基本的には他者の立場を考えることで意識的に行う共感、すなわち「認知的共感」であるのに対して、二〇世紀には「情動的共感」のほうに軸足を置く概念として、「共感 empathy」が生まれた。なお、認知的共感とは、意識して他者の視点に立つことで感じられる共感で、知識を動員しながら他者の心理を推論することで喚起される。それに対して情動的共感とは、即座に、自動的に引き起こされる共感を指す。他者の情動の表出（顔の表情や姿勢など）を見ると知らず知らずのうちに模倣してしまい、それによって自動的に同じ情動が感じられることや、犠牲者の状況を目の当たりにすることで過去の自分の経験がフラッシュバックのように思い出されるといった共感喚起の様式を指す。

「共感 empathy」は、芸術作品を鑑賞していると見ている対象に自己を投影するような心理的・身体的反応が生まれるとして、一九〇〇年代、芸術理論家ヴァーノン・リーが用いた「Einfühlung（感じ入ること）」という概念に由来する。そののち「Einfühlung」は美学理論を超えて、他者理解のための想像力を意味する概念として心理学・精神分析の分野にも取り入れられ、イギリスの心理学者ジェームズ・ワードとE・B・ティチナーが一九〇八年に用いた英訳「empathy」が普及することとなった。[4] アメリカでは他者理解のための手段としての「共感 empathy」がセラピーに応用されるようになったほか、ティチナーは一九一八年、医師が患者に共感できる度合いを測定することで、統合失調症などの精神疾患を診断する「共感指標（Empathy Index）」を提唱した（Lanzoni 129）。

精神分析医エイブラハム・ブリルは、フロイト主要作の英訳を手がけ、フロイトの理論を紹介するとともに、アメリカ最初期の精神分析の実践者であった人物であるが、一九二〇年、独自の共感指標を提唱している。ブリルの共感指標とは、患者が「だれに共感するか」ということを、その人物を示す指標とするものだ（Brill 131-134）。ブリルによると、人は社会で生きていくにあたってロールモデルを設定するものであり、そのロールモデルとは自分がもっとも共感したい他者である。そのため、患者が共感する対象を知ることで、その患者の集団におけるふるまいを予測することができる。このころ、広報の専門家ウォルター・リップマンも『世論』（一九二二年）において、新聞報道における「同一化、あるいはヴァーノン・リーが共感と呼んだもの」（Lippmann 163; 二一八頁）が重要になっていると指摘したが、ブリルも広報活動と無縁ではなかったどころか、現代的な宣伝の成立に大きく寄与した人物だった。

ジークムント・フロイトが、ニューヨークで広報活動をしていた甥エドワード・バーネイズから、広報戦略のために精神分析の専門家を紹介してほしいという要望に応えてブリルを紹介するのは一九一九年のことだった。[5] ブリルはその後「PRの父」と呼ばれることになるバーネイズとともに、一九二〇年代、ある他者に憧れさせ、その他者との同一化を欲望させ、関連商品を購入させるという新しい広報を打ち出していく。代表的なものとしては、歩きタバコをする女性は都会的であるというイメージを作った上で、女性たちに都会的な女性になるために喫煙をさせようとするキャンペーンや、威厳ある父親像を広告に多用することで、男性たちに理想的な父親になりたいと思わせ、そのために新しい自動車を購入させようとするキャンペーンがある。

ブリルは当時のクイズブームについて取材を受けた際、「クイズに取り組み、その答えを探すことのできた平均的な人は、少しの間だけでも、もっとも賢い人、偉大なる思想家に自分もなれたような気がする。これが共感だ」と語っている（Ware）。これを女性喫煙キャンペーンに当てはめれば、都会に住んでいなくても、女性は歩きタバコをするだけで、「少しの間だけでも、もっとも都会的な女性に自分もなれたような気がする。これが共感だ」ということになるだろう。

バーネイズとブリルのタッグは、新しい流行、消費、世論を生み出す共感の宣伝を使って、広告や広報を変革した。一九二〇年代に広告は大きく変容したと言われるが、その特徴は、商品の写真やイラストが広告の中心から外され、その代わりに「どこにでもいそうな人物」が周囲の人々からの評価や反応、自信のなさに悩み、落ち込んでいる、あるいは仲間たちとの会話を楽しむ、社会的勝利に喜ぶ、といった姿に焦点を当て始めたというところにある（Marchand ⅱ）。すなわち、広告の登場人物への共感が軸になったことに起因していると言えるだろう。このことに対しては、思想家ジョン・デューイが一九三〇年、アメリカにおける宣伝について「どんな人や大義に対しても、感情が大量生産の手段を使って製造されているかのようだ」（Dewey 22）と述べたように、批判の声も大きかった。

3　感情共同体のプロパガンダ

一九二〇年代のアメリカと言えば、映画を観に行くという習慣が一般化したことでも知られるが、映画批評家ジェイムズ・モナコが「ハリウッド型のスター映画は、主人公に対して観客が強い同一感を持つかどうかにかかっている」（Monaco 296; 二二〇頁）と述べたように、ハリウッド映画は鑑賞者を物語内の登場人物に共感させることを軸とする文化産業であることは疑いようがない[6]。それに対して、この時期のアメリカでは、映画は青少年に悪い影響を与えるとして、映画に対する検閲を求める声が高まっていた。映画が批判されたのは、当時は道徳に反する内容が多かっただけでなく、そもそも情動を操作するということが、社会不安へとつながるという懸念があったためだ。ペイン基金による一連の調査では、映画が情動を支配するということ自体を問題視したインタビュー・プロジェクトが行われた。その調査結果によると、たとえば恋愛シーンについて「私は恋愛映画や恋愛シーンに胸をおどらせ興奮してきた。そういった映画を観るとき、私はいつも、傍観者でありながら、同時に、恋人たちのうちのひとりでもあるようだ。これをなんて表現したらいいかわからないけれど」という一六歳の女性の体験談が挙げられており（Blumer 109）、鑑賞者が登場人物と自然に同化していることがわかる。プロジェクトの結果をまとめたハーバート・ブルーマーは、感情憑依が短期間のみであれば問題は少ないが、映画が与える強烈な情動体験は鑑賞者の人生にわたる長期的影響を及ぼす可能性があり、その場合、これまでとは違う行動規範にのっとって生きる人々が増えると警鐘を鳴らした（Blumer 126-128）。

このように一九二〇年代とは、共感を軸とする宣伝や文化実践が普及していく時期であり、同時に、その危険性への懸念が高まった時期でもあった。ただし、ドイツでは第一次世界大戦の賠償支払い義務から生じたハイパーインフレーション、ナチス＝ドイツによる支配、ソ連では一九二四年まで続いた内戦による国土荒廃や一九二九年に本格化する農業集団化による飢饉、そしてスターリニズム期の弾圧、アメリカでは一九二九年の大恐慌やダストボウルによる大規模な離農など、全世界における政治・経済的、そして心理的な危機の時代にあって、多くの国家が、情動を集合的に共有しているということをプロパガンダの軸に据えるようになっていった。

アドルフ・ヒトラーが人々を惹きつけた理由として、ヒトラーがドイツの市民たちと同じように苦しんでいることをアピールしていたことが挙げられるが、このことは当時の文学者たちによってもしばしば取り上げられていた。ジョージ・オーウェルは一九四〇年のエッセイで、ヒトラーについて「人を強く魅するものが彼に具わっているというのは事実である。彼の写真を見る時もこの魅力を感じさせられる。（……）哀れを誘う犬のような顔、耐えがたい不正行為を受けて悩み苦しんでいる顔、男性的なものを一際強く出すような仕方で、その顔は、十字架にかけられたキリストを描いている無数の絵に認められる表情を再現している」（Orwell 251; 二二一—二二三頁）と述べた。またベルトルト・ブレヒトは亡命先で執筆した、ナチス＝ドイツに直接的に言及する戯曲「アルトゥロ・ウイの興隆」（一九四一年）で、ヒトラーになぞらえたギャングのボスが労働者たちに向けて、「そしてここで必要なのは、個々の労働者にわたしが完全な共感を抱いているということであります」（五四頁）と演説する場面を描いているが、ここにはヒトラーが自身を多くの困窮したドイツ人たちと同じ気持ちを抱いていると思わせることを軸として、国民の熱狂的支持を取り付けていたことがあらわされている。

当時のアメリカでもF・D・ローズヴェルト大統領が、自身のラジオ番組「炉辺談話」において、「私には、あなた方の、声にならない思案が聞こえるのです。すべての人々がすべての人々の問題を理解するなんてことは無理でしょう。でも、すべての人々の問題を理解するのが、私の仕事なのです」（一九三八年四月一四日放送、第一二回〔Buhite 123〕）などと語りかけていた。人々が切実に訴えるような問題だけでなく、まだ言語化されないような願望や不安までも感じ取っているという表明であるが、この種の語りは大成功だった。当時の市民の日記に「ローズヴェルト大統領は人々に崇拝されており、彼の笑顔と心地よいラジオの声は、すべての人々を虜にした」（Ledbetter 160）と書かれているように、ローズヴェルト大統領はラジオ番組を通して市民との親密な関係を演出し、人々と感情をともにしていると思わせた。ローズヴェルト大統領は国民への親近感を演出するために「あなたと私」ということばを多用していたが、このことについては、作家ドス・パソスが「そしてそこに、デスクにもたれかかった男が、はっきりと心から、アナタトワタシに話しかける（……）だからアナタトワタシは完全に理解しないといけない」（Dos Passos 17）と揶揄したように、指導者との感情的一体感を偽装するものであった。

同様にソ連でも、国民との親密さや一体感を強調するプロパガンダが行われていた。一九三四年以降は、人々が生活に幸せを感じているということや、スターリンやほかのソ連の政治的指導者たちへの親密な愛を共感し合うということが強調されるようになっていった。一九三五年のプロパガンダ歌曲「生活はより良くなった、生活はより楽しいものとなった」のしめくくりでは、「国の全体」がスターリンに対して同じ情動を抱いているということが、「広大な国の全体が／スターリンに叫びたがっている／ありがとう、愛する人よ！／長く生きて、病気になどならぬよう」と表現されている。[7]

一九三〇年代にはソ連、アメリカ、ドイツのそれぞれの国において、社会的危機を乗り越えるため、国民相互に感じるべき一体感が、プロパガンダの中心をなす重要な要素になっていった。「みなが同じように感じている」として、情動の集合的共有を印象付けることは、感情に社会的な軽重をつけてトリアージを行うこととは真逆をいく考え方であり、その意味で、現代の感情規範はこの直接の延長線上にあると考えられる。

4　トレチャコフ『デン・シーフア』における「感情の社会的重さ」

セルゲイ・トレチャコフ（一八九二―一九三七）は、一九二〇年代にはロシア・アヴァンギャルドを牽引したことで知られる作家・批評家で、とくに、ソ連の国家建設期にあって、その実態を伝える「事実の文学」を提唱したことで知られている。トレチャコフは二年間の中国滞在中に執筆した戯曲『吼えろ、中国！』（一九二五年）[8]で世界的に有名になった劇作家でもあるが、ここではその次作で、やはり中国を舞台とする『デン・シーフア』[9]を取り上げる。『デン・シーフア』は、実在の中国人青年シーフア[10]が四川の中流家庭に誕生するところから始まり、恋愛や政治的な父親との関係、周囲の政治状況への関わり方などに悩みながら成長し、青年になりモスクワに留学し、中国に帰国するまでの半生を四〇〇ページ（初版）で詳細に辿る自伝形式の作品だ。トレチャコフは『デン・シーフア』を書くために、一九二六年から二七年にわたる半年間、中国での教え子で当時モスクワ留学中だった二六歳のガオ・シーフアを頻繁に自宅に招き、その半生についてのインタビューを、事細かに口述筆記した。

ただしこの作品は単なるインタビュー記録ではなく、「二人の人間がこの本を作った。デン・シーフアが材料を供給した。私がそれを形にした」（Третьяков, *Дэн Ши-хуа* 3; 一頁）という前置きにも示されているように、トレチャコフが脚色を加えたことが強調されている。トレチャコフは「一人の人間が自分自身の人生を詳細に見るには、そしてそれを語るには、かなりの技術が必要だ。（……）そしてデン・シーフアはそれを有してはいなかった」ため、トレチャコフが「掘り下げる」必要があったとしている（3: 一頁）。これはどの部分が実際のインタビュー内容であり、どの部分がトレチャコフの創作なのかをはっきりさせないという表明であり、当事者による証言としての価値を自ら放棄するような前置きだと言えるだろう。本作はドイツ語、英語をはじめとする外国語にいち早く翻訳されたものの(11)、ジャーナリズムと主観的記述を組み合わせるスタイルは、文学とも呼べなければ、客観性に欠ける上でジャーナリズムとしても中途半端だという批判もあった(12)。

文学作品とジャーナリズムの間としての性質は、シーフアが心理的に大きなダメージを負ったと思われる場面でも、シーフアの心理的な内奥が掘り下げられるというよりは、現地の生活習慣やさまざまな風俗習慣の描写が優先される点にもあらわれている。たとえば、母の危篤を知らされたシーフアが学校から戻る場面は、以下のように描写されている。

私は家に駆け込んだ。叔父の両眼は、長い間擦り続けてでもいたように赤かった。伯母はハンカチで顔を覆い、窓際ですすり泣いていた。私が来たのは遅すぎた。母は長い、細い、木のベンチに寝かされ、顔にはアルコールをしめした一枚の紙がかけられてあった。結核で死ぬ人の顔はいつもこうして覆うのである。感染の原因となった黴菌が鼻の穴から逃げ出すという迷信があるからだ。私は紙を持ち上げようとした。お母さんの顔を僕から見えないようにするなんて！　叔父が飛んできた。「ダメだ！　何をしているんだ！」（93: 一五一－一五二頁）

シーフアの内面が揺るがされるような出来事についての場面にはかならず、シーフアの生きる環境や周囲の人々の価値観についての民俗史的とも言える解説が付されており、小説というよりは、中国の一般市民の生活についての資料集のような様相を呈する。シーフアが相思相愛の女性との結婚を父親に却下され、父親に異議申し立てをしようと考える場面は次のように描写されている。

私は父が、彼の真っ直ぐな重い剣で、私をまっぷたつにしたような気がした。（……）私は一歩進みでたが、立ち止まった。父のところに行く？　あの無慈悲な目をまっすぐ見入って、自分は父に反対すると話すのか？　彼女を花嫁として要求する？　自分の意思を、あの父の意思に対抗させる？　私には、それはできなかった。父は、私にとっては全地球のすべての花嫁以上のものであり、学校以上のものであり、母の思い出以上のものだ。私は父に逆らうことを除けば、なんでもすることができる。（202; 三三二―三三三頁）

自分の好きな相手との結婚を父親が許さないことに大きな衝撃を受けつつも、シーフアは父親にどうしても抵抗できない。ここではシーフアの心理的葛藤の描写が、家父長制の強い社会に生まれ育った人物の考え方についての解説に取って代わるようであり、当時の中国では典型的な葛藤であることが浮かび上がる。ほかにも、新しい母親をむかえたときの複雑な心境、恋人以外の女性と結婚させられるときの諦め、父親に逮捕令状が下ったのち、死んだはずの父親と再会したときの安堵、父親と政治的に対立する心理的緊張、政治的事件に対して自分の立場を決めかねる逡巡など、さまざまな心理状態が描かれるものの、それらが強度の苦しみと結びつくことはなく、シーフアの情動経験は深刻に捉えるべきものには思えないだろう。

また『デン・シーフア』では、章によってはトレチャコフが語り手になっているが、そのなかではシーフアに対する不満をこぼす箇所もある。シーフアが大学生になりロシア語を勉強し始めるところでは、トレチャコフ本人が現地での学生たちからの呼び名「テ・ティコ教授」として登場するが、ある場面でトレチャコフは次のようにシーフアについて語る。(13)

彼は自分の人生について語りつくさなかった。日々の様子を教える代わりに、ある日から別の日へと話が飛ぶこ

> とが多かった。多くのことが語られないままになっている。（……）まぁ、いいだろう。デンには黙っておいてもらって、テ・ティコ教授のほうに、デンについて語らせよう。（344; 四五七頁）

シーファの一人称の語りに、トレチャコフによるメタレベルの語りが混ざること自体が、読者をシーファへの感情移入から引き離すものと言えるが、さらにシーファが語り手として不真面目であると批判することは、シーファの情動経験についての語りを信頼できないものに見せる。このメタ構造の語りは、シーファがその半生で経験したさまざまな感情は、本人にとってはときに「苦しみ」であったとしても、深刻に捉えるべきものではないという信号として機能している。

『デン・シーファ』は、主人公の体験を通して中国社会についての詳細な細部を与えることで、読者に馴染みのない場所での生活環境に没入させつつ、同時に、その社会に生まれ育った当事者の情動経験については一歩引いた地点から知るように促している。これは、シーファの個人的な感情に過度な「重み」を与えないための仕掛けと解釈することができるだろう。トレチャコフは一九二八年の論考で、「地上に一人の人間があなたと向かい合っているときには、その人は自分の体で優に八分の一の地平線を覆い、空を二〇度くらい切り落とすことができる」（Третьяков, *Сквозь непротертые очки* 232; 一七二頁）と述べるなど、他者が圧倒的な存在感をあらわすとき、その背景は見えなくなることを問題化していた。論考「事物の伝記」（一九二九年）においては、文学作品においては主人公の感情が「絶対的で傲慢な勝利」（Третьяков, *Биография вещи* 68; 一一二頁）を遂げがちであることを批判し、主人公の情動の揺れ動きではなく、主人公を取り巻く環境を描写することを重視する「事物の伝記」というジャンルを提唱した。主人公の情動に同一化することは簡単であるが、その感情移入は近視眼的な没入でしかありえず、またそれは、背景となる社会構造を見えなくすることによってしかありえないためだ。

感情移入の拒否という美学で有名なのはベルトルト・ブレヒトであるが、ドイツ文学の翻訳も手掛けていたトレチャコフは、一九二〇年代にドイツを訪問した際にブレヒトと交流を深めており、実験演劇制作などの活動を共にしていたほか、モスクワを訪問したブレヒトを自宅に宿泊させるなど、公私共に近しい仲だった。ブレヒトは一九三〇年代を通して、劇中人物への感情移入をさせるような演劇を批判し、演劇は「共感（Einfühlung）」に抵抗すべきだと論じていたが（「現代の演劇は叙事詩的演劇だ」「実験的演劇について」）、ここにはトレチャコフからの直接の影響を推察できる。[14] ただしトレチャコフはブレヒトと異なり、ある人物への感情移入が問題なのは、その人物の背景を見失わせるためであり、そうならないために、その背景をなす社会についての詳細な情報提供が不可欠だとみなしていた。

『デン・シーフア』は「事物の伝記」発表前後の時期に執筆された作品であることからも、「事物の伝記」の具体例とみなすべきだろう。[15] トレチャコフによると、「事物の伝記」においては、感情はそれ自体にふさわしい位置を占めており、個人的経験として感じられはしない。ここで私たちは、作られる事物を感情がどのように反映するかによって判断し、感情の社会的重みを知るのである」（69; 一一三頁）。このことを『デン・シーフア』にあてはめると、シーフアの情動経験はシーフアの生きる社会的環境を読者により効果的に伝えるために描かれているのであり、その逆ではない。読者のうちに怒りや悲しみを扇情的に掻き立てることは、ここでは明らかに拒否されている。シーフアの感情は、当時の中国に典型的な中流家庭の青年を取り巻く環境や彼が衝突する考え方がどのようなものなのかを「反映」するためのものであり、シーフアの情動経験を通して読者は、感情には「社会的重み」というものがあることを理解することができる。これは当時のソ連において、中国が欧米の犠牲者として描かれたこととは対照的である。

なお、ソ連が個人にスポットライトを当てるようなプロパガンダの導入に踏み切るのは『デン・シーフア』初版出版後の一九三三年のことであり、「感情の社会的重み」を重視すべきとするトレチャコフの考え方は、この当時は当局の路線と大きく矛盾するものではなかったことを付け加えておきたい。一九三三年以降には、トレチャコフも集団的に情動を共有することを称えるような作品を発表しているのみでなく、[16] 一九三四年に「社会主義リアリズム」をソ連唯一の公式的芸術様式と規定したことで有名な、第一回ソヴィエト作家会議の中心メンバーの一人として、感情共同体を作ろうとするプロパガンダに積極的にかかわる人物になっていく。

5 ライト『ネイティヴ・サン』における「恥のしるし」

次に、アメリカの黒人作家リチャード・ライト（一九〇八―六〇）による中編小説『ネイティヴ・サン』（一九四〇年）を取り上げたい[17]。ライトがエッセイ「ビッガーはどのようにして生まれたか」（一九四〇年）で、自身の短編集『アンクル・トムの子供たち』（一九三八年）に言及しながら、「私は銀行家の娘たちですら読んで涙を流すことのできるような、そしてそれについていい気分になれるような作品を書いてしまったと気づいた。私はもし別の作品を書くとすれば、だれも涙できないような作品、困難さと深さのために、読者が対峙しないといけないような作品、涙が慰めにはならないような作品にすることを自分自身に誓いをたてた」（Wright, "How 'Bigger' Was Born" 454）と書いたことは有名だ。そしてこの「誓い」通り、次作『ネイティヴ・サン』の主人公ビッガー・トマスは、アメリカの黒人を哀れな犠牲者として見る視点を決然と拒否する人物として描かれている。『ネイティヴ・サン』では、人種差別への怒りを強く抱くビッガーが、裕福な白人家庭に運転手として雇用されたその日の夜に、その家庭の娘メアリーを殺害し焼却したのち、そのことを知る自身のガールフレンドもレンガで殴打し凍死させるという罪によって死刑に処せられる。実際に当時のシカゴで起きた、黒人青年による連続殺人事件を元にしている。

まず、ビッガーは差別的なステレオタイプを寄せ集めたような人物像で、そもそも読者が感情移入をしにくいタイプの主人公と言える。物語冒頭では、母親、弟、妹とともに暮らす恐慌期シカゴの極小アパートの部屋に出たネズミを殺し、そのネズミの死体を妹の顔前にぶらつかせ、妹を卒倒させる。映画館ではスタッフの目を盗んで仲間の一人とマスターベーションを行う。不良仲間たちに強盗計画を持ちかけるものの、待ち合わせに遅刻したというだけで仲間の一人を殴りナイフをつきつける。またビッガーは二人の女性を殺害するものの、いずれの殺人に対しても罪悪感を抱いているような描写はない。それどころかビッガーは、「殺人によって、新しい人生が作り出された。それはすべて自分だけのものであり、生まれて初めて、他人に奪い取られることのないものを持った」（*Native Son* 105; 一九一頁）と感じる。

なお、『デン・シーフア』からの直接的な影響はないと思われるが、当時のライトは共産党員であり、ソ連の文学作品に親しんでいたと自身も語っているため、トレチャコフ作品の英訳を読んでいたとしても不思議ではない。淡々とした情景描写が大半を占める『デン・シーフア』に比べると、『ネイティヴ・サン』は手に汗握る場面が繰り広げられるプロット展開だ。とくに第一部から二部にかけては、ビッガーによる真夜中の殺人を挟む二日間の出来事が全三五九ページ（初版）中の五分の三を占めており、シーフアの半生を辿る『デン・シーフア』とはタイムスパンの点でも異なっている。ただし、それぞれの社会において弱い立場にある青年の日常生活が細部にわたって詳細に示されている点、主人公がステレオタイプ的な人物である点、主人公の情動経験が社会と強く結びつけて描かれている点は、『デン・シーフア』との類似点として挙げることができる。

ビッガーが抱く恥辱、憎しみ、不安、怒り、恐怖といった情動経験の描写が示すのは、自分の運命を自分たちでは決められない貧困者として生きることの悲惨さだ。たとえばメアリーは、共産主義者の恋人ジャンと共に、黒人を救うために黒人の生活を知りたいと考えて運転手ビッガーに近づくが、ジャンが平等な関係であることを示そうとビッガーと握手をし、メアリーがそれを微笑んで見ている場面では、ビッガーは次のように感じた。

> 彼らはそこに立ち、俺を見つめているだけで、俺に黒い肌を意識させている、一方が俺の手を握り、他方が微笑んでいるだけで。ビッガーはいまの自分が肉体的な存在ではないように感じた。何か自分が嫌っているものに、恥の象徴になってしまった感覚――黒い肌には恥のしるしが付着しているのだと、彼はわかっていた。（*Native Son* 67; 一二五―一二六頁）

メアリーとジャンは黒人を差別していないことを態度で示そうとしたが、この二人の善意による言動こそが、ビッガーにとっては自分が最下層にいる哀れな存在であるという恥辱の苦しみを強く感じさせるものであり、このことが（ある種の偶然ではあったが）、ビッガーをメアリーの殺人へと向かわせる。殺人の証拠であるメアリーの骨が見つけられる場面において、ビッガーが感じるのは、自分が責められることへの苦痛と怒りのみだ。

心にあったのは古くからの感情だけ――人生でずっと抱き続けていた感情。自分は黒人であり、まずいことをしてしまった。白人たちは今見つめているものを証拠として、自分のことをすぐに責め立ててくる。これは古くからの感情――今また激しく、執拗なものとなった感情――何かを手にとり、両手で握りしめて、人の顔を目掛けて振り下ろしたいという思いだ。（219; 四〇三頁）

ビッガーは被害者に対して罪悪感を抱くことはないが、そのことについては次のように語られる。

彼はメアリーが気の毒だとは感じなかった――あの女は自分にとって現実ではないし、人間ではない――そこまで長く、あるいはよく知らないのだから。彼女を殺したことは、彼女が自分に感じさせた恐怖と恥辱のために、充分すぎるほど正当化されると感じた。彼のなかに恐怖と恥辱を掻き立てたのは彼女の行動ではないか。（114; 二〇六―〇七頁）

自分に協力する姿勢を見せた相手を強く恨み、殺して焼却するに至ったうえに、それによって初めて、恥辱と憎しみから解放されたと満足する心の動きは、どこをどう切り取っても現代の感情規範とは合うところがない。差別や抑圧の被害者だからといって、殺人が正当化される道理はない。しかし本作品を読み進めれば、殺人の加害者に対しては、その罪の重さに相当する刑が執行されるのに、何世代も続いてきた構造的暴力については、その加害者に対して刑罰が下ることがないどころか、その加害側に属する人々が少しでも慈善活動を行えば称賛されるということの、不正義を思わずにはいられないだろう。

ビッガーは「見えない力にいつも殺されそうなほど囲まれているという感覚」（150; 二七四頁）を覚え続けており、

そのために自分の人生を生きているという実感を得られなかった。なぜなら、「白人たちが遠く離れたところにいて、彼のことを考えていないときでも、自分たちとの関係によって彼の言動を左右し、それによって従わせている、と感じていた」(115; 二一〇頁)からだ。これに対しては一種の被害妄想だと判断することも可能ではあるが、このようにビッガーが感じること自体が、ビッガーが人種差別、そしてそれに基づく貧困という構造的暴力によって感じさせられてきた苦しみの深刻さを指し示している。白人に常に支配されているというビッガーの感覚は、ビッガーの苦しみのみではなく、楽しみからも伺える。ビッガーが好んですることとして、映画館へ行くことのほかに、お気に入りの遊び「白人ごっこ」がある。これは「白人のふるまいや言葉づかいをまねる遊び」(17; 三五頁)で、次のように描写されている。


ビッガーが手のひらを丸くして口に当て、想像上の送話器を通してしゃべり出した。

「もしもし」

「もしもし」とガスが答えた。「どちら様ですか?」

「こちらはアメリカ合衆国大統領だ」とビッガーは言った。

「イエッサー、大統領閣下」とガスは言った。(……)

「いいか、ニガーどもが国じゅうで騒ぎを起こしている」とビッガーは笑いを必死にこらえつつ言った。「あの黒人どもに対して何か手を打たねばならない……」

「おお、ニガーたちのことですか。すぐに伺います、大統領閣下」とガスは言った。(19; 三六—三七頁)(18)

これは単なる子どもっぽい遊びにも見えるが、人種差別的なエリート白人を演じる「白人ごっこ」がビッガーに与える倒錯的な歓びは、ビッガーがいかに他者に運命を握られ続けているという強い抑圧を感じてきたか、白人と黒人のあいだでは人間的なやりとりが絶対的にありえないと感じさせられてきたのかを示すものだ。

これはビッガーが自分の感情を語ることができないことにも起因している。ビッガーの感情をビッガーの代わりに語るのは共産党系の弁護士マックスだ。ビッガーの裁判の際に、ビッガーの弁護士として登壇するマックスは、ビッガーの「精神的かつ感情的な生活」（376; 六七九頁）について、黒人を不当に搾取してきたことへの白人の罪悪感が引き起こす、黒人に対するヒステリー的憎悪の結果として生まれたものだという、長い申し立てを行う。これは、『デン・シーフア』において、シーフアには語るための十分な能力がないとして、トレチャコフが代わりにシーフアの感情を語ることと、相似形になっている。

自身を「恥のしるし」の具現化として見る感覚は簡単に追体験できるようなものではなく、したがって、当事者ではない読者の多くはビッガーに情動的に同一化することができないかもしれない。しかしマックスの申し立てにおいて明示されるように、ビッガーは殺人を犯す前に、その社会的生を殺されてきた人物であるということ、そしてそれは個人的な体験でありながら、歴史的に与えられ、社会的・経済的に隠蔽されてきた集団的経験であるということ、そのために、その苦しみの絶対的な重さを知らない人物が良かれと思ってなにかを行っても、それは無理解を暴露するという点で逆効果になりえるというメカニズムを、読者は理解することができる。それによって『ネイティヴ・サン』は、殺人を犯さなければ恥辱を返上することができないというビッガーの暴力的な論理を生み出すに至った、苦しみの強度を浮き彫りにしている。

6　おわりに

他者の感情には軽重をつけるべきではないとする感情規範は、一九九〇年代以降の現代社会に顕著なものだ。これは一九二〇年代のアメリカで宣伝手法として共感喚起が用いられるようになったのち、一九三〇年代の危機の時代において、国家の枠組みを超え、共感喚起が社会的紐帯を保つための国家宣伝の軸になったことの延長線上に捉えるべきだろう。一九八九年に人権活動家のキンバリー・クレンショーが提唱した「インターセクショナリティ」は、複合的な差別の様相を可視化する考え方であるが、すべての人を何らかの被抑圧者に位置付けうるものだ。また、二〇一五年に国際連合総会で採択された、一七の目標と一六九の達成基準からなる「持続可能な開発目標（SDGs）」は、政策や企業経営において大きな影響力を発揮してきたが、その多すぎる目標や基準に優先順位が付けられていない点が問題視されてもいる。社会的不平等を是正しようとするこれらの運動は、当初の目的からはときに逸脱するかたちで、苦しみを軽重に応じて縦に並べるのではなく、横並びのリストを増やす傾向を強く持っており、結果として、情動の主観主義的転回を広めていると言えるだろう。すべての苦しみを横並びにすることで、すべての人を被害者にすることは、「犠牲者文化（Victimhood Culture）」と呼ばれるような、安易に被害者というアイデンティティを欲しがる現代的傾向にも直接つながっているし（Campbell & Manning）、また、社会構造を後景化し、事象の軽重についての判断を無期限に延期させることは、特権を有するものが特権を保持し続けるという意味での、持続可能性を裏打ちするものだと言える。

『デン・シーフア』と『ネイティヴ・サン』は、そのような傾向に対していち早く警鐘を鳴らした作品とみなすことができる。トレチャコフ『デン・シーフア』は、主人公シーフアの情動経験が深刻なものではないというシグナルをちりばめることによって、すなわち、シーフアの苦しみは欧米列強の犠牲者としての中国を代表するものではなく、むしろシーフアの生まれ育った社会において軽度であると強調することによって、他方でライト『ネイティヴ・サン』は、主人公ビッガーの情動経験が表面的に見えるよりもずっと深刻であり、簡単にその苦しみを理解しようとする試みは強烈な拒絶に合うという痛ましい現実を呈示することによって、情動的な同一化以外の方法で主人公たちの生きる環境に読者を没入させようと試みた。

『デン・シーフア』と『ネイティヴ・サン』は、それぞれ反対の方向性ではあるが、主人公の情動経験をトリアージしながら描くことによって、その感情を生み出すもととなっている社会構造の肌触りを、それがステレオタイプ的な犠牲者像に合致しないものであっても、また耐えがたいほど不快なものであっても、そのままに感じさせようとする試みとして捉えることができる。この二作品が共有するのは、苦しみには重いものと軽いものがあるという前提であり、情動的同一化によって他者を理解することは、その感情を生み出す社会構造から目を背けさせることと同義であるという思想だろう。

【註】

（1）ほかにも、「いじめ」に関しては、二〇一〇年代に間接的な仲間外れもいじめの定義に入れられるようになり、攻撃的な画像をオンラインで送りつける「サイバーいじめ」や、職場で意見を言いにくい雰囲気を作ることも「いじめ」と認められるようになった（Haslam）。

（2）国際連合ウェブサイト内に掲載の“Secretary-General's bulletin ST/SGB/2008/5 11 February 2008 08-23836 (E) Prohibition of discrimination, harassment, including sexual harassment, and abuse of authority”から引用。（https://documents-dds-ny.un.org/doc/UNDOC/GEN/N08/238/36/PDF/N0823836.pdf?OpenElement、最終閲覧日：二〇二三年一二月九日）

（3）二〇〇六年まではマイクロ・アグレッションをテーマとする記事が年に一〇件ほど出される程度だった（Freeman 2）。

（4）「Einfühlung」の最初の英訳は「aesthetic sympathy」（一九〇一年）で、他にも「infeeling」や「semblance」などの訳語が提案されていたが、一九一三年頃には「empathy」で統一されるようになっていった。

（5）フロイトはバーネイズに宛てた手紙（一九一九年九月二七日付）で、ブリルにバーネイズのことを話したと述べている（Bernays 254）。

（6）この特徴を批判した論としては、マックス・ホルクハイマーとテオドール・アドルノによる文化産業論が代表的である。『啓蒙の弁証法』第四章「文化産業――大衆欺瞞としての啓蒙」を参照。

（7）歌のタイトルは同年のスターリンによる演説から取られたもの。引用符をつけた箇所については、出典によって異同があるが、ここでの引用はVon Geldern 238による。

（8）邦訳では、中国（ロシア語で「Китай」）が「支那」と訳出されているが、ここでは「中国」とした。

（9）一九二七年に一部が『新レフ』誌上で発表されたのち、一九三〇年に初版出版、一九三二年に増補版、一九三五年にはさらに修正版が出版されている。本章では一九三〇年版を参照した。邦訳（『鄧惜華（ある中国青年の自傳）』）で、デン・シーフアという名前に対して「鄧惜華」という漢字が当てられているのは、アメリカ版の英訳（*A Chinese Testament: The Autobiography of Tan Shih-Hua*）の表紙に「鄧惜華」という漢字が記されていることに由来する。ただし、この漢字が中国語表記と対応するものかどうかはわかっていないため、ここではロシア語表記を片仮名にする形で「デン・シーフア」と記載する。

（10）執筆の際に名字のみ「ガオ」から「デン」へ変更したとされている。一九三四年の英語版や一九四二年の日本語版にはシーフアの肖像写真が掲載されており、シーフアが実在の人物であることが強調されている。

（11）『デン・シーフア』の受容について、詳しくは Reach を参照。

（12）たとえば、ルカーチ・ジェルジュによる『デン・シーフア』批評（Lukács 45-75）を参照。

（13）「テ・ティコ教授」が次第に学生に受け入れられるようになっていくと、シーフアも「テ・ティコ教授」に気に入られたいと思い始め、「テ・ティコ教授」にすでに気に入られている同級生に嫉妬するという感情の動きが示されている。ただし、この「テ・ティコ教授」についてのエピソードも、トレチャコフが記述しているわけであり、いわば自分の与えた印象について自分で書いているため、どこまで事実に基づいているのか、トレチャコフによる想像なのかはわからない。

（14）ブレヒトが一九三五年春にモスクワを訪問した際には、トレチャコフのアパートに宿泊して毎夜のように議論をしていたが、そのときにトレチャコフから「異化」という言葉を聞いたことで、ブレヒトが「異化効果」の理論を発展させたとも言われる。Robinson 168-71 を参照。

（15）トレチャコフ自身は『デン・シーフア』を、これもトレチャコフの造語である「自伝インタビュー（био-интервью / bio-interview）」というジャンルの第一作としている。トレチャコフは『デン・シーフア』の序文で、「このインタビューは、一人の生涯を包含しているのだから、私はここに『自伝』という接頭辞をつけよう」（Третьяков, *Дэн Ши-хуа* 4; 一頁）と記している。トレチャコフによると、「自伝インタビュー」とは、対話を通して相手の半生を語ってもらい、それを一人称の語りの形式でまとめるものである。

（16）たとえば、一九三五年に発表された、女性のスタハーノフ労働者パシャ・アンゲリーナへのインタビューの体裁で書かれた「九人の少女たち」（Третьяков, *Девять девушек* 305-316）を参照。

（17）本節の執筆にあたって、千葉洋平氏にご助言いただいた。記して感謝申し上げる。

（18）「白人ごっこ」の場面について、詳しくは Ellise を参照。

【引用文献】

Bernays, Edward L. *Biography of an Idea: Memoirs of Public Relations Counsel Edward L. Bernays*. Simon and Shuster, 1955.

Blumer, Herbert. *Movies and Conduct*. Macmillan, 1933.

Brill, A. A. "The Empathic Index and Personality." *Medical Record: A Weekly Journal of Medicine and Surgery*, vol. 97, no. 4, Jan. 24, 1920, whole no. 2568.

Buhite, Russell D., and David W. Levy, editors. *FDR's Fireside Chats*. U of Oklahoma P, 1992.

Campbell, Bradley, and Jason Manning. *The Rise of Victimhood Culture: Microaggressions, Safe Spaces, and the New Culture Wars*. Palgrave Macmillan, 2018.

Cicchetti, D., and D. Barnett. "Toward the Development of A Scientific Nosology of Child Maltreatment." *Thinking Clearly about Psychology: Essays in Honor of Paul E. Meehl, Vol. 2: Personality and Psychopathology*, edited by D. Cicchetti and W. M. Grove, U of Minnesota P, 1991, pp. 346-77.

Dewey, John. *Individualism Old and New*. Prometheus Books, 1999.

Dos Passos, John. "The Radio Voice." *Common Sense*, Feb. 1934, p. 17.

Durkheim, Emile, and Robert N. Bellah, editors. *Emile Durkheim on Morality and Society*. U of Chicago P, 1973.

Ellise, Aimé J. "Where is Bigger's Humanity? : Black Male Community in Richard Wright's *Native Son*." *A Quarterly Journal of Short Articles, Notes and Reviews*, vol. 15, no.3, 2002, pp.23-30.

Farmer, Paul. "On Suffering and Structural Violence: A View from Below." *Social Suffering*, edited by Arthur Kleinman, Veena Das, and Margaret Lock. U of California P, 1997, pp.261-83.「人々の『苦しみ』と構造的暴力——底辺から見えるもの」、A・クラインマンほか『他者の苦しみへの責任——ソーシャル・サファリングを知る』坂川雅子訳、みすず書房、二〇一一年、六九

一〇一頁。

———. *Pathologies of Power: Health, Human Rights, and the New War on the Poor.* California U P, 2005.『権力の病理——誰が行使し誰が苦しむのか　医療・人権・貧困』豊田英子訳、みすず書房、二〇一二年。

Freeman, Lauren. Introduction. *Microaggressions and Philosophy*, edited by Lauren Freeman and Jeanine Weekes Schroer. Routledge, 2020, pp. 1-35.

Haslam, Nick. "Concept Creep: Psychology's Expanding Concepts of Harm and Pathology." *Psychological Inquiry*, vol. 27, no.1, 2016, pp.1–17.

Kleinman, Arthur, and Veena Das, and Margaret Lock. Introduction *Social Suffering*, pp. ix-xxvii.「序論」、『他者の苦しみへの責任——ソーシャル・サファリングを知る』坂川雅子訳、みすず書房、二〇一一年、一－三一頁。

Lanzoni, Susan. *Empathy: A History*. Yale UP, 2018.

Ledbetter, James and Daniel B. Roth, editors. *The Great Depression: A Diary*. Public Affairs, 2009.

Lippmann, Walter . *Public Opinion*. Macmillan, 1922.『世論（上）』掛川トミ子訳、岩波書店、一九八七年。

Lukács, Georg. "Reportage or Portrayal?" 1932. *Essays on Realism*. MIT Press, 1983, pp.45-75.

Lukianoff, Greg and Jonathan Haidt. *The Coddling of the American Mind: How Good Intentions and Bad Ideas Are Setting up a Generation for Failure*. Penguin, 2018.『傷つきやすいアメリカの大学生たち——大学と若者をダメにする「善意」と「誤った信念」の正体』西川由紀子訳、草思社、二〇二二年、

Marchand, Roland. *Advertising the American Dream: Making Way for Modernity, 1920-1940*. U of California P, 1986.

Monaco, James. *How to Read a Film: Movies, Media, and Beyond.* Oxford UP, 1977.『映画の教科書——どのように映画を読むか』岩本憲児ほか訳、フィルムアート社、一九八三年。

Orwell, George. *Essays.* Everyman's Library / Alfred A. Knopf, 2002.『全体主義の誘惑——オーウェル評論選』照屋佳男訳、中央公論新社、二〇二一年。

Plamper, Jan. *The Stalin Cult: A Study in the Alchemy of Power.* Yale UP, 2012.

Reach, Robert. *Sergei Tretyakov: A Revolutionary Writer in Stalin's Russia.* Glagoslav Publications, 2022.

Robinson, Douglas. *Estrangement and Somatics of Literature: Tolstoy, Shklovsky, Brecht.* The Johns Hopkins UP, 2008, pp.168-71.

Sue, Derald Wing. *Microaggressions in Everyday Life: Race, Gender, and Sexual Orientation.* Wiley & Sons, 2010.

Sue, Derald Wing, and others. "Racial Microaggressions in Everyday Life: Implications for Clinical Practice." *The American Psychologist,* vol.62, no.4, 2007, pp.271-86.

Thompson, A. E. , and C. A. Kaplan. "Childhood Emotional Abuse." *British Journal of Psychiatry,* no. 168, 1996, pp.143-148.

Третьяков, C. M. (Tretiakov, Sergei) Дэн Ши-хуа: био-интервью. М., Молодая гвардия, 1930. *A Chinese Testament: The Autobiography of Tan Shih-Hua.* Simon and Schuster, 1934.『鄧惜華（ある中国青年の自傳）』（『デン・シーフア』）一條重美訳、生活社、一九四二年。

——. *Сквозь непротертые очки (Путевка),* в: Литература факта: Первый сборник материалов работников ЛЕФа / Под ред. Н. Ф. Чужака, М., Федерация, 1929, pp. 20-24.「曇った眼鏡で」『ロシア・アヴァンギャルド8　ファクト——事実の文学』桑野隆ほか編、国書刊行会、一九九三年、一六九–七四頁。

——. *Биография вещи,* в: Литература факта: Первый сборник материалов работников ЛЕФа / Под ред. Н. Ф. Чужака, М.: Федерация, 1929, pp.66-70.「事物の伝記」『ロシア・アヴァンギャルド8　ファクト——事実の文学』桑野隆ほか編、国書刊行会、一九九三年、二一一–二一四頁。

——. *Девять девушек.* в: Вчера и сегодня: очерки русских советских писателей, 1, Гос. изд-во худож. лит-ры, 1960.

Von Geldern, James and Richard Stites, editors. *Mass Culture in Soviet Russia: Tales, Poems, Songs, Movies, Plays, and Folklore, 1917-1953.* Indiana UP, 1995.

Ware, Foster. "THE ANSWER TO THOSE WHO ASK ANOTHER: Psychologists Say the Craze Is Part of Life in the Strident Machine Age." *New York Times,* May 1, 1927.

Wright, Richard . "How 'Bigger' Was Born." *Native Son.* HarperCollins, 1993, pp.432-62.

——. *Native Son.* Harper Collins, 1993.『ネイティヴ・サン——アメリカの息子』上岡伸雄訳、新潮社、二〇二三年。

トレチャコフ、セルゲイ『吼えろ支那』［一九二五年］大隈俊雄訳、春陽堂、一九三二年。

ブレヒト、ベルトルト「アルトゥロ・ウィの興隆——それは抑えることもできた」［一九四一年］『ブレヒト戯曲全集』第6巻、

岩淵達治訳、未來社、一九九九年、五–一一三頁。

――「現代の演劇は叙事詩的演劇だ――マハゴニー市の興亡のための注」[一九三一年]『今日の世界は演劇によって再現できるか――ブレヒト演劇論集』千田是也訳、白水社、一九六二年、七〇–八一頁。

――「実験的演劇について」[一九三九–四〇年]『今日の世界は演劇によって再現できるか――ブレヒト演劇論集』千田是也訳編、白水社、一九六二年、一一〇–一二七頁。

ホルクハイマー、マックス、テオドール・アドルノ『啓蒙の弁証法――哲学的断想』徳永恂訳、岩波書店、二〇〇七年。

第5章

恥という情動
――『白衣の女』における触発の構図――

武田美保子

1　はじめに

ウィルキー・コリンズの『白衣の女』(一八六〇年)は、さまざまな登場人物の手記や証言によって織りなされ、そこでは身体的接触とそれによって触発される心情との相互作用や、内面が身体反応として表出するさまが常に前景化されている。予想もしないような劇的な出来事の連続からなるこの小説は、同じように過度に興奮を掻き立てる扇情的小説だとみなされたメアリ・エリザベス・ブラッドンの『レイディ・オードリーの秘密』(一八六二年)とともに、ヴィクトリア時代の中期、特に一八六〇年代に大変な人気を博す。当時の批評家ヘンリー・マンセルは、こうした小説群は読者の神経を刺激し動物的な本能に訴えかけるとし、その過剰性に否定的な含みをこめて、「センセーション・ノヴェル」と呼んだ。こうした小説群は、そののちも批評家たちによって、「精神を苛《さいな》み、人をぞっとさせ、神経組織に衝撃を与え、慣習的な道徳を破壊し、公衆を平凡な慰みごとには不向きにさせるような」特徴を持つ大衆的読み物として、一時的に流行したミニジャンルと位置づけられてきた。[1]『白衣の女』はこのように、ヴィクトリア時代のいわゆる本格的なリアリズム小説と対比して、真剣に論じられるに値しない軽い読み物と捉えられる傾向にあったのだ。

これまで名声と悪評との間で浮き沈みを経験してきたこのミニジャンルだが、近年は正典との親和性が論じられている。[2]本章は、こうした議論に与することを目的とするわけではない。本章が目指しているのは、この小説群の代表作『白衣の女』におけるきわめて繊細で多感な登場人物たちの応酬と語りの構造を、情動理論の観点から分析し、彼らの間の心身の相互作用という側面に光を当てることである。『白衣の女』の人物たちが表出する情動の動きは、たとえ一時的にではあれ、さまざまな社会制度と規範的な言説の不安定性を露呈させ、そのことが人々の不安と——そして興奮——を掻き立てる。その構図を分析する過程で、この小説が、「センセーション・ノヴェル」というミニジャンルを超えたさらに広範なコンテクストで論じられるべき小説であることを明らかにしていきたい。

情動の重要性が注目されるようになる、いわゆる「情動論的転回」は、アメリカで一九九〇年代後半に興隆したが、脳神経科学者アントニオ・R・ダマシオの研究が一つのきっかけとなっている。ダマシオは脳のなかの情動を司る部分が欠損した患者は、たとえ知性を司る部分が機能していても、最終決断ができないという観察に基づき、情動は感情に先行し、心の手前の部分、すなわち身体と密接に関わりながら生成することを明らかにした。この発見により次第に、精神と身体、理性と感情を二項対立として捉え、前者を後者よりも優位に置くデカルト的理性中心主義よりも、身体と感情の連動性と関係性に焦点を当てるスピノザ的考えに共感が寄せられるようになる。身体の役割を重視するスピノザは、情動という概念を「アフェクチオ（変様＝感情）」と「アフェクトゥス（情動）」の関係として捉え、情動の運動性を強調する。スピノザによれば、「情動（affectus）」とは「それによって身体自身の活動能力が増大もしくは減少し、促進もしくは抑制されるような身体の変様（affectio）、また同時にそうした変様の観念である」（スピノザ　一一九頁）。つまり情動は、私たちの身体についての感覚のように意識に還元されるような状態ではなく、身体そのものにおける変化と反応を含んだ、身体における能動的な力の発現の度合いを示す指標のことだ、とするスピノザの情動に関する議論が重要視されるようになるのである。ジル・ドゥルーズが言うように、スピノザは、物事の善と悪を分ける「道徳的」な規準よりも、動物などの固体が生態学的に持つ、「触発に応じてどのような変様をとげることが「できる」か、その持てる力能の限界内でどのような刺激に対して反応するか」という「エトロジー（生態学）」の方が重要なのだと述べている（ドゥルーズ　五〇頁）。

社会学の分野では、ドゥルーズの翻訳者として知られるブライアン・マッスミの主要な論文「情動の自律性」（一九九五年）を契機として情動をめぐるメディア分析が展開されている。マッスミは、情動に焦点を当てることにより、伝達される「テクスト」の意味だけが注目され、これまで見すごされてきた、映像や音声と身体との間の「触発し」「触発される」という直接的な、動的な、運動作用が、メディアのコミュニケーションにおいて重要であることを明らかにした。それは、「「運動」という概念を文化理論に取り戻すこと、「運動」のなかで身体と文化、メディアと身体の関係性を考える回路を文化理論の中心的なテーマとして構成すること」（伊藤　一〇－一一頁）である。

それでは、文学の分野ではどうだろうか。この分野では二つの流れがあり、その一つが遺作として『批評と臨床』

（一九九三年）を残したジル・ドゥルーズの批評、もう一つがクィア理論の提唱者として知られるイヴ・コソフスキー・セジウィックの批評である。本章では後者に依拠して論を展開する予定なので、セジウィックの批評について説明していく。彼女は、情動について論じた遺作『タッチング・フィーリング――情動・教育学・パフォーマティヴィティ』（二〇〇三年）において、彼女自身がこれまで展開してきたクィア批評や、従来のジェンダー批評、さらにはポストコロニアリズムや新歴史主義などの批評理論が、あたかも陰謀論に対峙するかのように行為や出来事の背後に隠されているものを執拗に解明し暴露しようとする傾向を持つことから、それを「パラノイア的読解」と呼ぶ。この読解は、フロイトがシュレーバーについて書いた症例録が示しているように、伝播しやすく反復的で、[3] ジュディス・バトラーの議論にみられるように「暴露に信頼を寄せる」ものでもある。またその読解は、カヴァーする範囲が広く還元力が大きいがゆえに「強い理論」であるが、後述するように「ネガティヴな情動の理論」とも親和性が高いものだと彼女は定義づける。そのかたわらで、パラノイア的読解がみずからの内に宿している過ちをできるだけ回避しつつ受け入れながら、その過程で生じる豊かな情動に寄り添うことで、「修復的読解」の可能性を探究しようとする。その試みは、いま批評になにができるかを問う重要な提言と言うべきだろう。その際に彼女が依拠するのが、四巻からなる『情動、心象、意識』（一九六二―九二年）を出版したアメリカの心理学者シルヴァン・トムキンズの情動に関する議論である。その分析を基盤としながら、具体的な議論を進める場合の伴走者として彼女が召喚するのが、パラノイア的特質を保持しながら議論を展開するジュディス・バトラーの『ジェンダー・トラブル』（一九九〇年）やD・A・ミラーの『小説と警察』（一九八八年）である。

残念なことに、セジウィックが志半ばで終えてしまっているその提言だが、その援用による実践的試みとして、ここでは、探偵小説という体裁のもと登場人物たちが犯罪の動機やその行動の詳細などに対して、相互にパラノイア的読解を展開しているコリンズの『白衣の女』を取り上げる。このテクスト読解に際して、情動という概念を導入することで、人物や事象をめぐる身体性もしくは物質性が内的感情と共鳴し合うかのように相互に変貌していくさまに注目しながら、新たな読みの可能性を探ることにしたい。

２　触発する手

主要登場人物ウォルター・ハートライトは、自分自身の手記の寄稿者（語り手）であり小説内の記録の編集者でもあるが、彼の最初の手記は、ヒースの原野の夜道で、追っ手の追跡から逃れるため助けを求める「白衣の女」に、背後からそっと突然に肩を触れられるという出来事から始まる。彼はこのとき、「体の中のすべての血が一瞬のうちに凍った」（Collins, *The Woman* 20;（Ⅰ）二五頁）思いがするほど驚愕する。彼が驚愕したのは、その直前まで、画家の彼が近々家庭教師として赴任する予定のお屋敷の二人の令嬢たちのことを甘美に思い巡らせていたのが、突然中断されたからであるだけでなく、その「態度から」「貴婦人のものとは言えないが、同時にまた、きわめて卑賤な階級の女性のものでもない」（20-21;（Ⅰ）二七頁）、つまりヴィクトリア時代によく見られた深夜に客待ちをする娼婦のようでもなく、階層や正体を特定することが難しい謎めいた白衣の女性に、深夜ロンドンへの道筋を尋ねられ、心を強く揺さぶられたからである。青白く怯えたようなその女性は、どうやらある准男爵のことを怖れており、ウォルターの赴任先のリマリッジ屋敷を知っていると言って、その屋敷のことを懐かしげに語ったのち、ロンドン到着後は行先も何も聞かないで自分を自由に立ち去らせるよう約束してほしいと懇願するのである。彼は迷ったあげく、その約束を守って彼女を立ち去らせるが、直後に漏れ聞こえてきた彼女の追手の会話から、彼女が精神病院を逃げ出してきたらしいことがわかる。そのため彼は、寄る辺なさそうな彼女に共感して、深く事情も聴かずに立ち去らせてしまったことが道徳的に正しかったのかどうか、しばらく思い惑うことになる。

わたしは何をしたのであろうか。あらゆる偽りの監禁の中で最も恐ろしいものの生けにえとなった人間を、逃がす手助けをしたのであろうか。それとも、慈悲の心を持ってその行動を制してやるのが私の義務でありすべての人間の義務である不幸な人間を、ロンドンという広い世界に放り出してしまったのであろうか。その疑問が心に起こり、起こるのが遅すぎたと感じて自責の念に駆られた時、私は胸苦しい思いをしなくてはならなかったのである。（28-29;（Ⅰ）三七頁）

ウォルターが白衣の女から受けた衝撃は、彼女の逃亡の手助けをしたことの是非に関する懐疑へとつながり、リマリッジ屋敷に赴任した後には、二人の令嬢との関わりのなかで彼女たちに伝播していく。まず、衝撃の余波は、令嬢たちのうちの姉マリアン・ハルコムに伝播する。初対面のマリアンに前夜白衣の女を救った「変わった体験」のことを語ったウォルターに対して、彼女は、「あなたがその可哀想な女性を自由の身にしてあげたのは正しかったと思いますわ。そうしてあげてはいけない人間だと受け取れるようなことを、あなたの前で何一つしなかったようですもの」（36;（Ⅰ）四六頁）、と彼の救出の正当性を主張する。ただその一方で、この体験のことを、「神経質で繊細な」ローラと伯父のフェアリー氏には語らないで、と懇願するのである。彼女によれば、この二人の繊細さには質の違いはあるものの、彼らは不意の出来事に強く心を揺さぶられ影響を受けやすいからだと言う。

一番の余波は、屋敷の相続人でありマリアンの異父妹のローラに紹介された時の驚愕と違和感へとつながる。軽やかなドレスを纏った明るく美しい屋敷の女性相続人ローラは、当初白衣の女から受けた印象とは大きく違っていたために気づくのが遅れたのだが、実際には白衣の女と「髪の毛も、顔の色も、目の色も、顔の形も」「うりふたつ」であった。ローラの亡き母フェアリー夫人がかつて夫に宛てた手紙から、白衣の女の名前はアン・キャセリックだと判明するが、ウォルターは、アンとローラの第一印象が大きく違っていたことから、ローラには「何かが欠けている（something wanting）」との印象を受け、それが何を意味するのかわからないまま、このことが「彼女を理解する妨げになった」（50;（Ⅰ）六四頁）と感じるのである。

ほどなくして、ウォルターはアンとローラとの「不吉な類似」（61:（Ⅰ）七五頁）を認識するのだが、まるでその白衣の女の手の感触に触発されたかのように彼女をめぐる謎に取り憑かれ、理性的なはずのマリアン自身も、ローラの結婚問題に直面した際にはアンの准男爵への怯えに感染したかのように、判断に大いに迷いながら決断を下すことになる。こうして、ウォルターが白衣の女から受けた衝撃は、テクスト内を循環しながら、ひとりの例外を許すことなく伝染し、二人の令嬢から「ローラの夫のパーシヴァル卿、やがてはその友人のファスコ伯爵の神経まで震わせ」（Miller 153; 一九五頁）、ついには同時代のオリファント夫人が指摘するように、「読者の神経をも揺さぶることになる」（Page 118）のである。

それはまた、ローラには「何かが欠けている」と感じたウォルターの「欠如＝欲望」が満たされ、家庭教師の職を紹介してくれたイタリア人の友人ペスカのパフォーマティヴな言葉「二人の令嬢のうちのひとりと結婚するのだ」（Collins, *The Woman* 18;（Ｉ）二三頁）が遂行される道筋でもある。その過程でウォルターは、アンとローラをめぐって次々と展開される事件に翻弄されながら周囲を巻き込み、張り巡らされた陰謀を探偵のように暴いていくことになるのである。

3 パラノイア的推察による女性化と恥

アン・クヴェトコヴィチは、「センセーション・ノヴェル」における「センセーション」という言葉が、「扇情的な出来事（sensational events）」と「それが引き起こす反応（the responses they produce）」の両方を示唆していることに注目し、とりわけ後者の「触知できる心的感覚」、もしくは情動を呼び起こすことができるという側面の重要性を指摘する。これは、ヴィクトリア時代の中期、デパートが登場し、消費の拡大化戦略が図られ、ツーリズムが拡大した一八六〇年代において、小説の市場を拡大するための必須条件でもあった（Cvetkovich 18-23）。そのため、「センセーション・ノヴェル」においては、情動がいかに掻き立てられるかという構図の分析が重要となる。

「未成熟な」男性と評される若いウォルターの、白衣の女に対する過剰ともいえる反応は、白衣の女とうりふたつのローラへの愛へと繋がっていく。彼は彼女と接し、日々触れ合わんばかりにその存在を身近に感じるなかで、次第に彼女を愛するようになる。ウォルターのローラへの思いは、当初口に出されることなく進行するが、彼は屋敷に滞在し三ヵ月ほど経過したある朝、突然ローラからも愛し返されていることに気づく。さらに彼は、その変化が、「姉の中に反映され」ていること、つまり変化に気づいたマリアンが怒りを抑えているような視線を彼に向けていることを察知して、「私の立場は、私が自分というものを忘れてしまった惨めで弱い人間だという、取り返しのつかない遅い時期に生じた意識のために悪化して、耐えがたいものになっていった」(Collins, *The Woman* 66;(I) 八二頁)と感じる。つまり、「自分というものを忘れてしまった弱い人間」だという遅れてやってきた意識に苦しめられるのである。このとき彼が抱いたのは、「恥」の情動だ。

ウォルターは、なぜ「恥」を感じたのか。それは、彼自身が仄めかしているように、週四ギニー(一ポンド一シリング)で雇われた一介の家庭教師としての彼が、これまでの赴任先での心構えを忘れて、裕福な屋敷の令嬢ローラに対して身分違いの恋心を抱いたせいのように見える。対してマリアンは、彼女がウォルターとローラの仲を妨害するのは、ふたりの「立場の不均等」、つまり身分の差が理由ではなく、ローラには父親が決めた婚約者があるからだという説明をする。これによって、彼の「恥」の情動は幾分和らげられ、一時的に「救いのない屈辱の状態」から彼を救いだしてくれる(66;(I) 八二頁)。それでも、婚約の相手が、パーシヴァルという(白衣の女が口にしていた准男爵の地位にある)男性であることを知って、彼の心は白衣の女が准男爵に対して抱いていた怯えにさらに強く感応してしまうのだ。ウォルターの、このときの恥の情動についてさらに考察するために、ここでトムキンズの議論に触れておくことにしたい。

トムキンズは、恥を関心、驚き、喜び、怒り、恐怖、苦悩、嫌悪、そして後の著作でつけ加えた軽蔑とともに、情動の基本的な一組と考え[4]、これらの情動の両極(恥―関心)の一方に「恥」を位置づけている。というのも、セジウィックによれば、「恥にまつわる固着の拍動こそが、世界に対して興味を抱く能力というごくごく基本的な機能を可能にしたり不能にしたりする」(Sedgwick 97;一六八頁)からである。恥が生じるのは、人が外界の出来事に関心を持ち、その関心が何らかの障壁に出会うときだ。トムキンズは、次のように付け加えている。

こうした障壁が作られるのは、突如として見知らぬ人に見つめられるからかもしれないし、あるいは誰かを見つめたい、または心を通わせたいと思うのに相手がよそよそしいので突如それができないから、あるいは親しい人だろうと思っていた相手が突如知らない人に見えるから、あるいはまた、微笑みかけたところで自分が見知らぬ人に微笑んでいることに気づくからかもしれない。（Tomkins, *Affect* 2:123）

このようにトムキンズは、恥という情動がどのようにして生まれるかを記述する際に、「抑圧されたもの」ではなく「見知らぬもの」を強調している。それゆえ、トムキンズが呈示する恥の概念は、これまでフーコー的な「抑圧仮説」に従って考える「ほとんど脱出不能に感じられる思考回路をショートさせる新たな方法を提示してくれるのではないか」、とセジウィックは考える（Sedgwick 97-98; 一六三頁）。この点に関しては、別のところで次のようにも述べている。「原情動としての恥は、禁止によって（そして、その結果としての抑圧によって）規定されているわけではない。恥がどっと押し寄せるようにして生じる瞬間とは、アイデンティティ／自己同一性を作りだすための同一化形成コミュニケーションの回路内に起こる瞬間、それもわれわれを破壊する瞬間だ。実際、恥辱《スティグマ》と同様に、恥はそれ自体コミュニケーションの一形態である。恥の紋章、すなわち目を伏せ、頭をそむけ——そしてそこまではないものの、頬を赤らめて——「うなだれる顔」は、トラブルの、そして同時に人間関係のつながりを修復したいという欲望の手旗信号なのだ」（Sedgwick 36; 六八頁）。つまり恥の情動は、「見知らぬもの」何らかの「違和感」と密接に関わる身体的表出であり、「交流への欲望」のシグナルでもあるのだ。それゆえ恥の情動は、アイデンティティと連動したジェンダーや階級、セクシュアリティの問題とも関わることになる。

恥の情動を違和感と関連させて論じるトムキンズの議論は、再びわたしたちの関心をアンとローラの差異に向けさせる。そもそもウォルターはなぜ、最初に衝撃を受けたアンではなく、「何かが欠けている」と感じたローラの方を愛するようになったのだろうか。彼はアンとローラとの差異に恋をした、もしくは最初に芽生えたアンへの思いは、彼女の身分が不明であったため宙吊りにされたが、彼の願望を充足してくれる可能性のあるローラに投影された、というべきだろうか。というのも、アンに遭遇する直前まで、ウォルターは、「二人の令嬢のうちのひとりと結婚するのだ」というペスカの言葉の反響のなかで、屋敷の令嬢たちのことを思いめぐらせていたのだから。それゆえ、マリアンからの冷たい視線とそれに続く交流断絶の合図が、彼が夢想する自己と、一介の教師にすぎない現実の自己との乖離を意識させ、そのことを彼が恥じたというべきなのか。

ふたりの恋の発覚後マリアンは、次のように断固とした態度で彼の解雇を求め、ウォルターの惨めな思いは一層掻き立てられる。「あなたはご自身のためにも、あの子のためにも、ここをお出にならなくてはいけないのです。あなたがここにいらっしゃるということ、あなたが「私達との必要な交わり（your necessary intimacy with us）」を持たなくてはいけないということ、そのことは他の点では少しも悪くはないのですけれど、本当にあの子の心をかき乱し、あの子を惨めにしてしまっているのです」。そしてその根拠として、マリアン自身は、「自分の命よりもあの子を愛し、自分の宗教と同じように、あの子の純粋で気高い罪のない心を信じている」（Collins, *The Woman* 72;（I）九〇頁）からだと主張する。つまり、マリアンは、彼女のローラに対する深い愛と信頼、言い換えれば、彼女の同性愛的とも呼べるような強い思いを彼女の要請のよりどころとする。(5) しかも、その申し出を、彼と令嬢たちとの身分の違いを意識させる「解雇」という形で行う。このようにして彼は、ローラを愛する男性としての座を追われ、召使のように解雇されることにより、二重に屈辱を感じさせられることになるのである。

この解雇は、「偏執狂」のように白衣の女への怯えに取り憑かれていたウォルターには、大きな打撃だった。というのもこの間、見知らぬ女からのパフォーマティヴな警告の手紙――腹黒い准男爵との結婚がローラを不幸にするだろう――を読み、不安のなかでローラの婚約者の正体を探っていたからである。このときのウォルターは、深夜に助けを求めて夜道を歩いていたアンと自分とを同化し、精神を病んでいるように見えたアンに転移して、彼自身もまた「みすぼらしく狭い道」（60;（I）七九頁）を惨めに歩く、「偏執狂」だと感じる。「これまでに起こった不可解なすべてのこと、私に話された予期しなかったすべてのことは、いつも私の心の中で、同じ隠れた根源、同じ不気味な力に結びついていくのであった。私は偏執狂（monomania）ではないのか」（80;（I）一〇〇頁）。

准男爵への感情を、「向こうみずで復讐心に満ちた、希望のない憎悪で始まり、その憎悪で終わった」（82；（Ⅰ）一〇二頁）と、手記に残すウォルターは、偏執狂的なねばり強さで、不吉な手紙の主がアンであったこと、彼女を精神病院に入れたのがパーシヴァル卿であることを知る。その調査の過程で偶然アンと再会した彼は、再度ローラとアンの違いについて、「もし悲しみや苦しみがフェアリー嬢の容貌の若さと美しさの上に冒瀆の印を刻むことがあるとすれば、その時にのみ、アン・キャセリックと彼女はうり二つの姉妹、お互いの完全な生き写しとなってしまうのではないだろうか」（97；（Ⅰ）一一九頁）と感じる。このように彼は、ローラのなかにあるアンとの「差異」に捉われ続けるのだが、まるでローラの経験を先取りするかのように、彼自身の方こそ容貌がすっかり変わってしまうという転移が起こるのである。ここでの彼は、まるでヒステリー症の女性であるかのように描写されていることが示すように、徹頭徹尾女性化の危機のなかにある。ウォルターの女性化の危機は、当然読者を触発し、彼らの行く末に対するさらなる不安を掻き立てる。また、彼の危機を招いた、衝撃的な異母姉妹との遭遇は、彼の恋を自然なものにみせ、紆余曲折を経て起こるウォルターの身分上昇という階級の移行を「見えなくする（mask）」（Cvetkovich 77）。と同時に、それに連動して起こる彼の恥の情動の描写は、読者を巻き込み、その関心をいやでも高めないではいられないのだ。

こうしてウォルターは、父親の決めた縁談に従うために彼への思いを封印したまま准男爵との結婚を決意するローラから応答されることもなく、また妹を誰よりも愛するマリアンからは、いつか必要になったときには助けてほしいと懇願されるも、当面は（ローラの愛を独占しかねない）不要な存在として失業を言い渡されるなど、令嬢たち女同志の強い絆で結ばれたコミュニケーションからは疎外され、恥の情動に捉えられたままでいる他はない。そのウォルターが、パーシヴァル卿の抱える秘密を解明し、准男爵とフォスコ伯爵の陰謀を暴くことで彼らに打ち勝つためには、異国での過酷な試練をくぐり抜け、それにふさわしい心身の変容を必要とするのである。

4　階級詐称と情動

中米での体験を経たウォルターは、パーシヴァル卿への復讐心を肉体化した強靭な姿で再登場する。彼を待ち受けていたのは、突然死してローラとして葬られたアンに代わって精神病院に入れられていたローラの存在証明をすることであった。ウォルターが予感した通り、「悲しみや苦しみ」の「刻印」を受け容貌が変化したローラは、だれからもグライド卿夫人とみなされることはなく、ウォルターでさえ精神病院から脱走したローラと対面した際には、彼女と認識するのが困難なほどであった。「過去における苦悩と恐怖によってもたらされた彼女の容貌の変化は、アン・キャセリックと彼女との宿命的な相似を、恐ろしいほど、また絶望的と言ってよいほど増してしまったのだ。（……）かつて私が頭の中に浮かべ、また浮かべて戦くだけであった宿命的な相似が、今や紛れもない現実のものとなって、私の目の前にあらわれたのであった」（Collins, *The Woman* 442-43;（Ⅱ）一三六頁）。それは、「貴婦人の持つ態度とは言えないが、同時にまた、きわめて卑賤な階級の女性が持つ態度でもない」、つまり上流階級でも下層階級でもない、階級の曖昧な人物として登場した「白衣の女」と身分ある准男爵夫人ローラとが、何の「空白」も違和感もなく重なり合った瞬間であった。それはまた、ウォルターの心を強く揺さぶったふたりの女性の間の階級差が無化される瞬間でもあった。

ローラの生存を証明するという難題と共にウォルターが取り組むのはパーシヴァル卿自身が「クローゼットの中の骸骨」（335;（Ⅰ）四三一頁）と呼ぶ、彼の秘密を暴くことである。その秘密とは、彼が彼の父親と母親の正式の結婚による法的相続権を持つ嫡出子ではなかった、という事実であった。彼の父親の教区の戸籍簿とそのコピーとの違いから、この事実に思い至ったウォルターは、事の重大さに愕然とする。「彼がパーシヴァル・グライド卿という人間ではない、全くの別人であるということ、彼が屋敷で働いている最下級の労働者同様、准男爵という地位に対してもブラックウォーター・パークに対しても、何の権利も持たない人間であるということは、それまでの私には想像もつかないことだったのである」（521;（Ⅱ）二三二頁）。この秘密をアンに知られていると考えていた准男爵は、その存在に絶えず脅かされ続け、彼女を精神病院に監禁せずにはいられなかったのだ。准男爵にとって、階級詐称の秘密は、アンの母親のキャセリック夫人との不倫疑惑という偽りの事実が流布するのを好都合と考えるほどに、何が何でも隠蔽しなければならない恥辱であった。この事実を探るために、アン同様に口封じのため村のはずれに隔離されていたキャセリック夫人を訪ねたとき、夫人はウォルターを見て「彼［パーシヴァル卿］の破滅の時が遂にきたのだろうか。あなたはそのために選ばれた人間なのだろうか」（540;（Ⅱ）二五四頁）と感じるが、確かに准男爵が屋敷に対してもその地位に関しても「何の権利も持たない」という階級詐称を暴く行為は、身分違いの恋に苦悩していたウォルターにこそふさわしい仕事であったと言うべきだろう。また、戸籍簿の問題のページを破り取る目的で教会に忍び込み、失火のため黒焦げになったパーシヴァル卿の身体と顔――生前は准男爵にふさわしい容貌とふるまいを備えているとみなされていた身体と顔――を、実際には初対面であったにもかかわらず、確認するため現場検証に立ちあうのも、ウォルターが果たすべき役割であったと言える。なぜなら、ウォルターにとって、パーシヴァル卿の階級詐称に見られる階級への欲望は、ウォルター自身の欲望を映し出すとともに、彼の情動とも深く関係しているからだ。准男爵もまた、彼自身の偽りの身分と彼の出自との差異を恥じ、戸籍簿のある場所を施錠することで、悲劇的な最後をとげるのだが、これはウォルターへの教訓でもあった。というのも、セジウィックが指摘するように、恥の情動は、他者の行動や態度への恥を感じることが、自分自身への戒めや教訓として機能するという、きわめて教育的側面を持っているからである。

ここで明らかになるのは、マリアンやギルモア氏を始めとする准男爵を取り巻く人々は、彼が准男爵だからこそ、その容姿や作法は彼の身分にふさわしいとみなしたということであり、彼の秘密の露見は身分制度自体を空洞化してしまうことになる。ちなみに、こうした階級詐称は、特にセンセーション・ノヴェルにおいてよく見られたエピソードで、夫に逃げられた貧しい女性が、名前を変えて紳士と結婚をするブラッドンの『レイディ・オードリーの秘密』や、裕福な屋敷の令嬢が財産を相続できないために零落《おちぶ》れてしまい、財産を取り戻すため相続人の男性の召使に扮して秘密を探る、コリンズの『ノー・ネーム』（一八六二年）などにも見られる。これは、当時の社会における階級の流動性を如実に反映している（Adams 48）。ヴィクトリア朝社会においては、産業革命の影響で資本の蓄積が可能となった結果、階級間の移動が頻繁に起こり、階級制度自体が流動化する。そのうちでもとりわけ、労働者階級から中産階級への移行は顕著にみられた。だからこそ当時の読者は、准男爵の階級詐称を暴く行為やウォルターの階級上昇などに、強く感応したに違いないのだ。このように白衣の女の触発は、ジェンダーだけでなく階級制度も揺さぶる。それゆえにこそ、白衣の女は精神病院に閉じ込められなくてはならなかったのだ。

5　神経過敏な人物たちと「共感」の哲学

『白衣の女』には、正義を求める探偵の役割を果たすウォルターやマリアンだけでなく、狡猾な悪人に及ぶまで、きわめて繊細で神経過敏な人物が多く登場する。そのもっとも代表的な人物がローラの伯父のフェアリー氏であり、ローラの叔母エレナの夫フォスコ伯爵である。フェアリー氏は、自らの過剰な多感性を、「神経が冒されているので、どのような類いであれ何かが動くと、身を切られるような痛みを覚える」（Collins, *The Woman* 40;（Ⅰ）五〇–五一頁）と主張する。神経の病を口実に事なかれ主義をつらぬくフェアリー氏は、有事に際して何も行動しないことにより、事態を悪化させるのに貢献するだけである。一方、同程度に神経過敏だと思われるフォスコ伯爵は、悪人でありながらきわめて魅力的で、その行動は多くの人物を巻き込んでいくので、ここでは特に、マリアンの手記に登場するフォスコ伯爵とマリアンとの関係に焦点を当てて論じることにしたい。

ウォルターの不在中に、彼に代わって探偵の役割を果たすのがマリアンであるが、彼女の第一印象は、ウォルターの視点から次のように描写されている。「こちらに背を向けて立っている婦人の稀に見る美しさと、その姿勢の自然な優雅さに打たれたのであった。（……）婦人はすぐこちらを向いた。（……）色は黒い女性だと私は心の中で言った。その婦人はさらに二、三歩こちらに近づいた——若い女性だと私は心の中で言った。その婦人はさらに近づいてきた——そして私は（名伏し難い驚きに打たれて）心の中で言ったのだ。なんと醜い女性なのだ！」（31;（Ⅰ）四〇頁）。

完璧な美しい立ち姿と醜い顔とのコントラストに、彼は驚きを隠せないのだが、このように、口と顎などの「顔」の造形だけでなく、その理性的な判断力から、しばしば「男性的」と評されるマリアンは、「女性的」で美しい立ち姿と「男性的」で醜い顔という、その内面の両性性を身体化した存在として登場する。そのため、理性的な彼女もまた、ウォルターに感染したかのように、次第に准男爵への疑惑と不安を彼と共有し、ローラと准男爵との結婚に「ためらい」を感じて、ギルモア氏に次のように言う――「法律とか道理とかいう観点からは口実をもうけることはできませんわね、ギルモア様。しかしそれでも妹がためらい、またそれでも私がためらうようなことがあります場合には、どうか私たちのその奇妙な行動は、いずれも気まぐれによるものだとお考えになってくださいますように」（141;（Ⅰ）一七四頁）。ここには、マリアンの法律を信奉する知性と感情的な繊細さの共存が見て取れる。この「ためらい」は、ローラとパーシヴァル卿が新婚旅行からフォスコ伯爵と彼の妻を伴って帰国した後は、次第に准男爵とフォスコ伯爵への疑惑へと変化していくのだが、とりわけマリアンと伯爵との神経戦と愛憎ないまぜの応酬は見ごたえがあるので、その独自性に注目しておきたい。

妹を深く愛し、結婚によって彼女が「私のローラ」から「卿のローラ」（187;（Ⅰ）二三七頁）となったことを嘆くマリアンは、当時の性科学者カール・ハインリッヒ・ウルリッヒが「女のなかの男」と呼んだレズビアニズムが疑われる存在だが、[6]フォスコ伯爵に初めて会った際には、彼に強く魅了される。彼は、どのような動物でも簡単に手なずけることができ、彼の妻でローラの叔母であるわがままな英国娘エレナさえも従順な妻に飼いならし、語学に非凡な才能があって、イタリア人であるにもかかわらず完璧な英語を話すことができる。美食家で甘いもの好きのためかなりの肥満体型でありながらも、動作はびっくりするほど軽やかかつなめらかで、その洗練された繊細さでフェアリー氏とさえ意気投合してみせ、気難しい彼を思い通りに手なずけてしまう。そのフォスコ伯爵に対するマリアンの第一印象は、次のようであった――「ヘンリー八世のようにふとっていながらも、そのいまわしい肥満ぶりが私に何の抵抗も感じさせないで、たった一日で私の心を奪ってしまったフォスコ伯爵がいるのです。本当に驚くべきことではありませんか」。そして、伯爵が人に好かれるのは、ナポレオンによく似た端正なその顔のせい、とりわけ「冷たく、澄んだ、美しい、抵抗できない輝きを宿した」その目のせいかもしれないとも考える（220;（Ⅰ）二八一頁）。同時に、マリアンは、伯爵が彼女に特別に取り入ろうとしているとも感じる。「伯爵はまるで私が男性であるかのように、真剣に思慮深くお話をされて、それによって私の虚栄心を満足させようとなさるのです。確かにそうなのです！　伯爵とご一緒していない時、私にそのことがわかるのです」（225;（Ⅰ）二八七頁）。堂々としていながら、女性のように驚くほど繊細で感じやすい伯爵。それだからこそ、マリアンには、パーシヴァル卿と伯爵との間でローラの不利になるような悪巧みが進行していると察知した際には、とりわけ伯爵が恐ろしく感じられる。「私はこれまでの生涯の中で、伯爵ほど敵としたくないと思う人に会ったことはありません。私が伯爵を好んでいるからでしょうか、それとも恐れているからなのでしょうか」（226;（Ⅰ）二八九頁）。このように、マリアンの伯爵への思いは、愛とも恐れともつかないものであることがわかる。

Ｄ・Ａ・ミラーは、この小説における「疑う者と疑われる者」のどちらも意味する「疑わしげな（suspicious）」という言葉の暗示性に注目する。それは、「アンやウォルターやマリアンが疑っているのは、彼ら自身が疑われているのではないかということだからだ。でなければ、どうしてアンが追われ、ウォルターが見張られ、マリアンの手紙が開封されるのか。その上彼らは、まさに疑っているのではないかと疑われている」（Miller 161; 二〇三頁）のだ。マリアンと伯爵は互いに、疑惑のループに捉われているため、彼らの間では、疑っていることも疑われていることにも気づかれても気づいてもいないふりをする、という手の込んだ擬態が要請される。

その要請ゆえにマリアンは、たとえば多額の負債を抱えたパーシヴァル卿が、ローラに暴力的に書類の署名を強要し、それを制止した伯爵が、退席しようとするローラを呼び止めた際には、それを無視しようとするローラに忠告する。「伯爵を敵にまわしてはいけません！　ほかのことはどうあろうとも、伯爵を敵に回すことだけは、絶対にしてはいけません」（Collins, *The Woman* 251;（Ⅰ）三二二頁）。また、弁護士に助言を求めるマリアンの手紙が開封された痕跡があることに気づくと、再度密封し、まるで何事もなかったかのようにふるまう。さらに、夫の一連の企みに、伯爵も関与していることを知ったローラが、マリアンに「伯爵は、忌まわしいスパイなのです」（301;（Ⅰ）三八七頁）

と耳打ちした際に、その言葉を彼の妻に聞かれてしまったと気づいたマリアンは、「あなたが伯爵をスパイと呼んだことを、私たちはいずれ悔いなくてはならなくなるでしょう」（301；（Ⅰ）三八八頁）、と不安に駆られて呟くことになる。この発言は、のちに伯爵が本物のスパイだと判明するので、二重に恐怖と不安を駆り立てる効果を持っている。

探偵としてのマリアンの最大の危機は、強い雨のなか、ひそかに進行する伯爵とパーシヴァル卿との計略をベランダの外から立ち聞きする際に訪れる。ローラの財産を手にいれるために、彼女とアンを入れ替えるという計画が暗示され、アンが握っているはずのパーシヴァル卿の秘密が暴露されることに対する彼の強い不安が表明されたことを記したマリアンの日記は、その後の彼女の重篤な病のために突然中断され、そのあとに彼女の手記を読んだ伯爵自身の手による補遺が挿入されて終わっている。伯爵の補遺――彼女に対する「感嘆すべき女性だ」という賞賛と、「私はこの日記が、私の心の中にある繊細きわまりない感受性を目覚めさせてくれたことに対して、感謝の意を表しなくてはならない」――は、一種の幻想的「レイプ」（Miller 164；二〇四頁）とも呼ぶことができる。のちにこのプライヴァシー侵害によって、マリアンの伯爵への愛は、一層の憎悪ともないまぜになった複雑なものに変化する。一方、伯爵のほうは、マリアンの日記に表明された理性的な推理力によって感性が強く刺激され、彼女にさらに魅了されてしまったことがわかる。そしてこのことが、マリアンへの賞賛の念を抑えることができないという伯爵のさらなる「弱点」を生み出し、その結果彼自身が命を落とすことに繋がってしまう。

このように、マリアンと伯爵、フェアリー氏など、多感で神経過敏ともいえる人物たちを追ってきたわたしたち読者は、こうした人物たちにある既視感を抱かないだろうか。このような登場人物は、けっしてセンセーション・ノヴェルに限定されるわけではなく、一八世紀後半から一九世紀初頭のロマン主義の時代にもよく見られた人物の特徴でもある。たとえば『高慢と偏見』（一八一三年）のベネット夫人は、実際は無神経きわまりない人物だが、ことあるごとに神経の病を口実にして同情をかおうとしていたことから、この神経の病が一種のはやり病であることを印象づけるし、『分別と多感』（一八一一年）における、「人の苦悩に容易に共感したり、悲しいことに心を動かされやすい能力を持つ」「多感な」マリアン・ダッシュウッドや『トリストラム・シャンデー』（一七五九–六七年）と『センチメンタル・ジャーニー』(一七六八年)の「センチメンタルな」ヨリック、『フランケンシュタイン』(一八一八年)における怪物などは、感受性豊かな人物としてわれわれにはすでにお馴染みである。(7)

というのも、実は先に見たような、他者に関心を持ち、他者の哀しみや喜び恐怖などの感情(sentiment)に感応する力としての共感力(sympathy)に対しては、一八世紀イギリスのロマン主義の時代にすでに注目が寄せられ始めていたからである。当時、知性よりも身体や感性を重視する情動論とも関心を共有するこの哲学的動向のきっかけとなったのは、近代経済学の基礎を確立した『国富論』(一七七六年)で知られるアダム・スミスである。彼は、『道徳感情論』(一七五九年)のなかで、人間は他者の悲しみや喜びを感じる力を持っていること、そのような他者の感情に対する「同情(fellow-feeling)」を表す言葉として「共感(sympathy)」が重要であることを、以下のように唱えている。(8)

いかに利己的であるように見えようと、人間本性のなかには、他人の運命に関心を持ち、他人の幸福をかけがえのないものにするいくつかの原則がある。人間がそこから引き出すものは、それを眺めることによって得られる喜びにほかならない。憐れみ(pity)や思いやり(compassion)がこの種のもので、他人の苦悩を目の当たりにし、事態をくっきりと認識した時に感じる情動(emotion)である。我々がしばしば他人の悲哀から哀しみを引き出すという事実は、例証するまでもなく明らかである。この感情(sentiment)は、人間本性がもつ他のすべての根源的な情念(passion)と同様に、高潔で慈悲深い人間がおそらくもっとも敏感に感じるものではあろうが、しかし、そのような人間に限られるわけではない。手の施しようがない悪党や、社会の法のもっとも冷酷かつ常習的な侵犯者でさえ、それを全く持たないわけではないのである。(……)兄弟が抱いている感覚がどのようなものかをめぐる観念は、もっぱら想像によるものである。感覚器官の機能は、もし我々自身がその立場にあった場合、我々の感覚器官が感じるようなものを我々に想像させる、という仕方に限られている。我々の想像力が察しとるのは、兄弟の感覚器官に生じる印象ではなく、自分自身の感覚器官に生じる印象だけである。我々は、想像によって自分自身を彼の立場に置き、同じ拷問のすべてに耐えると思い浮かべ、それをまるで彼の身体の中に入りこんだかのように理解し（we enter as it were into his body）、こうしてある程度まで彼と同じ人物になる。この後で、彼が感じていることについて一定の観念を形成し、程度こそ劣りはするが、多少とも彼が感じ取っているものに似た何かを感じさえする、というわけだ。（スミス 三〇–三一頁）

このようにスミスは、人が想像力によって他人の苦痛や悲しみを感じることができる、それも「身体」を通してそうすることができるのだと言う。つまり、想像力がその理解の程度によってそれに応じた情動を引き起こすと言うのである。ただ、このような「憐れみ」や「思いやり」などの「共感（sympathy）」をめぐる議論は、スミスに限られていたわけではなく、フランスではコンディヤックの『人間認識起源論』（一七四六年）、ルソーの『言語起源論』（一七八一年）、イギリスではスミスを中心に、ほぼ同時代的に展開された。こうした思想家たちによる議論がきっかけとなって、知性よりも感受性のほうに価値を置く傾向が広まっていくのである。

一八世紀の教養ある男女が感傷（センチメント）や感性（センシビリティ）に夢中になったことに注目し、ウーテ・フレーフェルトもまた、『歴史の中の感情』で、その理由を探っている。もちろん「たったひとつの変数で説明することもできなければ、何か一つだけを原因として挙げることもできない」（三四頁）が、彼女が第二章で述べているように、感情はジェンダーの問題と深く関係している。確かにこの時代、ジェイン・オースティンが『高慢と偏見』で、知性と感受性を共に備えた女性主人公、エリザベス・ベネットのような人物を造形することが可能となったのは、ヴィヴィアン・ジョーンズが主張するように、メアリ・ウルストンクラフトの『女性の権利の擁護』の登場が深く関わっていると思われる（Jones xxiii-xxiv）。女性も男性と同様に「理性」を持ちうるとしたウルストンクラフトの主張は、従来男性の属性を「理性」、女性の属性を「感性」だとする二項対立的思考法を覆し、女性性と男性性の境界を揺るがすことにより、同時代の作家たちにも少なからぬ影響を与えたに違いないのだ。

以上で明らかなように、ウォルターの「白衣の女」からの感染を発端とした、登場人物たちの間の恐怖や情愛の伝播が前景化されたこの小説の登場人物たちの特徴は、ロマン主義の時代の文学に見られる特徴と共通のもので、けっしてセンセーション・ノヴェルに限定されるわけではない。言い換えれば、このような小説群の流れは、一時期に流行したミニジャンルの枠に収まることのない、もっと広範な文学的・哲学的思潮のなかに位置づけうるのである。またさらに追記しておけば、勇敢で色黒なマリアンという人物には、ラファエル前派のヒロインたちの容姿やその強靭さを連想させるものがあり、たとえ限られたものであってもこのテクストが、ヴィクトリア時代後期の「新しい女」が登場するフェミニスト的小説の要素を含んでいることも思い起こさせるのだ。(9)

6 クィアネスと肥満体の変容

次に、マリアンの存在とも深く関係しあうフォスコ伯爵のクィアな身体について触れておきたい。あらゆるペットを簡単に手なづけ、フルーツパイとクリームなどのスイーツをこよなく愛し、人目に立つ肥満体で、繊細さと頭脳明晰さを併せ持ち、マリアンに魅了され彼女をも魅了してしまう伯爵。イタリアの秘密結社の一員として「男同士の絆」に身をささげている彼の内面はきわめて「女性的」であり、ヴィクトリア時代の性科学者ウルリッヒが「男の身体にとじこめられた女の魂」と呼びうるような、マリアンとは対を成す存在だと言えよう。

伯爵をもっとも特徴づけているのは、特異な肥満体であるが、海外渡航前も帰国後も彼と一度も正式に会ったことのなかったウォルターは、友人で伯爵と同じ結社に属するペスカとともにオペラ劇場に出かけ、事前にその姿を確認しようとする。それは、准男爵亡きあと、伯爵が、死亡したアンに代わって精神病院に閉じ込められていたローラの存在証明ができる唯一の人物であったからだ。しかしながら、ペスカは劇場で伯爵を認識できない。一方、伯爵の方は、明らかにペスカを見て突然驚き怯えた表情をして逃げだしてしまう。それはなぜか、とウォルターは不思議に思うのだが、その理由は伯爵の身体が驚くほど変容していたことにあったのだと推測し、以下のように考察する。

なぜペスカの方では彼を知らなかったかは、容易に理解できることである。伯爵のような性格の人間は、恐ろしい結果で終わるかもしれないというのに敢えてスパイになったからには、多額の報酬の機会を虎視眈々と狙っていると同時に、自分の身の安全に綿密な注意を配っているに違いないのだ。私がオペラ劇場で指差した髭を剃った顔は、ペスカの若い頃には顎鬚で覆われていたのかもしれない――暗褐色の彼の頭は鬘であるかもしれない――彼の名は明らかに偽りのものであろう。時の流れもまた、彼の助けをしたかもしれない――彼が異常に太ったのは、後年になってからのことであったのかもしれない。ペスカが、彼が誰であったか分からなかったのには十分な理由があるのだ――また逆に、どこに行っても目につく、特徴のある奇妙な風采のペスカに、彼が気づいた理由も十分にあるのだ。（Collins, *The Woman* 93;（Ⅱ）三一九頁）

つまりウォルターは、伯爵の容貌が、彼の用心深い性格の反映であり、彼本人であることを周囲に気づかれないよう努めた結果、以前の彼とは違った姿に変貌したに違いないと考える。この点について、彼のクィア性を念頭に置きながら、さらに考察していきたい。

ペスカの存在に気づき、組織への裏切りによる報復から逃れる準備をしていた伯爵は、その土壇場でウォルターに阻まれるのだが、自分を無事に逃亡させることを条件に、一連の陰謀の詳細な記録を書いて、ローラの存在証明をするという約束をする。追手の迫るなかで書かれたその手記には、自分たちの陰謀の手際の良さへの自画自賛の言葉と共に、自身で「ただ一つの弱点」と呼ぶマリアンへの賞賛の念が記されていた――「もし私の胸の中にあるただ一つの弱点が予め発見されることがなかったならば、私の計画の中にあるただ一つの弱点も、気づかれることはなかったであろうということを、心の底からの確信を持って、主張しなくてはならない。マリアンがグファイド夫人を精神病院から連れ出した時、自分自身の身の安全を謀ろうとした私を制止したのは、彼女に対する私の賞賛の念以外の何物でもなかった。私は危険を冒したのだ。そして、グライド夫人という人格が完全に抹殺されてしまっていることを、頼りにしたのであった」（627;（Ⅱ）三五八頁）。さらに、このマリアンへの「賞賛の念」こそが、のちにウォルターが逃げる機会を与えてしまい、現在の危機を招いてしまったのだとして、このことを悔い、「フォスコの人生の最初にして最後の弱点を、マリアン・ハルカムのイメージの中に見るのだ」とつけ加える。つまり、伯爵はマリアンの目に映る彼自身のイメージを意識するからこそ、マリアンたちを徹底的に追及するのを控えてしまったというのだ。

彼が「弱点」と呼び、絶えず彼のなかの「女性性」を意識させる両性具有的マリアンへの思いには、自己言及的な恥の情動が感じられる。なぜなら、伯爵が「弱点」と呼ぶ情動は、これまでの彼のなかには存在しなかった、以前の彼との差異から生じる感覚に他ならないからだ。この思いは、テクスト内で明確に語られることはないものの、トムキンズが言う「ネガティヴな情動」としての苦悩、恐怖、恥、嫌悪、怒りのうちの、恥にもっとも近似している情動でもある。彼自身は、マリアン以外のどの人物に対しても彼女に対するような強い自意識を持つことはなかった。そのマリアンの視線を意識する自己言及的な恥の情動こそが、彼の身体、彼の特異な肥満体へのその後の対峙の仕方を特徴づけているように思われる。

この問題は、再度わたしたち読者を、伯爵は追手が迫っているなか、なぜあれほど時間をかけて手記を推敲し、ペットのもらわれ先に手紙を書き、マリアンへの伝言を頼むなど、ぎりぎりまで時間を費やしたのだろうか、という疑問に連れ戻す。もっと早く逃げていれば、彼の最後は違ったものになっていたのではないか、と思わざるを得ないからだ。また、こうした態度は、小説前半で陰謀を完璧に遂行する彼の冷酷さとも大きな対比をなしている。

セジウィックはトムキンズと同じく自己言及性および「修復的読解」と絡めてメラニー・クラインに言及している。精神分析家メラニー・クラインは、フロイト以降葬り去られていた「死の欲動」という概念を分析経験の中心においた。フロイトは、『快原理の彼岸』(一九二〇年)において、人間は一般に快を求め不快を避けると考えられがちであるが、けっしてそうではなく、フラッシュバックなどを通して戦争体験などの苦難に満ちた体験に繰り返し立ち返るなど、不快きわまりないとわかっていることに反復強迫的に立ち戻ることを発見し、これを「死の欲動」と名づけた。それに対し、クラインは、この他者に向けられた攻撃性としての死の欲動を内面化した。[10] わたしたちは、伯爵のなかに、内面化された死の欲動を感じないではいられない。

伯爵は、アンとローラを入れ替えるという自分の陰謀を遂行する過程で、彼自身、もしアンがあのとき都合よく心臓の病で死ぬことがなければ、自身の持つ科学の知識の力でそうしただろうと述べている。つまり、目的のためには躊躇することなくアンを毒殺さえしただろうと言うのだ。このように、目的のためには手段を選ばないという容赦ない破壊衝動を持つ伯爵だが、同時に自らの暴力的な陰謀を次々と暴いて追い詰めてくるマリアンとウォルターの根気と推察力には、感嘆しているようにもみえる。伯爵が手記のなかで「弱点」と表現した、ある種の脇の甘さこそ、伯爵にとってネガティヴな贈与と呼ぶべき、彼らに対する賛美の念から我知らず発現した情動であり、この「弱点」こそが、自らの暴力的破壊に対する修復的行為と呼びうるのではないだろうか。このことは、さらに先に述べた疑問――なぜ伯爵は追手が迫るなか、手記を推敲するなどして時間を費やし、ぎりぎりになるまで逃げようとはしなかったのか、という疑問――に対する、応答に繋がっていくだろう。つまり、伯爵のこの手記は、幻想的「レイプ」によって断ち切られようとしていたマリアンとの「交流への欲望」のシグナルであり、彼女へのラヴレターでもあると同時に、彼自身を死へといざなう行為でもあったのだ。(11)

ジョアンヌ・エラ・パースンズは、フォスコ伯爵の極度の肥満体が、身体の変化による自身の正体隠蔽であるだけでなく、怠惰さと陽気さの共存や、甘いものを際限なく貪る彼の嗜好、さらには彼の性的倒錯と女性性の証であり、そのセクシュアリティはジェンダーの境界を侵犯するために禁じられ周縁化されるのだという（Parsons 219）。それゆえ伯爵の身体は、男性支配の餌食となって罰せられ、最後には見世物としてパリの死体公示所にさらされることになると捉えることも可能だろう。だがこの小説において、彼のクィアな肥満体は、けっしてそのような否定的意味に還元されることなく、豊かな読解に開かれている。確かに、ヴィクトリア時代には、肥満は理性の対立概念と捉えられ、怠惰や男性性からの逸脱の徴と捉えられる傾向にあった。しかしながらその一方で、サンダー・L・ギルマンの肥満男子の表象研究が示すように、肥満は必ずしも知性の欠如とみなされたわけではなかった。ジョージ・チェイニーの著作『イギリス病』（一七三三年）をきっかけとして、神経医学が一八世紀から一九世紀にかけてヨーロッパに広がるとともに、理性よりも感受性の価値が高まるようになり、小説のなかに感受性に富む肥満男子も登場するようになった。こうした時代背景を踏まえると、感受性が基盤となる知性は、とりわけ「肥満男子にとって二律背反の要素を多分に含んでいたことになる」。つまり一八世紀の知識人にとって「肥満は感受性の知というイメージだけでなく、不活発である不健康さが引き起こすヒポコンデリア――つまり男らしさの欠如――の不安もまとわりついていた」（小川 三二九頁）のである。それだからこそ、ギルマンもその著作のなかで、肥満した悪人であるフォスコ伯爵について、彼の脂肪は、「彼の顔に魅力を与えるものだ」（ギルマン 一八九頁）と、その表象が含意する複雑性ゆえの魅力を認めている。このように、伯爵の感性とそれに伴う身体の変化は、彼に向けられる視線の意味も変えてしまうのである。

また、このことが、フォスコ伯爵に関するパースンズの、以下のような指摘に繋がっているのだと考えられる。死体公示所にさらされた「その身体は死によって肉体が次第に分解されるがまま、もはや変形や裏切りが不可能になるまで、説明や解釈を拒み続けているのだ」（Parsons 230）。というのも、彼の死体は、偶然パリでそれが晒されているのを目撃したウォルターによって、次のように描写されているのだから。

彼はそこに横たわっていた――身元はわからず、引き取り手はなく、フランスのやじ馬たちの浅薄な好奇心に晒されたまま、堕落した才能と非情な犯罪のあの長い人生の恐ろしい結末が、そこにあるのだった！ 崇高な死の静寂に包まれている彼の、広い、がっちりとした、巨大な顔と頭は、私たちに堂々と立ち向かっていて、私の廻りの口の軽いフランス女たちは、感嘆のあまり手を上げると、一斉に甲高い声で、「まあなんて美男子」と叫ぶのであった。（Collins, *The Woman* 640;（Ⅱ）三七三頁）

伯爵の肥満した身体は、たとえ罪の符牒を帯び、民衆に晒されているとしても、その死体は、わたしたちの解釈を拒むかのように、パリの民衆に、ひいてはわたしたち読者に「堂々と立ち向かっている」。こうして、テクスト内で触発によって絶え間なく変容してきた伯爵の情動は、テクストを閉じた後も読者の中では運動体であることを止めることなく、語り手ウォルターおよび読者を魅了するとともに、深い印象を与え続けるのだ。

7 おわりに

コリンズのテクストは、ウォルターからローラと准男爵、伯爵からマリアンへと相互に情動が伝播しあい、さまざまな社会制度や言説を揺るがしたあげく、その外部に運動体としての伯爵の身体を残したまま、一見物語のエンディングにふさわしく終わる。ウォルターは存在が証明されたローラと正式に結婚し、二人の間に生まれた息子が、准男爵に代わってリマリッジ屋敷の正式の後継者となり、同居するマリアンの手に抱かれていることが報告されて物語は幕を閉じる。しかしながらその結婚が織りなす家庭生活は、けっしてヴィクトリア時代の規範的な家父長制的異性愛中心主義的な性質のものとは言えないだろう。なぜなら、コリンズが出版に際して敢えて彼のテクストから削除した箇所が示すように、そこではローラとマリアンのホモエロティックな関係が自在に展開されているかもしれず、また生まれた息子を介在した彼ら三人の間の交錯したクィアな関係のさらなる進展の可能性が排除されているとはいえないからである。[12] このように『白衣の女』は、伯爵の変容するクィアな身体同様、テクストの外に開かれているのだ。

登場人物たちが相互に触発し／触発される間主観的な心身の運動によって織りなされている『白衣の女』は、豊かな情動に寄り添って読むとき、けっしてセンセーション・ノヴェルというミニジャンルに収まりきらないこと、一八世紀から一九世紀にかけて興隆したより広範な文化的・文学的思潮の流れのなかに位置づけられることが理解できるに違いない。それによって、わたしたち読者は改めて、多様な解釈の可能性を孕むこの小説の魅力に気づかされるのである。

＊本論は二〇二二年一一月の京都女子大学英文学会における講演を大幅に加筆・訂正したものである。

【註】

（1）当時の批評家の反応については、Mansell を参照のこと。また、こうした批評の流れに関しては、Pykett に詳しい。

（2）たとえばクヴェトコヴィチは、ジョージ・エリオットの『ダニエル・デロンダ』に「センセーション・ノヴェル」の情動的な力に関係したグウェンドリン・ハーレスの劇的な内面性を見出すことにより、このミニジャンルと本格的小説との共通性に注目する（Cvetkovich 128-64）。また、パイケットも大きく言えば、この立場から議論を展開している。

（3）シュレーバーの症例録は、フロイトが患者に一度も対面することなく、彼の著作を読み解いたパラノイア患者の症例録で、「シュレーバーの病の根源的な葛藤は、同性愛的傾向とそれに打ちかって男性的自己を確立しようとする戦いにあり、被害妄想は、同性愛的願望空想に対する防衛の努力から生まれた、同性愛の逆説的表現」（馬場 二一八頁）と解釈されるのだが、フロイト自身は、パラノイア患者について書く彼自身が、患者の転移構造に巻き込まれてパラノイア的になっていると述べている。

（4）トムキンズはさらに、八つ（のちには九つ）の情動を三つのパターンに分類し、喜び（Enjoyment=Joy）、関心（Interest=Excitement）をポジティヴな情動に、驚き（Surprise=Startle）を中立的情動、苦悩（Distress=Anguish）、恐怖（Fear=Terror）、恥（Shame=Humiliation）、嫌悪（Contempt=Disgust）、怒り（Anger=Rage）をネガティヴな情動だとしている（Tomkins, *Shame* 74）。

（5）当初このテクストには、ローラとマリアンの間に交わされたホモエロティックなやり取りが多く書きこまれていたが、その表現が後に削除されたことについては、オクスフォード版テクストの“Explanatory Notes”を参照のこと（Sutherland 677）。

（6）この点についてはミラーも同様のコメントをしている（180; 二二七頁）。またホールは、“A Brief Slanted History of 'Homosexual' Activity”で、ヴィクトリア時代の一八六〇年代から七〇年代にかけて、性科学者のウルリッヒが同性愛者を「個人の内の異性の身体に捉われた魂」、つまりレズビアンを「女のなかの男」、ゲイの男性を「男のなかの女」と名づけ、彼らを「性的倒錯者」と呼んだことが、二〇世紀に至るまで同性愛者に対する偏見が持続するという悪影響を与えたことを指摘している。

（7）O.E.D. によれば、マリアンを特徴づけている“sensibility”は、一八世紀から一九世紀にかけては“Capacity for refined emotion; delicate sensitiveness for taste; also, readiness for feeling compassion for suffering, and to be moved by the pathetic in literature or art”と定義づけられている。またヨリックを特徴づける形容詞“sentimental”の名詞形“sentiment”については、“Refined and tender emotion; exercise or manifestation of 'sensibility'”とあり、“sensibility”も“sentiment”もほぼ同じような意味で使われていたことがわかる。パイケットは、ワーズワスの『リリカル・バラッド』にも言及しながら、センセーション・ノヴェルが主に一七六〇年代から一八二〇年代にかけて興隆したゴシック小説や幽霊物語などと共通性を持つとかなり限定的に捉えているが（Pykett 195-96）、登場人物たちの感性の描き方には、同時代のオースティンやスターンの小説などとの共通性が見出せる。

（8）“sympathy”をめぐる議論は、フランスのコンディヤックやルソー、イギリスではスミスなどにおいて、ほぼ同時代的に展開されるが、この点については、武田の『フランケンシュタイン』における「共感」の哲学をめぐる議論に詳しい。

（9）この小説は、連載中から大変な人気を博し、「白衣の女」の香水、マント、ボンネットまで製造発売されたが、とりわけ読者を魅了したのは、勇敢なマリアンであった。詩人のエドワード・フィッツジェラルドは、彼女に惹きつけられるあまり、小説を三度も読み、所有していた小帆船をマリアン・ハルコムと名づけたことが伝えられている。オックスフォード版の「序文」参照（Sutherland, “Introduction” vii）。

（10）クラインは、内面化された攻撃性を母の乳房への羨望へとシフトさせ、死の欲動が引き起こす論理的な帰結とそこからの倫理的救済を、その分析過程として描きだしている。その過程は以下のように説明される。

乳児は母親の乳房の不在を悪い対象の出現と感じこれを破壊しようとする。だが、乳児の乳房に対する貧欲さはそれだけではおさまらず、乳房の贈与能力まで向かい、すべてを与えてくれないなら一切を破壊したいと思うようになる（これが羨望である）。その破壊の過程で乳児は破壊された乳房を取り込むが、それは乳児をさらに激しく内から不安と恐怖でおびやかすことになるため、乳児は一層強い破壊衝動を乳房にむけることになる。このサイクルからの脱出は、乳児が悪い対象だけでなく愛を与えてくれる良い乳房をも破壊してしまったと気づくときに可能になる。この気づきが倫理的な転機になり、乳児は対象の良さあるいは悪さの一面しか見ていなかったのが、対象の良さと悪さの二面性を受け入れるようになる。そして自分の貪欲さのために破壊してしまった対象に対しては、悲しみの感情を抱き、それを修復しようとする。また自分に愛を与えてくれている母の乳房に対して、愛と感謝を向ける。このような形で乳児は自らの羨望と和解するのである。（十川　一三―一四頁）

クラインは、この転機以前の世界の経験様式を「妄想分裂ポジション」と呼び、転機以後の経験様式を「抑鬱ポジション」と呼んだが、これと類似した過程は成人の分析治療においても見られるとしている。クラインが成人の分析治療のなかで発見したのと「類似した」、「妄想分裂ポジション」から「抑鬱ポジション」への転機は、伯爵のなかにも見出すことができるだろう。

（11）フォスコ伯爵が、このとき追手から急いで逃げる代わりに、時間をかけて手記を推敲することを選択したその行為は、レナード・ムロディナウがその著書『「感情」は最強の武器である』の第三章で描いている、彼の父親が生死を分かつ場面で取った「情動的」反応を想起させる。ただ、彼の父親は、使命を達成しようとする瞬間にその身体が硬直してその遂行を拒んだおかげで生き延びることができ、一方伯爵はそのために命を落とすことになったという違いはあるのだが。なおムロディナウの父の体験に関しては、本書の終章（二九一―九二頁）でも触れている。

（12）この小説には、コリンズが実際に深夜にキャロライン・グレイヴスと出会い恋に落ちるエピソードだけでなく、彼が『白衣の女』の出版で成功を勝ち得た後、キャロラインと無垢な田舎出身の少女マーサ・ラッドと三人で暮らしたというエピソードも盛り込まれている。また、フォスコ伯爵の特質についてサザーランドは、「コリンズ自身のボヘミアン的傾向の投影」を見ている（Sutherland, “Appendix A” 649）。ただ、当然のことながら、小説のなかにいかに事実が反映されているにしても、小説の解釈にあたってはそれと切り離して捉えるべきだろう。

【引用文献】

Adams, James Eli. “‘The Boundaries of Social Intercourse’:Class in the Victorian Novel.” *A Concise Companion to the Victorian Novel*, edited by Francis O’Gorman, Blackwell, 2005, pp.47-70.

Braddon, Mary Elizabeth. *Lady Audley's Secret*. 1862. Oxford World Classics, 1987.

Butler, Judith. *Gender Trouble: Feminism and the Subversion of Identity*. Routledge, 1990.『ジェンダー・トラブル――フェミニズムとアイデンティティの攪乱』竹村和子訳、青土社、一九九九年。

Collins, Wilkie. *No Name*. 1862. Oxford World Classics, 1986.

______. *The Woman in White*. 1860. Oxford World Classics, 1980.『白衣の女』（Ⅰ・Ⅱ）中西敏一訳、国書刊行会、一九七八年。

Cvetkovich, Ann. *Mixed Feeling: Feminism, Mass Culture, and Victorian Sensationalism*. Rutgers UP, 1992.

Hall, Donald E. "A Brief Slanted History of 'Homosexual' Activity." *Readers Cultural Criticism: Queer Theory,* edited by Iain Morland and Annabelle Willox, Palgrave Macmillan, 2005, pp.96-114.

Jones, Vivian. Introduction. *Pride and Prejudice*, by Jane Austen. 1813. Penguin Classics, 1996, pp. xi-xxxvi.

Mansell, H. L. "Sensation Novels." *Quarterly Review*, vol. 113, Apr. 1863, pp.481-514.

Massumi, Brian. *Parables for the Virtual: Movement, Affect, Sensation*. Duke UP, 2002.

Miller, D.A. *The Novel and the Police*. U of California P, 1988.『小説と警察』村山敏勝訳、国文社、一九九六年。

Page, Norman, editor. *Wilkie Collins: The Critical Heritage*. Routledge, 1974.

Parsons, Joanne Ella. "Fosco's Fat: Transgressive Consumption and Bodily Control in Wilkie Collins's *The Woman in White*." *The Victorian Male Body*, edited by Joanne Ella Parsons and Ruth Heholt, Edinburgh UP, 2018, pp.215-33.

Pykett, Lyn. "Sensation and the Fantastic in the Victorian Novel." *The Cambridge Companion to The Victorian Novel*, edited by Deirdre David, Cambridge UP, 2001, pp.192-211.

Sedgwick, Eve Kosofsky. *Touching Feeling: Affect, Pedagogy, Performativity*. Duke UP, 2003.『タッチング・フィーリング――情動・教育学・パフォーマティヴィティ』岸まどか訳、小鳥遊書房、二〇二二年。

Sutherland, John. Appendix A. *The Woman in White*. Oxford World Classics, 1980, pp.647-58.

______. Explanatory Notes. *The Woman in White*. Oxford World Classics, 1980, pp.669-702.

______. Introduction. *The Woman in White*. Oxford World Classics, 1980, pp.vii-xxiii.

Thomas, Ronald R. "Detection in the Victorian Novel." *The Cambridge Companion to The Victorian Novel*, edited by Deirdre David,

Cambridge UP, 2001, pp.169-91.

Tomkins, Silvan S. *Affect, Imagery, Consciousness.* Vol. 2, Springer, 1963. 4vols.

——. *Shame and Its Sisters: A Silvan Tomkins Reader*, edited by Eve Kosofsky Sedgwick and Adam Frank, Duke UP, 1995.

伊藤守『情動の権力――メディアと共振する身体』せりか書房、二〇一三年。

小川公代「訳者解説――肥満というスティグマを覆す」、サンダー・L・ギルマン『肥満男子の身体表象――アウグスティヌスからベーブ・ルースまで』〔二〇〇四年〕小川公代・小澤央訳、法政大学出版局、二〇二〇年、三一九―三四頁。

ギルマン、サンダー・L『肥満男子の身体表象――アウグスティヌスからベーブ・ルースまで』〔二〇〇四年〕小川公代・小澤央訳、法政大学出版局、二〇二〇年。

スミス、アダム『道徳感情論』〔一七五九年〕高哲男訳、講談社学術文庫、二〇一三年。

スピノザ、バールーフ・デ『エチカ』〔一六七七年〕『スピノザ全集Ⅲ』上野修訳、岩波書店、二〇二二年。

武田悠一「「起源」への問い――『フランケンシュタイン』と〈共感〉の哲学」、『増殖するフランケンシュタイン――批評とアダプテーション』武田悠一・武田美保子編、彩流社、二〇一七年、一五七―九六頁。

ドゥルーズ、ジル『スピノザ――実践の哲学』〔一九八一年〕鈴木雅大訳、平凡社ライブラリー、二〇〇二年。

十川幸司『思考のフロンティア――精神分析』岩波書店、二〇〇三年。

馬場謙一「シュレーバー」、『精神分析辞典』小此木啓吾編、岩崎学術出版社、二〇〇二年、二一七―一八頁。

フレーフェルト、ウーテ『歴史の中の感情――失われた名誉／創られた共感』櫻井文子訳、東京外語大学出版、二〇一八年。

フロイト、ジークムント『快原理の彼岸』〔一九二〇年〕須藤訓任訳、『フロイト全集17』岩波書店、二〇〇六年。

――「自伝的に記述されたパラノイアの一症例に関する精神分析的考察〔シュレーバー〕」〔一九一一年〕渡辺哲夫訳、『フロイト全集11』岩波書店、二〇〇九年。

ムロディナウ、レナード『「感情」は最強の武器である――「情動的知能」という生存戦略』〔二〇二二年〕水谷淳訳、東洋経済新報社、二〇二三年。

第6章

触発としての「受動的抵抗」

――「書記バートルビー」をめぐって――

武田悠一

1　はじめに

ハーマン・メルヴィルの「書記バートルビー——ウォール街の物語」(一八五三年)は、ニューヨークがアメリカの商取引の中心となりはじめる一九世紀半ばのウォール街で不動産取引をおこなう法律事務所を舞台にしている。物語は、この事務所の所長である弁護士によって語られる。語られるのは、事務所の仕事が忙しくなったので、ここで働いている三人のスタッフに加えて新たに雇われた書記バートルビーの物語だ。彼は、雇われた直後は、「まるで書き写す仕事に長い間飢えていたかのように」「異常なほどの分量の筆写をした」(Melville 648; 二九頁)のだが、やがてあらゆる活動から身を引くようになり、語り手のどんな要求に対しても、「私はしないほうがいいと思います(I would prefer not to)」としか応えなくなる。こうした「受動的な抵抗」(652; 三九頁)が繰り返されるのに苛立ちながらも、語り手は「慈悲深く想像力を働かせて」(653; 三九頁)、バートルビーの奇妙な振る舞いを何とか理解しようと努める。やがてバートルビーは勝手に事務所に棲みつき、しかも、もう筆写はしないことに決めたと言って書記の仕事すらやめてしまう。仕事をしない彼は、窓から見える隣のビルの壁を眺めているか、ただ事務所の自分の席に座っているだけになる。処置に困り果てた語り手は、思い切って彼自身がその事務所から引っ越してしまう。そのまま残ったバートルビーは、そこに取り憑いた亡霊のように建物の中をうろつき回り、浮浪者として「墓場」と呼ばれている刑務所に収監され、ついには食べることも拒絶して死んでいく。彼の死後、以前はワシントンの配達不能郵便課《デッド・レターズ》に勤めていたらしいという噂が聞こえてきた。

「書記バートルビー」という作品が、多くの読者を触発し、さまざまな議論を喚起してきたのはなぜか? もっとも大きな理由の一つは、バートルビーという人物の不可解で謎めいた行為に対する関心であろう。バートルビーの振る舞いがわたしたち読者を触発するのはなぜか、そしてどのようにしてか? この問いに答えることが本章の目的である。

バートルビーの物語は、彼の上司である弁護士によって語られる。物語がこのような語り手を必要としているのは、それがバートルビーの不可解な行為をめぐる物語であるというより、その行為に向き合わなければならなくなった人物の反応をめぐる物語、あるいは、バートルビーという奇怪な従業員とその雇用者の関係をめぐる物語だからだ。「書記バートルビー」という作品がなぜわたしたちを触発《アフェクト》してやまないのか？という問いは、なぜ語り手は——そして、語り手を通じてわたしたち読者は——バートルビーの奇怪な振る舞いに惹かれ、かつ反撥するのか、バートルビーの存在に困惑を感じながら、にもかかわらず関心を向けることを止められないのはなぜか？という問いにほかならない。

「書記バートルビー」の語り手が——そして、語り手を通じてわたしたち読者が——触発されるのは、理性的な反応というよりはむしろ身体的な、あるいは情動的な反応である。その意味で、バートルビーの不可解な行為をめぐる物語は、その行為が触発する情動をめぐる物語でもある。

スピノザは、〈情動《アフェクトゥス》〉とは「それによって身体自身の活動力能が増大もしくは減少し、促進もしくは抑制されるような身体の変様《アフェクチオ》、また同時にそうした変様の観念のこと」であると定義した（スピノザ 一一九頁）。ジル・ドゥルーズの解説によれば、スピノザの言う「アフェクチオ（変様）」とは、「像、すなわち物体的・身体的な痕跡」であり、その変様を触発した外部の身体と、変様を触発された内部の身体を含む「像の観念」によって捉えられるのに対して、「アフェクトゥス（情動）」は動的な概念であり、「ひとつの状態から他へ、ひとつの像または観念から他へ」という「推移」あるいは「持続的継起」の過程と、「その身体や精神のもつ活動能力の増大または減少を含んでいる」（『スピノザ——実践の哲学』一六五—一六六頁）。

スピノザは、哲学に「〈身体〉という新しいモデル」を提案した、とドゥルーズは言う。「私たちは意識やそれがくだす決定について、意志やそれがもたらす結果について語り、身体を動かす方法や、身体や情念〔受動的情動〕を制する方法については無数の議論をかさねながら——そのじつ身体が何をなしうるかは知りもしていない。知らないから私たちはおしゃべりをくりかえしている。のちにニーチェも言うように、ひとは意識を前にして驚嘆しているが、「身体こそ、それよりはるかに驚くべきものなのだ……」」（『スピノザ——実践の哲学』二八—三〇頁）。

スピノザの情動論は、デカルトに対する哲学的批判である。デカルトは思考を身体から完全に分離したものとして見ていた。心、すなわち「考えるもの」（レス・コギタンス）」と、思考しない身体、すなわち延長としての機械的部品（レス・エクステンサ）を分離し、心を身体から切り離すデカルトの二元論的な考え方を、スピノザは批判したのだ。

デカルトにとって、純粋な意識は、対象を持たない思考（コギト）であり、世界に対するどのような特定の関心も持たない。そのような関心をすべて削ぎ落としたところにこそ、純粋な意識があるからだ。したがって、デカルトの純粋意識は、何らかの情動によって染め上げられることはない。ところが、実際には、心は身体との繋がりを残さざるをえず、対象との出会いに触発されて情動が引き起こされる。デカルトによれば、心は、情動から自由になればなるほど、意識としての本質に迫ることができるとされる。

わたしたちが情動にとらわれたとき、デカルトはその情動を理性と意志によって克服しようとする。だが、スピノザは、理性や意志によって情動を克服することはできない、と言うのだ。ただ、悲しみにとらわれたり、怒りにかられたとき、わたしたちはなぜ自分は悲しんでいるのか、なぜ自分は怒っているのかを考えることはできる。ただ、その悲しみや怒りの原因を突き詰めたとしても、悲しみや怒りから自由になるわけではない。情動を超えられないということは、人間は自然（身体）の条件を超えられないということだ。デカルトにとって、心（精神）は身体から自立したものだが、スピノザにとって、それもまた身体という自然の一部なのである。

2　嫌悪と軽蔑

シアン・ンガイが論じているように、「書記バートルビー」は〈嫌悪（disgust）〉と〈軽蔑（contempt）〉をめぐる物語だ。シルヴァン・トムキンズは、〈嫌悪〉と〈軽蔑〉を情動の基本的集合を形成するものとして挙げ、「ネガティヴな」情動に分類している。(1) ンガイによれば、バートルビーは「醜い感情のうちでもっとも醜い感情、すなわち嫌悪を体現する個人として」あらわれる(Ngai 36)。「書記[バートルビー]は、彼を共感の対象にしようとする[語り手の]弁護士と読者の努力をそらし、(……)読者の感情的なかかわりを拒絶する」(49)のだ。

バートルビーの「受動的な抵抗」は、消費することの拒否と結びついている。彼は、食べないし、働かないし、何も欲望しない。一九世紀半ばのニューヨークという、資本主義化が進み、消費への欲望がうずまく都会にあって、しかも資本主義の中心ともいうべきウォール街のただ中で、不動産取引というもっとも資本主義的な営みに関わる法律事務所で書記として働くバートルビーは、その資本主義の営みそのもの、資本主義の欲望そのものを拒否するのだ。バートルビーが拒否する資本主義を体現する法律事務所の所長である語り手にとって、彼は嫌悪の対象とならざるをえない。にもかかわらず、語り手は「慈悲深い善意(charity)」にもとづいてバートルビーを受け容れようと努力する。

語り手が拠って立つ「慈悲深い善意」という行動規範は、「自己利益」のための現実的な態度にほかならない、とンガイは言う(333)。それは、バートルビーという対象が彼のうちに掻き立てる嫌悪感に対する「情動的な予防措置」(333)なのだ。じつを言えば、語り手が感じる嫌悪のうちには対象への強い関心、魅惑が潜んでいる。彼は、バートルビーの不可解な振る舞いに嫌悪を感じるにもかかわらず、それに無関心ではいられない。というより、それに強く惹かれるからこそ、嫌悪を抱くのだ。その〈嫌悪〉から目をそむけるための方便として発動されるのが、「慈悲深い善意」なのだ。それは、自分は部下の不愉快な振る舞いを咎め立てることもせず、大目に見てやる寛大な人間なのだという自己満足、あるいは「自己賛美」(333)と表裏一体である。

ンガイによれば、「[語り手の]弁護士が自分の部下の不愉快な現前に耐えることができるのは、自分が感じている反感を注意深く抑えつけているからである」。そして、この物語でメルヴィルが言わんとしているのは、「嫌悪がつねに執拗で耐えがたいものであるとするなら、寛容は、ある基本的な意味で、嫌悪の否認だ」(333)ということである。

言い換えれば、語り手は〈嫌悪〉から目をそむけ、「慈悲深い善意」によって、それを〈軽蔑〉に変えているのだ。「事実この物語では、善意の寛容はときに軽蔑に近づくように思われる憐れみの婉曲表現であることをほとんど隠していない」（Ngai 333-34）。語り手はこう言っている——

いずれにせよ、問題になっている一連の出来事について、私は、この書記の行動をあえて好意的に解釈してやることによって、彼に対する腹立たしい感情を懸命に抑えようとしました。哀れな奴なんだ、哀れな奴、と私は思いました。彼に悪意はまったくないのだ。その上、辛い時期を経験してきたのだから、いくらかはわがままも認めてやるべきなのだ、と。（Melville 667; 七六頁）

語り手の弁護士は、バートルビーの理不尽な行動に反感と嫌悪を感じているが、その〈嫌悪〉が何も生み出さないことも知っている。だからこそ、その〈嫌悪〉を何とかコントロールしようとして、「自分の非生産的な嫌悪を、自分より劣っているが基本的には無害な——つまり、「悪意のまったくない」と感じられる者への、社会的に受け容れられやすい、友好的な軽蔑へと格下げするために、「慈悲深い善意」を発動している」（Ngai 334）。問題は、バートルビーがこのことに気づいているかどうかだ、とンガイは言う。

〈嫌悪〉は、対象への関心がなければ生まれてこない、というより、対象に強い関心を抱いているからこそ掻き立てられる[2]。それに対して、〈軽蔑〉を特徴づけているのは無関心である。〈軽蔑〉は、〈嫌悪〉と違って、自己満足に裏打ちされている。それは、〈嫌悪〉とは逆に、対象に対して寛容な態度をとる。というのも、対象に対する自らの優越性を疑っていないからだ。危険で、感染力があり、それゆえ無関心ではいられないと感じられる対象が掻き立てる〈嫌悪〉とは違って、〈軽蔑〉の対象は、それに近いものとしての憐れみや蔑《さげす》みの対象のように、どちらかといえば無害なものと感じられる。それは、弱くて、取るに足らない、無視することができる、自分より劣ったものと感じられるのだ。

3　カント的崇高

バートルビーによって掻き立てられた〈嫌悪〉を語り手が何とかして乗り越えようと努力するさまは、ンガイも示唆しているように、崇高をめぐるカントの議論を想起させる。『判断力批判』のなかでカントは、一般的な美的判断において、美は快として、醜いものは不快として感受されるのだが、芸術においては、醜いものを媒介にして、不快を快に転化することができる、と述べている。「芸術の特徴は、自然においては醜いもの、あるいは不快を感じさせるようなものでも、これを美しく描写するところにある。それだから、狂暴、疾病、戦争による荒廃なども、痛ましい災禍としてきわめて美しく描写されうるし、それどころか絵画においてなら美しく表現されもする」。ところが、「嫌悪(Ekel)をもよおさせるような醜さ」だけは、「一切の美的適意を、したがってまた芸術美を滅却せざるをえない」(カント(上)二六四頁)。つまり、嫌悪を掻き立てるような醜さだけは、不快を快に転化するような美的変様を許さない、というのだ。それは、わたしたちの感性に激しく突き刺さってくるために、不快な対象を快として内に取り込もうとする努力をはねつけ、自らをあくまでも不快なものとして享受することをわたしたちに強要するのである。

わたしたちを不快に感じさせるような対象を、想像力によって快に変えるときに生まれる情動を、カントは「崇高」と呼んだ。崇高とは、たとえば、その絶対的な規模と威力でわたしたちを圧倒する自然に直面したとき、わたしたちが抱く、尊敬、賛嘆、畏怖といった情動のことである。カントは、崇高を美と区別している。カントによれば、美が心の平静を保持するのに対し、崇高は心の動揺をもたらす。たとえば、頭上からいまにも落ちかからんばかりの岩石、すさまじい破壊力の火山、惨憺たる荒廃を残す暴風。わたしたちは、安全な場所から眺めているかぎり、その光景が恐ろしいものであればあるほど、その光景に惹かれ、そこに崇高を感じる。崇高はまず苦痛をともなう不快として経験されるのだが、しかし、その不快のなかで、快が生じるのだ。この場合、外的な対象そのものが崇高なのではない。崇高とは、対象に向きあう主体の「内的な経験」として、主体の想像力《イマジネーション》(構想力)によって生み出されるものである。

「書記バートルビー」において、語り手はバートルビーが掻き立てる〈嫌悪〉という情動を「慈悲深い想像力」を媒介にして〈軽蔑〉に変え、それによって心の平静を保とうとするのだが、うまくいかない。「書記バートルビー」は、語り手のその試みが失敗する物語なのだ。バートルビーの不可解な振る舞いによって掻き立てられた語り手の心の動揺は最後まで鎮まらない。語り手は、「ああ、バートルビー！　ああ、人間の生よ！」（Melville 678; 一〇一頁）という感嘆で物語を締めくくるしかないのだ。

ンガイの言葉で言えば、語り手はバートルビーが掻き立てた〈嫌悪〉を「慈悲深い善意」によって抑えつけ、「社会的に受け容れられやすい、友好的な軽蔑へと格下げ」しようとするのだが、結局「格下げ」できなかった、ということになる。カントにとって〈嫌悪〉は、芸術によっても快に変えることができないもの、想像力によって快に転化することができないもの、すなわち、崇高の埒外にあるものであった。「書記バートルビー」にあって、バートルビーの不快な振る舞いは、語り手の「慈悲深い想像力」によっても〈軽蔑〉に転化（＝「格下げ」）することのできないものである。それは、あくまでも不快なものとして、すなわち〈嫌悪〉の対象として享受することを要求している。つまりそれは、社会的に容認可能なものでもなく、カント的崇高に組み入れられるものでもない、あくまでも「不快なもの」として呈示されているのだ。「しないほうがいいと思います」という言葉を繰り返すバートルビーの不可解な行動は、語り手にとって――そして、わたしたち読者にとっても――、あくまでも嫌悪という情動を掻き立てる「不快なもの」であり続ける。そして、むしろそのことによって、それは軽蔑の対象というよりは、賛嘆されるもの、畏怖されるもの、すなわちカント的な崇高に近づいているように思われる。語り手が物語の最後でもらす嘆息は、感嘆あるいは賛嘆の言葉として読むこともできるだろう。

4　ニーチェ的ルサンチマン

そもそもバートルビーは、語り手が自分に対して嫌悪感を抱いていること、そして、「慈悲深い善意」を媒介にしてそれを軽蔑に転化して心の平静を保とうとしていることに気づいているのだろうか、という問いをンガイは発している。それに対して、バートルビーはそれに気づいている、それどころか、それを利用さえしていると応えることもできるだろう。どのように利用しているのか？　これもまたンガイが示唆しているように、ニーチェ的なルサンチマンを梃子にして、である。

ニーチェは、ルサンチマンに駆られて、つまり反感と憎しみを原動力にして、世界解釈を転換していく力に注目した。彼はこれを「道徳における奴隷の叛乱」（ニーチェ 五一頁）と呼び、今のわたしたちにそれが見えないとすれば、それがすでに勝利をおさめてしまって、あたりまえのことになってしまったからでしかない、と言っている。「良い」という価値判断を、元来の貴族的評価から司牧者（僧侶）的価値評価に変換させたのは――言い換えれば、「道徳における奴隷の叛乱」が始まったのは――弱者のルサンチマンにほかならず、ユダヤ・キリスト教が説く道徳は、それによって生み出された、とニーチェは言う。

たとえばキリスト教は、「貧しき者は幸いである」と説く。なぜこのような価値の逆転が生じるのか。その理由は、ニーチェによれば、弱者の価値はつねに強者の価値への反動として生じるからだ。弱者もまた強者になりたいと思っている。しかし、現実の世界では強者と弱者の秩序があって、それがどうしても動かしがたいものに感じられるとき、弱者は現実の秩序をそのままにして、想像の秩序のなかで価値の逆転をおこなおうとするのだ。ある意味では、これはわたしたちの多くが陥る心の動きといえるだろう。問題は、キリスト教の道徳がこの価値を唯一の真理として固定し、そのことによってわたしたちから現世的な生の可能性を奪い、ただ彼岸における生の可能性だけを説くということである。

ルサンチマンの特性について、ニーチェは次のように言う。

――道徳における奴隷の叛乱はまず、怨恨の念《ルサンチマン》そのものが創造する力をもつようになり、価値を生みだすことから始まる。このルサンチマンは、あるものに本当の意味で反応すること、すなわち行動によって反応することができないために、想像だけの復讐によって、その埋め合わせをするような人のルサンチマンである。すべての高貴な道徳は、勝ち誇るような肯定の言葉、然り《ヤー》で自己を肯定することから生まれるものである。ところが奴隷の道徳は最初から、「外にあるもの」を、「他なるもの」を、「自己ならざるもの」を、否定の言葉、否《ナイン》で否定する。この否定の言葉、否《ナイン》が彼らの創造的な行為なのだ。

（……）ここで考えてほしいのは、この価値評価が（……）軽蔑し、見下し、上から眺めるような情動をそなえているために、軽蔑した相手の像が歪められたものになるとしても、それは無力な者の内に籠ったような憎悪と復讐の念が敵を――もちろんその像を――歪めるほど、著しいものではないということである。（ニーチェ五六―五八頁）


ンガイが言うように、「ニーチェの『道徳の系譜学』において、軽蔑はさまざまな情動の結節点の一つである」（Ngai 336）。軽蔑の対象は、劣っているので大目に見ることができるものとして感受される。ンガイによれば、軽蔑はその意味で「寛容の情動的スペクトラムの否定的な境界」と言うことができるかもしれない。「寛容と軽蔑は同じものだと言っているのではなく、軽蔑的な寛容は、嫌悪的な軽蔑ができないような形で可能だということだ。欲望が「イエス」と言うとしたら、嫌悪は「ノー」と言う。（……）ニーチェの叙述する軽蔑は「どうとでも」と言うのだ。嫌悪はその対象を耐えがたく感じ、それが排除されることを要求するが、軽蔑の対象は強い情動に値しないのだ。軽蔑の対象は、注目に値しないということを知る程度に注目されるにすぎない」（336-37）。

ジル・ドゥルーズが言っているように、バートルビーが繰り返し口にする「私はしないほうがいいと思います」という決まり文句は、「肯定でも否定でもない」（「バートルビー、または決まり文句」一五一頁）。ドゥルーズによれば、こうしたバートルビーの「受動的な抵抗」は、彼の「生き残りの方法」なのだ。それは「めくら壁を前にして立ち、身動きせずにいるという権利」だ。バートルビーは「存在として在り、それ以上のものはなに一つない」。「諾か否かを言うようにと迫られもするだろう。しかし、否（照らし合わせをすること、買い物をすることについて）と言ったり、諾（書き写すことについて）と言ったりすれば、すぐさま敗北してしまい、不必要とみなされ、生き残れない。照らし合わせの行為をせずにすますことを好み、それとともに、筆写を好むこともせずにすますのが、生き残りの方法なのだ」。こうして、「決まり文句は二段階で作動し、たえずみずからを装填しつづけ、同じ状態を何度もくぐりぬける。だからこそ代訴人は、すべてが零からやりなおしになるかのような感じをその都度いだき、めくるめく思いをするのである」（一五二頁）。

周りが自分に対して無関心でいること、それこそバートルビーが望んでいるものなのだが、にもかかわらず、語り手をはじめとする彼の周りにいる者たちを――そして、わたしたち読者を――けっして無関心にはさせない。食べないこと、働かないこと、何もしないこと、何も欲望しないことによって、バートルビーは自分を注目に値するものに見えさせてしまうのだ。彼は、語り手に嫌悪を抱かせ、語り手は「慈悲深い善意」によってそれを抑えつけることを強いられる。語り手は、バートルビーの不可解な振る舞いに触発され、それに対して反応せざるをえなくなる――その反応が、嫌悪という形をとるにせよ、軽蔑という形をとるにせよ、あるいはまた、賛嘆や畏怖という形をとるにせよ。バートルビーは、自分の「受動的な抵抗」が周りの者を触発し、自分を注目に値するものにする術を知っているのだ。

永井均は、ルサンチマンを「現実の行為によって反撃することが不可能なとき、想像上の復讐によってその埋め合わせをしようとする者が心に抱き続ける反復感情のこと」（永井　一五頁）と定義している。ただし、永井自身が強調しているように、このように定義しただけでは、ルサンチマンという情動がもつ影響力あるいは感染力を見逃してしまうことになる。なぜなら、永井が言うように、ニーチェにとっての問題は、「ルサンチマンが創造する力となって価値を産み出すようになったとき、道徳上の奴隷一揆が始まるということであり、そして実際にそうであった」ということ、つまり「我々はみなこの成功した一揆でつくられた体制の中にいて、それを自明として生きている」（永井　一五頁）ということだからだ。

永井が言うように、ニーチェが問題にしているのは、「ヨーロッパ文明とそれを見倣ってできた今日の世界そのものを成り立たせているグローバルなルサンチマン」（永井 一七頁）にほかならない。この点に注目しないと、ニーチェのルサンチマン論は負け惜しみをめぐるありきたりな人生論に見えてしまうだろう。

＊

なぜ語り手は――そして、語り手を通じてわたしたち読者は――バートルビーの奇怪な振る舞いに惹かれ、かつ反撥するのか？　バートルビーの存在に不快を感じながら、にもかかわらず関心を向けることを止められないのか？　この問いは、「書記バートルビー」という作品が、多くの読者を触発し、さまざまな議論を喚起してきたのはなぜかという問いと重なり合う。

竹村和子の「生政治とパッション（受動性／受苦）――仮定法で語り継ぐこと」（二〇一〇年）は、生政治《バイオポリティックス》の観点から「書記バートルビー」を論じ、「死の政治へと歩みを早めるグローバルでミクロな生政治に対する「抵抗」がいかなるものになりえるのか／なりえないのかを考察する」（竹村 二三四頁）力強い論考である。ここでは、竹村の議論を参照しながら、情動論の視点から近年のバートルビー論を振り返ってみたい。

竹村によれば、「書記バートルビー」を「現在の関心事に重ね合わせて領域横断的に考察している批評」には、「二つの潮流がある」という。一つは、「しないほうがいいと思います」という不可解な言表に焦点を当て、「その発言が含意する受動的抵抗や潜在的な存在性へと議論を発展させる」もの。それは、「遡ればモーリス・ブランショの読解から始まり、ジル・ドゥルーズを経てジョルジョ・アガンベンへ、あるいは直接にジャック・デリダへと繋がる方向で、非歴史的な人間存在そのものを扱う傾向が強い」。もう一つは、「バートルビーを労働者の形象として、産業化の初期から現在のグローバル化した市場経済にまで通底する資本主義の搾取を主軸にする」考察である。これには、「マルクス主義批評を経て、八〇年代半ば以降の新歴史主義的再読（たとえばマイケル・ギルモア）があり、政治哲学の領域では、グローバル化時代の主権権力に関連させた議論（たとえばアントニオ・ネグリ／マイケル・ハート）などがある」（二三四―二三五頁）。

５　「あらゆる否定の彼方にある否定主義」

ドゥルーズの「バートルビー、または決まり文句」（一九八九年）が論じているのは、何度も繰り返される「私はしないほうがいいと思います」という「決まり文句」が孕む「あらゆる否定の彼方にある否定主義」（一五三頁）である。竹村の解説によれば、“I would prefer not to.”の末尾“not to.”は、「何を否定しているのかを統語上は参照しておらず、対象を特定しないまま反復される否定は、否定と肯定の境界を不明確にし、その結果、肯定であったはずの「したほうがよい」事柄も、いつの間にか否定的事柄「しないほうがよい」の範疇に入っていく（……）。実際バートルビーは物語が進むにつれて、あれほど有能に働いていた代書の仕事も拒否するようになり、それどころかあらゆる活動も拒否していく」（竹村 二三六頁）。

ドゥルーズが問題にするのは、この「否定主義」の「破壊的な」効果である。「この決まり文句が破壊的であるのは、どのようなものにせよ、好みでない事柄を除去するのと同じ無慈悲さで好みの事柄も排除してしまうからだ。決まり文句は、その標的となり、忌避の対象とされた事柄を廃絶するが、同時に、決まり文句によって保護されているかに見え、その実、実現不可能になってしまった別の事柄も廃絶する。その二つの事柄が区別しがたいものにされてしまうのだ。決まり文句は、識別不可能性、不確定性の領域を抉り出し、その領域は好ましくない活動と好ましい活動のあいだで拡大しつづける。（……）「何かを望むよりもむしろなにもなしですませたいのですが」。これは虚無の意志ではない。意志の虚無の増殖だ」（一五一―五二頁）。

あらゆることに対して無差別に「しないほうを好む（*prefer* not to）」とバートルビーは言う。このように言うことによって、バートルビーはあらゆるものに対する「好み」をもつことができない状況に陥ってしまう。言い換えれば、「好む」という行為、あるいは欲望それ自体が否定されてしまうのだ。そして、最終的に、バートルビーは拒食死する。

ドゥルーズは、しかし、この「あらゆる否定の彼方にある否定主義」が孕む破壊力を肯定的にとらえる。それが生み出す攪乱――それが既成の言語空間や社会空間に創り出す混乱――を肯定的に評価するのだ。バートルビーはカフカ的な〈独身者〉であり、「身元保証なき、所有財産なき、属性なき、身分なき、特性なき人間」である彼は、「大都会で押しつぶされ、機械化された人間だが、もしかすると、この人間から新しい世界の〈人間〉が出てくると期待できる」と言うのである（一五七―五八頁）。

ドゥルーズはさらに、バートルビーは「性的差異も破棄した」（一五八頁）と言い、彼と語り手の両義的な関係について次のように述べる――「彼［語り手］の心のなかには、バートルビーにたいして、殺したいという欲求と愛の告白とが交互に浮かび上がってくる。いったい何が起きたのか？　二人でともに陥った狂気の症例なのか、これもまた、分身の関係、当事者がほぼそれと認めた同性愛の関係なのか」（一六〇頁）。そして、メルヴィルのテクストから、語り手の告白を引用している――「そう、私は、君がそこにいると知っている時ほど一人きりの安らぎを感じる時はない。そうなのです。とうとう私は神が予め運命づけた自分の人生の目的を理解し、満足しました」（Melville 668; 七八頁）。

6　「絶対的潜勢力」

アガンベンは、「バートルビー――偶然性について」（一九九三年）において、ドゥルーズの論点を反転させている。「好む」という行為――欲望するということ――それ自体の全面的な廃棄は、すべてを否定するということではない。それは、バートルビーが「何かを絶対的に欲するということのないままに為すことができること（そしてまた、為さないことができること）に成功した」ということだ。「彼の「しないほうがいいと思います」という言葉のもつ還元不可能な性格はここに由来する。それは、筆写することを欲していない、ということでも、事務所を離れないことを欲していない、ということでもない――単に彼は、それをしないほうがいいと思うのである。これほど頑固に反復される定式は、できることと欲すること、絶対的潜勢力《ポテンティア・アブソルタ》と秩序づけられた潜勢力のあいだの関係を構築する可能性をすべて破壊してしまう」（四一―四二頁）。

アガンベンが強調するのは、「意志なしで」為すことができるバートルビーの「絶対的潜勢力」である。それこそが、彼の「受動的な抵抗」が孕む力なのだ。『ホモ・サケル――主権権力と剝き出しの生』(一九九五年)で、アガンベンは次のように言う――「主権原則に対するおそらくは最も強い異議申し立ては、ハーマン・メルヴィルの産んだ人物、書記バートルビーの内に含まれている。彼は、彼の言う「しないほうがいい」によって、する潜勢力としない潜勢力とのあいだでの決定のあらゆる可能性に抵抗する。これらの形象は主権のアポリアを限界まで押しやるものである」(『ホモ・サケル』七四頁)。

アガンベンがバートルビーの態度に見ているのは潜勢力(可能性)のままであるような生のイメージだと思われる。つまり、アガンベンの考えでは、労働する者が自由な主体として何かを現実にやってしまうと、結局は、資本主義に貢献しているだけになってしまう、だから「(できるけども)しない」という状態を純粋に保ちつづけることにこそ、真の自由があるということになるようだ。

竹村和子は、ドゥルーズやアガンベンの議論が説得力をもつのは、「彼らの解釈が、これといった理由も示されないまま、ますます情動的なものをぬぐい去って、活動から身を引くバートルビーの存在のありようを語っているからだ」(二三七頁)と言う。わたしたちとしても、竹村が言う「情動的なもの」、すなわち最後には拒食死するバートルビーの「パッション(受苦)」に目を向けるべきだろう。

7 労働拒否

アントニオ・ネグリとマイケル・ハートは、『〈帝国〉――グローバル化の世界秩序とマルチチュードの可能性』(二〇〇〇年)のなかで、バートルビーの「拒否」は「労働拒否の長い伝統のなかに位置づけられる」と言う。「バートルビーはそれを極限にまで推し進める。彼はあれやこれやの特定の仕事を拒むのではない。(……)彼はただひたすら、受動的かつ絶対的に断るばかりなのだ。バートルビーの拒否はそれほどまでに絶対的なものであるので、彼は完全な空白、特性のない人間、（……）ただの人間にすぎない者のようにみえてくる。バートルビーは、その純粋な受動性と、いかなる個別的事柄をもはねつけるその拒否のあり方において、総称的な存在の形象、存在そのもの、存在にすぎないものを、私たちに差し出しているのだ」（Hardt 203; 二六四–六五頁）。

しかし、ネグリとハートによれば、このような労働拒否は「解放の政治の始まり」ではあるけれども、「（労働や権威や自発的隷従を）拒否することそれ自体は、一種の社会的自殺にしか通じていない」。それゆえ、ネグリとハートは、わたしたちが必要としているのは「たんなる拒否を超えて、あるいはまた、そうした拒否の一部をなすものとして（……）新しい生の様式、そしてとりわけ、新しい共同体を構築すること」だ、と主張するのである（204; 二六六–六七頁）。

ミシェル・フーコーは、近代以降、政治権力が「生」そのものを管理するようになり、出生や死亡率の管理、公衆衛生などによって、市民を統制するようになったと考えた。このフーコーの考え方によって、わたしたちは権力の「生政治《バイオポリティックス》」的な側面を認識することができるようになった。ネグリとハートが言うように、「生権力《バイオパワー》とは、社会的生に密着しつつ、それを解釈し、吸収し、再分節化することによって、内側からそれを規制するような権力形態のことである。（……）このような権力の最高度の機能は、生をくまなく包囲することであり、そしてまたその主要な任務は、生を行政的に管理することである」（23-24; 四一頁）。こうした生政治的な社会における新たな労働の実践の可能性を探ること、バートルビーの労働拒否にそくして言えば、それが「社会的自殺」とならないような、「新しい生の様式」や「新しい共同体」の創造を目指すことこそが必要なのだ、とネグリとハートは考える。そしてそのためには、フーコー的な「意志」ではなく、「情動」や「感情」といった動的変容性を秘めたエネルギーをバネにした「創造的な抵抗」」（竹村 二五二頁）が要請される、というのである。

8 分析(へ)の抵抗

ジャック・デリダは、フロイトが「制止、症状、不安」(一九二六年)のなかで展開している〈抵抗〉をめぐる議論を取り上げ、とりわけ反復強迫にみられる抵抗、フロイトが「無意識の抵抗」(フロイト 八七頁)と呼んだものに注目する。デリダによれば、それは「もっとも強力な抵抗(……)さらに言えば、還元不可能な抵抗」(『精神分析の抵抗』四八頁)である。デリダは、反復強迫におけるこの抵抗が、分析(=精神分析)それ自体と構造的に等質であるとして議論を進めるのだが、そこに登場するのが「書記バートルビー」である。

(……)反復強迫は、非-抵抗の誇張的抵抗は、それ自体分析的であり、それは今日、精神分析がその抵抗を代理表象している(représente)もの、そのもっとも確かな狡知において、すなわち非-抵抗を偽装して代理表象しているものである(……)。それらは応答せずに応答し、諾とも否とも言わず、受け容れもせず反対もせず、それでも話すことは話すけれども何一つ言わない、諾も否も言わない、「書記バートルビー」のように、どんな要求にも、問いにも、圧力にも、要望にも、命令にも、彼は応答せずに応答する、能動的でも受動的でもなく。《*I would prefer not to*》、しないほうがいいのですが……。メルヴィルのこの、小さいけれども途方もなく大きな本を読まれた方は、バートルビーが死の形象でもあることをご存じだろう。なるほどその通り、しかしまた、彼が、自分からは何も言わずに他人に話させることもご存じだろう。それもまず第一に語り手を、責任ある法律家であり倦むことなき分析家でもある語り手を、倦むことなき分析家、実は治癒不可能な分析家である語り手を。バートルビーは話させる、語り手にして法律家である分析家を。バートルビー、それはまた文学の秘密でもある。そこで、おそらく、文学は話させるのだ——あるいは歌わせるのだ、精神分析を。「そこ」、それこそ抵抗の場そのものである。精神分析の抵抗——精神分析に対する。それこそ精神分析そのものである。誰が誰の秘密を——「死ぬほど=徹底的に」(à mort)——分析しているのか、もはや分からない。そして、この法律家はある噂話を報告する。バートルビーはかつて、ワシントンで、配達不能郵便〔死んだ手紙 *dead letter*〕の事務所で下級の責任を負っていたという。（『精神分析の抵抗』四九–五〇頁）

バートルビーは「しないほうがいいと思います」という決まり文句を繰り返すだけである。にもかかわらず、その決まり文句の反復は語り手を触発し、語りを掻き立てる。バートルビーは語り手に何を語らせるのか？　デリダによれば、バートルビーが語るのは、「語らないほうがいい」ということ、すなわち、語ることへの抵抗である。デリダの言葉で言えば、「抵抗の場そのもの」である「精神分析の抵抗」、そして「精神分析に対する」抵抗である。語り手は、バートルビーの不可解で謎めいた決まり文句に触発されて、バートルビーという存在について、そして自分自身について語らずにはいられなくなる。「責任ある法律家であり倦むことなき分析家でもある語り手」は分析する。彼が分析しつづけなければならないのは、まさにその対象が分析に抵抗しつづけるからだ。というより、そもそも精神分析とは、そのような〈抵抗〉に触発されて発動するのではないか。とすれば、それは「精神分析への抵抗」であると同時に、「精神分析の抵抗」でもある。

「死を与える」（一九九〇年）のなかでデリダはこうも言っている。

一般的なことや決定するようなことは何も言わないにもかかわらず、バートルビーはまったく何も言わないわけではない。I would prefer not to は不完全な文に似ている。この非決定は緊張を作りだす。つまりそれは留保《レゼルヴ》つきの不完全性に対して開かれており、一時的な留保あるいは蓄えとしての留保を予告するのだ。ここには、なんらかの解読不可能な摂理や慎重さを仮言的に参照するという秘密があるのではないか。バートルビーが何を望んでいるのかも何を言いたいのかもわからないし、彼が何をしたくないのかも何を言いたくないのかもわからないが、彼ははっきりと「わたしはそうしないほうがいい」〔I would prefer not to は〕という言葉を聞かせる。この答えには内容の影《シルエット》がつきまとっている。死を与えること、（……）〔I would prefer not to は〕彼を死へと導く犠牲的な受苦《パッション》である。掟が

与える死、自分がなぜそう振る舞うのかもわかっていない社会が与える死へと。（「死を与える」一五六―五七頁）
バートルビーの応えなき応えはひとを面食らわすものであると同時に不吉でもあり、また喜劇的でもある。尊大にも、そして巧妙にもそうなのだ。彼の応えは一種の崇高なアイロニーを練り上げている。何も言わないために、あるいは予想されることとは別のことを答えるために語ること、当惑させたり面食らわせたり問いただしたり（法や「法律家」を）話させるために語ること、それはアイロニーによって語ることだ。アイロニー、とりわけソクラテスのアイロニーとは、何も言わず、いかなる知も表明しないにもかかわらず、そのことによって問いただし、語らせ、考えさせることにほかならない。（「死を与える」一五八頁）

9　革命の原理

竹村和子が指摘しているように、デリダの議論おいては「歴史的コンテクストは捨象され、存在論的な精神分析の圏域で――とくに「死の欲動」という非歴史化された概念との関係で――抵抗の可能性が論じられている」（二六二頁）。

すでに見たように、ネグリとハートはバートルビーの「拒否」を労働拒否の伝統のなかに位置づけるが、それは「解放の政治の始まり」にしかすぎず、そうした「拒否」の後に、それを具体化するような新しい共同体の構築が必要だと言う。それに対して、スラヴォイ・ジジェクは、バートルビーの「私はしないほうを好む」は、「拒否」あるいは「否定」ではないと言う。バートルビーは「述語を否定するのではない。むしろ、否定された述語を肯定しているのである。彼は、自分はそれをしたくない、とは言わない。自分はそれをしないほうを選ぶ（好む）と言うのである」（Žižek 381; 六七七頁）。これは「自分が否定するものに寄生している「抵抗」もしくは「抗議」の政治」ではなく、むしろそこから「別の政治にうつるための方法」だ、と言うのである。

この政治は、ヘゲモニー的立場およびその立場の否定という両者の外側に、あたらしい空間をきりひらくのである。われわれは、現在の公的空間のうちにあるさまざまな種類のそのような身振りを想像することができる。だれにでもわかるのは、次のようなものである。「ここには、あたらしいキャリアの大きなチャンスがある！　いっしょにやろう！」――「私はしないほうを選びたい」。それだけではない。「あなたの真の自己の深みを発見し、内面の平和を見つけよう！」――「私はしないほうを選びたい」。あるいは、「環境が危機にさらされていることは、わかっているだろう？　エコロジーのために何かをしよう！」――「私はしないほうを選びたい」。あるいは、「身の回りのいたるところで目につく人種にかんする不正義、性にかんする不正義はどうなんだ？　もっと何かをすべき時機じゃないのか？」――「私はしないほうを選びたい」。これは、最も純粋なかたちでの引き算の身振り、あらゆる質的な差異を純粋に形式的な最小の差異に還元することである。(381-82; 六七七―七八頁)

バートルビーの「私はしないほうを選びたい」は、解放の政治の出発点ではない。つまり、「あとになって、現存の社会的宇宙《ユニヴァース》の「規定的否定」という根気のいる肯定的作業のうちで、克服されるべきものではない。それは、一種のアルケーであり、根底にあって運動の全体をささえる原理である。それにつづく建設の仕事は、それを「克服」などせず、むしろ、それに身体をあたえるのである」(Žižek 382; 六七八頁)。バートルビーの「受動的抵抗」は、何らかの具体的な権力を否定するものではなく、それにもとづいて新しい共同体の建設という革命を推進する原理だ、というのである。

しかし、再び竹村和子によれば、ジジェクはネグリ・ハートの議論を単純化し、デリダと同様にバートルビーを「存在論化」あるいは「原理化」している。確かに、ジジェクは「資本主義の自己推進的身振りを念頭に置きつつ語って」いるし、「彼が主張するように、仮想化と肥大化を進める資本主義に対しては、ナイーブなエコロジー意識や慈善運動はあまりに脆弱」であり、「むしろ文化唯物論的な視点では、資本主義に再包摂されるものですらある」ことは認めるとしても、「バートルビーを、「新秩序」の「起源」とか「背景」とか「永遠の基底」［Žižek 382; 六七八–七九頁］と言うかぎりにおいて、ジジェクは、バートルビーの提示する問題を、超歴史的で記号学的な「人間」の問題にすり替え、それによって、バートルビーの抵抗が最終的には死に至らざるをえないもの――死に至らしめられるもの――であったという重態性や、問題の火急性を削いでいる」（竹村 二六六–六七頁）からだ。

ドゥルーズは、バートルビーに「カフカ的な〈独身者〉」を見て取り、この根なし草的な存在こそが「新しい世界の〈人間〉」を生み出すだろうと述べた。そして、この〈独身者〉の共同体として、「アメリカ」を提示する。

> メルヴィルの描く独身者バートルビーは、カフカの作品の独身者と同様、「自分が散歩する場所」、つまりアメリカを見出さなければならない。アメリカ人とは、イギリスの父親的機能から解放された者であり、砕かれた父親を持つ息子、あらゆる国民にとっての息子だ。すでに独立前に、アメリカ人は国家の複合体、アメリカ人の使命と両立しうる国家形態を考えていた。ただし、アメリカ人の使命とは、「昔ながらの国家機密」を、つまり国民だとか、家族だとか、遺産だとか、父親だとかを再構築することではなく、なによりも世界を、兄弟の社会を、人間と財の連邦を、アナーキストとしての個人から成る共同体を構築することであり、それはジェファーソンやソローやメルヴィルによって植え付けられた使命である。（「バートルビー、または決まり文句」一七七–七八頁）

ドゥルーズが提示する「アメリカ」は、言うまでもなく、アメリカそのものではない。それは、「アメリカの夢」、すなわちアメリカが建国の理念として掲げた〈アメリカ〉である。わたしたちが見なければならないのは、その理念の実現のために振るわれた暴力である。それは、メルヴィルが生きた一九世紀のアメリカで、資本主義的拡大がもたらした暴力にほかならないからだ。

10　資本主義の欲望

「アメリカの夢」という言葉には、物質的成功によって豊かな生活の実現を求めるという世俗的側面と、新世界アメリカで「理想」を実現しようとしたピューリタンの宗教的精神が並存していた。たとえば、ベンジャミン・フランクリンは勤勉と節約を奨励し、富と成功への道を説いたが、それは富の獲得が職業上の有能さの証《あかし》とみなされ、神の意志に沿うものとされたからである。マックス・ヴェーバーが『プロテスタンティズムの倫理と資本主義の精神』(一九二〇年)のなかでフランクリンを引きながら論じているように、「自分の資本を増加させることを自己目的と考えるのが各人の義務だ」と捉える資本主義の精神は、「倫理的な色彩をもつ生活の原則」であり、プロテスタンティズムの宗教的倫理が世俗的社会において変形を遂げたものである(ヴェーバー 四三–四五頁)。一八世紀啓蒙時代のフランクリンにとって、自己実現は神への信仰の証でもあったのだ。

ヴェーバーは、ピューリタンの信仰生活こそが、「industry(勤勉)」――「産業」と訳されることが多いが、もともとの意味は「勤勉」――転じてプラグマティックな「職業意識」(calling＝天職、すなわち神からの「呼びかけ」)が生まれる素地を形成し、後に「蓄積」の美徳を奨励して資本主義的国家確立に大いに寄与した枠組みにほかならないと言っている。ヴェーバーは、禁欲的なプロテスタンティズムが「産業的中産階級」の間に禁欲的な職業倫理を植えつけることによって、近代資本主義に適合する精神を生み出したと考える。一七世紀にアメリカに移住した人たちは、圧倒的に中産階級出身であり、彼らに浸透していたピューリタン倫理が、植民地の発展に貢献したことは否定できない。フランクリンに典型的に示される勤勉、質素、無駄のない合理的生活といった、伝統的なアメリカ人に広く見られる道徳的生活態度は、こうしたプロテスタンティズムの倫理なくしては考えられない。

プロテスタンティズムの倫理によれば、人は神からの「呼びかけ calling(＝職業)」に応えて、ひたすら労働に励まなくてはならない。それは、一刻たりとも、自己検証を怠らない生活態度、禁欲的な生活態度だ。そして、禁欲的な労働によって得られた富を消費して欲望を満たすのではなく、禁欲してさらなる営利追求のために投資する。すなわち、たえざる勤勉と自己改革に励むこと。これがヴェーバーの言う「資本主義の精神」だ。

ヴェーバーは、「世俗内的禁欲」ということを言っている。一言でいえば、それは欲望の遅延ということだ。すぐに欲求を満たすのではなく、遅延させる。あるいは、欲求を満たす権利を蓄積する。それが、ヴェーバーのいう「資本主義の精神」であり、それこそが近代資本主義をもたらす、勤勉な労働倫理を用意したというのだ。

フランクリンは、ヴェーバーが言うところの「産業的中産階級」の典型であり、また自分と同じ層の人たちに向けて著作活動をおこなった。当時の「産業的中産階級」は、のちに産業構造の変化に伴って、「資本家」と「賃金労働者」の二極に分かれていく双方の役割を、未分離のまま含みもっていた。フランクリン自身が『自伝』で語っているように、彼は貧しい家庭に生まれたが、ピューリタン的勤勉(industry)によって、印刷業者として成功する。フランクリンはこの個人的経験をふまえて、それを同じ社会層に属する人たちに語りかけたのである。

マイケル・T・ギルモアによれば、アメリカの資本主義発展の揺籃期に書かれた「書記バートルビー」は階級間の葛藤、すなわち資本家と労働者のあいだに生まれた溝をめぐる物語である(Gilmore)。こうした葛藤が生じたのは、資本主義の進展にともなって、アメリカの夢の実現がもっぱら物質的豊かさの実現を意味するようになっていったからである。一八世紀のフランクリンにあって、経済的成功は「神のために」であったのだが、メルヴィルが生きた一九世紀には、「社会的承認」のためになされるようになる。近代資本主義の欲望は、他者の欲望に媒介されている。人が欲しがるものを欲しがり、そうした他者の欲望の対象であるものを獲得することによって、他者の承認を得る。これが、消費文化を成り立たせている資本主義的な欲望だ。人が所有しているものを自分も所有したいという欲望を掻き立てることによって、消費資本主義は拡大していくのだ。

11 労働と所有

一九世紀のアメリカは、領土拡張運動、南北戦争、奴隷解放など、「アメリカ合衆国」の自己形成が激しくしかも暴力的におこなわれた時代である。一七七六年に東部一三州で独立して以来、アメリカの領土は西に向かって拡大していった。一八〇三年のフランスからのルイジアナ購入によって、ミシシッピ川以西、ロッキー山脈までの広大な土地を手に入れ、領土は一気に二倍になった。やがて、領土拡大が西海岸に達すると、国家拡大はさらに海を超えて進み、一八九八年にはハワイが併合される。

こうした領土拡大は、当然のことながら、先住民インディアンとの軋轢を生み出さざるをえない。そもそも、一六世紀以来の北アメリカ大陸での植民地建設そのものが、先住民の側からすれば一方的な侵入にほかならず、ヨーロッパ人の植民は、自己拡大の野望を実現するためとしか説明しようのないものだったのだ。植民者側が自らの植民＝侵略という暴力を正当化するために持ち出した論理は、「人種」（黒と褐色の皮膚の人々は劣等である）と「宗教」（異教徒は悪魔の手先であり、それゆえキリスト教に改宗させるか、撲滅するかのどちらかである）だったが、一九世紀のアメリカで先住民インディアンを排除するために使われたのが、「自由」という理念であり、アメリカの拡大・膨張は自由の拡大であり、それに抵抗し妨害するものは排除されるべきだという論理であった。この矛盾した論理――自らの自由拡大のために、他者の自由を奪う――を支えたのが、「明白な宿命《マニフェスト・デスティニー》」というイデオロギーである。

一八三〇年に制定された「インディアン強制移住法」によって、ミシシッピ川以東に住むインディアンはミシシッピ川以西に移住させられ、それに抵抗する部族は、武力によって追い立てられた。この法律は、表向きには、白人社会では生き延びていくことのできないインディアン諸部族の保護を推進するためものとされたのだが、実質的には、西部開拓民の「自由」を確保するために、先住民インディアンを排除するものだった。西部開拓の歴史は、先住民インディアンの排除と駆逐の歴史でもあったのだが、この事実を隠蔽し自らの行為を正当化するために、増加する人口とアメリカ国民の自由な発展にとって、神によって与えられた土地にアメリカが拡がっていくのは「マニフェスト・デスティニー」であるというイデオロギーが要請されねばならなかったのだ。

「若者よ、西をめざせ」（"Go West, Young Man"）という標語で有名なホーレス・グリーリーは、一八四一年に、「都会でのらくら暮らすなかれ！　怠け者やうすのろの連中から遠く離れた田舎には、ゆとりと健康がある。工場の人生以外何の人生もないと思い込まされないうちに、西をめざせ」と熱弁をふるい、東部から西部へ移住する開拓民たちへの公有地付与を訴えた。土地所有は自然法にもとづく権利である――農夫が労働を加えることによって、その土地への所有権が生じる――という考え方は、やがて一八六二年に「自営農地法（ホームステッド法）」――五年以上その地に定住し、開拓に従事した者には一六〇エーカーの土地が無償で与えられる――を成立させることになる。

「自営農地法」は、「インディアン強制移住法」によって先住民が「不在」になった西部の「自由で無料の（free）」土地への開拓民の移住を促すものであったが、この法律の思想的根拠は、土地所有は自然法にもとづく権利であり、開拓民が労働を加えることによって、その土地への所有権が生じる、というジョン・ロック的な所有観だった。狩猟採集のためにたえず移動している先住民は「定住」しているとは言えず、狩猟採集のために土地を共有している彼らにそれを私的に所有するという観念がなかったということを楯にとって、彼らが生活している土地は彼らに固有の（proper）なものではなく、したがって彼らの所有物（property）ではないという理屈をつけて奪った領土に国家を建設しようした、というのが植民地時代の企てであったとするなら、その領土を拡大するために、今度は、先住民を一定の地域に強制的に「定住」させて、彼らの遊動という生活形態と文化を奪ったのが一九世紀の西部開拓であった。「マニフェスト・デスティニー」というイデオロギーの背後には、ロック的な（あるいはヨーロッパ的な）所有観と、それにもとづいておこなわれた国家建設と領土拡大というアメリカのプロジェクトが横たわっていたのだ。(3)

土地が私的所有の対象であるということ、つまりそれが私的に所有されるということは、私だけがそれを自由に、どのように扱ってもかまわない、ということである。それが特定の個人の所有に属しており、他者がその個人に無断で使用したり処分したりすることが許されない、ということだ。しかし、そもそも、こうした私的所有の権利はどのように基礎づけられるのだろうか？　ジョン・ロックによれば、ある個人がある対象を所有しうることの正当な根拠は、その対象がその個人の労働の産物である、ということにある。労働の産物が労働したものの所有に帰属するのはなぜなのか？『統治二論』（一六九〇年）の第二論文第五章でロックが述べているように、労働する身体が労働するものに所属すること、そして、身体が各人の所有物であることが自明だからだ。こうした「労働による私的所有」について語るとき、ロックが例として挙げるのは、「囲い込みを知らず、今なお共有地の借地人である北アメリカの未開のインディアン」だ。彼を養う果実や鹿の肉は、いつどのようにして彼の所有物になるのか。ロックによれば、「森のなかで木から集めたリンゴで自分の生命を養う」彼は、その採集するという「労働」によって、それを神から与えられた共有物から別ち、彼の私的所有物にしたからである。鹿が「それを殺したインディアンのものになる」のも、「以前にはすべての人間の共有権の下にあった」ものが、それに彼の「労働」が投下されたことによって、彼のものになるからだ。このような「労働による所有」を、ロックは「以前には共有物であったものへの所有権を開始させるこの原初的な自然法」と呼んでいる（ロック 三二六頁）。

＊

資本主義的な欲望が国家的レベルで拡大し始めた一九世紀半ばのアメリカ。その欲望の中心というべきニューヨークのウォール街で、資本主義的拡大をになう不動産取引に関わる法律事務所で書記として働く労働者であるバートルビーは、欲望することを拒む、というより、欲望しないことを選ぶ（「しないほうがいいと思う」）。彼は食べないし、働かない。バートルビーは、資本主義の欲望が増殖する都市のただなかで、まさにその欲望に抵抗し、それを超え出ようとするのだ。むろん、だからといって、彼が資本主義の外で生きることに成功したわけではない。バートルビーの資本主義に対する「受動的抵抗」は、最終的には拒食死という「社会的自殺」に終わるほかはないのだ。

しかし、「書記バートルビー」は、悲劇的な物語ではない。それは、たんにバートルビーの物語ではなく、バートルビーと彼に触発される語り手の物語だからである。語り手は――そして、語り手をとおしてわたしたち読者は――バートルビーの「受動的抵抗」、資本主義あるいは資本主義的な欲望への抵抗に触発される。バートルビーの「受動的抵抗」は、わたしたちのうちに資本主義に対する情動的な反応を掻き立てるのだ――資本主義への誘引と反撥、嫌悪と賛嘆、関心と軽蔑（無関心）のあいだで揺れ動く情動を。

バートルビーと同様に、わたしたちは資本主義の欲望の渦から逃れることはできない――〈死〉以外には。資本主義社会で生きるということは、時として暴力的な結果をもたらす、その欲望の渦に巻き込まれることだ。そしてそれだからこそ、わたしたちは、バートルビーの「受動的抵抗」に触発されるのだ。

【註】

（1）トムキンズは、情動の基本的な集合として、関心（interest-excitement）、驚き（surprise-startle）、喜び（enjoyment-joy）、怒り（anger-rage）、恐怖（fear-terror）、苦悩（distress-anguish）、嫌悪（disgust-contempt）、恥（shame-humiliation）を挙げ、そのうちの苦悩、恐怖、恥、嫌悪、怒りを「ネガティヴな」情動として分類したが（Tomkins 74）、のちに軽蔑（contempt-dissmell）を加えている（Sedgwick 97; 一六二頁）。

（2）トムキンズが言うように、「関心（interest-excitement）」は「対象と関わりをもちたい」という、きわめて基本的な情動であり、「嫌悪」もまた「関心」が活性化してはじめて作動する。

（3）ルーシー・マドックスの『リムーヴァルズ――先住民と十九世紀アメリカ作家たち』（一九九六年）は、法律家の語り手とそこで働く労働者バートルビーの関係を、当時実在した法律家と彼が雇用したアメリカ先住民（チョクトー族）の若者との――破綻した――関係に重ね合わせて読んでいる。また、これと関連した論考として、荒このみ『バートルビーの「ある神秘的なる目的」（二〇〇〇年）、大島由紀子「「バートルビー」に潜む北米先住民」（二〇一六年）がある。

【引用文献】

Gilmore, Michael T. *American Romanticism and the Marketplace*. U of Chicago P, 1985.『アメリカのロマン派文学と市場社会』片山厚・宮下雅年訳、松柏社、一九九五年。

Hardt, Michael and Antonio Negri. *Empire*. Harvard UP, 2000.『〈帝国〉――グローバル化の世界秩序とマルチチュードの可能性』水嶋一憲・酒井隆史・浜邦彦・吉田俊実訳、以文社、二〇〇三年。

Melville, Herman. "Bartleby, The Scrivener." *Herman Melville: Moby-Dick, Billy Budd, and Other Writings*. Library of America, 1983, pp.

639-78.『書記バートルビー／漂流船』牧野有通訳、光文社古典新訳文庫、二〇一五年、七―一〇一頁。

Maddox, Lucy. *Removals: Nineteenth-Century American Literature & the Politics of Indian Affairs*. Oxford UP, 1996.『リムーヴァルズ——先住民と十九世紀アメリカ作家たち』丹羽隆昭監訳、開文社出版、一九九八年。

Nagi, Sianne. *Ugly Feelings*. Harvard UP, 2005.

Sedgwick, Eve Kosofsky. *Touching Feeling: Affect, Pedagogy, Performativity*. Duke UP, 2003.『タッチング・フィーリング——情動・教育学・パフォーマティヴィティ』岸まどか訳、小鳥遊書房、二〇二二年。

Tomkins, Silvan S. *Shame and Its Sisters: A Silvan Tomkins Reader*. Edited by Eve Kosofsky Sedgwick and Adam Frank, Duke UP, 1995.

Žižek, Slavoj. *The Parallax View*. The MIT Press, 2006.『パララックス・ヴュー』山本耕一訳、作品社、二〇一〇年。

アガンベン、ジョルジョ「バートルビー——偶然性について」［一九九三年］『バートルビー——偶然性について』高桑和巳訳、月曜社、二〇〇五年、七―九〇頁。

——『ホモ・サケル——主権権力と剝き出しの生』［一九九五年］高桑和巳訳、以文社、二〇〇三年。

荒このみ「バートルビーの「ある神秘的なる目的」——バーコヴィッチ的 and/yet 反「共和国」的」中央大学人文科学研究所編『イデオロギーとアメリカン・テクスト』中央大学出版部、二〇〇〇年、八九―一三五頁。

ヴェーバー、マックス『プロテスタンティズムの倫理と資本主義の精神』［一九二〇年］大塚久雄訳、岩波文庫、一九八九年。

大島由紀子「「バートルビー」に潜む北米先住民——空間攻防とアメリカの負の遺産をめぐって」竹内勝徳・高橋勤編『身体と情動——アフェクトで読むアメリカン・ルネサンス』彩流社、二〇一六年、二三一―四九頁。

カント、イマヌエル『判断力批判』［一七九〇年］（上・下）篠田英雄訳、岩波文庫、一九六四年。

スピノザ、バールーフ・デ『エチカ』［一六七七年］『スピノザ全集Ⅲ』上野修訳、岩波書店、二〇二二年。

スミス、アダム『道徳感情論』［一七五九年］高哲男訳、講談社学術文庫、二〇一三年。

竹村和子「生政治とパッション（受動性／受苦）——仮定法で語り継ぐこと」［二〇一〇年］『境界を攪乱する——性・生・暴力』岩波書店、二〇一三年。

デリダ、ジャック「死を与える」［一九九〇年］『死を与える』［一九九九年］廣瀬浩司・林好雄訳、ちくま学芸文庫、二〇〇四年、九―二七一頁。

――『精神分析の抵抗――フロイト、ラカン、フーコー』［一九九六年］鵜飼哲・守中高明・石田英敬訳、青土社、二〇〇七年。

ドゥルーズ、ジル『スピノザ――実践の哲学』［一九八一年］鈴木雅大訳、平凡社、一九九四年。

――「バートルビー、または決まり文句」『批評と臨床』［一九九三年］守中高明・谷昌親訳、河出文庫、二〇一〇年、一四六―一八九頁。

ニーチェ、フリードリヒ『道徳の系譜学』［一八八七年］中山元訳、光文社古典新訳文庫、二〇〇九年。

永井均『道徳は復讐である――ニーチェのルサンチマンの哲学』河出文庫、二〇〇九年。

フランクリン、ベンジャミン『フランクリン自伝』［一八一八年］松本慎一・西川正身訳、岩波文庫、一九五七年。

フロイト、ジークムント「制止、症状、不安」［一九二六年］大宮勘一郎・加藤敏訳、『フロイト全集19』岩波書店、二〇一〇年。

ロック、ジョン『統治二論』［一六九〇年］加藤節訳、岩波文庫、二〇一〇年。

第7章

アドリエンヌ・ケネディの一幕劇における記憶、情動

鵜殿えりか

1　はじめに

本章では、アフリカ系アメリカ人劇作家アドリエンヌ・ケネディ（一九三一年―）の戯曲について、ジル・ドゥルーズとフェリックス・ガタリの「情動《アフェクト》」の理論を参考にして考察してみたい。取り上げるのは、ケネディの初期の一幕劇、『黒人のファニーハウス』（六二年）、『梟《ふくろう》は答える』（六三年）、『映画スターは黒白で主演せよ』（七六年）である。ケネディの劇が米国の現代演劇に与えた影響はたいへん大きいと言わざるを得ないが、一方でそれは今日に至るまで多くの毀誉褒貶にさらされてきた。

前記の三作品を含む初期作品の特徴は、前衛的なシュールレアリスム／表現主義の意匠である。そこには近代演劇において重要であり続けた直線的な「時間の流れ」「物語の流れ」という枠組みはもとより存在しない。時間・空間・物語・登場人物すべてがまさしく「びっくりハウス」の中にいるかのように混沌とし、悪夢さながらの世界が蠢《うごめ》く。ケネディの劇は、サミュエル・ベケット、ハロルド・ピンター、エドワード・オールビーらに代表される不条理演劇とは異なるし、一九六〇年代の前衛演劇運動である「新黒人芸術運動」とも一線を画す独自の作風である。しかも、長い劇作家としてのキャリアにおいて、前述したものだけではなく、さまざまな演劇的な実験を行なっている。たとえば、独特の意匠を凝らした『エセックス追悼の夕べ』のような社会派劇も書いている。また、ベル・フックスが指摘しているように、当時の演劇界で数少なかった黒人女性劇作家であるという点も重要であろう（hooks 183）。人種および性差別の問題を、彼女ほど長年にわたりその劇作品をとおして正面から問いかけ続けてきた劇作家は少ない。

今回取り上げる一幕劇に共通する特徴のひとつは、自我の複数分裂である。『ファニーハウス』では複数の歴史上の人物が主人公の黒人女性の口となって語り、『梟』では登場人物が、相互に何の関係ももたない複数のアイデンティティをもつ。『映画スター』では、複数のハリウッドの白人女優が黒人女性に代わって話す。こうした独特の形式を駆使してケネディは、アフリカ系アメリカ女性というマイノリティ主体の（深層）心理の表現という未踏の領域に踏み込んでいる。

2　アドリエンヌ・ケネディについて

ケネディの劇は日本で上演されたことがなく、日本（語）で書かれた研究論文も少ないことから、個別の劇の分析に入る前に劇作家自身について多少なりとも触れておくことにしよう(1)。

ケネディは、一九三一年九月一三日、アフリカ系アメリカ人の両親のもとペンシルヴァニア州ピッツバーグで、アドリエンヌ・リタ・ホーキンズとして生まれた。三五年、オハイオ州クリーヴランドに転居。母は教師、父は著名な社会福祉家。早くから文学・演劇に関心を持つが、人種差別が横行したオハイオ州立大学では希望した英文学を専攻することができず、児童教育を専攻するが、興味をもつことはできなかった。五三年、同大学院生のジョーゼフ・C・ケネディと結婚するが、彼は朝鮮戦争に医療隊員として一年間軍役につく。翌年、アドリエンヌは息子ジョーゼフ・ジュニアを出産。五五年、夫のコロンビア大学博士課程進学のためニューヨークへ転居。そこで演劇に親しむようになり、五六年から劇作を学び、コロンビア大学で二年間クリエイティヴ・ライティングを学ぶ。五七年、メキシコを旅行しチャプルテペク城を訪れる。

短編小説を執筆するも採用されず、心中鬱勃たる時期が続く。ジョーゼフは奨学金を得てアフリカで研究を行うことになり、一九六〇年九月、アドリエンヌと息子ジョーは彼に付きそってアフリカに向けて出発する。ロンドン、パリ、マドリッド、カサブランカ、ギニア、象牙海岸を経由して、ガーナのアクラに到着する。「二九歳、本を出版する作家になるという目標はまだ果たせておらず、敗北感に満たされていた」（*People Who Led to My Plays* 115）。

その後、困難が連続してアドリエンヌを襲う。ガーナ滞在時、夫の不在中に彼女は第二子を流産しそうになり、寝たきり状態になる。翌年には長年連れ添っていた両親が離婚し、大きなショックを受ける。一方、弟コーネル・ホーキンズは志願して軍隊に入り、ヴェトナム戦争に従軍するも、除隊後、自動車事故により昏睡状態となり、八年後死亡する。六一年、最初の戯曲『黒人のファニーハウス』を書き上げ、アダムを出産し、九月帰国する。

一九六二年エドワード・オールビーのワークショップに参加。彼の援助を受けて、六四年『ファニーハウス』がオフ・ブロードウェイのイースト・エンド劇場で初演され、オービー賞を受賞。BBCはラジオ版を放送。翌年『梟は答える』初演。六六年、離婚。同年、『鼠のミサ』初演。ジョン・レノンの本の脚本化を希望し、奨学金を得て、次男アダムを連れてロンドンに渡る。しかし、レノン劇の関係者から疎外されることになる。六九年帰国。

帰国後、『消滅した言語による授業』（六八年）、マルコムXの暗殺死を悼んで発表された『太陽』（六九年）、『エセックス追悼の夕べ』（七三年）初演。七六年『映画スターは黒白で主演せよ』初演。イエール、プリンストン、ブラウン大学などで教え始める（その後、カリフォルニア、スタンフォード、ハーヴァード大学でも）。

一九八七年、回想録『私の劇へと導いた人々』出版（全米図書賞受賞）。八八年戯曲集『アドリエンヌ・ケネディ一幕劇』出版。八九年『彼女はベートーヴェンに語りかける』初演。九一年、アダムが警官を殴ったという罪状で逮捕されるも、裁判で検察の主張は棄却される。のちに、この事件をもとにアダムと共著で『眠りを奪われた寝室』を書く（九六年初演、オービー賞受賞）。九二年『オハイオ州立大学殺人事件』初演。同年、一連のアレクザンダー劇――『ベートーヴェン』『オハイオ殺人』『映画クラブ』『ドラマ・サークル』――と、『コンサートのジューンとジーン』（九六年初演、オービー賞受賞）を出版。二〇〇一年『アドリエンヌ・ケネディ・リーダー』出版。〇八年『ママ、ビートルズとはどうだったの？』初演。同年、オービー賞生涯功労賞受賞。二一年全米劇作家協会賞生涯功労賞受賞。

（その他生涯をとおして受賞多数。）

3　ケネディ劇の評価

毀誉褒貶にさらされながらも、ケネディの劇は今日に至るまで定期的に上演されてきた。一九六四年の『ファニーハウス』初演当時、ハワード・トーブマン（『ニューヨーク・タイムズ』）、イーディス・オリヴァー（『ニューヨーカー』）、ハロルド・クラーマン（『ネイション』）ら劇評者はおおむね高い評価を与えた。彼らは一様に、ケネディ劇の、それまでの劇にはないオリジナルな表現と強烈なメッセージ性を高く評価した。[2] 一方、劇を演出したマイケル・カーンは、ケネディの劇は「肯定的な黒人像を提示」せず「黒人運動を支援していない」と同胞から批判され、彼女は「完全に村八分状態にあった」と当時を振り返っている（Stein 192）。一九八四年、演劇理論家ハーバート・ブラウは、ケネディを「サム・シェパードと並んで、黒人白人の別なくもっともオリジナリティに富んだ」（Blau 531）劇作家であると評した。

九〇年代のリバイバル時には、ベン・ブラントリー（『ニューヨーク・タイムズ』）は、『ファニーハウス』と『映画スター』の再演について「ケネディ氏の言語はその発話において深まりゆくフーガのような特質をもっている」と称賛しつつも、「確かにこの二つの劇ほど自己中心的な劇はないだろう」とも言っている。また、「自己と戯れる」と題する劇評を書いたジョン・サイモン（『ニューヨーク』）が、彼女の劇は「重苦しく、詩的ぶっていて、仰々しい」と否定的な論調に終始する一方、マイケル・ファインゴールド（『ヴィレッジ・ヴォイス』）は、「ケネディの劇は苦悩する剥き出しの魂の歌であり、表現主義的手法によりその苦悩を直に観客に味わわせる。彼女の言葉は率直かつ簡潔であり、ごまかし、抑制、混乱はまったくない」と称賛した（Brantley, Simon, Feingold）。また、二〇〇七年上演の『オハイオ殺人』の劇評において、チャールズ・イシャウッド（『ニューヨーク・タイムズ』）は次のようにケネディを高く評価した。

> 現在七六歳のケネディ氏はブロードウェイ劇場街において流行りの名前ではないかもしれないが――彼女が生涯をとおして興業収入目当ての劇を書いたことがないということは誰も知らない――、確かなことは、彼女は存命するもっとも優れたアメリカの劇作家のひとりであり、おそらくもっとも過小評価されてきた劇作家のひとりであるということだ。（Isherwood）

一九八九年、ケネディの『映画スターは黒白で主演せよ』が『ノートン・アメリカ文学アンソロジー』第三版に所収され、収録された五人の劇作家のうちのひとりとなったが、一九九四年の第四版からは削除された。しかし、その後『ノートン・アフリカ系アメリカ文学アンソロジー』(九六年)に所収され、二〇二三年にはライブラリー・オブ・アメリカ社からケネディの全集が出版された。ロイス・モア・オーヴァーベックも指摘するとおり、ケネディ劇の独自性は当時の前衛演劇の中でも際立っており、近年ようやくその価値と意義が広く認められるようになってきている(Overbeck 37-38)。二〇二三年、アダム・ブラッドリー(『ニューヨーク・タイムズ』)は、『エセックス追悼の夕べ』を「ニュー・ブラック・キャノン」の一作に含めた。(3)

一九六四年当時マイケル・タウンゼンド・スミス(『ヴィレッジ・ヴォイス』)は、『ファニーハウス』は「魔物に取り憑かれたかのような、かつ残酷なまでに正直な自己主張として、並はずれて衝撃的」であり、「自己表明の書」と解釈していいだろうと言っている(Smith 87-88)。また、『梟は答える』については「ケネディ氏の戯曲は個人的すぎるように思われる」と評し、スミスのこの「個人的」という評価がそれ以後の劇評において繰り返されることになった、とマーク・ロビンソンは註釈している(Robinson 947)。確かにそのとおりである。たとえば、前出のブラントリーは、「深く個人的」「自己中心的」と強調するだけでなく、登場人物のセアラとクレアラは「明らかに同一人物である。すなわち、人生のほぼ同じ段階にいた時の劇作家自身なのだ」と述べ、登場人物と作者を同一視している。フックスは「ケネディが自伝を活用していることは、間違いなく彼女の劇を独特なものにしている」(hooks 179)と述べ、自伝的要素にとりわけ注目している。彼らの他、ブラウ、サイモン、イシャウッド、ワーナー・ソラーズ、オーヴァーベック、キンバリー・W・ベンストン、スコット・ブラウンらも、個人的体験の頻用、登場人物と作者の一体化をケネディ劇の特徴と考えている。

自分や家族に起きたことを好んで劇の題材としていることは、ケネディ自身がインタヴューで語っていることである――「自伝的作品にしか興味がありません。その理由ははっきりしています。それが一番うまく書けるからです」(“A Growth of Image” 42)と。しかし、彼女の劇は特別に「個人的」もしくは「自伝的」なのだろうか? そもそも個人的、自伝的とはどういう意味だろうか? 現在や過去の自分が作品に反映されているという意味なら、ほとんどの小説や劇は個人的であり自伝的であろう。このことについて、ジル・ドゥルーズとフェリックス・ガタリの芸術論を参考にして考えてみたい。

4　情動《アフェクト》、記憶

ドゥルーズ＝ガタリは『哲学とは何か』（一九九一年）において、思考領域を哲学・芸術・科学の三つの分野に分類し、それぞれを定義している。[4] そのうち「芸術」とは、彼らによれば、「知覚表象《パーセプト》」と「情動《アフェクト》」を作りだすことであるという。芸術作品とはすなわち「知覚表象と情動の合成体」（*What Is Philosophy?* 164）である。「知覚表象」は「知覚《パーセプション》」のことではなく、「情動」も「感情《アフェクション》」のことではない。前者と後者はまったくの別のものである。「知覚」や「感情」が人間が見たり感じたりするものであるとしたら、「知覚表象」と「情動」は人間の不在において成立するものである。それゆえ、芸術作品とは即自的存在物である。知覚や感情は芸術家を経由してまったく異なるものへと生成変化し、最終的に、それらとはまったく関係のない「ひとかたまりの感覚《センセーション》」、「純然たる感覚存在」（167）、すなわち、知覚表象と情動の合成体へと変容するのである。「体験された知覚から知覚表象へ、体験された感情から情動へと高まるためには、それぞれの場合に応じてスタイルが――作家においては統辞法《シンタクス》、音楽家においては音階とリズム、画家においては線と色彩が――必要になる」（170）。

さらにドゥルーズ＝ガタリは「情動」について以下のように説明を加える。

> 情動とは、ひとつの体験された状態から別の体験された状態へと移行することではない。情動とは、人間が非人間的なものへと生成変化することである。（……）生成変化とは、模倣でも体験された共感でもなく、想像上の同一化ですらない。この生成変化とは、そこに類似があるとしても、類似を意味してはいない。それが唯一意味しているのは、類似を生み出すということである。（……）アンドレ・ドーテルは、人物たちをいかに奇妙なや

り方で植物に生成変化させるか、いかに木やエゾギクに生成変化させるかを知っていた。ドーテルによれば、このことはあるものが他のものへと姿を変えることではなく、何かがあるものから他のものへと移行することを意味するというのである。このような移行を行う何かを名づけるとしたら感覚《センセーション》としか呼びようがない。それは確定不能・識別不能のゾーンである。あたかも物や獣や人間（エイハブとモービー・ディック、ペンテジレーアと雌犬）が、自然区分の直前にあるあの点に倦むことなく到達し続けるような場所。これこそが「情動」と呼ばれるものである。（173）

繰り返しを恐れず要約すると、「情動」とは、体験されたあるものから体験された別のものへと変化することではない。それは、体験されたものから、体験されたことのないものへと変化することを意味している。それは、作者とは関係のない、芸術作品の即自性においてのみ成立するものである。このような生成変化のない芸術作品は芸術作品の名に価しないと、ドゥルーズ＝ガタリは言う。批評家クレア・コールブルックは、エミリー・ディキンソンの詩、ピンターの戯曲を例に使って、ドゥルーズの言う「情動」を説明している。すなわち、ディキンソンの詩が作りだす「不安」は、個人が体験した「不安」でなく、非人間的な「不安」であり、ピンター劇の「退屈」は、登場人物の「退屈」でも何か具体的な「退屈」でもなく、非人称的な「退屈」なのである（四九–五四頁）。

　このことは過去の体験の貯蔵庫である「記憶」にも関係してくる。芸術において記憶の果たす役割について、ドゥルーズ＝ガタリは以下のように述べている。

記憶は芸術においては小さな役割しか果たしていない（プルーストでさえ、プルーストゆえに特にそうである）。確かにあらゆる芸術作品はモニュメントであろうが、今述べているモニュメントとは過去を記念するものではなく、現在のひとかたまりの感覚のことである。（……）モニュメントの行為とは記憶ではなく、ファビュレーション［註：虚構を作りだすこと］である。われわれは子ども時代の記憶によって書くのではなく、現在という時点で子どもになることにつながる「子ども時代のもろもろのかたまり」によって書くのである。音楽を満たしているのはそのようなものだ。必要なのは記憶ではない。必要なのは、記憶の中にではなく言語や音の中に見いだされる複合的なマテリアルなのだ――「記憶よ、われは汝を憎む」。（167-68）

彼らによれば、作家は記憶によって過去を描くのではない。作家自らが子どもとなり、言語の中にある複合的なマテリアルから作品を紡ぎだすのである。芸術作品とは自立自足した存在であり、過去や現在の「体験」に負うものではない。プルーストのコンブレーは、「けっして体験されたことがなく、今現在体験されておらず、これからも体験されることのないコンブレー。大伽藍もしくはモニュメントとしてのコンブレー」（168）なのである。たとえ実体験からヒントを得たとしても、体験と作品とは何の関係もないのだという。

ケネディは自分や家族の体験を劇の題材にしていると明言してきた。劇作家自身の言う記憶や体験は、作品とどのような関係があるのだろうか？　それらは作品以前にあるものなのだろうか？　劇中の家族は実際の家族と同じ存在なのか？　それとも、「子ども時代のもろもろのかたまり」によって劇作家が紡ぎ出した創造物なのか？　『ファニーハウス』『梟は答える』『映画スター』では、登場人物の父、母、夫、弟は悪夢のような禍々しい姿で現れたり、争ったり、苦しみもがいたり、死の床にあったりしている。たとえ劇作家自身の家族がモデルであったとしても、結果として生み出された劇中の家族は、彼らと同じものなのだろうか？

ケネディはインタヴューで、自己の作劇法について以下のように語っている。

実際、私の執筆には、できごとと書き上がった作品のあいだに或る分量の時間の経過を必要とします。私は日誌をつけていますし、これまでずっと日記のようなものを書いてきました。でも、それが役に立っていると感じたことはないのです。いつも、日記も日誌もひどい時間の無駄じゃないかと思ったりします。（“A Growth of Image” 43）

しかし、何も起きていないようにみえる長い時間こそが必要なのだとケネディは言い、次のように続ける。

　何年にもわたってあれこれ考え、イメージや夢や考えを書き留めたノートは何冊にもなります。私はそれらを「成長するイメージ」と捉えています。思うに私の劇はどれも、二、三年前に見た夢から着想されています。最高に力強い夢を作り上げるために、長い時間をかけてそのイメージと格闘します。（44）

この言葉からも、劇作家の体験や記憶がそのまま彼女の劇に使われているのではないことがわかる。当然といえば当然のことである。ケネディ劇に描かれる（悪）夢は彼女が見たそのままの（悪）夢ではなく、長い時間をかけて作り出される唯一無二の（悪）夢なのである。

　ケネディの記憶・体験と作品の関係について考える上で欠かすことのできないのが、彼女の自伝的回想録『私の劇へと導いた人々』（一九八七年）である（図1）。フックスは、黒人女性芸術家の成長を記録したという点で、『導いた人々』をヴァージニア・ウルフの『自分だけの部屋』と同列に置き高く評価している（hooks 181）。『導いた人々』は風変わりな自伝である。自分が劇作家となることに貢献した人々や本、映画、事象などが、項目ごとに断片的に写真付きで羅列されている。五歳から三〇歳までの半生に限られており、最初の戯曲『ファニーハウス』を完成するに至るまでの自伝となっている。もっとも多い言及は父母であり、項目だけで三一に及ぶ。その他、夫、弟、祖父母、息子たち、親戚、友人、教師などの項目が続く。身の周りの人以外では、テネシー・ウィリアムズとその劇、ベティ・デイヴィスとその映画、ベートーヴェン、イエス、ヴィクトリア女王、マーロン・ブランド、ハプ

（図1）『私の劇へと導いた人々』

スブルグ大公夫人、チェーホフの劇（弟との関連を含む）への言及が多い。これを見てわかるように、多くはケネディ自身の劇と関係がある人物／作品／事象である。

『私の劇へと導いた人々』というタイトルなのだから、彼女の劇と関連のある人々がエントリーされているのは当然かもしれない。しかし、この事実は、「自伝」というものの性格を如実に示している。つまり自伝とは、後年の（成功した）自分にとって重要だと思われること、言い換えれば、自分にとって都合のいいできごとを選んで書かれたものだということである。ケネディの回想録に描かれているのは、劇作家として成功した自分という現在から振り返って、彼女自身が作りだす過去の自分である。『導いた人々』の過去は未来から来ている。そこに記述された過去は、劇作家が体験したそのままの過去ではなく、ある意図を達成するために創作された過去なのである。自伝の記憶とはつねにすでにフィクションなのである。ケネディ劇の記憶と作品の関係は言われているほど単純ではない。先んじて言ってしまえば、彼女の自伝は、最高の芸術作品である彼女の劇を際立たせるための装置として機能している、もうひとつの芸術作品なのである。

以後、冒頭に掲げた三つの劇にそれぞれ分析を加えながら、ケネディ劇における記憶と作品の関係について考えてみよう。[5]

５『黒人のファニーハウス』

ケネディの名を知らしめることになった最初の劇『黒人のファニーハウス』から見てみよう。「ファニーハウス」とは、遊園地によくある「びっくりハウス」［錯覚を利用した仕掛けなどを使って不思議体験をさせる室内型アトラクション］のことであるが、この意味とともに、「精神病院」を意味してもいる。したがって、この劇における不可思議体験は、外的要因から来ているとも内的要因からとも解釈されるようになっている。

『ファニーハウス』の主人公である「黒人＝セアラ」は五つの自我を持っている。彼女は自分の口からはほとんど語らず、「ハプスブルグ大公夫人」「ヴィクトリア女王」「イエス」「パトリス・ルムンバ」という四人の歴史上の人物をとおして語る。四人のうち二人は白人女性であり、二人は非白人の男性である。「イエス」は白人ではなく「肌の色の黄色い、背中の曲がった小人」とされている。また、劇中、「ルムンバ」は、頭が二つに割れて血と組織物が垂れ下がっている姿で現れる。実際のパトリス・ルムンバ（一九二五―六一年）はコンゴを独立に導いた政治家で、一九六〇年共和国の初代首相となったが、翌年暗殺された。ちょうどその時期ケネディは現地にいて、ルムンバ首相誕生の熱気に直接触れていただけに、その死に強い衝撃を受けたという。『導いた人々』によれば、黒人の社会福祉事業に尽力した彼女の父は多くの黒人から尊敬されており、ケネディは父に「イエス」や「ルムンバ」のイメージを重ねていたという（*People Who Led to My Plays* 22, 120）。

劇中、大公夫人とヴィクトリアの顔は死人のような白塗りで、眼は穿たれた黒い穴のようになっている。棺桶の内張りに使うサテンのような白いドレスを着て白い冠を被っているが、その冠の下から黒人特有の縮毛がぼうぼうに飛び出している。舞台装置の中でもっともインパクトがあるのが巨大なヴィクトリアの純白の石膏像である。それは世界を支配する圧倒的な白の力を表現している。黒人＝セアラは言う――

> いつだってヴィクトリアは、私が白さを語るよう望んでいる。すべてのもの、すべての人が白く、不幸な黒い者のいない高貴な世界について語るよう望んでいる。だって、私たち高貴な血の者にはよくわかっているように、黒は邪悪なのだ。この世の始まりからずっとそうなのだ。母の髪が抜け落ちはじめる前から、母が野蛮な黒い獣にレイプされる前からそうなのだ。黒は邪悪だったのだ。（5）

ケネディは、回想録の中で、「一時代を支配した女性」ヴィクトリア女王のバッキンガム宮殿前の彫像は「私がこれまで見た中でもっとも劇的で驚くべき彫像だった」と、その印象深さを述べている（22, 118）。一方、ハプスブルグ大公夫人についても、強く印象づけられた人物として言及している（96）。大公夫人に関する歴史的事実は以下のとおりである。一八四〇年、ベルギー王国レオポルド一世の第一王女として誕生。五七年、ハプスブルグ家の血を引くオーストリア大公マクシミリアンと結婚する。六四年、メキシコに樹立された傀儡帝国の皇后としてはるか彼方の未知の地へと赴く。しかし、共和派軍を率いるベニート・ファレス政権に、帝政は当初から脅かされた。やがて帝政の実権を握るナポレオン三世はメキシコからの撤退を決める。六六年、皇后は自ら使者としてヨーロッパに渡り、ナポレオン三世や教皇ピウス九世に面会し帝政の維持を要請するがかなわず、精神疾患を発病して城に幽閉される。六七年、メキシコ帝政は崩壊、皇帝マクシミリアンは銃殺される。自らはベルギーのバウハウト城に隠棲したまま一九二七年死去。この大公夫人の不安、恐怖、絶望、精神の崩壊が、セアラの精神の危機と重なりあっている。

大公夫人、ヴィクトリア、イエス、ルムンバという四人の人物は、相互に何の関連もないが、『導いた人々』によれば、劇執筆当時のケネディの内面に深く関わった者たちであるという。劇中、大公夫人とヴィクトリアは、黒い父が繰り返しジャングルから帰ってくるのを怖れている。父は、妻の願いを受け入れて、キリスト教会をジャングルに設立する目的でアフリカに渡ったが、そこで成功を収めることができず、アメリカに帰ってきたのだ。

ヴィクトリア（ノックの音を聞いて）父さんだ。今夜またやってきた。（大公夫人は答えない）私を見つけに、ジャングルを抜けてやってきた。長旅に倦みもせず。

大公夫人　よくも城に入れたものだ。皆の中で一番黒いあいつ、一番黒いあいつが。母さんは白人女性のようだったのに。白人女性のようにまっすぐな髪だった。それに、私だって、少なくとも黄色だわ。でも、あいつは黒い。皆の中で一番黒い。死ねばいいと思っていた。それなのに、ジャングルを抜けてやってくる、私を見つけに。

（……）

ヴィクトリア　どうしてあいつは帰ってき続けるの？　永久に戻ってき続けるの？　永久に帰ってくる、戻ってくる。あいつは私の父さんだ。

大公夫人　まっ黒い黒人。

ヴィクトリア　父さんなのよ。あの黒い黒人と私は繋がっているの。子どもの頃南部にいたとき、あいつが来た。
生まれる前から私の考えにつきまとい、私の誕生を病ませた。
太公夫人　母さんを殺した。
ヴィクトリア　母さんの肌の色は白かった。一番色白だった。白人女性のようだった。
太公夫人　あいつが死なない限り、当然あいつとの縁は切れない。
ヴィクトリア　でも死んでくれた。
太公夫人　それなのに戻ってき続ける。(3-4)

この冒頭の二人のやりとりは、語り手や表現を変えながら何度も繰り返され続ける。セアラの心の拠り所だった白人のような母はすでに死んでいるが、黒い頭蓋骨を持って何度も舞台を横切る。母が死んだのは父のせいだと、セアラは父を責める。母は、夫は自分をレイプしたのだと言い募る。劇を通じて、黒い肌の父は、母娘から徹頭徹尾その黒さを糾弾される。舞台上のヴィクトリア女王の石膏像は、巨大な白さでセアラを支配する。彼女にとって、「黒さ」は「悪」であり「醜」である。セアラは白さに憧れ、白さを手に入れたいと願う。作家志望のセアラは、大学を出て勤めもしたが、今は「紙に言葉を埋めよう」として大半の時を過ごしている。ヨーロッパ白人のような趣のある美しい部屋に住み、彼らのような生活がしたい、白人の友人がほしいと願う。彼らは「黒さ」への「防御壁」となってくれるだろうから、と言う。

セアラの心理とは離れた客観的な事実を伝える役割を与えられているアパートの大家(ミセス・コンラッド)は、セアラの父親はハーレムのホテルで首吊り自殺をした、と言う。自殺する前、セアラのアパートを何度も訪れ、彼女に赦しを請うた――「赦してくれ、セアラ。肌の色が黒いおれをこれからも赦してくれないのか? セアラ、おまえが苦しんだことは知っている。だが、赦してくれ」(18)と。そして、彼は首を吊った。しかし、セアラは、自分が、父がいつも携えていた「黒檀色の頭蓋骨」で彼を殴り殺したのだと言う。黒い父は白い母をレイプし、その結果生まれた私を悲惨へと追い詰め、かつ母を精神病院に送り込み、彼女を殺したのだというセアラの言葉は、彼女の自我全員の口から発される。

自殺した父は何度も帰ってきて、彼女の部屋のドアをノックする。その後観客が見るものは白ら首を吊って死んだセアラの姿である。大家は、父は首吊り自殺したと言っていたが、もうひとりの第三者である「ファニーハウス・マン」のレイモンドは言う――父親は自殺なんかしていない。セアラの言っていたことも全部嘘だ。彼は医者であり、白人の娼婦と結婚し、セアラが憧れたヨーロッパふうにしつらえられた部屋で、白人のような暮らしぶりをしている、と。客観的な視点とみえていた大家の言葉の信憑性も失われ、観客には事実が何かわからなくなる。配役リストには、この大家は「ファニーハウス・レディ」と説明されているので、セアラは精神病院の患者であるとも考えられる。息苦しいまでに展開された家族と人種の相克の物語は、ひとりの黒人少女の妄想だったのかもしれない。

先述したようにケネディは『導いた人々』の中で、イエス・ヴィクトリア・大公夫人・ルムンバとの印象的な出会いについて回想しているが、その出会いの体験の記述は劇の存在理由として後づけされたもののようにしかみえない。劇作家の語る記憶はつねに作品のあとから来ている。

肌の色の黒い父を肌の色の白い母と中間色の娘が責め続けるという劇中の家族のありようは、実際のケネディの家族関係とは異なるだろう。しかし、こうした感情が、潜在的にアフリカ系アメリカ人家族の中にありえたかもしれないということは否定することができない。劇はこうしてアフリカ系アメリカ人の意識の深層を抉り取ってみせるのである。『ファニーハウス』を観た観客が、結果として強く印象づけられるのは、アメリカ合衆国の苛烈なレイシズムであり、そのレイシズムが被害者であるアフリカ系アメリカ人の中に内面化され、強迫的にその心を蝕んでいるさまである。

6　『梟は答える』

『梟は答える』では、『ファニーハウス』と同じテーマが展開するが、設定は異なっている。舞台上では、ニューヨークの地下鉄の車内、ロンドン塔、ハーレムのホテル、セントポール大聖堂の場面が、地下鉄のドアが開くたびに入れ替わる。前作のようにひとりの人物の分裂した自我である複数のキャラクターが登場するのではなく、ひとりの人物が、分裂した自我である複数のキャラクターを演じ分ける。いわば多重人格を演じ分けるようなものである。主要な登場人物は以下の三人（一二役）である。

彼女＝クレアラ・パスモア＝ヴァージン・マリア＝婚外子《バスタード》＝梟（ひとり五役）
婚外子の黒人の母＝牧師の妻＝アン・ブリン（ひとり三役）
くそ親父＝町でもっとも裕福な白人＝死んだ白人の父＝パスモア牧師（ひとり四役）

彼らは親子であり、『ファニーハウス』と同様、家族と人種のテーマが中心にあるが、前作とは反対に、父は白人、母は黒人であり、クレアラは混血の「顔色の悪い黒人女性」と表現されている。前作から父母の人種が入れ替わっていることをみても、ケネディの劇にとって父母の人種はどちらでもかまわないことがわかる。この点からも、ケネディの劇は現実を反映しているわけではなく、したがって、必ずしも「自伝的」であるとは言い難いのである。

クレアラのイギリスへの憧れは強い。彼女は、かつて父と訪問したイギリスのすばらしさを繰り返し語る。たとえば次のように――

私たちは祖先の場所を訪ねた、父さんと私は。美しい朝だった。暗いうちに起きて、タクシーでハイドパークを通りすぎ、マーブルアーチを抜けてバッキンガム宮殿へと行った。ライアンズでモーニング・ティーを飲んで、ロンドン塔へ行った。庭をぶらつきながら、父さんは私の腕を取って、あなた、征服王ウィリアムについて話した。父さんはあなたがとても好きだったの、ウィリアム……（27-28）

しかし、ロンドン塔の門番であるシェイクスピアとチョーサーと征服王ウィリアムは、声をそろえて「おまえが祖先なのであれば、何故おまえは黒人なのか?」（28）と問い返す。クレアラのイギリスへの愛は深く、自分はイギリス人と縁続きであると主張するが、[6] 相手側からの反応は冷たい。彼女にとってイギリスは「祖先」の国なのであるが、一方のイギリスから見れば、黒人との血縁関係はないというのである。クレアラは自分は英文学が大好きだし、父は征服王ウィリアムが大好きなのだと訴えるが、一方通行の愛でしかない。クレアラは悄然として言う――「ここにいる黒人は私だけなのだ」（36）と。私はイギリスの歴史や文化について学び、たくさんのことを知っているが、この地では黒人について知っている者は誰もいない、と。人々が見つめる真ん中でクレアラは頽《くずお》れ、「ここにいる黒人は私だけ」（39, 42）と泣き叫ぶ。

クレアラが神の名を呼ぶと、神ではなく梟が応答する。彼女は呼び続けるが、返答するのは梟だけである。「自分たちの王国《キングダム》が欲しい」（43）とクレアラは懇願する。しかし、彼女に与えられるのは「梟の国《アウルダム》」である。梟は家の下に、屋外のトイレに、いちじくの木の中に潜んでいるが、姿は見えない。クレアラは白人である父のところへ、セントポール大聖堂へと行きたいと懇願するが、彼女の姿はもはや梟そのものとなっている。父の国イギリ人に受け入れられないクレアラは、死んだ父のいる聖なる墓所に入ることもできない。梟は梟の国にいる以外はないと、劇の最後に宣言されるのである。しかし、白人のようにみえる父も、そのかつらと皮膚の下から、黒人の黒髪と黒い肌が露わになる（28）。「白人」という名と地位の欺瞞性が暴露されてもいる。

梟のイメージの起源について、ケネディは『導いた人々』の中で詳しく語っている。それによると、アクラ滞在中の一九六〇年、彼女は切迫流産の危機に見舞われ、ひとりきりで寝たきり状態となったという。

アチモタ・ゲストハウスの外の木々に梟はいた。夜には私は大きな蚊帳の中で寝た。そのために、まるで梟の声に取り囲まれているかのように感じられた。朝、木々の中にいる梟の姿を捉えようとしたが、見つけられなかった。しかし、夜になると、締め切った部屋で、大きな白い蚊帳の下に寝ていると、梟たちがまるで部屋の中心にいるかのようだった。

私は二人目を妊娠していた。その妊娠は危機にあった。血を流しながら、一週間ベッドに横になっていなければならなかった。私は恐怖に慄きながら、梟の鳴き声を聞いていた。（121-22）

昼間は、梟の姿も見えないし声も聞こえない。しかし、夜になると、梟たちは部屋の中心にいる。昼の世界では外部にいるはずの梟が、夜の世界では自分の内側にいる。この不気味な梟は悪夢もしくは死のイメージに近い。

劇中、黒人の母は、白人の父と自分のあいだに生まれた娘を「梟の血を受けたクレアラ」（30）と呼んでいることから、当初「梟」は黒人を意味していた。しかし、劇の終盤、梟の外見は「大きなくぼんだ眼と黄色の皮膚と黄色の眼」（43）と表現されており、梟は〈黒人〉というより〈黒人と白人の混血〉を意味する存在となっている。『導いた人々』の中の梟も、黒人の国ガーナでのアフリカ系アメリカ女性ケネディの孤立と孤独を際立たせる外的存在であったものから、彼女の潜在意識を表す内的存在へと変化している。このように、劇においても自伝においても「梟」が意味するものは単一ではなく、揺れ動いている。

多くの批評においては、ケネディの個人的な体験や家族の事情が、そのまま彼女の劇に反映されていると言われてきた。しかし、はたしてそうなのだろうか？　劇作家の梟体験は実際に起きたことなのだろうか？　それともフィクションなのか？　たとえ彼女が実際の梟体験から触発されて劇を書いたのだとしても、『導いた人々』における梟も、『梟は答える』における梟も、実際の梟と同じものではない。劇中の梟はクレアラを見つめ、影響を及ぼし、最終的に、彼女は梟へと生成変化する。向日葵を見ているのではなく、向日葵が見ているのだとドゥルーズ＝ガタリが言うように、劇のエンディングでは、梟を見ている主体は失われ、梟が舞台を支配するようになる。梟へと変容したクレアラの「ホー……ホー」という鳴き声だけが暗闇に響きわたる。人間的ならざるものへの生成変化こそが「情動」である、とドゥルーズ＝ガタリは言った（169, 173）。クレアラの梟への変容こそ、『梟は答える』という劇が、作者の体験・記憶から完全に切り離され自立した合成体であることを示している。

7 『映画スターは黒白で主演せよ』

『梟は答える』上演から一一年後に執筆・上演されたのが『映画スターは黒白で主演せよ』である。三場面からなり、それぞれが大ヒットしたハリウッド映画の場面になっている。(7)

第一場面：『情熱の航路』のベティ・デイヴィスとポール・ヘンリードとともに、クレアラの父・母・夫が大西洋を横断する客船のデッキ上に現れる。
第二場面：『革命児サパタ』のマーロン・ブランドとジーン・ピーターズが新婚のベッドの上におり、同時に、交通事故で意識の戻らない弟が病院のベッドに横たわっている。
第三場面：『陽のあたる場所』のモンゴメリー・クリフトとシェリー・ウィンターズが湖のボートの上にいる。男は恋人の殺害を計画している。父母、親子、夫婦は言い争う。

この劇の冒頭では、一九二九年当時のジョージア州サヴァンナでどのような人種差別が横行していたかが、登場人物の「母」の口から直接的・具体的に語られる点で、『ファニーハウス』や『梟』とは趣が異なっている。

母　ジョージアの町では、白人は一方の側だけに住んでいた。車道は舗装されていて、歩道もあった。郵便物は配達された。黒人は反対の側に住んでいて、車道は汚く、歩道はなかった。郵便物を受け取りに郵便局に行かなければならなかった。メインストリートの真ん中に水飲み場があった。白人は一方の側で、黒人は反対側で水を飲んだ。

黒人が店で何か買うとき、試着することはできなかった。黒人はドラッグストアのソーダ・ファウンテンに座ることができなくて、ドリンクはテイクアウトしかできなかった。モンテフォーの映画館では、黒人は脇入口から入って、階段を上って、後ろ四列にしか座れなかった。

シンシナティから汽車で到着すると、最初に目に入るのは「白人と黒人」と書かれた駅舎の看板。白人とわたしたち黒人とは別々の待合室で待つのよ。わたしたちが乗れるのは二車両だけで、残りは全部白人専用だった。（84）


初期一幕劇では抽象的な形でのみ人種差別に対する異議申し立てがなされていたが、七三年初演の『エセックス追悼の夕べ』では直接的な形で人種問題を取り扱うようになり、本作に至った。九〇年代の『オハイオ殺人』や『眠りを奪われた寝室』などでは、合衆国のレイシズムがさらに厳しく糾弾されるようになる。

『映画スター』には『梟』のドラフトをクレアラ自身が読むシーンが三回あり、ちょうどその劇を執筆していた時期の劇作家の心理状態が反映されており、メタ演劇としての特徴もある。加えて、『映画スター』には物語の流れがあり、説明も多く、初期一幕劇群より前衛的な意匠は薄らいでいる。しかし、『梟』の主人公と同じ名前の主人公クレアラが、自分の言葉で語ることができず、他のキャラクターの声を借りて語る設定は前二作と同じである。マウスピースとなるキャラクターは、歴史上の人物でなく、より身近なハリウッド映画スターである（それでも遠い存在であることに変わりはないが）。このことにより、黒人女性は依然として話すための自分自身の言葉、手段、場所を持っていないことが表現されている。(8)

登場人物の「コロンビア映画レディ」が、クレアラの自殺願望に言及する。クレアラの私生活のすべてはうまく回っていない。彼女だけでなく、別れた夫の人生も、父、母、弟の人生もうまくいっていない。全員が苦しみもがいている。そんな中でクレアラは一日一ページは創作しようとしている。日々「私は、何と、誰と、本当の結びつきをもって共に生きることができるのだろうか」(82)と考える。そのような彼女に代わって話すのが映画女優たちである。第一場では、『情熱の航路』の客船のデッキ上で、デイヴィスはクレアラに代わって、出産の過酷さ、そして両親を繋ぎ止める役目を果たせない無念さを語る。すると、同じデッキに、若い頃の両親と夫エディが現れる。いずれもひどく苦しんでいる様子である。若いころの夢と希望に溢れた父母とは様変わりしている。(9) 一方、流産したクレアラはベッドに寝ている。エディは朝鮮半島の軍役から帰って以来、以前と同じようではなくなり、一人のあいだはぎくしゃくしている。クレアラはつねにノートに何か書きつけている。

この何かを書いている仕草は『梟』で見られたが、『映画スター』の中ではさらに頻繁に見られるようになる(87, 88, 98, 98, 99, 101)。しかし、苦しみながらも、『梟』の執筆が徐々に進んでいることがわかる。クレアラは一二歳の頃から作家になりたいという夢を持っていたが、誰もが「黒人が作家になりたいだなんて非現実的だ」(99)と言っていた。順調にキャリアを積み重ねる夫に対するクレアラの鬱勃たる思いをデイヴィスが代弁する――「あなたが妬ましくてならないわ、エディ。あなたは自分の人生に関係する何かを行っているから」(88)、「朝鮮では誰もが不安障害を患っているとあなたは言っていたけど、私もそうかもしれない。（間）それとも統合失調症だと思う？」(88)。しかし、エディは自分の勉強が気がかりで、妻のことは後回しになる。

第二場は『革命児サパタ』の新婚のベッドの場面で、ピーターズが語り役である。父は再婚しており、小さくなり背中が曲がっているようにみえる。若い頃の父はサパタのように活力に満ち、黒人のためのセツルメント設立に多大な貢献をし、人々から尊敬されていた。しかしもはやその面影はない。「柳に話しかけている女」を好きになり母を捨てた父は、妻や娘から責められている。エディの朝鮮軍役のあいだに私はベッドに釘づけになり、あげく流産した。彼が帰国したら離婚したいと思う。

このとき、劇中でもっとも奇妙な仕草をサパタ＝ブランドは行う。彼は血を流すピーターズのシーツを取り替え続けるのである。このときから劇の終りまでブランドこの動作を続け、血で黒ずんだシーツは周りの床に溜ってゆく。

実際にベッドで血を流しているのは、交通事故にあった弟ウォリーであり、流産したクレアラである。映画の中の理想的な男ブランドは、ピーターズをやさしく愛撫したり、字を教えてくれないかと頼んだり、二人して聖書を読んだりする。一方、書いてばかりいるクレアラに夫は苛立つ。夫婦の心は遠く乖離している。母は、家族がいっしょにいるのが幸せだと言っていたじゃないか、「妊娠したからには、エディのところへ帰るべきじゃないの?」と言うが、クレアラは「エディは私を理解することができない」と言う(93)。クレアラとエディだけでなく、父と母も罵りあう。弟は昏睡している。

黒人の血に染まり黒ずんだシーツは舞台を埋め尽くしてゆく。しかし、同時に、この黒い血に染まったシーツは、血を流すようにして書き続け、白い紙を文字で埋め尽くしてゆく劇作家の創作過程を示してもいる。舞台上に積み重なりゆく黒い紙——実際の演出でもシーツは紙である——は、劇作家の執筆の苦闘を示すものでもある。

第三場は、『陽のあたる場所』のボートの場面である。これまでの映画の男女は互いに愛し尊敬し、高め合う関係だったが、『陽のあたる場所』では、反対に、クリフトは邪魔になった古いガールフレンドのウィンターズを湖に突き落として殺そうとしている。二人の緊張した関係は、クレアラとエディの、そして父と母の関係に近い。

エディ　本当にきみはこういうことを続けたいのかい?
ジーン・ピーターズ　こういうことって?
エディ　おれの言う意味わかるだろ?　この何かに取り憑かれたような様子のことを言ってるんだ。
ジーン・ピーターズ　取り憑かれたですって?
エディ　そうさ。きみは作家になりたいという思いに取り憑かれているんだ。
ジーン・ピーターズ　そうよ、そうだわ、本当に。(98-99)

エディは、きみが作家になんかならなくても、家族で幸せに暮らせるだけの金は教師の自分が稼げると言う。このとき初めてクレアラは自分の思いを自らの口から話す。

クレアラ　一二歳のときからずっと作家になることを夢見てきた。黒人がもの書きになりたいなんて現実的じゃないって、みんなは言っていた。（……）私がつけている日記が自分を消耗させ、私を自分の人生を観る観客にしてしまっているんじゃないか、黒白映画を観るみたいに、ってエディは言うの。

エディは時々思うって言うの……私にとって、私の人生は好きな黒白映画のひとつにすぎないんじゃないか……そこでは私は端役でしかないのに、って。(99)

ウィンターズ（＝クレアラ）の口から、激しい父と母の言い争いが語られる。それは『陽のあたる場所』さながらの激しい言い争いである。母は、かわいい息子が死人同然に横たわっている今となっては、もう自分を傷つけるものは何もないと父に言い、ケラケラと笑う。父母は罵り合い、取っ組み合う。クレアラが自分も離婚したことを母に告げると、母の顔にはこれまで見たこともないほど皺が寄り、見たこともないほど悲しそうな顔になる。自分の娘も息子も不幸のどん底にいる。自分がこれまで積み上げたものすべてが瓦解した。いったい自分の何が悪かったのか――そう母は嘆く。一方、父は、肌の色が白く、白人のように育てられた母が、つねに肌の色の黒い自分を見下していたのだと、吐き捨てるように言う。

ピーターーズ（＝クレアラ）は弟ウォリーについて語る。彼はドイツに駐屯していたとき、犯罪に関与し、軍法会議にかけられた。クレアラと母はニュージャージーの軍刑務所に面会に行った。高校時代、陸上選手として活躍していた弟の夢はオリンピック出場だった。誰もが彼は輝かしいアスリートになると信じて疑わなかった。しかし、高校卒業後いくつかの大学を渡り歩くも、いずれの大学でも学業を終えることができなかった。彼の歯車は狂いはじめる。おれは落ちこぼれだ、おれは疲れたと言い、突然志願して、嫌悪していたはずの軍隊に入る。そして、軍刑務所に収監される。出所後は病院で働いたが続かなかった。そんなとき交通事故に遭い、彼の脳は破壊される。喋ることも動くこともできず、ただ横たわって死を待つだけの状態になる。ピーターズは言う――「私は血を流している」と。その血はクレアラの子宮から流れた血であるとともに、ウォリーの流した血であり、家族全員の心が流している血である。

このウォリーには、ケネディの実の弟コーネルが反映されている。『導いた人々』の記述によると、コーネルは子どもの頃はかわいくて皆に愛され、スポーツ推薦でオハイオ州立大学に入学した。しかし、その後コーネルの性格は変化し、輝くようだった当時の面影はなくなり、人生に悲観的になってゆく。軍隊でもうまくいかず、やがて交通事故に遭い植物状態となり、八年後死亡する。劇の弟と実際の弟の経歴は非常に似通っている。ケネディは自伝の中で、弟のことをチェーホフの『かもめ』のコンスタンティンのように、自分をニーナのように思っていたと述べている（85, 92）。そして、「［弟に］何か恐ろしいことが起きるのではと感じたのは、コンスタンティンが銃で自殺したからかもしれない」（85）とも述べている。また、次のようにも言う。

> 気づいていなかったのだけれど、チェーホフの『かもめ』を読み返すたびに、弟はコンスタンティンそっくりだと思える。（……）二〇代になると弟は人生について苦々しい思いを口にするようになった。私には到底測り知ることのできないほどの思いを。弟は絶望をしばしば口にし、それから軍隊に入った。コンスタンティン同様、弟は、望んでやまない人々からの尊敬と注目を勝ち取ることが、自分にはできないと感じているようだった。（101）

『映画スター』中のウォリーは実際のコーネルというより、むしろ自殺する悲劇の主人公コンスタンティンに近いのではないか。『導いた人々』では、弟は悲劇の人として描かれ、一方ケネディ自身は逆に、将来女優として成功するであろう強い意志と忍耐力をもつニーナとして位置づけられている。『かもめ』では、人気作家となったコンスタンティンには作品を書くために必要な「魂」のようなものが欠落しており、一方挫折続きではあるがニーナは女優と

場	映画	語り手	劇の流れ	場面	『梟は答える』執筆
第一場	『情熱の航路』	ベティ・デイヴィス	家族の苦悩	船のデッキ	執筆の苦しみ
第二場	『革命児サパタ』	ジーン・ピーターズ	家族関係の悪化	新婚のベッド 流産のベッド 意識不明のベッド	執筆は進む
第三場	『陽のあたる場所』	ジーン・ピーターズ、シェリー・ウィンターズ ↓ クレアラ	家族の崩壊	船から落として沈める	劇の完成

（図２）『映画スターは黒白で主演せよ』

して表現すべき何かを明確にもっている。ニーナとの比較でコンスタンティンの悲劇性が際立つように、劇作家として自立したアドリエンヌとの比較により、回想録におけるコーネルの悲劇性は際立っている。回想録の中のコーネルの写真がいずれもにこやかに微笑んでいるのを見ると、なおさらその感が深まる。[10]

こうしてみると、『導いた人々』の中でアドリエンヌとコーネル姉弟の関係として語られているものが、すでにニーナとコンスタンティンの劇なのだ。言い換えれば、ケネディの実際の家族が彼女の劇に反映されているのではなく、（『かもめ』に影響を受けた）彼女の劇こそが彼女の家族の人生を作り出しているのである。劇作家の実際の家族は劇にほとんど何の影響も及ぼしてはおらず、反対に、彼女の劇が劇作家とその家族の人生を説明しているのである。劇中クレアラが書いている日記が、彼女を「自分の人生を観る観客にしてしまっている」と、エディは指摘していた。日記はたんに書かれているのではなく、むしろそれこそが能動的にクレアラの人生を支配しているさまが劇に描かれていた。

エンディングでは、クレアラとウィンターズの立場が逆転する。前者は自らの声で語り、後者は助けを求めて静かに泣くばかりである。弟の絶望的な病状について医師の説明を聞いたクレアラは母を抱きしめると、二人して階段から真っ逆さまに落ちてゆくような気がすると言う。しかし実際には落ちない。一方、水に溺れて沈むウィンターズをクリフトはただ眺めている。このクリフトの視線こそ家族の悲劇を描く劇作家の視線なのではないか。溺れ死ぬウィンターズは葬り去るべき家族であり、過去の自分である。野心に燃えるクリフトへと自己同一化したクレアラは、新しい戯曲の完成とともに過去から解き放たれ、新たなる人生の階段を昇ることになる。(三場面をあえて図式化すると前頁の図2のようになる。)

8 おわりに

一九六〇年ニューヨークを出港したケネディと夫と幼い息子は、さまざまな土地を経由したのちガーナのアクラに落ち着き、六一年秋帰国した。『導いた人々』の最後は以下のように締め括られている。

私たち家族は客船ユナイテッド・ステイツ号でニューヨークに帰った。スーツケースには完成した劇の脚本を入れて。この劇のおかげで劇作家となり人生が変わることになろうとは、この時どうして気づけただろうか。何年も書き続けた結果、とうとう私は自分自身と家族について書き、それが上演され、本として出版もされ、『ヴォーグ』誌のページを飾り、レナード・ライアンのコラムでも扱われることになろうとは知るよしもなかった。
数ヵ月のうちに「サークル・イン・ザ・スクエア」劇場——そこでスーツケースの中のこの劇が上演されることになるのだが——へと階段を上がり、(ブランドが所属したことのある)アクターズ・スタジオのメンバーとなり、オフブロードウェイ演劇運動推進者のひとりとなろうとは……その運動はアメリカの演劇史において大きな一部となるのである。(125)

この記述からも、『導いた人々』という自伝が、現在の成功した自分があって初めて成立するものであることは明らかである。自伝では、現在の自分が過去を取捨選択し、現在に合致するように過去を合理的に並べ替えているのである。

『導いた人々』という自伝の中のできごとは、彼女の書いた劇から作り出されているのである。（のちにケネディは『導いた人々』をもとにして『コンサートのジューンとジーン』という劇を書くことになる。）ケネディ劇に描かれている危機、不和、葛藤は劇作家自身の体験に類似しているかもしれないが、完成した劇作品が劇作家の体験から作られていると言うことはできない。劇執筆の過程で体験は消失し、でき上がった劇は体験とは何の関係もないひとつの合成体へと変化しているからである。このように考察すると、ケネディの劇の特徴を「個人的」「自伝的」とするのは適切な評価とは言えないし、いわんや、そうであることを理由に批判することも筋違いである。芸術家が個人的なできごとを作品に利用しようがしまいが、完成した作品はそれとは隔絶した存在物なのである。

ドゥルーズ＝ガタリの情動理論を援用してアドリエンヌ・ケネディの劇の特質について考察した。自伝的要素が劇を構成しているようにみえるケネディ劇だが、逆に、劇の方が先に作られ、そこから自伝が生みだされているという事実について検証した。ドゥルーズ＝ガタリは、モニュメンタルな作家は自分の体験から芸術的インスピレーションを得るだろうが、その体験と芸術作品とはまったく別ものであると言った（172）。ケネディにおいても人生と芸術作品とはそのような関係にある。優れた芸術家による芸術作品は、体験された知覚や感情から独立した知覚表象と情動からなる非人間的な合成体である、ということをあらためて確認しておきたい。

ケネディ劇の先鋭的な技法はそれまでのアメリカ演劇に見られなかったものであり、多くの劇評家に衝撃を与えたが、重要なのはフォルムだけではない。ケネディの演劇は、それまでにないやり方で人種問題の内奥を抉ってみせた。合衆国のレイシズムに対する峻烈な抗議が、一九六〇年代前半という早い時期に黒人女性劇作家によってなされたのである。

＊本稿は科学研究費補助金基盤研究(c)課題番号２０Ｋ００４４５の研究成果の一部である。

【註】

（1）二〇二三年九月に出版された *Adrienne Kennedy: Collected Plays & Other Writings*（Library of America）において初めて詳細な劇作家の年譜が明らかになった。この他、Werner Sollors, Lois More Overbeck, Philip C. Kolin の解説を参考にした。

（2）Howard Taubman, *New York Times*, Jan.15, 1964, p.25; Edith Oliver, *New Yorker*, Jan.25, 1964, pp. 74-78; Harold Clurman, *Nation*, Feb. 10, 1964, p.154.

（3）Bradley は俳優 Audra McDonald の言葉を引用している――「もっと多くのケネディ作品が商業演劇として上演されるに値する。（……）彼女の作品の何と途方もなく、詩的かつ深遠で生々しく革命的なことか」。また、Scott Brown も参照されたい。

（4）この本からの引用に関しては、フランス語のオリジナルではなく、英語訳 *What Is Philosophy?* に依拠した。日本語訳に際しては財津理訳『哲学とは何か』（河出書房新社、二〇二〇年）の二七五–九二頁を参考にさせていただいた。（この箇所だけでなく、本書理解のために訳書全体を参考にさせていただいた。）

（5）本章で論じる三つの劇のテクストはすべて *Adrienne Kennedy in One Act* からの引用である。この本からの引用に関しては頁数のみを記す。

（6）ケネディの母方の祖父はイギリス出身とのことである（*Adrienne Kennedy* 975）

（7）『情熱の航路 *Now, Voyager*』は一九四二年公開のアメリカ映画。アーヴィング・ラパー監督、ベティ・デイヴィス主演。シャーロット・ヴェイルは暴君の母親に支配されて、自信のない内向的な娘である。そして、ある精神科医のサナトリウムで療養することになる。母の支配から離れ健康を回復したシャーロットは、大西洋を渡る船の旅に出る。そこで既婚の男性ジェリーと出会い恋に落ちるが、二人は結ばれない。その後シャーロットは、サナトリウムに入院しているジェリーの娘に出会い、彼女の回復を手助けし、ジェリーに深く感謝される。

『革命児サパタ *Viva Zapata!*』は一九五二年公開のアメリカ映画。ジョン・スタインベック脚本、エリア・カザン監督、マーロン・ブランド主演。メキシコの農民エミリアーノ・サパタは改革派政治家マデロをかついで現政権を倒すが、現状は何も変わらない。清廉なサパタは土地も金も受け取らず、その後次々に政権が変わっても、反乱軍の指導者にとどまる。最終的にサパタは騙されて殺されてしまう。しかし、彼は生きて戦い続けているという噂が広がり、反乱軍は自らを恃んで戦いを続ける。

『陽のあたる場所 *A Place in the Sun*』は一九五一年公開のアメリカ映画。セオドア・ドライサー原作、ジョージ・スティーヴンズ監督、モンゴメリ・クリフト主演。貧しく野心的な青年ジョージ・イーストマンは裕福な実業家であるおじの工場で働きはじめ、工場労働者のアリスと付き合うようになる。時を経て、彼はおじの娘アンジェラと恋に落ちる。しかし、アリスは妊娠し、ジョージに結婚するように迫る。彼はアリスの殺害を思いつく。ボートから突き落とそうと計画するができないでいると、アリスは誤って自ら湖に落ち、溺れ死んでしまう。後にアリスの死体が発見され、ジョージは逮捕される。無実を訴えるも死刑を宣告され、電気椅子へと向かう。

（8）白人の銀幕スターに自己投影するしかない黒人女性の境遇は、トニ・モリスンの『青い眼がほしい』（一九七〇年）においてすでに描かれていた。ケネディのモリスンへの言及はない。

（9）妻とも再婚相手とも別れ、孤独のうちに死ぬことになろうとは想像もできないほど、かつての父は輝いていたとケネディは書いている（*People Who Led to My Plays* 6）。明るく社交的だった父は、年月とともに悩み多きハムレットやウィリー・ローマンへと変わっていったという（83）。

（10）「弟についての秘密のこと」（一九九六年）と題するエッセイに、ケネディの弟コーネルの孤独な姿が描かれている。劇作家にとってコーネルは謎であり続けた——「弟の周りでは不思議なことがたいへん多くあった」（237）。そして隠された事実が明らかになる前に彼は死んでしまったという。

【引用文献】

Benston, Kimberly W. “Locating Adrienne Kennedy: Prefacing the Subject.” Bryant-Jackson and Overbeck, *Intersecting Boundaries*, pp. 113-30.

Blau, Herbert. “The American Dream in American Gothic: The Plays of Sam Shepard and Adrienne Kennedy.” *Modern Drama*, vol. XXVII, no. 4, Dec. 1984, pp. 520-39.

Bradley, Adam. “The New Black Canon: Books, Plays, and Poems That Everyone Should Know.” *New York Times Style Magazine*, March 7,

2023, www.nytimes.com/2023/03/07/t-magazine/black-books-plays-poems.html.

Brantley, Ben. "Theater Review: Glimpsing Solitude in Worlds Black and White." *New York Times*, Sept. 25, 1995, Section C, p. 11.

Brown, Scott. "At 91, Adrienne Kennedy Is Finally on Broadway, What Took So Long?" *New York Times Style Magazine*, Dec. 2022, www.nytimes.com/2022/12/02/t-magazine/adrienne- kennedy-broadway.html.

Bryant-Jackson, Paul K., and Lois More Overbeck, editors. *Intersecting Boundaries: The Theatre of Adrienne Kennedy*. U of Minnesota P, 1992.

Deleuze, Gilles, and Felix Guattari. *What Is Philosophy?* Translated by Graham Burchell and Hugh Tomlinson, Verso, 2009.『哲学とは何か』財津理訳、河出書房、二〇一〇年。

Feingold, Michael. "Blaxpressionism: *Funnyhouse of a Negro* and *A Movie Star Has to Star in Black and White*." *Village Voice*, Oct. 3, 1995. p. 93.

hooks, bell. "Crirtical Reflections: Adrienne Kennedy, the Writer, the Work." Bryant-Jackson and Overbeck, *Intersecting Boundaries*, pp.179-85.

Isherwood, Charles. "A College Is Stalked by an Attitude." *New York Times*, Nov. 7, 2007, www.nytimes.com/2007/11/07/theater/reviews/07ohio.html.

Kennedy, Adrienne. *Adrienne Kennedy: Collected Plays & Other Writings*. Edited by Marc Robinson, Library of America, 2023.

______. *Adrienne Kennedy in One Act*. U of Minnesota P, 2011.

______. *The Adrienne Kennedy Reader*. Introduction by Werner Sollers, U of Minnesota P, 2001.

______. *Funnyhouse of a Negro*. Kennedy, *Adrienne Kennedy in One Act*, pp. 1-23.

______. "A Growth of Image." Interview transcribed and edited by Lisa Lehman. *The Drama Review*, vol. 21, 1977, pp. 41-48.

______. *A Movie Star Has to Star in Black and White,* Kennedy, *Adrienne Kennedy in One Act*, pp. 79-103.

______. *The Owl Answers.* Kennedy, *Adrienne Kennedy in One Act*, pp. 25-45.

______. *People Who Led to My Plays.* Theatre Communications Group, 1987.

______. 'Secret Paragraphs about My Brother.' Kennedy, *The Adrienne Kennedy Reader*, pp. 234-38.

Kennedy, Adrienne, and Adam P. Kennedy. *Mom, How did You Meet the Beatles?: A True Story of London in the 1960s*. Samuel French, 2009.

———. *Sleep Deprivation Chamber*. Theatre Communications Group, 1996.

Kolin, Philip C. *Understanding Adrienne Kennedy*. U of South Carolina P, 2005.

Overbeck, Lois More. "The Life of the Work: A Preliminary Sketch." Bryant-Jackson and Overbeck, *Intersecting Boundaries*, pp.21-41.

Robinson, Marc. Chronology. *Adrienne Kennedy: Collected Plays & Other Writings*, edited by Robinson, pp. 969-88.

Simon, John. "Playing With Herselves." *New York*, Oct. 6, 1995, pp. 82-84.

Smith, Michael Townsend. *theatre journal: reviews from The Village Voice 1960-1974*. Fast Books, 2015.

Stein, Howard. "An Interview with Michael Kahn." Bryant-Jackson and Overbeck, *Intersecting Boundaries*, pp.189-98.

ケネディ、アドリエンヌ「『ふくろうは答える』」真正節子訳、『英米文学評論』一九九八年春号、一三一–四五頁。

コールブルック、クレア『ジル・ドゥルーズ』國分功一郎訳、青土社、二〇〇六年。

チェーホフ、アントン『かもめ・ワーニャ伯父さん』神西清訳、新潮社、二〇一二年。

外岡尚美「[シアター・トピックス]新しい文化の創造に向けて——アフリカ系アメリカ演劇の系譜といま」『国際演劇年鑑2024』公益社団法人国際演劇協会日本センター、二〇二四年、一五〇–七二頁。

第8章

『誓願』における〈怒り〉の倫理

――歴史を書くということ――

武田美保子

1　はじめに

二〇一九年にブッカー賞を受賞したマーガレット・アトウッドの『誓願』は、約三五年前に書かれた『侍女の物語』(一九八五年)の続編であり、アトウッド自身「あの結末の後に何が起こったのか」という読者の質問に答えたものだと言っている(Atwood, *The Testaments* 414; 五七九頁)。また別のところでは、読者は『侍女の物語』の最終場面からギレアデ国が終焉を迎えたことは知っているが、それが「どのように」終わったのかを書きたかった、とも語っている(Bethune)。そもそも『侍女の物語』自体が、ジョージ・オーウェルの『一九八四年』(一九四九年)が舞台になった年に書きはじめられたディストピア小説で、『誓願』も、「『侍女の物語』アーカイヴ」が所蔵されているトロント大学トマス・フィッシャー稀覯本図書館でのアトウッドへのインタヴューを読めばわかるように、全体主義国家による支配の脅威が現実のものとなりつつある現状を受けて書かれたものである。図書館には、アトウッドが小説を書く上で参考にするために集めた新聞や雑誌の切り抜きが箱いっぱいに山積みされていて、このことは彼女の小説が、今世界で起こっていることを描いたという彼女自身の証言の根拠を示すものでもある。『侍女の物語』執筆の頃に参照したのは切り抜きだったが、『誓願』ではインターネットでの検索結果なども活用したという違いはあっても、その基本姿勢は変わっていない(*The Testaments* 425-36)。[1]

『侍女の物語』のドラマ化によるHulu配信が、『誓願』大ブレイクのきっかけとなったのは確かだが、この小説が、現在これほどまでに多くの読者の共感を呼ぶ理由の一端は、あくまで事実に拘ろうとするその姿勢にあるに違いなく、またアリソン・ピアソンが指摘するように、アトウッドが私たちに次のように問いかけ問題提起をするからである。「判断を下す前に、あなたはギレアデ国でどのようにふるまうのだろうか」(Pearson)。つまりこの本の読者は、登場人物たちの心の動きやふるまいに触発され、この問いを絶えず自らに問いかけないではいられない。TVドラマ『侍女の物語』でジューン/オブフレッドの役を演じたエリザベス・モスもまた、この小説におけるこうした側面を次のように賞賛している。「マーガレット・アトウッドの言葉の美しさと感情をどのような言葉で表すべきかわからない。

この小説はあなたたち読者を感情の旅に誘ってくれる」（ヴィンテージ版の表紙裏）。こうしたコメントが語っているように、モスが「感情の旅」と呼ぶこの小説の、触発し触発される感性と身体との関係性を描く精妙な表現と語りの構成こそが、『誓願』が多くの読者を魅了しているもう一つの大きな理由であるに違いないのだ。もちろん、そこには先に述べたような、登場人物たちの情動をめぐる卓越した描き方と、精巧に工夫された語りの構造とが関係しているように思われる。

この章では、『誓願』における登場人物たちの語りを情動理論の観点から分析することにより、アトウッドが歴史を書くことと情動とをどのように連動させて描いているか、その方法について考察することにしたい。分析に当たっては特に、〈怒り〉の情動とその倫理性について焦点を当てて論じることにするが、まずは舞台背景となるギレアデ国成立の歴史的背景について見ておくことにする。

2　ギレアデ国成立の背景

冷戦終結とソ連崩壊後の三〇年間、すべての国は民主主義国家に向かうとの希望的観測は見事に裏切られ、実際にはこの間、専制的国家は増加の一途を辿っている。ロシアのウクライナ侵攻が始まった数ヵ月後、二〇二二年六月一五日の『東京新聞』が報じる米国人権監視団体「フリーダムハウス」の調査結果によれば、二〇二一年の民主主義国家は八三ヵ国、専制的国家は五六ヵ国で、専制的国家が益々増加しているのだという。ドナルド・トランプの共和党政権発足など、全体主義が支配する見込みが現実のものとなりつつある「アメリカ合衆国を含む多くの国がさらされているストレスが三〇年前と比べてより深刻なものとなっている」（Atwood, *The Testaments* 417; 五七九頁）という現状を受けて書かれた『誓願』は、専制的国家の脅威がけっして他人ごとではないことを示している。

そもそも『侍女の物語』でも描かれている全体主義国家ギレアデ国が誕生したのは、それ以前に存在していた前ギレアデ国家が行き詰った結果を受けてのことである。

消えてしまったあのわたしの国は長年にわたり、負のスパイラルに陥っていた。洪水、森林火災、トルネード、ハリケーン、旱魃、水不足、地震……。これが多すぎ、あれが少なすぎる。インフラの老朽化――どうして手遅れになる前に、ああいう原子炉をだれか廃炉にしておかなかったんだ？　悪化する一方の経済、失業問題、下がり続ける出生率。

人々は不安になっていた。そのうち怒りだした。（*The Testaments* 66; 九六頁）

自然災害や環境破壊による経済の衰退と、それに伴う出生率の低下のため、人々は不安と〈怒り〉に駆られる。その問題に対応するため、男性のみが働いて女性を隔離し、その再生産を管理する一夫多妻制的神政政権ギレアデ国が誕生する。『侍女の物語』では、とりわけ出生率の低下とその原因が、さらに詳細に述べられている。小説の最後に置かれている、ギレアデ国崩壊後の二一九五年に開催されたギレアデ研究の第一二回シンポジウムの基調演説によれば、当時他の国でも起こっていた出生率減少の原因は、堕胎も含めたさまざまな産児制限方法、梅毒やエイズの伝染病や大気汚染だとされている。ただ、原因は何であれ、その対策が必要となるわけで、前ギレアデ社会でも、「人工授精」、「妊娠促進クリニック」、「代理妻の雇用」などの方策がとられていたが（Atwood, *The Handmaid's Tale* 305; 三二四頁）、けっしてそれでは十分ではないとして、ギレアデ国では聖書にも記述のある一種の「代理妻」の存在を〈侍女〉と位置づけ中軸に据えた、大胆な階級制度が導入されることになるのである。ここではまず、ギレアデ国が、人々の〈怒り〉によって誕生したということを、確認しておこう。

こうした出生率の低下や再生産の問題は、わが国だけでなく世界中の国々が遅かれ早かれ直面すると予測されている問題であり、文学史上においても多くの小説がテーマとして扱ってきた。たとえば、ゴシック小説全盛期に書かれた、男性の手による人間創造の物語であるメアリ・シェリーの『フランケンシュタイン』（一八一八年）、未来における出生率がほぼゼロとなった世界を描いたP・D・ジェイムズの『トゥモロー・ワールド（*The Children of Men*）』

（一九九二年）、遺伝子操作による再生産管理の結果「新人類」を生み出すとともに人類滅亡をもたらした文明の終焉を描いたアトウッド自身による『オリックスとクレイル』（二〇〇三年）、わが国においても出生率が減少した社会での死者を弔い授精するための新しい儀式を描いた村田沙耶香の「生命式」（二〇一三年）、代理出産の問題を扱う桐野夏生の『燕は戻ってこない』（二〇二二年）など、人工的再生産や出生率減少の対抗策といった、再生産の管理に関する問題は、文学的想像力を掻き立てる重要なテーマである。

「地上に降りた神の王国」たるギレアデ国において女性たちは、その長である司令官の命令に応じて、四つの階級に区分される。まず階級の頂点に位置するのが女性たちを教育・管理する支配階級の〈小母〉、次いで司令官や平民男性の〈妻〉もしくは〈妻〉候補、さらに「ふしだら」とみなされた妊娠する見込みのある女性〈侍女〉、そして子どもを産む可能性はないが家事全般ができる女中の役割を果たす女性〈マーサ〉である。

前作『侍女の物語』は、侍女である主人公オブフレッドの語りによって展開されていたが、『誓願』ではさらに工夫がなされ、三人の女性の語りを通して、彼女たちを取り巻く状況がより多角的に呈示されている。まず、ギレアデ国で起こったことを一人称の語りで手記として残そうとするリディア小母の日記「アルドゥア・ホール手稿」から始まり、高官の娘だが〈妻〉になることを拒否し〈小母〉になる決断をするアグネス・ジャマイマの語り「証人の供述三六九Aの書き起こし」と、その妹で『侍女の物語』の主人公の二番目の娘デイジーの証言「証人の供述三六九Bの書き起こし」がそれに続く。それぞれが各々の人物の特性にふさわしい語り口で相互に織りなされているため、わたしたち読者は各人物の恐怖や怒り、トラウマ的出来事に対する心の動きなどを、直接読み、聞いているように感じられると同時に、ギレアデ国の功罪をより俯瞰的に見ることができる構成となっている。それゆえ、彼女たちの感じ方や身体反応を詳細に追いながら、その情動がどのように伝染していくのか探っていくことにする。

3　トラウマと情動

ギレアデ国において管理される女性たちは、たえず死の脅威にさらされている。時には一瞬の油断が命取りになりかねないのだ。女性たちのなかでもっとも上の階級に位置するリディア小母も、その例外ではありえない。前ギレアデ国では判事であった彼女が、幹部たちに粛清されることなく生き残ってリディア小母として石像が建てられるようになるまでには、多くの選択をし、試練とテストを乗り越える必要があった。前ギレアデ国が崩壊し現ギレアデ国が誕生した直後の時期、いくつかの不穏な前兆を感じるなか、彼女は逮捕されスタジアムに移送される。同僚のアニータやその他の弁護士や判事だった女性たちと同じ区画に押し込められ、トイレに行くことも禁じられた監禁状態におかれ、目隠しされた女性たちが次々に銃で処刑されるのを、「どうせ全員殺すつもりなら、なぜこんな見せしめを行うのだろう」(*The Testaments* 117: 一六七頁)といぶかり怯えながら見学させられる。そののち、食事が与えられロッカールームに連れて行かれ、幾日かをそこで過ごす間に、数人の女性たちが連れてこられ、また数人の女性たちが連れ出されるが、過酷な状態に置かれた彼女たちは、次第に獣化しはじめる。

アニータが連れ出されてしばらくのち、ついにリディアの番がやってきて、ジャド司令官の前に連れていかれ、尋問を受ける。

「わたしのことはご存じかと」わたしは言った。

「いかにも」彼は温和な笑顔を浮かべた。「このところなにかとご不便をかけて申し訳なかった」「なんてことありません」わたしは澄ました顔で答えた。

自分に対して絶対的な支配権をもっている人間を相手に冗談を言うなど、ばかげている。相手をむっとさせ、自分の権力の真価をわかっていないと思われる。いまはわたしも権力を持つ身だが、目下の分際で軽口をたたくことはお勧めしない。とはいえ、当時のわたしは向う見ずだった。あれから見ると、だいぶ賢くなった。

司令官の顔から笑みが消えた。「生きていられてありがたいだろう?」彼は訊いてきた。

「ええ、はい」わたしは答えた。

「神が女の身体にお造りくださってありがたいだろう?」

「と、思います」わたしは答えた。

「どうも感謝が足りんようだな」司令官は言った。

「充分な謝意とは、どのようなものでしょう?」わたしは尋ねた。

「われわれに協力すれば、充分な謝意となるだろう」司令官は答えた。（……）

「〝協力〟というのは、どういう意味ですか?」わたしは言った。

「イエスかノーかで答えてもらおう」「わたしは法律を専攻し、判事の立場にある者です。白紙の契約書に署名するわけにはいきません」

「判事なんかであるものか」司令官は言った。「いまのきみは」そういってインターカムのボタンを押した。「〈感謝房〉へ」と言ってから、わたしに、「もっと感謝の念をもつようになってもらいたい。成果が出ることを祈るよ」


（*The Testaments* 147; 二〇八―〇九頁）

一歩間違えれば、処刑されてもおかしくない尋問の場面である。「笑みが消えた」司令官の顔を見て、言葉を慎む必要があることを学習したリディアは辛うじて生き残るが、アニータは処刑されてしまう。何が二人の生死を分かったのか。

ブライアン・マッスミは、無駄な身振りと非論理的なスピーチで知られていたアメリカ合衆国第四〇代大統領ドナルド・レーガンが、なぜ多くの人々の心を動かし、二度の大統領選で圧倒的な勝利を得ることができたのかと問い、その理由として、彼が俳優時代に出演した映画『嵐の青春（*Kings Row*）』（一九四二年）撮影時のエピソードに言及する。役者は、台本に従い監督の言葉に耳を傾け、演じるべき役柄をイメージし、そのイメージに添うように演技しようとする。このときイメージする「自己」と演じるべき役柄としての「対象」は、自己と他者、主体と客体という相互関係の軸の上で運動が展開されると考えられるが、この関係性をマッスミは「ミラー・ヴィジョン」と呼ぶ。当時二流の俳優であったレーガンは、彼の転機になったこの映画の、ハンサムで威勢のいい若者が突然の事故に遭い、下半身を切断されていることに突然気づくという場面で難航していた。どうしてもうまく演じることができず、演ずべき役柄のイメージ「ミラー・ヴィジョン」が構成できないまま、何日も苦悶し続け疲労困憊した状態で、無意識のままベッドに開けられた穴に身体を通し、監督の合図に続いて「私の（身体の）残りの部分はどこにあるのだ」と叫ぶ。監督によるＯＫが出たその一連の運動は、「演技を超えたふるまい」ともいうべきもので、彼自身そのときのことを振返って「私のキャリアにおいて、役者の人生がどんなものかをこれほど効果的に説明するセリフは他にはない。（……）その日の撮影分を見返して、スクリーン上の影が私自身であることを私はかろうじて信じることができた」と述べている（Massumi 53）。

マッスミは、自己意識が消失し、自己と他者という軸が揺らいで、半ば主体的で半ば受動的なこの位相、言い換えれば「ミラー・ヴィジョン」が破棄され、自己意識を失った彼の「演技を超えたふるまい」を「ムーヴメント・ヴィジョン」と呼び、他者の身体に入りこんだ彼の身体を「イメージなき身体」と位置づける。そしてこの強度の変移のただなかに出現した「疑似－身体」が持続する運動を「純粋な出来事（the pure event）」と呼ぶ（Massumi 57-58）。マッスミは、他者でもあり自己でもあるような「イメージなき身体」から引き出されるこうしたパフォーマンスこそが、それを目にする者の内にも同様の強烈な情動を喚起するのだと言う。つまり、舞台と日常の境界を超えたレーガンのふるまいこそが、選挙戦においても、政治活動においても、メディアを通して観客を触発し彼らの身体的熱狂を引き出し、レーガンを政治的に一流のパフォーマーに仕立て上げたと言うのである。

心身ともに極限状態に置かれたリディアについても、同じような現象を見出すことができるのではないか。リディアは〈感謝房〉に移され暗闇のなかに閉じ込められたのち、その独房にやってきた三人の男たちに蹴りつけられテーザー銃を突き付けられレイプに近い行為を受ける。「泣いたかって？　そう、はたから見える二つの目からは涙が流れでた。うるんで涙を流す人間の目からは。だが、わたしのひたいの真ん中には、第三の目があった。あると感じた。石のように冷たい目。それは涙を流さず、ものを見ていた。その目の奥で、だれかがこう考えていた。このお返しはかならずさせてもらう。どれぐらい時間がかかろうと、その間にどんな屈辱を舐めようと、かならずなしとげる」（*The Testaments* 149; 二一二頁）。憔悴しきったなか、自己と他者の境界が消滅したこの境位において、リディアの身体は、われしらず涙を流すという反応をするのだが、彼女の心のなかでは強い情動が湧き上がり、このときの屈辱への「お返し」を誓う。わたしたち読者は、極限状態に置かれたリディアの「第三の目」の感覚に、レーガンの「身体なきイメージ」ときわめて近いものを感じさせられる。この極限状態で復讐を誓わせる強い情動とは、〈怒り〉といってよいだろうが、この点については後に詳しく論じることにしたい。このようなリディアだからこそ、相手にそれと気づかせることなくこの情動を持続させ、さらなる「地獄」と、次々に課される試練を生き延びることができるのだ。

〈感謝房〉からホテルに移送されたリディアは、トラウマ的出来事として彼女に悪夢を見させ続ける、さらなる地獄を経験する。以前のテストから、協力を求める司令官の依頼に「イエスかノーかで答える」ことを要請されていることを認識し、よどみなく「イエス」と答えた彼女は、アニータを含む目隠しされた女性たちに銃を向けて発砲するよう命令され、それを実行する。落第すれば、「唯一真の道に尽くす誓言は口ばかりだったということ」、合格すれば、「おのれの手を血で汚したということ」になる（172; 二四二頁）というテストのなかで発砲し、「手を血で汚す」のだが、そのトラウマ的体験は、のちに何度も悪夢となって回帰し反復されることになる。夢のなかでの彼女は、「褐色のガウンのような衣類」を着て同じような服を着た女性たちや黒い制服を着た男たちと一緒に、手に銃を抱えている。その銃には銃弾が入ったものと、空のものがあるが、全員が殺人者であることに変わりはない。その向こうには目隠しされることなく並んだ女性たちが立っているのだが、夢のなかで発砲された弾に当たって倒れるのはリディアの方である。死ぬほど恐ろしいその悪夢は、白日夢のなかで、形を変えてフラッシュバックする。〈幼子ニコール〉こと、デイジーとその姉アグネスがギレアデ国を逃亡した事件に関するジャド司令官の対応を、「例によって、最も賢明な選択でした」と称賛を装うリディアは、司令官を見つめ次のように夢想する――

それを聞くとジャドの顔に、張り詰めた笑みではあったが笑みが浮かんだ。わたしはフラッシュバックに襲われた。それが初めてではなかった。褐色の麻袋のような長衣を着たわたしが、銃をかまえ、狙いをつけ、発砲する。弾入り、それとも弾なし？

弾は入っていた。（391; 五四七頁）

司令官の「張り詰めた笑み」は、リディアをトラウマ的場面に連れ戻す。しかしながらこの白日夢のなかで、銃弾に倒れるのは、リディアではない。おそらく司令官の方である。このように、トラウマによって、自己と他者が絶えず入れ替わる恐怖にさらされながら、ギレアデの国家体制とジャド司令官に向ける憤りは醸成され、アルドゥア・ホールの若い女性たちに伝播していくことになる。

4　感染する〈怒り〉

先に見たように、屈辱的な仕打ちを受けたリディアの目からは涙が出るという身体反応が起こり、報復を誓うのだが、このときの情動を私たちはどう捉えたらいいのだろうか。シルヴァン・トムキンズは、情動の基本的な集合として、関心、驚き、喜び、怒り、恐怖、苦悩、嫌悪、軽蔑、恥の九つを挙げていて、その情動を三つのパターンに分類し、喜び、関心をポジティヴな情動に、驚きを中立的情動、苦悩、恐怖、恥、嫌悪、軽蔑、怒りをネガティヴな情動だとしている（Tomkins 74）。こうした情動はけっして身体反応に先んじて生じるわけではなく、まず知らないうちに身体反応が起こり、それに伴ってもしくはそのあとに情動が生まれる。しかしながら、各々の情動はけっしてそれほど明確に区分できるものではない。トムキンズに倣って言えば、リディア小母は、悲しいからもしくは怒りによって涙を流したわけではなく、まず涙を流すと言う身体表出があり、それに付随するかそれと同時に苦悩や怒りなどの情動が形成されたのだといえる。

情動の詳細について、トムキンズはさらに次のように説明を加えている。まず外部からの刺激は末梢神経を経由して脳中枢に伝達され、感覚へとフィードバックされるが、その際にその刺激は何らかのイメージに転嫁されて伝えられ、情動として身体的に表出されるのである。情動はさまざまな形をとるが、トムキンズによれば、情動は与えられた刺激に対する「ニューロン発火の密度」をx軸とし、時間をy軸とする座標上の点として表される。つまり、情動は、刺激に対する反応の密度（強度）と時間（持続性）に応じてさまざまな形をとる。それゆえ、「ニューロン発火率の上昇がそれほど急速でない場合には恐怖が活性化し、さらに遅い場合には興味が活性化する。対照的にニューロン発火のレベルが持続的に高いとき、たとえば連続的な騒音のような状況では、不安の叫びが生得的に活性化する。もしそれが持続的でさらに騒々しければ、怒りの反応が生得的に活性化する。最後にニューロン発火率を引き下げるような刺激の減少はどんなものであれ、たとえば過度の騒音の突然の削減などにおいて、満足げな喜びの微笑みを活性化する」（Sedgwick 102; 一七〇頁の引用による）のだと説明している。そうであれば、持続性と強度の観点から考えて、リディア小母に報復を誓わせたのは〈怒り〉の情動と呼べるだろう。こうして形成された〈怒り〉は、録音された記録が残されている若いふたりの女性たち、アグネスとデイジーのトラウマ的体験によって湧き上がる情動とも通底していると考えられるので、次に彼女たちの場合を詳細に見ていくことにしたい。

まず、高官の娘でありながら、再生産を目的とするために性と密接に結びついているギレアデで国の結婚制度に漠然とした恐怖と不安を抱いているアグネスは、父親の〈侍女〉オブカイルがお産のために死亡するという出来事に遭遇し、出産に強い恐怖を抱く。さらに、義母ポーラの言いつけで〈マーサ〉の付添がないままひとりで歯科医であるグローヴ先生の所に行くよう仕向けられ、先生の性器に触れさせられるという性被害に遭うことで、性に対する嫌悪感を増大させる。このとき義母は、被害を受けることを見越してアグネスを一人で歯科に行かせたのだと気づき、この出来事ののち「ポーラに感じる憎しみに対して、神に許しを乞う祈りをするのはやめた」（*The Testaments* 98; 一四一頁）のだと言う。この持続的な「憎しみ」も、〈怒り〉の情動に近似した思いであるに違いない。アグネスは、のちにベッカ自身が父親のグローヴ先生から長年にわたってレイプ被害に遭っていたことを知らされるのだが、アグネス以上に結婚に恐怖と嫌悪を感じて自殺未遂をはかるベッカに共感し、彼女から大きな影響を受けていたので、ベッカの思いはアグネスの情動を形成・促進する大きな契機ともなっていたことがわかる。

結婚よりも小母になることを願うベッカは、自殺未遂のあとリディア小母のもとに連れてこられ、小母になる決意を語り、その覚悟を問われると、強い意志を表明して「ひと筋の涙」を流す。その涙をリディア小母は「演技用の涙か？　好印象を与えるためのの？」(216; 三〇三頁)と考えるが、ベッカの小母になりたいという真摯な思いとリディア小母への感謝の念は素直に受け止める。

さらにリディア小母は、ジャド司令官との結婚が決まったものの、ベッカの結婚への嫌悪と恐怖心が伝染したかのように追い詰められていたアグネスの前にも現れて、ベッカが小母になることを決意したとの報告をし、同じように結婚を回避するための方策を授ける。その導きに従って、母校の先生だったエスティーナ小母に、結婚をする代わりに小母になりたい旨の訴えをすると、その訴えは承認される。そして、そのことはリディア小母から両親に通達されるので、義母のローラも娘の結婚破談を受け入れざるを得なくなる。アグネスはベッカに再会し、結婚を回避できたことに涙し、今なお結婚を強要する義母には神の威光を借りて意図的に〈怒り〉を爆発してみせる。試験に合格し正式に小母になることをリディア小母に感謝すると、小母は「善行は善行をもって報われる」(247; 三四七頁)として、いつか私たちを助けてくれる日が来るだろう、と応えるなど、リディア小母を介して〈怒り〉が伝染し醸成され、女性たちの絆は強化されていく。

もうひとりの証言者デイジーのトラウマ的出来事と彼女が決断を迫られる場面は、さらに切迫していて、反射的な反応が求められる。一六歳の誕生日に、長年両親だと信じてきたニールとメラニーが実の両親ではなかったこと、本当の誕生日は別にあり、自分の名前はデイジーですらなく、ギレアデが血眼になって探している〈幼子ニコール〉であったことを知らされたデイジーは、いきなり足元の地面が消えてなくなったような思いに襲われる。

きみは自分で思っているような人間じゃないと、イライジャにいきなり言われたところまで話したかな。そのときの気持ちはあんまり思い出したくない。まるで突然、道路が陥没して口を開け、そこに呑み込まれるような気分というか――自分だけじゃなくて、自分の家も、部屋も、過去も、自分について知っていたこと、自分の見た目なんかもぜんぶ呑み込まれる――落っこちて、息ができなくなって、目の前が真っ暗になって……それがいっぺんに起きる感じ。

一分ぐらいはなにも言わずに、呆然としていたと思う。肩で息をして、全身が凍りついたみたいだった。（185; 二五九頁）

震えが止まらず全身が凍りついたように感じるデイジーは、自分の誕生日だと信じていた日が自分のものではないと知らされ、アイデンティティが粉々になるような感覚のなかで、自らの情動を、〈怒り〉だと分節化し次のように考える。「はじめて知ったときはふたりに対して怒りでいっぱいだった。でも、怒りの感情は長続きしなかった。その時点でふたりとも死んでたから。亡くなった人にたいして怒りの感情を抱くことはできるけど、その人たちがしたことについてはもう話し合えない。だいたい、一方の立場にしか立てないし。それに、私は怒っていたけど、罪悪感も抱いていた」（39; 五七頁）。

ニールとメラニーが本当のことを知らせてくれなかったこと、使命としてであっても自分を育ててくれたこと、自分の行動のせいでふたりを死に追いやったかもしれないこと。こうした錯綜した思いを、デイジーは〈怒り〉と呼ぶ他はないのだ。デイジーが〈幼子ニコール〉として、情報をギレアデに運ぶために帰国する決意をするのは、その〈怒り〉のためであり、さらには実の姉であるアグネスと共にリディア小母からことづかった情報を持ちだすためにカナダに逃亡するという役割を引き受けるのも、〈怒り〉のせいであるだろう。が、その思いは、アグネス、ベッカ、リディア小母たちのとの間で共有されるようになった義憤および、徐々に築き上げてきた女性たちの間の絆のせいでもあるだろう。そして、最終的には、その絆こそが、ギレアデ国を崩壊へと導くことになるのである。

5 〈怒り〉の倫理性

リディア、アグネス、デイジー、ベッカらの主要登場人物たちが受けてきた不当な扱いに対して抱く〈怒り〉の情動は、それぞれ複雑に錯綜した個別性を持っていることを見てきたが、その情動は、彼女たちが自分たちの尊厳を踏みにじられたと感じた際に表出する思いであり、支配されている被害者の抱く不平等意識と密接に関わっているという共通点を持っている。このように、少なくとも『誓願』において、彼らが不当な扱いに対して感じた〈怒り〉は、けっして否定的に描かれているわけではないことをまず確認して、〈怒り〉の倫理性の問題に入っていくことにしたい。

これまで、哲学の分野や仏教において、〈怒り〉はしばしば否定的な感情として捉えられてきた。たとえば、仏教において怒りは、苦しみやストレスの元であり、悟りを妨げ、永遠の苦である輪廻からの離脱を阻むがゆえに、悪であるとみなされた。哲学において、最初に〈怒り〉について取り上げたストア派のセネカは『怒りについて』のなかで、〈怒り〉を、そのような権利もない誰かに侮辱されたと感じたときに復讐したいと願う欲求であると言う。そして、「怒りに身をゆだねることは理性を失うことであり、しかも、人間の性質はもともと理性的なので、怒ることはそのまま自らを失うことを意味するとして、怒りを有害だとみなしてきた」(ローゼンワイン 四一頁)。こうした考え方は、精神を身体と分け、精神が身体を操作しているという思考法から派生している。しかしながら、これまで見てきたように、『誓願』は、精神と身体を別々に分離するデカルト的「心身二元論」の観点から描かれてはいない。先に見たようにここでは、精神で起こったことが身体を動かすのではなく、精神と身体で同時に運動が進行するというスピノザ的「心身平行論」の観点から〈怒り〉が描かれている。つまり、〈怒り〉に駆られるのと手が震えたり涙が流れたりする身体表出とは、ほぼ同時に起こるのだ。

『誓願』のこうした怒りの描写には、感情を重要視するルソーなどの考えと通底するものがある。ルソーは『エミール』のなかで、子どもが乳母に叱られて泣きだした際の情動や、エミールが恋人ソフィーとの約束を破った際に彼女が感じた情動に言及し、それは不当な扱いに対する正義感に駆られた際に感じる〈怒り〉だとしているが、その際の〈怒り〉の情動は、ルソーに続く思想家たちによって、「市民の大半が否定する社会の不公正に対する正当な怒り」と結びついていると捉えられたと、バーバラ・H・ローゼンワインは指摘している。それゆえ、ローゼンワインは、この種の怒りこそが「フランス革命を起こし、それを正当化する一助となった」とする、パトリック・コールマンの主張に賛意を示している（ローゼンワイン　一六五頁）。

スピノザは、〈怒り〉を次のように定義する。

定理四〇　人は自分のことを誰かが憎んでいると表象し、しかも何も憎まれるような覚えはないと信じるなら、その誰かを憎み返すであろう。（……）

備考　憎むものに害悪をもたらそうとする努力は「怒り」と呼ばれ、もたらされた害悪に報いようとする努力は「復讐」と呼ばれる。（スピノザ　一八五―八六頁）

スピノザは、「何も憎まれるような覚えがない」にもかかわらず憎まれていると思うとき、相手に対する憎しみが生まれ、その相手に同じように害悪をもたらそうとすることを「復讐」と呼び、その働きかけを「怒り」と呼ぶとしているが、外的働きかけによって生じる〈怒り〉の構図はまさに、ジャド司令官とリディア小母との関係性に該当する。スピノザによれば、情動は喜びと悲しみの二つの方向性を持っていて、より大なる完全性へと移る際には喜びの情動に満たされ、より小なる完全性へと移る際には悲しみの情動に満たされる。憎しみや怒りは悲しみの情動へと連なっているので、わたしたちはより小なる完全性へと向かいつつある、つまり〈怒り〉は「活動力能」を低下させていることになる。

さらにスピノザは、〈怒り〉を含むこうした「情動」について、次のように定義している――「情動（affectus）」とは、「それによって身体自身の活動力能が増大もしくは減少し、促進もしくは抑制されるような身体の変様（affectio）、また同時にそうした変様の観念のこと」である（スピノザ 一一九頁）。ドゥルーズは、スピノザの議論における「情動（affectus）」が動的な概念であることに注目し、「情動」とは、「一つの状態から他へ、一つの像または観念から他へ」という「推移」あるいは「持続的継起」の過程と、「その身体や精神の持つ活動能力の増大または減少を含んでいる」ことを強調している（ドゥルーズ 一八三－八四頁）。このように情動は、環境や状況に応じて変化し、よりよい刺激によって「触発され」変化する。そして、その変化に応じて善であるか悪であるかが相対化されるのだ――「われわれはわれわれ自身としてあることを維持する助けになるもの、またはその妨げとなるものを、それぞれよい、悪いと呼ぶ（……）、すなわち（……）われわれの活動力能を増大もしくは減少させ、促進もしくは抑制するものを、よい、あるいはまた悪いと呼ぶ」（スピノザ 二〇三－二〇四頁）。ただし、スピノザにおいては、情動の倫理はたえず相互の関係性によって変様し、善と悪は相対化されるため、通常の価値基準としての倫理とは意を異にしている。[2]

これまで、〈怒り〉の倫理に関する議論を概観してきたが、この難問は現在に至るまで持ち越され、今日の哲学者たちの間でも、激しい議論が展開されている。そのなかでも、〈怒り〉を有害とみなしたストア派に真っ向から反対するアグネス・カラードの大胆な問題提起は、多くの波紋を呼んでいる。彼女は、これまでの哲学者フリードリヒ・ニーチェ、ミシェル・フーコーらを取り上げ、彼らに共通しているのは、「人間の道徳は自滅に向かう傾向があるという見解」であり、「善人になるということは、ときには悪いことをするのも厭わない」ということであると言う。[3]カラードの出発点は、情動とは、わたしたち人間が道徳を実践するための重要な手段であるということである。それゆえ〈怒り〉についても、スピノザが定義したように、他者から不正な扱いを受けると、相手を憎み血が煮えたぎるが、高まった〈怒り〉にどう対応するかが問題だとして、次のように主張する。「怒りを自分から切り離して遠ざけ、論理的で永続的な復讐心をもち続けるという結論を望まないとしても、怒りを強引に押しつぶしてしまうと、自尊心を失い、さらには道徳的な基盤を失ってしまう。本物の不正行為を目の当たりにしながら怒りを抑えることは、悪を黙認することになる。それゆえ私たちは、与えられた状況下で自分自身にどれだけの怒りを許すかという、複雑な問題に頻繁に直面する」（カラード 一三三頁）。

その主張あるいは提言に対して、本当に人が〈怒り〉に対して節度ある対応をすることができるのかという点に関して懐疑的なマーサ・C・ヌスバウムは、優れた哲学者で人種差別への変革を求め〈怒り〉を二種類に分類するマーティン・ルーサー・キング・ジュニアの意見に賛同する。キングによれば、〈怒り〉には、不当な苦しみに対して報復して損害を引き起こすことを目的とする「報復的な怒り」と、それをより良い目的に向かって活用しようとする「変革を求める怒り」の二種類があり、後者の〈怒り〉こそ「人々が団結することで生み出される成果を根本的に信頼する」ことに繫がるのだと言う（ヌスバウム 一三四頁）。[4] 以上の〈怒り〉の倫理をめぐって輻輳する議論を踏まえながら、『誓願』の分析に戻ることにする。

6　女性たちの絆

リディア小母に涙を流させた〈怒り〉は、これまで見てきたように、けっして単なる「報復」へと向かうわけではない。報復を誓いながらも彼女は、アグネスとベッカに共感し、彼女たちを小母になるよう働きかけることにより絶望の淵から救い出す。さらにまた、ギレアデ国に帰還したデイジーとその姉アグネスとを再会させ、ギレアデ国の重要な機密をカナダに再び運び出すという使命を与えて逃亡させる。加えて、彼女たちが相次ぐ苦難から逃れて無事カナダの岸壁へとたどり着くことができたのは、自らの命を捨ててまで彼女たちの逃亡の手助けをしたベッカの霊に導かれたからでもある。ジャド司令官にその正体が露見したため、ベッカに偽装して逃亡したデイジーのために、少なくとも四八時間は姿を隠すよう言われたベッカは、貯水タンクに隠れ、その結果排水口で死体として発見されるのだが、その犠牲的行為のおかげで、姉妹たちは発見され絞首刑にされるのを免れることができたのだ。アグネスは逃亡の最中、しばしばベッカがすぐそばにいて、彼女と一緒に逃亡しているのだという幻影を見るのだが、姉妹が無事逃げおおせたのは、ベッカとアグネスとデイジー、そしてリディア小母ら女性たちの強い絆（＝シスターフッド）のおかげである。

女性たちの絆の証と思われるものが、ギレアデ国崩壊後の二一九七年開催されたギレアデ研究の第一三回シンポジウムで報告されている。発見されたのは、ギレアデ国崩壊ののちに彫られたと思われるアグネスとデイジー（ニコール）の彫像に添えられた銘文で、そこには次のように書かれている。「ベッカ、イモーテル小母の愛しき思い出に／この記念碑は彼女の姉妹、アグネスとニコール、その母親、父親ふたり、／彼女たちの子と孫たちによって建立された／A・Lのたぐいまれなる献身をたたえる／空飛ぶ鳥が声をはこび／翼あるものがことを告げるだろう／愛は死ほどに強し」（*The Testaments* 415; 五七八頁）。この銘文は、ベッカと姉妹たちの絆だけでなく、姉妹を支えたリディア小母の献身にも捧げられている。

このように、『誓願』の主要人物たちの〈怒り〉は、当初は報復を誓い、不当な相手にやり返すことを願うという性質のものから、次第に人種差別に抗議したキングがかつて述べたような、「互いが団結することで生み出される成果を根本的に信頼する」、「変革を求める怒り」（ヌスバウム 一三四頁）へと変化する。そして、その団結こそがギレアデ国崩壊へとつながっていくのだと推定される。しかしながら、この小説において、すべての〈怒り〉がそのような性質のものとして描かれているわけではない。その点について、さらに歴史的記述との関係から考察していきたい。

7　歴史を書く行為

歴史的な記述に関して、人が重要な出来事を記述しようと努めるとき、その行為は精神だけでなく、身体にも多くの負荷をかける。エルスペス・プロビンは、チャールズ・ダーウィンがその著作に取り組んでいるときに、彼の身体が感じた下痢や吐き気などの反応や苦痛について述べているが、とりわけ記述する内容が恥の情動と強く結びついている場合、「記述するのが苦痛で、それは体に入り込み、身体に到達する」のだと言う（Probyn 72）。ここでプロビンは、身体と書く行為との関係という観点から、主に『知恵の七柱』を書くT・E・ロレンスとアウシュビィッツの体験を書くプリーモ・レーヴィを取り上げている。ロレンスがアラブの人々だけでなく英国をも裏切ったことに対して抱いた恥は、トルコ高官によるレイプや拷問への恥辱とないまぜになって『知恵の七柱』の原稿のなかにその痕跡を窺うことができる。(5) 一方、自身がユダヤ人でありながら、アウシュヴィッツでの大量虐殺を目撃しつつ、科学者としてナチのために働き、戦後無力のまま生き残った自己を恥じて著作に没頭したレーヴィ。彼らが自らの身体の内から紡ぎ出しているかのように書く行為に励むその身体を、プロビンは次のように描写する。「書き手の身体は、概念と経験が衝突し、時には新しい生へのヴィジョンが産出されることになる、戦場となるのである」（Probyn 89）。

それでは、人類の歴史を書くことについて書かれた小説としての『誓願』およびアトウッドの場合はどうだろう。アトウッドは『侍女の物語』を、彼女の先祖で一七世紀に魔女狩りにあい首つりにされたが生き残ったメアリー・ウェブスターに捧げているといっているが（Rothstein）、別の個所では、魔女狩りにあった先祖のことを母方の祖母から聞かされたが、後日実はそれは事実ではなかったと言われ、その真偽については好きな方を選ぶようにとのことだったので、作家として事実だったという方を選んだと言っている（Mead）。『侍女の物語』は、小説自体がプロットも形式もないようにみえる「オブフレッドの自伝という形式」を採ることで歴史を記述した小説であったが（Grace 198）、『誓願』における「アルドゥア・ホール手稿」は、手稿を通してリディア小母が歴史を書くという行為である。彼女は手稿を書きながら、それを書くことの意味についても書くという、一種のメタ小説になっている。しかしながら、リディアは、当然のことながらアトウッド自身ではないし、ギレアデは事実に基づいて描写されていても現実に存在した国ではない。が、歴史をめぐるこのフィクションと現実との関係は、リンダ・ハッチオンの議論を思い起こさせる。ハッチオンの言うように、フェミニズムは、文学に対して、たとえば私的なものと公的なものとの分離の問い直しをもたらしたが、ポストモダン文学においても、「歴史記述的メタフィクション」を「虚構的に個人的なものが、一種のシネクドキ（提喩）的意味合いで歴史的に――そしてそれ故に政治的に――公的なものとなる小説」とするような読み直しを迫っているとして、ラシュディの『真夜中の子供たち』をその例に挙げて示している（Hutcheon 161）。

リディアはその手記で、ジャド司令官に〈怒り〉を表明すると同時に自身を客観視して、ギレアデ国内で権力者として「政権の化け物」として君臨し、人々に〈怒り〉を焚きつけてきたという自覚とそのことへの恐怖や不安を吐露している。そのことで人々に報復されるかもしれないことを意識する彼女は、以下のような覚悟もしている――「裁判にかけられ、銃殺隊によって処刑され、死体は街燈にでも吊るされて晒しものになるかもしれない？　それとも、暴徒に八つ裂きにされ、頭部だけポールに括りつけられて街をパレードし、やんやの喝采と嘲笑をうけるとか？　それぐらいの怒りは人々に焚きつけてきたはずだ」（*The Testaments* 31-32; 四六頁）。このとき、人々に吊るされることを夢想するリディア小母の歴史的記述は、アトウッド自身の先祖で、魔女として吊るされ処刑されたにもかかわらず生き延びたメアリー・ウェブスターの歴史と、さらには女性作家としてのアトウッド自身と繋がっていくだろう。手記を書くリディアは、その行為のなかで、自身の身体がバラバラにされるさまを記述する。まるで、リディアを通して（真偽は確かではないにもかかわらず、彼女が事実として選んだ）彼女の先祖メアリー・ウェブスターの拷問を追体験しているかのようである。まさに書くことに伴う苦痛は「身体に入りこむ」に違いないのだ。そしてわたしたち読者も、書き手の苦痛に伝染したかのように強く揺さぶられるのである。

「アルドゥア・ホール手稿」の冒頭で、リディアは手記を残すことがいかに「危険な」ことであるかについて記述する。

さて、今日の落書きは、もうこのへんでいいだろう。手が痛み、背中が疼くし、寝る前のホットミルクが待っている。この手記は、監視カメラを避けて、隠し場所にしまっておこう。監視カメラはこのわたしが設置したのだから、どこにあるかぜんぶ把握している。これだけ用心しても自分のこの行動がどんなリスクを伴うかは承知のうえだ。文を書き残すというのはそれぐらい危険なことなのだ。どんな裏切りが、その結果どんな弾劾が、わたしを待ち受けていることやら？　アルドゥア・ホール内にも、この手記を喉から手が出るほどほしい者は何人もいるはずだ。

まあ、お待ちなさい。わたしは胸の内で語りかける。いまに、もっとひどいことになるから。（5; 一二頁）

リディアは、身体の痛みを感じながら手記を書く。その行動が「危険な」行為であることを自覚しながら、「さらにもっとひどいことになる」こと、おそらくは政権の転覆に繋がる可能性を信じて書く。それが「危険な」というのは、彼女の行動が露見して、彼女自身の裏切りが発覚するという恐れがあるためである。しかしながら、歴史を記述することは、別の意味でも危険な行為である。リディア自身が冒頭に書き残しているように、そもそも彼女たちの〈怒り〉によって次第に綻びをみせつつあるこのギレアデ国自体が、当初自然環境の悪化に伴う経済の破綻の結果、「人々は不安に」なり、「そのうち怒りだした」ために創生された国家であったことを忘れてはならない。わたしたち読者は、人々のこの〈怒り〉をどのように捉えればよいのだろうか。彼らの〈怒り〉は、リディアたちの怒りと、どう違っているのか、それとも同質のものなのか。歴史を記録するリディアの行動は、ギレアデ国の転覆を図ろうとする彼女たちの試み自体の根幹を揺さぶり、脱構築する可能性を露呈して見せる。ギレアデ国崩壊後に築かれるだろう国家が、それ以前の国家よりもより良いものであるという保証はどこにもない。むしろギレアデがそうであったように、前より悪くなる可能性を誰も排除することはできないのだ。しばしば歴史はたとえ多少の差異は伴っていても、繰り返されてきたのだから。

この疑問について考えるためには、スラヴォイ・ジジェクがペーター・スローターダイクの『憤怒と時間（*Zorn und Zeit*）（二〇〇六年）をめぐって展開している議論がヒントを与えてくれるかもしれない。スローターダイクは、西洋の歴史は「怒り（Zorn）」の歴史であるという視点を提供する。西洋の基盤をつくったホメロスの『イーリアス』は、〈怒り〉という語から語り始められ、詩人は、アガメムノンにブリーセウスを奪われたことによるアキレウスの、傷ついたプライド、「サイモス（ねたみ、競争、承認）」に焦点を当て、女神にアキレウスの怒りがもたらした惨禍を歌う詩を懇願する。しかしながら、それに続く歴史で「憤怒は消化され、遅延され、先送りされ、転移されるようになる。つまり、われわれではなく神が、不当な行為を記録し、〈最後の審判〉において、それを清算するのだ。キリスト教における復讐の禁止（「もう一方の頬を差し出せ」）は、この〈最後の審判の日〉というキリスト教の黙示録的背景と厳密な相関関係にある」（ジジェク 二二八頁）。この〈最後の審判〉という考え方は、世俗化された形で近代の左翼のプロジェクトに継承される。そこで審判を下すのは、神ではなく人民である。積み重ねられた不正に対する怒りは高まり、革命的に爆発するが、こうした「ルサンチマンの爆発」が、完全に満足をもたらすことはけっしてないので、常に第二の革命を求める動きが発生する。スローターダイクによれば、人間の歴史において、あらゆる解放のプロジェクトは、ルサンチマンの暴力的爆発として現れるだけでなく、さらなるルサンチマンの爆発を引き起こしてきた。そのルサンチマンを「超える」ことができるのは、「あくことなく不正を非難」し続けることによってだけである。つまり、ニーチェが、「道徳における奴隷の反乱」（『道徳の系譜学』）と呼ぶルサンチマンを拒否し、ニーチェのいう「英雄的ルサンチマン」、妥協を拒否し、勝ち目がなくてもあきらめない意志を持ち続けることによってである（ジジェク 二三一―三二頁）。

『誓願』において、スローターダイクの難しいプロジェクトの幾分かは、一連の出来事を「第三の目」から見続け、「このお返しはかならずさせてもらう」、「どれぐらい時間がかかろうと、その間にどんな屈辱をなめようと、かならずなしとげる」と誓う、冷徹なリディア小母に託されているようにみえる。〈怒り〉とそれに伴う暴力については、倫理性に関しても多くの難しい問題が含まれているため、その判断は安易になされるべきではないだろう。少なくとも『誓願』においてアトウッドは、生き延びるために悪知恵を働かせ、ときには同僚を死に至らしめることも躊躇しないリディア小母について、「半信半疑」の読者もいるだろうことを認めている。が、それでも、結局『誓願』では、「読者が彼女の邪悪な魔女（＝リディア）に対する敬意を共有するよう導いている」と言うことができる（Bethune）。

ただ、アトウッドがこの小説をギレアデ国について研究する学会の開催で終わらせているのは、記録された歴史から学ぶことによって、よりよい共同体構築の可能性へと開かれることへの希望の表明であるに違いない。講演者のピークソート教授の、「女性陣が恐るべき勢いで支配的立場を簒奪するこのご時世ですから」（*The Testaments* 408; 五六九頁）といった言葉が示すように、そこでは家父長制の名残はあるものの、少なくともギレアデ国よりは、希望の持てる社会であるように見えるのだから。それゆえ、わたしたち読者は、共存することが難しい両方の立場の間で、宙吊りにされながら考え続ける他はない。

8　おわりに

これまで見てきたように、〈怒り〉の情動については長きにわたって多くの議論が戦わされてきた。不当な仕打ちを受けた被害者が、怒りに駆られ時間をかけてその相手に仕返しをしてその恨みを晴らすという物語は、人口に膾炙している。この情動は、近隣の揉め事から、国家間の戦争という国際問題に至るまで、その対応如何でどのようにでも事態が進展しかねない、きわめて重要な要素を含んでいる。なぜなら、〈怒り〉の情動は、報復の是非や善悪などの倫理的な問いかけをわたしたちに迫らないではいないからだ。

『誓願』を読む過程で、読者はしばしば登場人物たちの〈怒り〉に同化し、その情動に突き動かされたあげく、〈怒り〉の倫理について改めて考えることを余儀なくされる。小説のなかでも実行された、国の法に則っているものの、強姦の罪により身体の原型を留めない程に小母たちの〈怒り〉をぶつけられ公開処刑された歯科医グローヴ先生の例に端的に見られる類の報復は、たとえ強い正義感に駆られたものでも、結局何も生みだしはしない。確かに、キングの言うように、単に「痛みの報復として痛みを与えること」は、「安易で弱気で愚か」（ヌスバウム　一三四頁）な行為であるだろう。むしろ、暴力に対抗するためには、リディア小母のように、「第三の目」を持ちながら、勝ち目がなくてもけっしてあきらめない意志を持ち続けながら、他者と変革の意志を共有する他はない。

アトウッドが語っているように、『誓願』は、ギレアデ国が「どのように」終わりを迎えたかの物語、つまり全体主義国家終焉の歴史についての物語であり、魔女狩りを生き延びた彼女の先祖メアリー・ウェブスターの身に起こったかもしれない物語であり、小説の道程をリディア小母に任せたアトウッド自身が、彼女の身体感覚を介して歴史を記述した小説だと言える。この小説を、〈怒り〉の情動に焦点化して読むことは、もしわたしたちが邪悪な社会に置かれたとき、どう倫理的でありうるのかという難題に対峙する契機となるに違いない。

【註】

（1）原作末尾に収録されている"A Trip to the Archive with Margaret Atwood"は、邦訳『誓願』には収録されていない。

（2）さらに、スピノザの倫理学の基礎を成す〈コナトゥス〉については、本書の序章を参照のこと。

（3）カラードによれば、ニーチェは、「私たちは流血への渇望からすべての道徳を構築していると主張」し、フーコーは、「処罰は犯罪である」と述べている（カラード 二二頁）。

（4）河野哲也はヌスバウムに賛同して、次のように言っている。「復讐が被害を相手に返すことで相手との価値基準の対立を解消しようとする行為であるとすれば、合理的な被害者は、加害者と同じ地平に立たないために、復讐をおもいとどまるのである。それは私見によれば、別の新しい共同体を作り出す共同行為であるのだと解釈できるだろう」（河野 八一頁）

（5）たとえばロレンスにとって、恥の情動と歴史を書く行為が密接な関係にあったことは、限りなく書き換えられた『知恵の七柱』の痕跡にも表されているだろう。この手記については、当初八部だけ刷られた「オクスフォード・テクスト」と、簡約版、さらにはロレンスの自筆の原稿と「オクスフォード・テクスト」をジェレミー・ウィルソンが編纂した、いわゆる『完全版 知恵の七柱』があり、簡約版と完全版を比較対照して読むと、行間からもその痕跡が窺い知れるだろう。

【引用文献】

Atwood, Margaret. 1985. *The Handmaid's Take*. Anchor Books, 1998.『侍女の物語』斎藤英治訳、新潮社、一九九〇年。

——. *Oryx and Crake*, 2003. Emblem, 2005.

——. *The Testaments*. Vintage, 2019.『誓願』鴻巣友季子訳、早川書房、二〇二〇年。

Bethune, Brian. "Margaret Atwood's Urgent New Tale of Gilead." *Maclean's*. 6 Sept., 2019, https://macleans.ca/culture/books/margaret-atwoods-urgent-new-tale-of-gilead/.

Coleman, Patrick. *Anger, Gratitude, and the Enlightenment Writer*. Oxford UP, 2011.
Grace, Sherill. "Gender as Genre: Atwood's Autobiographical 'I'." *Margaret Atwood: Writing and Subjectivity*, edited by Colin Nicholson, St. Martin's P, 1994, pp.189-203.
Hutcheon, Linda. *The Politics of Postmodernism*. Routledge, 1989.
Massumi, Brian. *Parables for the Virtual: Movement, Affect, Sensation*. Duke UP, 2002.
Mead, Rebecca. "Margaret Atwood, the Prophet of Dystopia." *The New Yorker*. 10 Apr., 2017, https://www.newyorker.com/magazine/2017/04/17/margaret-atwood-the-prophet-of-dystopia.
Pearson, Allison. "*The Testaments* by Margaret Atwood, review: this sequel to *The Handmaid's Tale* thrills us all over again." *The Telegraph*. 10, Sept., 2019, https://www.telegraph.co.uk/books/what-to-read/testaments-margaret-atwood-review-sequel-handmaids-tale-thrills/.
Probyn, Elspeth. "Writing Shame." *The Affect Theory Reader*, edited by Melissa Gregg and Gregory J. Seigworth, Duke UP, 2010, pp.71-90.
Rothstein, Mervyn. "No Balm in Gilead for Margaret Atwood." *The New York Times*. 17, Feb., 1986, https://www.nytimes.com/1986/02/17/books/no-balm-in-gilead-for-margaret-atwood.html.
Sedgwick, Eve Kosofsky. *Touching Feeling: Affect, Pedagogy, Performativity*. Duke UP, 2003.『タッチング・フィーリング――情動・教育学・パフォーマティヴィティ』岸まどか訳、小鳥遊書房、二〇二二年。
Shelley, Mary. *Frankenstein*. 1818. Edited by Johanna M. Smith, 2nd ed., St. Martin, 2000.『フランケンシュタイン』森下弓子訳、創元推理文庫、一九八四年。
Tomkins, Silvan S. *Shame and Its Sisters: A Silver Tomkins Reader*, edited by Eve Kosofsky Sedgwick and Adam Frank, Duke UP, 1995.
カラード、アグネス「怒りについて」、アグネス・カラードほか『怒りの哲学――正しい「怒り」は存在するか』［二〇二〇年］小川仁志監訳、森山文那生訳、ニュートンプレス、二〇二一年。
桐野夏生『燕は戻ってこない』集英社、二〇二二年。
河野哲也「怒りは道徳的に正しいか？――ヌスバウムと感情の現代哲学」『感受性とジェンダー――〈共感〉の文化と近現代ヨーロッパ』小川公代・吉野由利編、水声社、二〇二三年、六一―八六頁。
ジェイムズ、P・D・『トゥモロー・ワールド』［一九九二年］青木久恵訳、早川書房、二〇〇六年。

ジジック、スラヴォイ『暴力――6つの斜めからの省察』〔二〇〇八年〕中山徹訳、青土社、二〇一〇年。

スピノザ、バールーフ・デ『エチカ』〔一六七七年〕『スピノザ全集Ⅲ』上野修訳、岩波書店、二〇二二年。

セネカ、ルキウス・アンナニウス『怒りについて　他二篇』〔四一年頃〕兼利琢也訳、岩波文庫、二〇〇八年。

ドゥルーズ、ジル『スピノザ――実践の哲学』〔一九八一年〕鈴木雅大訳、平凡社ライブラリー、二〇〇二年。

村田沙耶香「生命式」〔二〇一三年〕、『生命式』、河出文庫、二〇二二年、九–五四頁。

ヌスバウム、マーサ・C「被害者の怒りとその代償」、アグネス・カラードほか『怒りの哲学――正しい「怒り」は存在するか』小川仁志監訳、森山文那生訳、ニュートンプレス、二〇二一年、一一六–三五頁。

ルソー、ジャン＝ジャック『エミール』〔一七六二年〕平岡昇訳、河出書房新社、一九七三年。

ローゼンワイン、バーバラ・H『怒りの人類史――ブッダからツイッターまで』〔二〇二〇年〕高里ひろ訳、青土社、二〇二一年。

ロレンス、T・E『完全版　知恵の七柱』（1～5）〔二〇〇三年〕田隅恒生訳、平凡社、二〇〇八–二〇〇九年。

――『知恵の七柱』（1～3）〔一九三五年〕柏倉俊三訳、平凡社、一九六九–七一年。

終章

情動論の批評的展開

武田悠一
武田美保子

1　はじめに

本書は、いわゆる「情動論的転回」に促されて生まれた文学／文化批評の可能性を探り、それを実践的に展開する試みとして編まれた。その試みが成功しているかどうかは、読者の判断にゆだねるほかない。この終章が目指しているのは、最初の読者である編者の立場から、序章に続く八編の各論を概観し、本書が全体として浮かび上がらせている（と編者が考える）〈情動の力〉、あるいは情動をめぐる批評が孕む可能性とは何かを明らかにすることである。

最初に、本書を構成する八編の論文の概要を紹介しておきたい。

第1章の日髙真帆論文は、〈情動〉という分析概念の文学・芸術研究への有効性を検証するために、複数の芸術様式における作品生成と情動の関係性について論じている。〈情動〉の定義自体の検討からはじめ、文学テクストの解釈を通して〈情動〉と芸術生成の関係を考察する。その際、多様な芸術生成が描かれているオスカー・ワイルドの長編小説『ドリアン・グレイの肖像』および悲劇『サロメ』に焦点を当て、その上で日本におけるワイルドの受容に顕著な役割を果たした谷崎潤一郎の「刺青」との比較研究をおこなっている。さらに、ワイルドや谷崎の作品の舞台化・映画化作品も取り上げ、舞台芸術・映像芸術と情動の関係について射程を広げて論じている。

第2章の武田悠一論文は、デヴィッド・リンチの『ロスト・ハイウェイ』を詳細に分析しながら、映画の「もっとも基本的な効果が、いかにして観客の身体的反応を惹き起こし、感情移入させるかに依存している」ということ、すなわち、映画が情動的な体験であることを示そうとしている。その情動性は、認知主義的な理解を超え、精神分析的な解釈をもすり抜けてしまう。映画において、情動はクロースアップされた「顔」の映像《イメージ》としてあらわれる、というドゥルーズの議論と、映画の音声的効果、とりわけこの映画の物語形式と共鳴する、フーガという音楽形式をめぐる議論によって、映画を視覚的・聴覚的に体験することがもたらす「手触り」、すなわち、「意味」には還元できない「何か」を呈示しようとしている。

第3章の梶原克教論文は、ブライアン・マッスミを筆頭とするカルチュラル・スタディーズの文脈における情動論の流れに即し、触発し／触発される身体に着目し、情動を個人的な反応としてではなく、関係性、「中–間性（in-between）」を前景化する概念として——社会的空間に波及する装置として——捉える。身体運動を知覚する側の身体が「触発される」側面を身体の可塑性として、身体が社会的言説・規律を変容させる側面を身体による情況の可鍛性として、身体可塑性については情動論の系譜から、情況可鍛性については、情動論の外部としてウィトゲンシュタインの言語ゲーム論から、それぞれ立証し、情動論においてなぜ身体が賭け金とされているかについて立証している。

第4章の亀田真澄論文は、一九三〇年代前後に執筆された、アメリカとソ連の二作品を取り上げ、〈苦しみ〉という情動表象を軸に分析したものである。苦しみには軽重があるという考え自体が、だれのどんな苦しみも無視されるべきではないという価値観に抵触するため、心理的拒否反応を生みやすい。ただし、苦しみに軽重はないとする価値観は、普遍的な倫理というよりは、歴史的に形成されてきたものである。本章ではトレチャコフとライトの二作品の分析を通して、一九三〇年代にアメリカやソ連などでつくられ広まった共感重視の感情規範が、「犠牲者文化」と呼ばれる現代的傾向や、他者の苦しみに軽重をつけることを非倫理的とする現代の社会規範と密接な関係にあることを示唆している。

第5章の武田美保子論文は、助けを求める「白衣の女」の画家ウォルターに対する身体的接触の衝撃が、あらゆる登場人物に伝播することで物語が展開するウィルキー・コリンズの『白衣の女』の触発の構図を、アメリカの心理学者シルヴァン・トムキンズが規定する恥の情動に焦点を当てながら読む試みである。とりわけ男性の登場人物ウォルターの女性化の不安とイタリア人フォスコ伯爵が自ら「弱点」と呼ぶものの内実を探り、彼らの心情と身体との相互作用を跡づけ分析するとともに、この小説がセンセーション・ノヴェルというミニ・ジャンルに収まることなく、さらに大きな文化的・文学的思潮のなかに位置づけうることを示している。

第6章の武田悠一論文は、ハーマン・メルヴィルの「書記バートルビー」を、バートルビーの「受動的抵抗」が触発する情動をめぐる物語として読もうとする試みである。バートルビーの物語は、彼の上司である弁護士によって語られ、部下の不可解な振る舞いに対する語り手の情動的な反応が物語を構成する。本章によれば、バートルビーが掻き立てる〈嫌悪〉はカント的な崇高に近づく一方で、〈軽蔑〉はニーチェ的なルサンチマンを生み出す。ドゥルーズ、アガンベン、デリダ、さらにネグリ／ハートの議論を参照しながら、バートルビーの労働拒否という「受動的抵抗」、資本主義が国家的レベルで拡大し始めた一九世紀半ばのアメリカの中心で、まさにその資本主義的な欲望そのものへの抵抗が引き起こす情動的な反応――資本主義への誘引と反撥、嫌悪と賛嘆、関心と軽蔑――が論じられている。

第7章の鵜殿えりか論文は、日本ではほとんど論じられたことのないアドリエンヌ・ケネディ一幕劇を取り上げている。ケネディの劇は「個人的《パーソナル》」と評されてきた。ときには「個人的すぎる」と否定的にみなされもしてきた。本章は、芸術家が個人的なことを作品に利用しようがしまいが、芸術作品はそれから隔絶した存在物であると主張したドゥルーズ＝ガタリの情動理論を援用し、ケネディが個人的なできごとを劇の題材にしたとしても、それをもって劇を評価することは正しくない、と論じている。なぜなら、ケネディ劇に関しては、体験は劇の前にあるのではなく、劇の後に作られている、というべきだからだ。

第8章の武田美保子論文は、『侍女の物語』の続編で、その後の出来事を描いたマーガレット・アトウッドの『誓願』を、〈怒り〉の情動という観点から分析している。この小説は、リディア小母を始めとする女性たちの身体感覚を介した共感と絆が、政治を動かし社会体制変革に至る歴史的記述である。その変革の力となった怒りの情動に焦点を当て、人々の怒りによって創設された全体主義的国家ギレアデ国が、どのように創られ、女性たちの怒りによってどのように崩壊に至るかを跡づける過程で、怒りの情動をめぐるこれまでの哲学的議論を辿ることにより、この小説における怒りの倫理性について考察している。

2 心と体

序章で述べたように、情動について考えるということは「身体と精神が触発し合うシステム、身体と精神の関係性」について考えることであり、情動の働きを明らかにすることは、「身体と精神がどのように影響し合っているかを明らかにすること」である（本書 一三頁）。身体と精神の関係は、デカルト以後の西洋哲学では二項対立的に捉えられてきた。しかしわたしたちは、両者の関係、ないしは関係性は、けっして二項対立的に捉えられるものではなく、むしろその二項対立そのものを脱構築するものだ、という認識に立っている。

脳神経科学を主とする認知科学では、認識や意志決定過程における情動の役割を重視するようになった。なかでも、脳神経学者のアントニオ・ダマシオの著作は、情動に関する従来の考え方を問い直す問題提起をした。

序章でも言及したレナード・ムロディナウは、『「感情」は最強の武器である――「情動的知能」という生存戦略』（二〇二二年）の「心と体――身体状態は思考や感情にどのような影響を及ぼすのか」と題する章で、自身の父親の体験に触れている。ムロディナウの父ジーモンは、かつてポーランドのチェンストホヴァで活動する反ナチス地下組織のリーダーだった。彼が暮らしていたユダヤ人地区は壁やフェンスで囲われていたが、ジーモンはある晩三人の仲間と一緒に有刺鉄線のフェンスをくぐり抜けて分離地帯から脱出しようとした。他の三人はフェンスをくぐり抜けたが、ジーモンは針金に服が引っ掛かって、三人から遅れてしまった。三人は外で待っていたトラックに乗り込んでいた。服がなんとか針金からはずれたときには、トラックはすでに走り始めていた。「ジーモンは選択を迫られたが、いますぐ決断しなければならない。トラックに向かって走っていったらきっと追いつけるだろう。だがそうすると気づかれて、全員殺される恐れがある。自分を残してトラックを行かせたら、計画よりも一人少ない人数で任務に取り組まなければならず、やはり危険な選択肢だ」。ジーモンはトラックを目指して走る決断をし、一歩踏み出そうとしたが、「突然身体が動かなくなった。なぜだか分からない。（……）理性的な心は、トラックを追いかけて仲間と合流するように語りかけていた。ところが身体はそうは思わず、父を引き留めたのだ」。父ジーモンはその場に留まって、走りゆくトラックを見つめた。すると、ヒトラー親衛隊を乗せた車が現れ、仲間の三人と運転手を撃ち殺した（六二―六三頁）。

ムロディナウの父が仲間と合流するという意識的な決心を覆したのはなぜか？「意識的な心は事実と目標にもとづいて考えていたが、無意識の心はさらなる情報として、意識にまだ上がってこない周囲の環境や自分の身体の状態に関する微かな徴候を分析していた。危険を察知するこの本能があるのは、我々の脳に組み込まれた一種のセンサーが自分の身体の状態や周囲の脅威をモニタしているおかげだ」。心理学者のジェイムズ・ラッセルは、このセンサー・システムを「コア・アフェクト」と名づけた。ムロディナウによれば、コア・アフェクトとは「身体の各器官系に関するデータや、外界の出来事に関する情報、そして世界の状態に関する自分の考えに基づいて何となく感じる気分、それを指し示す一種の温度計」(六四頁)である。要するに「よくわからないけどいい気分」、「なんとなくいやな感じ」といった精神状態だ。「コア・アフェクトは湧き上がる情動的経験に影響を与え、情動と身体状態を結びつける。コア・アフェクトは(……)情動を生み出すもっとも重要な要素や材料の一つであると考えられている」(六四─六五頁)。

第1章の日高真帆論文は、一見すると文学作品の精緻なテクスト分析のように見えるが、ここで目指されているのは、テクストそれ自体の「意味」を解明することではなく、文学をはじめとする芸術様式と情動の関係性を明らかにすることである。オスカー・ワイルドと谷崎潤一郎の比較研究によって、登場人物たちの身体と精神の関係を媒介にして文学という芸術表現がいかに情動と関わっているかが論じられ、その翻案作品《アダプテーション》をめぐる議論を経て、舞台芸術と映像芸術にも議論が拡大される。

第5章で武田美保子が論じるウィルキー・コリンズの『白衣の女』は、「白衣の女」が主人公の肩に物理的に直接触れることで物語が動き始める。ここで語られるのは、ジェンダーや階級をめぐる危機意識が契機となって登場人物たちのうちに恥の情動が掻き立てられ、彼らの心情と身体が相互作用的に触発し合い、それが伝染し伝播していくさまである。

初期のフロイトは、神経学者として、情動は外的(あるいは内的)な刺激への受動的、機械的反応であると考えていた。フロイトは、心的外傷となる記憶の回想とそれに伴う情動の解放の治療機序に注目したが、この臨床経験を通して、受容できない情動は、表象と乖離し、抑圧され、置き換え、受容などの機制によって症状に転換されると考えた。『ヒステリー研究』(一八九五年)のなかで、フロイトは「ヒステリー患者は、主に回想に苦しんでいる」(一一頁)と言っている。ヒステリー症状に苦しむ患者の意識には見えていない(性的な)記憶が身体に書き込まれているというのだ。フロイトの精神分析における治療が、ヒステリー症状の形成にまつわる過去の（性的な）出来事や連想を言語化することであるとすれば、それは要するに身体に書き込まれた意味を読み取り解釈することにほかならない。フロイトの精神分析は、人間の身体とは、書き、そして書き込まれる身体である――すなわち、エクリチュールとしての身体――という理解にたって初めて成立するものだった。

ヒステリーは、身体的な症状――半身感覚消失、視野狭窄、癲癇の形をとった痙攣などの典型的なヒステリー症状から、チック、手足のしびれ、疼痛にいたるまで――としてあらわれるが、その病因は身体的な障害ではなく、誘因となるのは「驚愕情動、すなわち心的外傷」だ、とフロイトは言う。「驚愕、不安、恥、心痛といった苦しい情動を引き起こす」体験が心的外傷として作用し、身体的症状となってあらわれるというのだ（九頁）。ただし、それは、心的外傷と病的症状のあいだに単純な因果関係があるということではない。「誘因と病的現象の間には、健常者がおそらく夢において形成しているような、いわゆる象徴的な関係のみが存在する」のだ（八頁）。その「象徴的な関係」をあきらかにし、あきらかになった「関係」を患者自身が意識化できるようにすることによって症状を消すという作業がフロイトの精神分析にほかならない。

フロイトが注目したのは、心的外傷それ自体は患者によってけっして語られないということ、というより、むしろ語ってはいけないこととして強く抑圧されているということである。もしそれが抑圧されず、それを引き起こした出来事に対して十分な反応――たとえば、「思う存分暴れる、思う存分泣く」といった――がなされていれば、その反応――フロイトはこれを「浄化反応」と呼んでいる――において情動が放出され、ヒステリー症の誘因となった「驚愕情動、すなわち心的外傷」も消滅する。ところが、「この反応が抑え込まれると、情動は想起と結合したままにとどま」り、「ヒステリー性の諸現象の誘因となったさまざまな想起が、驚くべき新鮮さと完全なる情動の強さを持って長い間保持され」ることになる。フロイトによれば、「これらの想起は十分な「浄化反応」を受けなかった外傷に関わっている」のだ（一二―一四頁）。

こうしてヒステリー患者は、強い情動をともなう回想に繰り返し苦しめられるのだが、ここで注意しなければならないのは、その回想がヒステリー症の誘因となった出来事そのものの記憶ではないということだ。ヒステリー症の誘因となった出来事とは、まさに語ってはならないものとして抑圧されねばならない――それゆえ、「浄化反応」によって消滅させることができない――外傷的な体験にほかならないからである。それは、何か別のものに置き換えられなければならない。このような置き換えを、フロイトは「ヒステリー性転換」と呼んでいるが、この「転換」こそが、先に述べたヒステリーの「誘因と病的現象の間の象徴的な関係」を形作っているのだ。

もちろん、患者はこの「転換」を意識的におこなうわけではない。フロイトによれば、記憶（あるいは、より一般的に言えば、心的状態）は身体に書き込まれるのだが、その書き方は、患者の意識からは隠された秘密の形式である。ラカンは、症状は隠喩であると言ったが、そのラカンの言葉で言えば、症状は身体の苦痛のなかに書き込まれた一つのシニファインであり、抑圧の「障壁」のもとに隠されているために意識にのぼることのない別のシニフィアンの代理を務めているということになる。身体にはシニフィアン（意味するもの）が書き込まれるのだが、その書き込まれ方は、けっして直接的ではなく、むしろ隠喩（比喩）的である。こうして、フロイト－ラカンは、身体を言語的な、より正確に言えば比喩言語的な場として捉えたのである。身体は、言語行為を――直接的にではなく、比喩的に――遂行するのだ。

身体と情動と記憶（回想）の錯綜した関係は、第7章で鵜殿えりかが論じているアフリカ系アメリカ人劇作家アドリエンヌ・ケネディの一幕劇にも見ることができる。鵜殿が、ケネディの一幕劇に共通する特徴の一つとして「自我の複数分裂」を挙げていることからもわかるように、記憶は必ずしも個人的記憶に限られるものではない。それは「つねにすでにフィクション」（本書 二三九頁）であり、またそうであることによって、他者に伝えられ共有される。鵜殿は、複数の人物が主人公の黒人女性に代わって語るという独特の形式を駆使して、ケネディがどのようにして「アフリカ系アメリカ女性というマイノリティ主体の（深層）心理の表現という未踏の領域に踏み込んでいる」（本書 二三〇－三一頁）かを示している。

3　問題となる身体

デカルトは、世界は二つのまったく異なる実体、すなわち精神と物体から成り立っていると考えた。そして精神と物体の間にはいかなる共通項もなく何の関係性もない、両者はどこまでも相互に独立した別領域に属するものであるはずだと考えた。世界を精神／物体という二領域に分割した場合、身体はあきらかに物体である。精神は「思う」（思考する、意識する）が、物質的な「ひろがり」である身体は「思わない」。心／身は何の媒介項ももたない異質な二実体として想定され、人間の身体をも一つの精密機械に見立てる機械論的な自然観においては、精神（意識）と物（身体）との関係は、知覚するものと知覚されるもの、すなわち主体と客体の関係に置き換えられる。そして身体は、わたしたちが見たり、触れたり、感じたりする対象として、客体の側に配分される。

しかしながら、わたしたちが毎日の生活のなかで生きている身体は、意識の対象（客体）である物体とは違う特徴をもっている。たとえば、どこかに向かって歩きだすとき、わたしたちはそのために手足をどのように動かすかなどと考えない。「わたしの意識は向こうにある対象にじかに向かっており、身体はいわば素通りされる透明な存在としてある。なんとなく歩いているときのその脚を、どのように使っているかとあらためて意識すると、逆に脚がもつれて不自然な歩行になる。一方、身体の存在がことさらそれとして意識されるのは、逆にそれが適切に機能していないとき、たとえば疲労や病態にあるときである。たとえば胃のあたりが重いとき、脚の筋肉が引き攣ったとき、顎の噛み合わせに引っかかりがあるとき、そういうとき、身体の存在がなにか腫れぼったいような厚みをもって浮上し、わたしはあたかもなにか異物を探るかのように意識を向ける。（……）要するに、身体がすぐれて身体であるときには、身体はそれとして現象しないということなのである。身体が主体の器官でありながら、同時に、わたしたちの外なる事物とおなじく探索の対象でもあるというのは、そういうことである」（鷲田『所有論』一一九–一二〇頁）。

メルロ＝ポンティが明らかにしようとするのは、このような「生きた身体」にほかならない。そしてそれこそが、鷲田清一によれば、「主体／客体、精神／物体、心的なもの／生理的なもの、〔身体についての〕意識／〔対象としての〕

身体、といった二項対立のあいだ、あるいはむしろその手前」にある、「身体固有の存在次元」なのだ（鷲田『メルロ＝ポンティ』九八頁）。「身体は、それを媒介として世界へと向かう志向性の、まさにその運動性において問題にされる。その身体は、だれのものでもない客観的な存在としての身体（客観的な身体）ではなく、また物のなかの一つである対象としての身体のあり方でもなく、現象的な身体、つまり主体の器官としての、いや主体の存在そのものであるような「生きた身体」（corps vivant）である」（一〇〇頁）。

第3章で梶原克教は、ブライアン・マッスミの身体─情動論を参照軸として、スポーツにおける「触発し／触発される」身体性について論じているが、そこで梶原が強調している「中─間性」──「運動する身体とそれを知覚する側の身体が分別不能」となり、「主体と客体を分別しがたい」（本書 一二三─一二四頁）「中─間性」──をめぐる議論は、メルロ＝ポンティの身体論とも響き合うものである。

『美学イデオロギー』（一九九六年）に収められた「カントにおける現象性と物質性」においてポール・ド・マンは、彼が「カントの著作全体のなかで最も難解で解釈の定まらない箇所の一つ」とみなす、『判断力批判』（一七九〇年）における〈崇高〉をめぐる議論を取り上げている。第2章と第6章で武田悠一が論じているように、崇高とは、たとえばその絶対的な規模と威力でわたしたちを圧倒する自然に直面したとき、わたしたちが抱く、尊敬、賛嘆、畏怖といった情動のことである。カントによれば、外的な自然そのものが崇高なのではなく、崇高とは「意識の純粋に内的な経験」にほかならない。もちろん、意識の外部にわたしたちを無力にするような圧倒的な力をもったものがなければ、崇高はありえない。と同時に、意識の内部にそれを超克する理性がなければ、崇高はないのだ（カント 一六五頁）。

カントは、崇高を美と区別している。カントによれば、美が心の平静を保持するのに対し、崇高は心の動揺をもたらす。カントはさらに、崇高を二つに分ける。一つは、あまりに広大なので認識の限界を超えているものによって引き起こされる数学的崇高。これは認識能力に関わるものだが、構想力（想像力）の限界を超えている。もう一つは、圧倒的な威力を示すと同時に、わたしたちがその威力からいかなる強制をも受けていない場合に感じられる力学的崇高。こちらは欲求能力にかかわるものだ。たとえば、頭上からいまにも落ちかからんばかりの岩石、すさまじい破壊力の火山、惨憺たる荒廃を残す暴風。わたしたちは、安全な場所から眺めているかぎり、その光景が恐ろしいものであればあるほど、その光景に惹かれ、そこに崇高を感じる。それは、いわば、普段自分が気にかけているなにもかもがちっぽけなものに思えてしまう、そういうときに感じる感覚だ。いずれの場合も、崇高はまず苦痛をともなう不快として経験されるのだが、しかし、その不快のなかで、快が生じるのだ。

ド・マンが指摘しているように、カントによる崇高の分析論において、力学的崇高をめぐる議論は、それまでの議論とは異なっている。それは、「（数学的崇高の場合のように）理性や（美の分析論の場合のように）悟性にではなく、情動《アフェクト》に焦点が当てられている」からであり、「理性と想像力〔構想力〕の弁証論的な相克を媒介しているのは、いまや理性的原理ではなくむしろ情動・気分・感情」だからである（de Man 80; 一四五頁）。そして、この文脈でカントは、美的判断の「無関心性」という原理をもちだすのだ。わたしたちは、崇高な情動を生み出す自然の対象のなかに、何らかの目的や関心を見出してしまうかもしれないが、そうした対象は、いかなる目的や関心からも離れて、「純粋な美学的判断だけを問題にしなければならない」（カント 一八九頁）というのである。この無関心性の原理を自然の対象に関係づけるために、カントは次のような二つの風景を具体例として挙げている。

> 星のきらめく天空の眺めを崇高と呼ぶ場合、われわれはそうした判断の根底に理性的存在者の住まう世界という概念を置いたり、頭上の空間いっぱいに広がる明るく輝く点のことを、それぞれに合目的的に定められた軌道を運行する太陽〔恒星〕とみなしたりしてはならない。むしろわれわれはこの天空を、現に見るがままに、はるか彼方に広がる丸天井として眺めなければならない。純粋な美学的判断がこの対象に与える崇高性というのは、そうした表象のもとに配置するほかないのである。これと同じように、大洋の眺めを崇高と呼ぼうとするならば、われわれはごくふつうにしているように、（直接的な直観には含まれていない）さまざまな知識を引き合いに出しながら考えてはならない。たとえばわれわれは大洋のことを、水棲生物のいる広大な領域と考えたり、陸地に恵みをもたらすために雲となって大気を満たす水蒸気の巨大な貯水池と考えたり、さらには大陸を相互に分かつと

ともに大陸間のきわめて活発な交通を促進する要素と考えたりするが、こうした考えかたはすべて目的論的判断を生み出すだけなのである。それにもかかわらず大洋を崇高とみなすためには、（……）われわれはただ眼にそのまま映じる眺めに従って大洋を眺めなければならない。たとえば凪いでいる場合には、ただ天空によってしか限られることのない明澄な水鏡として、また荒れている場合には、あらゆるものを呑み込もうと脅かす深淵として、大洋を眺めなければならないのである。（一八九―九〇頁）

ド・マンが注目するのは、「眼にそのまま映じる眺め（Augenschein）」というカントの言葉だ。天空を「現に見るがままに、はるか彼方に広がる丸天井として眺め」るというカントの言葉には、「どうみても住みか《シェルター》を連想させるようなもの」はない。また、「ただ眼にそのまま映じる眺めに従って大洋を眺め」るとき、人は「住まうことを前提として見るのではなく、ただ見ているだけなのである。彼は自分の身を守る《シェルター》ために見るのではない。（……）見ることと住まうこととの結びつきは目的論的なものである。したがって純粋な美的視覚にはそうした結びつきなどまったく存在しないのである」（de Man 81-82; 一四八―四九頁）。

「大洋と天空を見るカントの視覚《ヴィジョン》には、いかなる精神も含まれてはいない」（82; 一四九頁）とド・マンは言う。カントにとって、純粋に「美的」な視覚とは、「眼にそのまま映じる眺め」、すなわち、事物がまさに目に対して存在しているということにほかならないからである。

ド・マンが「物質的（material）」と呼ぶこの視覚は、「意味論的な深さをいっさいもたず、純粋光学の形式的な数学化ないし幾何学化に還元することができる」（83; 一五一頁）ものであり、崇高も含めた美的な体験に関する、ワーズワスのようないわゆる「ロマン主義的」な見方とは相容れない。すでに見たように、カントは、美的判断は対象に対する「無関心性」において見出されると言っている。対象への関心や利害を離れ、「眼にそのまま映じる眺め」、すなわち純粋に美的な視覚によって見なければならない、というのだ。

しかし、考えてみれば、これほど困難なことはない。わたしたちの視覚は、身体における「自然」ではなく、つねにすでに「文化的」に意味づけられ、価値づけられているからだ。わたしたちが見ているのは、そのようにして意味づけられ、価値づけられたものだけだ、と言ってもいい。とすれば、カントが言うような「純粋に美的な視覚」とは、経験から帰納されたものではなく、カントの言葉でいえば「超越論的」に見出されたものにはかならない。わたしたちが経験する崇高は、たとえばワーズワスの「ティンターン修道院」（一七九八年）に見られるような擬人化によって、物理的な運動を情動の運動になぞらえ、自然的な要素と知性的な要素を想像力によって統合することによって生じる感覚である。だからこそ、それは自然の対象にではなく、人間の精神のうち――「人の心のなか」――に存在すると言われているのだ。そしてこれは、『判断力批判』におけるカント自身による崇高の定義でもあった。崇高とは、自然そのものではなく、わたしたちの「心意識」のなかで生じる感覚であり、理性が想像力《イマジネーション》［構想力］を使って、わたしたちの心のなかに形成する心像《イメージ》なのである。

カントが言う「眼の眺め」、すなわち「物質的」な視覚とは、ワーズワス的な――ロマン主義的な――美意識に、そしてあらゆる美的判断に先行するア・プリオリなものだ。それは、わたしたちの経験を超えたものであり、現実には存在しない。カントのテクストにおいても、崇高をめぐる彼自身の議論に抗《あらが》うようにして、一瞬姿を現すだけだ。しかし、それは、経験的な美的判断に対する超越論的な批判として、わたしたちの「見る」という行為が孕むイデオロギー性を逆照射する。ド・マンによれば、カントのテクストが示そうとしているのは、崇高という情動がわたしたちの心のなかに形成されるとき、そこにはどのようなイデオロギーが働いているのか、ということにほかならない。

第3章で梶原が重視している「身体の物質性」は、この文脈で考えることができる。梶原の言う「言説化に抗う装置としての情動」、すなわち「比喩としての物語化や言説化を乗り越える表現」（本書 一二八頁）としての身体描写は、ド・マンが「眼の眺め」と呼ぶ、「物質的な」身体表現を想起させる。

4　共感をめぐって

歴史学者のウーテ・フレーフェルトが指摘しているように、一八世紀のスコットランド啓蒙主義が生んだ道徳哲学は、「すべてを包含する概念としての共感《シンパシー》をその礎とするものだった」（一四九頁）。デイヴィッド・ヒュームの『人間本性論』（一七三九―四〇年）は、人間の行為の動機や自他の行為の道徳的評価が理性ではなく感情（情念）にもとづくものであり、とりわけ共感《シンパシー》が社会的な統合を促し、人々の道徳的一体感を醸成すると主張した。経済学者であると同時に道徳哲学者でもあったアダム・スミスの『道徳感情論』（一七五九年）は、道徳性の基礎を人間の自然的な本性から確立することを目指しているが、その際に重視されているのがやはり「共感《シンパシー》」である。この書の第一部第一篇第一章「共感《シンパシー》について」は、次のように書き始められている。

> いかに利己的であるように見えようと、人間本性のなかには、他人の運命に関心をもち、他人の幸福をかけがえのないものにするいくつかの原則がある。人間がそこから引き出すものは、それを眺めることによって得られる喜びにほかならない。憐み（pity）や思いやり（compassion）がこの種のもので、他人の苦悩を目の当たりにし、事態をくっきりと認識したときに感じる情動（emotion）である。われわれがしばしば他人の悲哀から悲しみを引き出すという事実は、例証するまでもなく明らかである。（……）これが他の人の不幸に対するわれわれの同情（fellow-feeling）の源であること、苦しんでいる人が感じていることをわれわれが想像したり、それに心を動かされたりするようになるのは、想像の中でその人と立場を変えることによってであることは、多くの明白な観察によって証明されうる。（……）憐みや思いやりは、われわれが他者の悲哀に対して抱く同情を示すのに適した言葉である。共感（sympathy）という言葉は、おそらく元来は同じ意味だったが、今日では何らかの情念に対する同情をあらわすために用いられる。（スミス 三〇―三三頁）

もともと他者の苦しみに対する憐みや思いやりを示す言葉であった〈共感〉は、一八世紀のイギリスにおいて、他者が抱く感情に対する「同情（fellow-feeling）」を示す言葉として使われるようになり、一八世紀のイギリスとフランスにおいて〈共感（sympathy, sympathie）〉は、「他の人の感情を感じる能力」を意味した。ロマン主義文学の父ともいわれるルソーの文学は、この文脈でとらえられるべきだろう。とりわけ、ルソーのいう「憐れみ」が重要だと思われる。ルソーは、人間は本来孤立して生きるべきなのに、他人の苦しみを前にすると「憐れみ」を抱いてしまうので、群れを作り、社会を作ってしまうという（ルソー 九六―一二一頁）。つまり彼は、社会契約の根拠は合理的な判断にではなく、むしろ共感的な情動にあると言っているのだ。

スミスは、〈共感〉を「他人の苦悩を目の当たりにし、事態をくっきりと認識したときに感じる情動（emotion）」、すなわち「他の人の不幸に対するわれわれの一体感（fellow-feeling）の源」と定義し、他者の苦悩や不幸との「想像力」による一体化、「他人の苦悩を目の当たりに」するという体験を強調している（スミス 三〇―三一頁）。〈共感〉は「想像の中で相手と立場を変える」（三一頁）情念であり、たとえ意識されていないとしても、行為する自己を外側から観察すると同時にその行為を受ける相手の立場に身を置くことができるもう一人の自己の存在を措定している。「関心の的である人物独自の激情（passion）が観察者の共感的な情動と完全に一致しているとき、その感情は正当かつ適切であり、その感情の対象にふさわしいものとして、必然的に観察者に現れる」とスミスは言っている（四三頁）。他者と想像上の立場の交換を繰り返すことにより、みずからのうちに公平な観察者、すなわち自分自身をも観察するようになれば、さらに多くの他者の是認と共感を得ることができる。この「公平な観察者」こそ、そこに第三者の客観的な〈まなざし〉を内面化し、その〈まなざし〉によってみずからの感情や行動をコントロールできるようになる。ないときにも、社会秩序を維持する原理としての道徳を実現するものなのだ。そして、互盛央が指摘しているように、「その原理こそ、道徳哲学を応用して『国富論』を書いたスミスが経済社会を司る「見えざる手」と呼んだものにほかならない」（二二〇頁）のだ。

注目すべきなのは、情動は身体的に伝染・感染する、とスミスが言っていることだ。「他人の手足に一撃が加えられようとしているのを見ると、われわれもまた、思わず自分の手足を縮め、引っ込めてしまう」(三二頁)。スミスによれば、わたしたちは共感という情動、すなわち、他人の苦しみや不幸に対する憐れみや同情を身体的に経験している。共感とは、まず何よりも身体的に伝染・感染するものなのだ。

第1章で日高が論じているオスカー・ワイルと谷崎潤一郎の作品に見られる身体表現は、情動の伝播性、伝染性と関わるものであるだけでなく、次に述べる共感《エンパシー》——登場人物間の、そして作品と読者の間の共感=感情移入——の問題をも提起している。

今日では、共感を「情動的共感」と「認知的共感」に分けて考えたり、「シンパシー(sympathy)」とは差異化された共感の概念を示す言葉として「エンパシー(empathy)」が使われたりしている。これについては第4章で亀田真澄が手際よく解説している(本書一四七―四八頁)のでご覧いただきたい。亀田によれば、「エンパシー」は、「感情移入」という訳語が与えられていることからもわかるように、もともとは一九世紀末のドイツ美学理論の用語「Einfühlung」に起源をもち、芸術作品を鑑賞するさいに生まれる「対象に自己を投影するような心理的・身体的反応」を意味したが、その後「他者理解のための想像力を意味する概念」として心理学や精神分析の分野にも取り入れられ、二〇世紀はじめにその英語訳として用いられた「empathy」が普及するようになった。二〇世紀に入ると、「認知的」というよりはむしろ「情動的」な共感に依拠するものとしての「エンパシー」という考え方が生まれた。すなわち、他者が示す情動に対して深く共感したり、感情移入したりすることである。

なお、亀田真澄には『マス・エンパシーの文化史——アメリカとソ連がつくった共感の時代』(二〇二三年)という著作がある。そのなかで亀田は、「日常の場面における個人レベルの共感」と、「テレビやインターネットなどを介して集団的に感じられる共感」を区別し、後者を「マス・エンパシー」と呼んでいる(亀田 五頁)。『マス・エンパシーの文化史』は、一九三〇年代のアメリカとソ連で、広告、映画、ラジオなどのマスメディアを通じてマス・エンパシーがどのようにして生み出され、国家的なレベルで大衆に作用したのかを明らかにしている。

本書の第2章で武田悠一は、認知主義的な理解によっては捉えきれない映画体験の在りようを「情動的」なものとして捉え、ジル・ドゥルーズの「情動イメージ」という概念を参照しながらデヴィッド・リンナの『ロスト・ハイウェイ』について論じている。ここでの議論は、映画論の軸足を、従来の「認知的共感」からドゥルーズ的な「情動的共感」へと移す試みとして見ることができる。その意味でこの章は、映画における「エンパシー」を論じたものだ。

亀田も指摘しているように、他者理解のための手段としての「エンパシー」は、セラピーやメンタルトレーニングにも使われるようになってきている。この領域で言われている「エンパシー」とは、要するに「相手の立場になって、相手がどのように考えているのか、何を感じているのかを想像する力」のことである。最近よく使われるようになった「共感力」という言葉も、エンパシーあるいは情動的共感を重視する言葉として使われているようだ。共感力は、人が人として身につけるべき能力あるいはスキルとして理解されているらしい。共感力は、ビジネスにおける対人関係から、国際政治における国家間の関係にいたるまで、さまざまな場面で他者と共生していくうえで、不可欠の力と考えられているのだろう。

こうした「共感する力」は、本書でわたしたちが明らかにしようとしてきた〈情動の力〉の一つと言えるだろう。この力は、伝染あるいは伝播する力でもある。(1) それは、他者とのコミュニケーションを促し、たとえば職場での人間関係を円滑にするというだけでなく、ときとして他者に働きかけ、倫理的、あるいは政治的な行動に駆り立てる力でもあるのだ。

問題は、他者に共感しようとする努力を他者にも要求するとき、とりわけ他者にも共感を過剰に求めるとき、それがいわゆる「同調圧力」となって抑圧的に働くことである。たがいに共感し合うことによって形成される「共感の共同体」にあっては、共感できない者は不快なものとして排除される。また、そうすることによって、他者にいっそう強く共感を強いることになる。他者に共感しない者、あるいは共感できない者は批判や嘲笑の的になり、共同体から排除されるのだ。

わたしたちは、〈共感〉という情動には暴力的な力が孕まれていることを忘れてはならない。共感するということ、情動の力を行使するということは、倫理的かつ政治的な行為なのだ。

5　情動のジェンダー化

本書を構成する各論のいくつかが示唆しているように、情動はジェンダーの問題と深くかかわっている。この問題に光を当てたのが歴史学者のウーテ・フレーフェルトである。彼女は、歴史のなかで形や意味を変えながら「文化的な記憶」として保存されてきた感情について分析し、その著書『歴史の中の感情――失われた名誉／創られた共感』（二〇一一年）において、情動のジェンダー化とその差異について議論を展開している。(2)彼女は、一九世紀ヨーロッパ社会に深く根差した感情の性向《ディスポジション》である〈名誉〉に焦点を当て、その表現の形は社会階層や年齢、宗教や国籍によって違うが、もっとも強くその違いがあらわれているのがジェンダーによる差異であると指摘している。

名誉は男女の双方に関わるものだったが、そのあらわれ方と意味合いはあまりにも違ったのである。女性の名誉がセックスと性的行動と等価だったのに対して、男性の名誉はより社会的に複雑な意味を持ち、罵倒から平手打ちまで、多種多様な侮辱が名誉への攻撃と見なされた。しかし、もっとも深刻な侮辱はやはり性的なものであり、それは家族の女性を誘惑されることだった。そうなると、夫や兄弟や父親は真実侮辱されたと感じ、おのれの男らしさを示すために決闘を申し込んだのである。（……）男性はおのれの名誉の所有者だったが、女性はそうではなかった（……）。ひとたび傷付けられ汚された女性の名誉は、女性自身の手では回復できない。厳密には、失われた名誉は取り返しがつかないものであるため、家族の男性にも取り戻すことは不可能である。つまり、「堕落した」女性の名誉は永久に戻らず、加害者に決闘を申し込むことで守られるのは、彼ら家族の男性自身の名誉だったのである。（九一―九二頁）

一九世紀から二〇世紀はじめのヨーロッパで繰り返された〈名誉〉の実践としての決闘について、フレーフェルトはさまざまな例を出して論じているが、そのなかでも興味深いのが「ジダンの頭突き」だ。二〇〇六年サッカー・ワールドカップ決勝戦の終盤、フランス代表チームのキャプテン、ジネディーヌ・ジダンが突然相手イタリア・チームのマルコ・マテラッツィの胸に頭突きを喰らわせた。審判はただちにレッド・カードを出し、ジダンは退場となった。ジダンは数日後フランスのテレビ番組で自らの行為を目にした世界中の人々とマテラッツィに謝罪したが、しかし自分がしたことについては後悔していないと述べた。マテラッツィに、彼の母と姉を侮辱する「非常にどぎつい言葉」を浴びせられたからだ。「あんな言葉を聞かされるくらいなら、顔を殴られた方がましだ」というのだ。マテラッツィにユニフォームを掴まれたジダンが、「ユニフォームがほしいなら、試合後にくれてやる」と言うと、マテラッツィはジダンの姉を「プッターナ（売女）」と呼んで、「ユニフォームよりお前の姉がほしい」と言い返したのである。

　フレーフェルトによれば、「カビリア地方出身のアルジェリア系移民の子だった彼［ジダン］にとって、名誉とは守り続けるべき社会資本であり、感情資本だった。名誉を失うことは、死よりも辛いことだった。侮辱とみなされた行為も、名誉に生きるヨーロッパの男たちが心に刻んだものと酷似していた。顔を殴られること、そして何よりも家族の女性を性的に貶められることだったのだ」（七五頁）。もしジダンが一世紀前のヨーロッパの「教養ある階層」に属していたら、マテラッツィに決闘を申し込んだであろうが、ジダンは、そのような階層に属していない男たちが名誉にかかわる争いを殴り合いや喧嘩で解決していたように、頭突きという直接的な身体攻撃で〈名誉〉の実践を成し遂げたのだ。

　情動のジェンダー化の顕著な例として、フレーフェルトは〈怒り〉についても分析している。怒りは明らかに男性的な特性を帯びているとされていた。一八二七年のある百科事典は、怒りを「腹立ちの情動《アフェクト》の男性的で精力的な発露」と記述している。一方、女性が怒り狂った場合、たとえそれが正当な理由があってのことだとしても、女性の怒りは情動というより情念《パッション》だとみなされて、有害で危険だとされたのである。男性は能動的、女性は情動的というジェンダーのステレオタイプ化によって、怒る女性は情念に抗えないとみなされ、女らしくなく、粗野であるとして、「二重に周縁に追いやられ」たのだ。怒りや憤りについて、近年の百科事典ではジェンダーの記述は無くなったが、けっしてジェンダー的に中立になったわけではない。怒りは男性的な感情なので、「男性はよく物を投げたり殴ったりする」一方で、「女性は怒らないし、もし怒ったとしてもそれを見せない」という含みがいまだに残っており、しばしば女性の怒りは「泣く」と言う行動で示されることが多いとされている（九五―一〇〇頁）。

感受性は、弱さの徴《しるし》としてしばしば女性性と結びつけられる傾向にあり、その一方で男性は理性的とされてきた。当時のルソーやカントのような哲学者は、けっして感受性に否定的であったわけではなく、またその議論の詳細は異なっていたものの、感受性は男性に特有の理性によって制御される必要があるとする点は共通していた。男性は理性的で女性は感情的だとするジェンダーのステレオタイプ化は、一八世紀に興隆した感受性《センシビリティ》の言説にも強い影響力を及ぼした。当時、リチャードソンの『パミラ』（一七四〇年）や『クラリッサ』（一七四八年）、ルソーの『ジュリーまたは新エロイーズ』（一七六一年）やゲーテの『若きウェルテルの悩み』（一七七四年）など、多くの感傷小説が書かれ、男女を問わず多くの読者がいたのだが、そうした感情に浸ることは「男らしさを損ね、男たちを女々しく、「意気地なし」に変えると憂慮された」（一一〇頁）。そのため、男性たちは徐々に感受性から距離を置くようになったのである。このように、感受性は女性性と結びつけられることが多かったが、こうした傾向は現代においてもそれほど大きく変化していないようにみえる。

第5章で武田美保子が論じている『白衣の女』の物語は、ジェンダーの境界を侵犯するような多感で繊細な人物たちによって織りなされる。ここには、感受性がもてはやされた一八世紀と共通する時代思潮がうかがわれる。武田美保子によれば、当時の感受性が共感の哲学によって支えられていたように、一九世紀半ばに書かれた『白衣の女』においても、恥の情動によって掻き立てられる共感への強い希求が見られるのだ。

情動のジェンダー・ステレオタイプがとりわけ大きな問題を孕むのは、法制度においてである。この問題に触れているのが、心理学と神経科学の観点から情動の研究をしているリサ・フェルドマン・バレットの『情動はこうしてつくられる――脳の隠れた働きと構成主義的情動理論』（二〇一七年）だ。法制度は社会の規範に基礎をおいている。社会規範は、たんに法に反映されているだけでなく、法によって作りだされる。法は、「これが人間の行動に期待されるものである。われわれは、それに従わない者を罰するだろう」と宣言しているのだ。問題は、こうした社会規範のなかに情動のジェンダー・ステレオタイプが含まれていることである。たとえば、多くの文化のなかで流通している信念の一つに「男性が冷静で分析的であるのに対して女性は情動的で共感力にあふれている」というものがある。「被告はこの基準に照らして評価される」ために、「男性と女性との公平な処遇」という法的公平性が妨げられることになる場合がある、とバレットは主張しているのだ。その例として彼女は、現代のアメリカで同じように殺人の罪を犯した男性と女性に対して実際に下された判決を挙げている。一件目は、兄弟殺しで有罪の判決を受けた男性が、最高裁で被告の「激情」が「自制心」と「理性」を圧倒したという理由で無罪になった例、二件目は、何年も常習的に夫から暴力や虐待を受けていた女性が夫を殺害したケースで、「重大な障害や差し迫った死への恐怖」による自己防衛だったとする弁護人の申し立てが退けられ、故意の殺人だとされた例である（三七〇―七二頁）。

バレットは、二つの判決が男性と女性の情動に関するいくつかのステレオタイプと符合していると主張する。男性は攻撃的だと考えられているため、男性の怒りは普通のこととされる。それに対して、女性は怒りを表に出してはならず、怖れを抱いていなければならない。だから、怒りを表現する女性は罰せられなければならない。法廷では、「殺人を犯した夫は典型的な夫のように振る舞い、殺人を犯した妻は典型的な妻としてふるまわなかったと見なされるのだ。ゆえに後者は、めったに無罪にならない」（三七三頁）。バレットは、「男性と女性の情動に関する法の見方を裏づける科学的根拠はなく、それは時代遅れの人間観に由来する信念にすぎない」と断定している（三七五頁）。同様のことは、民族集団を対象とする情動のステレオタイプについても言えるに違いない。このような事例は、わたしたちに情動研究の重要性を再認識させてくれるのだ。

女性の怒りは、これまで女らしくなく粗野であるとみなされ周縁化されてきたが、第8章で武田美保子が取り上げているマーガレット・アトウッドの『誓願』においては、女性の怒りがその中心に据えて描かれ、それが全体主義的国家を崩壊に至らしめるという設定がなされている。彼女たちの怒りは、魔女狩りの餌食となり、絞首刑にされた作者アトウッドの先祖の怒りと共鳴し合うことで、強い政治性を孕んでいる。

6 構成主義的情動論

ジェンダー研究の領域では、本質主義と（社会）構成主義という互いに対立する基本的な考え方をめぐって議論が展開されてきた。同様に情動論においても近年、本質主義と構成主義という二つの陣営による議論が闘わされている。ジェンダー研究において本質主義は、生物学的性としてのセックスと社会的性役割としてのジェンダーの結びつきを自明のものとして、性的アイデンティティを強調する立場を採ってきた。一方、構成主義では、ジェンダーはセックスとは別個に、文化や社会によって構築されるとする。このジェンダー概念が導入され、これまで自然だとされ変えることができないとされてきた性差が相対化されることにより、ジェンダー批評は、セックスとジェンダーとの結びつきを自然化する父権的イデオロギーに対して、その虚構性を暴くことが可能となったのである。

情動論においても、脳神経科学と心理学の発展にともなって構成主義的な考えが導入されたことにより、本質主義と構成主義の争いは次第に激化してきている。先に挙げたリサ・フェルドマン・バレットは、構成主義的情動理論の第一人者である。彼女は、情動の本質主義を古典的情動理論と呼び、次のように定義づけている。「本質主義は、悲しみと恐れ、イヌとネコ、アフリカ系アメリカ人とヨーロッパ系アメリカ人、男と女、善と悪など、真の現実、すなわち本質を備えたカテゴリーが存在することを前提とする。各カテゴリーに属するメンバーは、表面的な違いはあれ、類似性をもたらす基本的な特質（本質）を共有していると見なされる。イヌには、大きさ、姿かたち、体色、歩き方、気質などが異なるさまざまな個体がいるが、これらの差異は、あらゆるイヌが共有する本質と比べて表面的なものにすぎないと見なされる」。同様に、「あらゆるタイプの古典的理論が、悲しみや恐れなどの情動には独自の本質が備わると見なしている」のだ（バレット 二六二―六三頁）。

それに対して、バレットが唱える構成主義的情動理論は、「生物学的な知見を取り入れた、人間の本性の心理学的な説明」（二六一頁）である。バレットによれば、現代の神経科学は次のように主張している――「生物学的構造は運命ではない。生きた脳を覗き込んでも、「規格化された装置としての」心のモジュールなど見当たらない。そこに見出せるのは、つねに複雑に相互作用しつつ、文化に応じてさまざまな種類の心を生み出す中核システムなのだ。経験に基づいて配線される人間の脳は、文化的な産物である。私たちは、環境によって発現したりしなかったりする遺伝子を持つ。また、環境に対する感受性を調節する遺伝子も存在する」（二八二頁）。バレットの議論は、情動がたんなる外界への受動的な反応ではなく、脳による積極的な構築活動がおこなわれていることを示すことによって、人間を感覚入力のたんなる受容器とみなす従来の心理学の立場を一八〇度転換させた。

古典的情動理論によれば、情動は、特定の動きのパターン、すなわち「表情」として顔面に現れる。幸福を感じている人は微笑み、怒っている人は眉間に皺を寄せる。その表情（顔面の動き）が、「対応する情動の指標の一つ」であると考えられてきた。この考えの起源は、チャールズ・ダーウィンの『人及び動物の表情について』（一八七二年）にさかのぼる。それによれば、「情動とその表現は、太古の時代から受け継がれてきた人間の普遍的な本性の一部であり、世界中のあらゆる人々が、いかなる訓練を積むことなく情動表現を顔に出し、認識できる」という（バレット 二二頁）。ダーウィンは、次のように書いている――「凄まじい恐怖のために毛が逆立ったり、激しい怒りに駆られて歯を剥き出しにするなどの人類の表現様式は、かつて人類が現在よりはるかに劣った動物のごとき状態のもとで生きていたためだと考えなければ説明がつかない。人類とは区別されるが近い関係にある動物が呈する表情のなかには、人類やサルが笑うときに示す、同じ顔面筋の動きなど、共通の祖先を想定するとよく理解できるものがある」(Darwin 11)。

一九六〇年代に、心理学者のシルヴァン・S・トムキンズと弟子のキャロル・E・イザード、ポール・エクマンは、ダーウィンのこの考えの検証を試みた。彼らは、六つの基本情動（怒り、怖れ、嫌悪、驚き、悲しみ、幸福）を測定するための顔写真を使って、人々が正確に情動表現を「認識」していること、つまり生まれや育ちに関係なく、だれもがアメリカ流の表情を認識できることを立証し、情動認識は普遍的であり、表情は信頼できる情動の指標として扱われるべきだと結論づけた。こうした情動の捉え方は、脳神経科学の研究が進歩する近年まで主流をなしてきたが、バレットらの研究によって、情動認識の仕方は、けっして普遍的ではないとする構成主義的情動論が提唱されるようになった。

一七世紀のデカルトから一九世紀のウィリアム・ジェイムズに至るまで、哲学者たちは長らく、「心が世界に内在する身体の意味を解釈すると主張してきた」。ところが、最新の脳神経科学によれば、「情動とは、外界で生じている事象との関係において、身体由来の感覚刺激が何を意味するのかをめぐって作り出された、脳による生成物なのである」。バレットはこれを「構成主義的情動理論」と呼び、次のように要約している。

めざめているあいだはつねに、脳は、概念として組織化された過去の経験を用いて行動を導き、感覚刺激に意味を付与する。関連する概念が情動概念である場合、脳は情動のインスタンスを生成する。（バレット 六三頁）

感覚入力と過去の経験をもとに、脳は意味を構築する。つまり人間は、受動的な受け手ではなく、情動の積極的な構築者なのだ、とバレットは言うのである。

第7章で鵜殿えりかは、ドゥルーズ＝ガタリの情動論を援用しながら、アドリエンヌ・ケネディの戯曲における記憶と情動について論じているが、鵜殿によれば、そこで語られている記憶と情動とは「創作された過去」（二三九頁）であり、ドゥルーズ＝ガタリに倣って言えば、「体験されたものから、体験されたことのないものへと変化すること」（本書二三六頁）である。その「生成変化」は、アフリカ系アメリカ人女性であるケネディが——作品中の登場人物の「生成変化」を通して——自分とはべつの何かに変成することにほかならない。

情動の構築主義提唱者からは非難されている本質主義的情動論だが、これまでこの理論が果たしてきた功績を忘れてはならないだろう。たとえば、イヴ・コソフスキー・セジウィックとアダム・フランクとの共著「サイバネティックな襞のなかの恥」（一九九五年）は、ブライアン・マッスミの「情動の自律性」（一九九五年）とともに、一九九〇年代に起こった「情動的転回」のきっかけとなった論文で、アメリカの心理学者トムキンズの『情動、心象、意識』を分析的に読むことにより書かれたものである。トムキンズの著作に触発されたセジウィックは、『タッチング・フィーリング』において、デカルト的な心身二元論を解きほぐし、触れることによって感じる何かを受け取り、身体が情動として発する声に耳を傾けることの重要性について述べている。このようにセジウィックが、トムキンズの著作の伝播する力を通して、情動の力を強く印象づけられたのは、間違いのないところだろう。

7 感情労働

往々にして忘れられがちであるけれど、けっして忘れてはならないのは、情動はしばしば経済活動と密接に結びついているという事実である。この点に関する議論と研究は、一九六〇年代の米国で、客室乗務員の仕事に関する調査研究がおこなわれ、その結果をまとめたアーリー・ラッセル・ホックシールドの『管理される心――感情が商品になるとき』（一九八三年）の出版を機に、一気に広まることになった。ホックシールドは、資本主義のもとですべてが商品化される脱工業社会では、身体労働や頭脳労働だけでなく、「感情労働（emotional labor）」[3]もまた商品となる、と言う。「感情労働」とは、「自分の情動を自分で管理させられ、その管理した情動（たとえば笑顔）をいわば商品として売ることで利益を得るような労働」（信原 一六六頁）である。客室乗務員（CA）だけでなく、看護師などの医療職、介護士などの介護職などが、「感情労働」を必要とする主な職種だとみなされる。それ以外にも、ウェイトレスなどの接客業、広報、苦情処理、受付係、ホテルのドアマン、秘書、教師や保育士、カウンセラーなど、多くの職業が感情労働に該当すると考えられるが、今日では家事や介護の「感情労働」としての側面が問題として議論されるようになってきた。

ホックシールドによれば、感情労働には「公的に観察可能な表情と身体表現を作るために行う感情の管理」（ホックシールド 七頁）が必要とされる。笑顔をうかべて顧客に接する店員たちは、自分たちの感情と身体を管理しながら、感情労働に従事している。と同時に、彼らの身体が表現するものは、彼らがそこに生きている社会の生政治《バイオポリティックス》によって作り出されたものであり、感情的・感覚的な社会規範を体現するものである。

大塚英志は、『感情化する社会』（二〇一六年）で次のように言っている。

「感情労働」が問題になるのは、一つは個人の内的なものの発露をサービスとして提供することを求められることで、身体どころか精神までが資本主義システムに組み込まれてしまうこと、そしてそれがしばしば無償労働である、ということの二点だ。私たちが日頃接するサービスに対して常にユーザーの評価の形で相手に快適な対応、つまり「感情労働」を求め、それが点数やコメントとして表出される仕組みになっていることは、働く側にとってもサービスを受ける側も現に日々、経験しているだろう。他方、肉体労働としての作業や身体の拘束、時間の切り売りの対価は払われても、「感情労働」の部分は奉仕的精神的な美徳としてしまうことで曖昧化される。（二八―二九頁）

大塚が言うように、そもそも感情労働が問題になるのは、「相手の感情に共感するためには自己の感情管理を、労働者の場合であれば企業から求められ、それが個人の内面を疲弊させ、尊厳さえも損ないうるからである」（二九―三〇頁）。

ホックシールドは、感情は社会的なものであり、感情とその表現に関する規則によって、相互作用的かつ内面的に制御されることを明らかにしたが、彼女の議論を受けて、タルボット・ブルーワーは、感情労働は人が人間らしく生きる上ではきわめて有害で心理的負荷を与え、精神的な変調をもたらすとして、感情労働が持つ負の側面である「隷属性の商品化」という点に光を当てている（Brewer 280-85）。たとえば客室乗務員が、最初は無理をして客に笑顔を見せていたが、やがて慣れてきて自然に笑顔を見せることができるようになったとき、その笑顔は自然に湧いてくるとはいえ、その笑顔の根底には客への媚がある以上、「隷属性の内面化」と言わざるをえない。客に対して自然に笑顔を見せることができるようになるということは、客に対して自然に媚を売ることができるようになるということだ。

それはまさに隷属性が内面化されたことの証である。ブルーワーは、そのような「隷属性の内面化」の具体例を、カズオ・イシグロの『日の名残り』（一九八九年）の主人公である執事スティーヴンスの「感情労働」の分析を通して呈示している（Brewer 293-95）。

スティーヴンスは、執事としての仕事に誇りを持ち、どのような私事にも惑わされることなく感情労働をまっとうすることで、己の「尊厳」を保とうとする。執事として要求される情動を内面化し自然化して生きることにより、彼は、女中頭のミス・ケントンが示してくれる好意に対する彼自身の内なる情動から目を逸らし、邸の主人のダーリントン卿に対して抱く忠誠心に盲目的に従っているために、彼自身が抑圧している違和感や嫌悪感を探り出しその欺瞞性を暴き出すことができないでいる。そのために、抑圧された彼の本来的な情動、自分が置かれた価値的状況に本当の意味でふさわしい情動を抱くことができないのだ。感情労働が持つこうした自己欺瞞的な実体を明確化しない限り、彼は感情労働の根本的な害から抜け出すことはできないと、ブルーワーは言う。このように、感情労働は、しばしば隷属性を内面化するという弊害をもたらすが、そこから脱出し感情労働を人間本来の尊厳を大切にする望ましい活動とするためには、適切な情動を状況に応じて抱けるよう、感情労働が陥りがちな隷属性の内面化を明確化する以外に方法はないのかもしれない。

ホックシールドは、ひたすら相手の感情を汲み続ける行為を「感情労働」と呼んだ。彼女は、感情労働において労働者の感情が雇用者によって商品として管理されることを新しい疎外の形式と考えた。労働者は身体だけでなく、精神も労働として管理されるのだ。

「感情労働」という考え方をさらに発展させたものとして、「感情資本主義（emotional capitalism）」という概念がある。合理性や効率性が求められる経済活動において、非合理で効率的ではないとされる個人の感情をいかにコントロールして経済効率を高めるかに焦点を合わせたもので、社会福祉の削減と自己責任の原理によって特徴づけられる新自由主義の進展にともなって主張されるようになった。感情と自己管理の心理学的言説によって、職場の機能不全を労働者個人の感情管理の問題に転換し、労働に対するネガティヴな感情を抑え込もうとする。労働者を管理する経営者も、怒りの感情に身を任せたりすることなく（アンガー・マネージメント）、感情を自己管理して職場でのコミュニケーションを円滑に保たなければならない。ネガティヴな感情を表出することなく、思いやりや共感といったポジティヴな感情を促進させることで、利益を増加し、労働者の怒りを抑え、労使関係を対決的ではないものにする。この概念を生み出したエヴァ・イールズによれば、そこには「階級闘争を無力化するという将来的な希望が込められていた」という（平田二二九頁）。

こうした新自由主義的な労働管理は、逆説的にも、労働拒否という、資本主義に対する内側からの抵抗を生み出している。デヴィッド・グレーバーの『ブルシット・ジョブ――クソどうでもいい仕事の理論』（二〇一八年）が描いているブルシット・ジョブ現象は、そうした（反）労働運動の盛り上がりである。その運動のスローガンは「金持ちだけでなく、すべての人のための非雇用」であり、労働条件の改善ではなく、雇用されて働くこと自体の意味を否定している。

働くこと自体を止める、いわゆる「アンチワーク」の動きは、今や世界中で見られる。たとえば、コロナ禍後のアメリカでは「大退職時代」と呼ばれる事態が発生、およそ二四〇〇万人が働くのをやめたという。韓国の「3放世代／N放世代」は、恋愛、結婚、出産の三つを諦めた若者たちの世代。諦めることが増えるにつれ、7放世代、N放世代に進化した。そして、日本の「パラサイト・シングル」。学校卒業後も親と同居し、親に依存している未婚者で、家に引き籠り家族以外と交流しない人で、全国に一〇〇万人以上いると言われる。

第6章で武田悠一が論じているメルヴィルの「書記バートルビー」は、労働者の「受動的抵抗」、すなわち労働拒否の物語だ。資本主義が国家的レベルで拡大し始めた一九世紀半ばのアメリカで、まさにその資本主義的な欲望そのものへの抵抗が引き起こす情動的な反応を語るこの物語は、奇妙にも、現在の高度資本主義時代の物語のようにも読めてくる。

8 情動の政治性と倫理性

情動には力がある。人を触発し、決断を促し、行動に駆り立てる力がある。そして、そのような〈情動の力〉は、ときとして暴力を孕む。

「情動《アフェクト》と情念《パッション》を鼓舞して聴衆を行動に駆り立てることは、アリストテレスの時代以来、政治的な修辞技術《レトリック》の関心事だった。（……）フランス語の émeute（暴動）が、感情（emotion）に言語学的に近い関係にあり、集合的情動のあわれとしての暴力的で衝動的な示威行為でも使われるのは偶然ではない」（フレーフェルト 一三〇頁）。情動が大衆を鼓舞し扇動する強力な触媒だったことは歴史上の事実である。一九三〇年代のナチズムもまた、こうした情動の政治学を実践したが、ウーテ・フレーフェルトが言うように、その効果を高めたのが情動のジェンダー化である。ナチスの大集会では、隊列を組んで行進する男たちが身体的な強靭さを誇示すると同時に、感情を抑えて情動を支配し、何事にもひるまず忠実に任務を遂行できることを示した。一方、女性たちは総統への無条件の愛と崇敬を示すために利用された。プロパガンダのメディアは、「総統の姿に歓喜の声を上げ、キスをしてもらおうと赤子を抱き上げる女性たちの写真やニュース映像で埋めつくされた」（一三二頁）。

ナチス政権のこうした演出は、ジェンダーのステレオタイプを利用している。その意味で、それはありふれた政治的パフォーマンスである。特異なのは、ナチズムによる情動のジェンダー化が「未曾有の規模で構造化され先鋭化された」（フレーフェルト 一三三頁）ということだ。それは、すべての国民に暴力的に働きかけ、まさに「未曾有の」暴力に駆り立てたのである。

情動の暴力が取り沙汰されるとき、しばしば一つの物語が持ち出される――「情動は、自己の内なる太古の野性が自動的に引き起こした突発的な反応と見なされる。また人間の心は、理性と情動が争う戦場と見なされているため、十分に認知能力を発揮できなかった場合、行動は情動によって乗っ取られると考えられる。（……）情動が人間の本性の原始的な部分を構成しており、人類独自の理性がそれを抑制しなければならない」（バレット 三六五頁）。

アメリカの法制度は、情動を人間の動物的な本性の一部とみなし、理性的な思考で抑えられなければ、愚かな行動や暴力行為が引き起こされると仮定している。「女性は情動的だ」とみなすジェンダー・ステレオタイプと法制度の問題については本章の第5節でも触れたが、こうした心的推論は人種に関するステレオタイプとも結びつく。「ヨーロッパ系アメリカ人の警官が、武器を携帯していないアフリカ系アメリカ人の市民に向かって発砲するとき、そしてその際、感情的現実主義［(affective realism) わたしたちの経験している現実が、一部は情動によって形成される世界に関する想定であるということ］の影響によって、前者が後者の手に嘘偽りなく銃を見るとき、事件の起源は、それが実際に起こった瞬間の埒外にある。(……) 彼の行動の一部は、人種に関するアメリカ人のステレオタイプを含め、それまでの生涯を通じて形成されてきた概念によって引き起こされたのである」(バレット 四〇七頁)。

とすれば、問題は情動やジェンダーや人種に関する固定観念であって、それを体現している個々人に責任はない、ということになるのだろうか。そうではない、とバレットは言う。「あなたの脳が、目の前に立つアフリカ系アメリカ人の若者が武器を携帯していると予測し、ありもしない銃を見た場合、感情的現実主義に影響されたとはいえ、あなたにはある程度の責任がある。なぜなら、自分の持つ観念を変えるのもあなたの責任のうちだからだ」(四〇九頁)。そして、これこそが彼女の提唱する構成主義的情動論の「倫理」である。情動やジェンダーや人種に関する概念は、人間が生物学的に受け継いできた「本質」ではなく、歴史的・文化的に「構築」してきたものであり、またそうである以上変化するし、また現に変化してきた。『情動はこうしてつくられる』の終りで、バレットはこう言っている

〔本書が明らかにしてきた〕発見は、「人間の脳は、文化という文脈のもとで、複数の種類の心を生むべく進化した」という決定的な洞察を導く。たとえば、欧米文化のもとで暮らす人々は、思考と情動は根本的に異なり、ときに対立するものとして経験している。その一方で、バリ人やイロンゴト族の文化や、仏教哲学の影響を受けたいくつかの文化では、思考と感情は厳密に区別されていない。(四六二頁)

情動は、政治から排除されるべきものでもないし、また排除しきれるものでもない。好むと好まざるとにかかわらず、今日の国内政治や国際政治の場面でも、情動は重要で劇的な役割を果たしている。わたしたちがなすべきことは、情動を否定することでも、また逆に正当化することでもなく、情動がわたしたちの行動を触発し、わたしたちを――良きにつけ悪しきにつけ――（政治的なものを含む）行動に駆り立てるということを自覚することである。

第4章で亀田真澄が論じている「苦しみのトリアージ」という問題は、それが倫理的、政治的な問題であるだけでなく、文学的なテーマでもあることを示している。亀田は、作家・批評家のセルゲイ・トレチャコフが一九二〇年代に書いた『デン・シーフア』とアメリカの黒人作家リチャード・ライトが一九四〇年に書いた『ネイティヴ・サン』の分析を通じて、この二つの作品が共有しているのは「苦しみには重いものと軽いものがあるという前提」であり、「情動的同一化によって他者を理解することは、その感情を生み出す社会構造から目を背けさせることと同義であるという思想」（本書 一六二―六三頁）だと述べている。

本書を閉じるにあたって、ぜひ考えておきたいのは、情動がわたしたちの倫理的、政治的な判断や実践とどのようにかかわっているか、という問題である。ジュディス・バトラーは『戦争の枠組――生はいつ嘆きうるものであるのか』（二〇〇九年）において、「選択的かつ格差をもったかたちで暴力に枠組みを与えることで感情や倫理のあり方を統制するような、文化のさまざまな様態」（1: 九頁）に焦点を当てている。「わたしたちは、ある枠組みをつうじて、他者の生を失われたものあるいは傷つけられたものとして（失われうるもの、傷つけられうるものとして）感知する、というよりはむしろ感知しそこねてしまうのだが、この枠組みは政治性に満ちている。これらの枠組みはそれ自体が権力のはたらきなのであり、わたしたちが認識できるものの条件を一方的に決定できるわけではないものの、認識できるものの領域それ自体の範囲をさだめようともくろんでいるのだ」（1: 九―一〇頁）。

身体は、「その表面においても深部においても、社会的な現象だ」とバトラーは言う。身体は他者にさらされており、その定義上、傷つきやすいものだ。身体が生き延びるかどうかは社会的な条件や制度にかかっている。つまり、「「生き延びる」という意味で「存在する」ためには、身体はその外部にあるものに頼らざるを得ないのだ」(33; 四八頁)。バトラーによれば、身体が向き合っている、自分ではコントロールできない外界の他者性への応答が、「情動」と呼ばれているものにほかならない。「この応答性には、幅広い情動［affect］が含まれるだろう。よろこび、憤怒、苦しみ、希望などを、そのごく一部の例として挙げることができる」(34; 四九頁)。

たとえば、不正に対する憤りや人の死に直面したときの悲嘆は、わたしたちの倫理的な反応を引き出すだけでなく、政治的な行動へと駆り立てる力となりうる。犯された暴力に対する怒りは、暴力に対する道徳的禁止を生み出すと同時に、人を暴力へと駆り立てることがある。「あからさまな悲嘆は憤りと深く結びついており、不正に、さらに、耐えがたい喪失に直面しての憤りは、巨大な政治的潜在力をもつ」。こうした情動的反応(affective responses)は、それだからこそ、「権力の体制によって高度に規律され、時にはあからさまな検閲を受ける」のだ(39; 五五—五六頁)。たとえば戦時下において、権力は、情動を規律することによって国民の協力体制と国家主義的な絆を作り出そうとする。イランとアフガニスタンとの戦争下で、アブグレイブの写真［米兵による拷問行為の生々しい写真］を公開するのはアメリカの国益に反する反米的な行為だ、と保守派は批判した。「わたしには、このときにイメージの力を制限しようとした人々は、情動の力(the power of affect)、憤りの力を制限しようとしていたのだと思える。そのような力が、世論をイラクでの戦争に反対する方向に変えてしまうだろうということを、彼らは十分すぎるほど知っていたのだし、たしかに世論は変わったのだ」(40; 五六—五七頁)。

怒りの情動とそれがもたらす暴力性という問題について考えることは、倫理的な困難を伴う。第8章で武田美保子が論じている『誓願』においては、怒りはけっして否定的に描かれているわけではないが、怒りの情動をめぐる倫理性の問題をどのように捉えるべきかは読者の判断にゆだねられている。この問題は、現在の世界で起きている、ロシアとウクライナ、イスラエルとハマスの間の戦争などにみられる、怒りと正義と暴力の間に存在する単純には割り切れない倫理性の問題とも深くからみ合っている。

【註】

（1）ムロディナウによれば、「情動が人から人に、組織全体に、さらには社会全体に伝染するという現象は、新しい情動の科学の中でも重要な小分野であって、（……）心理学者はこの現象を「情動伝染」と呼んでいる」（二四三頁）。

（2）フレーフェルトが分析の対象としているのは、彼女の著書のタイトル *Emotions in History: Lost and Found* が示しているように、'emotion'である。ここで分析されている'emotions'は、本書でのわたしたちの用語法によれば、「情動」と訳すべきと思われる場合も多いが、最近盛んになってきた'history of emotions'が一般には「感情史」と訳されていることも考慮して、翻訳書に従って「感情」と表記する。

（3）'emotional labor'は、「情動労働」と訳されることもあるが、ここでは一般的に流通している訳語に従って、「感情労働」と表記する。

【引用文献】

Brewer, Talbot. "On Alienated Emotions." *Morality and the Emotions*, edited by Carla Bagnoli, Oxford UP, 2011, pp 275-98.
Butler, Judith. *Frames of War: When Is Life Grievable?* Verso, 2009.『戦争の枠組――生はいつ嘆きうるものであるのか』清水晶子訳、筑摩書房、二〇一二年。
Darwin, Charles. *The Expression of the Emotions in Man and Animals.* 1872. Stilwell, KS: Digireads.com, 2005.
de Man, Paul. *Aesthetic Ideology, edited by Andrzej Warminski*, U of Minnesota P, 1996.『美学イデオロギー』上野成利訳、平凡社、二〇〇五年。
Ishuguro, Kazuo. *The Remains of the Day.* Faber & Faber, 1989.『日の名残り』土屋政雄訳、中央公論社、一九九〇年。
大塚英志『感情化する社会』太田出版、二〇一六年。
亀田真澄『マス・エンパシーの文化史――アメリカとソ連がつくった共感の時代』東京大学出版会、二〇二三年。
カント、イマヌエル『判断力批判』［一七九〇年］（上）篠田英雄訳、岩波文庫、一九六四年。

グレーバー、デヴィッド『ブルシット・ジョブ――クソどうでもいい仕事の理論』［二〇一八年］酒井隆史・芳賀達彦・森田和樹訳、岩波書店、二〇二〇年。

スミス、アダム『道徳感情論』［一七五九年］高哲男訳、講談社学術文庫、二〇一三年。

互盛央『言語起源論の系譜』講談社、二〇一四年。

信原幸弘『情動の哲学入門――価値・道徳・生きる意味』、勁草書房、二〇一七年。

バレット、リサ・フェルドマン『情動はこうしてつくられる――脳の隠れた働きと構成主義的情動理論』［二〇一七年］高橋洋訳、紀伊國屋書店、二〇一九年。

ヒューム、デイヴィッド『人間本性論　第二巻　情念について』［一七三九年］石川徹・中釜浩一・伊勢俊彦訳、法政大学出版局、二〇一九年。

平田周「ある「世俗的心理学のカテゴリー」が辿り着いたひとつの場所」『現代思想』（特集「感情史」）二〇二三年一二月号、一二一―一三五頁。

フレーフェルト、ウーテ『歴史の中の感情――失われた名誉／創られた共感』［二〇一一年］櫻井文子訳、東京外国語大学出版会、二〇一八年。

フロイト、ジークムント『ヒステリー研究』［一八九五年］芝伸太郎訳、『フロイト全集2』岩波書店、二〇〇八年。

ホックシールド、アーリー・ラッセル『管理される心――感情が商品になるとき』［一九八三年］石川准・室伏亜希訳、世界思想社、二〇〇〇年。

ムロディナウ、レナード『「感情」は最強の武器である――「情動的知能」という生存戦略』［二〇二二年］水谷淳訳、東洋経済新報社、二〇二三年。

メルロ＝ポンティ、モーリス『知覚の現象学』［一九四五年］中島盛夫訳、法政大学出版局、一九八二年。

ルソー、ジャン＝ジャック『人間不平等起源論』［一七五五年］中山元訳、光文社古典新訳文庫、二〇〇八年。

鷲田清一『メルロ＝ポンティ――可逆性』講談社、一九九七年。

――『所有論』講談社、二〇二四年。

あとがき

本書の出版計画が立ち上がったのは、二〇二一年末である。それ以前から、わたしたちは文学／文化批評にとって情動理論が孕む重要性を感じており、それを論集という形で明らかにしたいと考えていた。ところが、情動をめぐる議論は学際的な拡がりを持っており、文学／文化批評の内部で完結するものではない。人文・社会科学だけでなく、自然科学の領域にも言及せざるをえない。その困難さを前にして、わたしたちは情動論集の出版をためらっていた。あえてその困難に挑戦するきっかけとなったのが、コロナ禍であった。外出をはじめとするさまざまな活動の「自粛」が、それまでわたしたちが手にとることのなかった領域の書物に触れる時間を与えてくれたのだ。

予想されたことではあるけれども、本書のための論文執筆は、けっして順調だったとは言えない。本書の原稿は、まず編者が序章の草稿を書き、それをたたき台にして各執筆者が独自の論を展開するという形で執筆されたが、その過程で何人かの執筆予定者の辞退があり、代わって新たな執筆者が加わるという事態が生じた。それでも、最終的に、序章、八編の各論、終章という構成の論文集として刊行できることになったのは、本書の企画段階から出版を引き受けてくださり、刊行までの紆余曲折に付き合ってくださった小鳥遊書房の高梨治さんのおかげである。この場を借りて、厚くお礼を申し上げます。

本書は、認知科学や神経科学、心理学や精神分析、社会学、歴史学、哲学におよぶ情動論の学際性を視野に入れながら、基本的には文学に軸足を置き、文学／文化批評における情動論的アプローチの可能性を探ろうとしている。

文学の凋落が取り沙汰されるなか、文学が孕む「情動の力」を掘り起こそうとするわたしたちの試みが、何らかの形で読者を触発し、批評を活性化する一助となることを願っている。

二〇二四年八月

武田悠一

人名・作品名索引

【ア行】

【カ行】

【サ行】

【タ行】

【ナ行】

【ハ行】

【マ行】

【ヤ行】

【ラ行】

【ワ行】

◉亀田真澄（かめだ・ますみ）
中京大学講師／現代文芸論、表象文化論
主要業績：『国家建設のイコノグラフィー —— ソ連とユーゴの五カ年計画プロパガンダ』（成文社、2014 年）、『マス･エンパシーの文化史 —— アメリカとソ連がつくった共感の時代』（東京大学出版会、2023 年）

◉鵜殿えりか（うどの・えりか）
愛知県立大学名誉教授／アメリカ文学
主要業績：『トニ・モリスンの小説』（アメリカ文学会賞、彩流社、2015 年）、ネラ・ラーセン『パッシング／流砂にのまれて』（翻訳、みすず書房、2022 年）、ロレイン・ハンズベリ『ひなたの干しぶどう／北斗七星』（翻訳、小鳥遊書房、2023 年）

執筆者紹介（執筆順）

◉**武田悠一**（たけだ・ゆういち）＊編者
元南山大学教授／英米文学、批評理論
主要業績:『フランケンシュタインとは何か —— 怪物の倫理学』（彩流社、2014 年）、『差異を読む —— 現代批評理論の展開』（彩流社、2018 年）、『アメリカの〈無意識〉—— 文学と映画で読む 500 年の歴史』（彩流社、2024 年刊行予定）

◉**武田美保子**（たけだ・みほこ）＊編者
京都女子大学名誉教授／イギリス文学、比較文学
主要業績:『〈新しい女〉の系譜 —— ジェンダーの言説と表象』（彩流社、2003 年）、『身体と感情を読むイギリス小説 —— 精神分析、セクシュアリティ、優生学』（春風社、2018 年）、『アダプテーションとは何か —— 文学／映画批評の理論と実践』（共編著、世織書房、2017 年）

◉**日髙真帆**（ひだか・まほ）
京都女子大学教授／イギリス・アイルランド演劇、比較芸術、比較文学
主要業績：*Oscar Wilde Reappraised: Fiction and Plays*（京都大学出版助成、開文社出版、2016 年）、“Portraits on the Human Body: Japanese Adaptations of Oscar Wilde by Junichiro Tanizaki”, *The Wildean: A Journal of Oscar Wilde Studies* 第 46 号（英国、The Oscar Wilde Society、2015 年）、“The Sexual Transfiguration of the Japanese *Salomé*, 1909-2009”, *Wilde's Other Worlds*（Michael Davis、Petra Dierkes-Thrun 編、Routledge、2018 年）

◉**梶原克教**（かじはら・かつのり）
愛知県立大学教授／英語圏文化、文化理論
主要業績：「アダプテーションと映像の内在的論理 ——『ノーカントリー』における遅延を例に」『アダプテーションとは何か —— 文学／映画批評の理論と実践』（武田悠一ほか編、世織書房、2017 年）、「修辞としての身体 —— トリニダードのカリプソとジェンダーをめぐって」（『黒人研究』No. 89 , 2019 年）、「文化的伏流としての身体と情動」『ハーレム・ルネサンス —— ＜ニュー・ニグロ＞の文化社会批評』（松本昇ほか編、明石書店、2021 年）

情動《じょうどう》の力《ちから》

文学《ぶんがく》／文化《ぶんか》批評《ひひょう》の可能性《かのうせい》

2024年10月10日　第1刷発行

【編著者】
武田悠一、武田美保子

発行者：高梨 治
発行所：株式会社**小鳥遊《たかなし》書房**
〒102-0071　東京都千代田区富士見1-7-6-5F
電話 03-6265-4910（代表）／FAX 03-6265-4902
https://www.tkns-shobou.co.jp
info@tkns-shobou.co.jp

装幀　鳴田小夜子（KOGUMA OFFICE）
印刷　モリモト印刷株式会社
製本　株式会社村上製本所

ISBN978-4-86780-058-4　C0098